50 JAHRE LENOS

www.lenos.ch

Werner Rohner

Was möglich ist

Roman

Lenos Verlag

Der Autor dankt der Stiftung Lydia Eymann, Langenthal, dem Literaturforum Schwaz sowie dem Ressort Literatur und der Literaturkommission der Stadt Zürich für die Unterstützung.

Der Verlag dankt der Fachstelle Kultur des Kantons Zürich sowie dem Ressort Literatur und der Literaturkommission der Stadt Zürich für die Unterstützung.

Kanton Zürich
Fachstelle Kultur

Stadt Zürich
Kultur

Der Lenos Verlag wird vom Bundesamt für Kultur mit einem Strukturbeitrag für die Jahre 2016–2020 unterstützt.

FSC
MIX
Papier
FSC® C083411

Erste Auflage 2020

Satz und Gestaltung: Lenos Verlag, Basel
Umschlagbild: Lotte Laserstein, *Liegendes Mädchen auf Blau,* 1931 (Ausschnitt). Courtesy DAS VERBORGENE MUSEUM, Berlin.

Printed in Germany
ISBN 978 3 03925 007 3

Für Edith, Vera und Lena,
die im anderen Leben anders heissen

Edith

Deinen Job müsste man haben – wie oft er das schon gehört hatte, dachte er und konzentrierte sich gleichzeitig darauf, seine Arme durchzustrecken, die eine Hand auf der anderen; sein ganzes Körpergewicht legte er in den Handballen und stiess ihn gegen die Brust der Frau. Fünfzehnmal schnell hintereinander. Dann drückte er ihren Kiefer hoch und blies ihr zweimal kräftig in die Nase.

Was er denn könne, hatte die Frau auf dem Arbeitsamt gefragt, ohne von ihrem Bildschirm aufzuschauen.

Englisch, Französisch, ein wenig Hocharabisch, Katalanisch verstehe er ganz gut, Spanisch halt und vieles andere auch ein bisschen.

»Gut«, sagte Frau Gmür.

Er nickte, nicht ohne Stolz.

»Können Sie das auch schreiben?«

»Mit Fehlern«, gab er wahrheitsgemäss an.

»Was können Sie noch?«

»Kochen.«

»Haben Sie dafür ein Zeugnis?«

Er schüttelte den Kopf.

»Gut«, sagte sie wieder und liess keinen Zweifel daran, dass das nicht reichte. »Sonst noch was?«

»Reisen.«

»Wie haben Sie sich denn all diese Reisen verdient?«

»Bin immer billig gereist.«

»Da steht, Sie haben auf dem Bau gearbeitet, auf dem Schiff, als Dachdecker.«

»Das geht eben nicht mehr. Wegen dem Rücken – dafür hab ich auch ein Zeugnis.«

Sie starrte bloss auf seinen Lebenslauf, der vor ihr lag, und sagte nach einer Weile wieder: »Gut.«

Dann schaute sie ihm zum ersten Mal in die Augen.

Sie sassen einander gegenüber, zwischen zwei Stellwänden in einem Grossraumbüro. Auf einen Fünfundvierzigjährigen ohne Ausbildung hat die Welt nicht gewartet, schien ihr Blick zu sagen. Und eigentlich hatte er ja auch wieder weggewollt; wobei er sich gleichzeitig dabei ertappte, wie erleichtert er insgeheim war, diesen Winter kein Geld dafür zu haben. Schon seit einigen Jahren spürte er: Das Reisen war immer weniger Bedürfnis als einfach eine Gewohnheit, wie für die meisten Menschen wohl das Bleiben.

»Sie haben gesagt, Sie gehen gerne schwimmen?«, fragte Frau Gmür weiter.

»Regelmässig, wegen dem Rücken, ja.«

»Gut.«

»Eben nicht so.«

»Rettungsschwimmer!«, sagte sie und lächelte ihn sogar an.

»So toll auch wieder nicht.«

»Badmeister. Der Kurs beginnt nächste Woche. Die Unterlagen lass ich Ihnen zukommen.«

»Ich weiss nicht –«

»Die brauchen immer wen!«, unterbrach sie ihn, streckte ihm die Hand entgegen, und bevor er noch etwas sagen konnte, drehte sie sich um und versorgte seinen Lebenslauf in einem Hängeregister.

Immerhin am Wasser, hatte sich Christoph gesagt, nachdem er den Rettungsschwimmerkurs und den Winter mit viel Johanniskraut hinter sich gebracht hatte und im Frühling den Job als Badmeister im Freibad Heuried antrat. Und dass er bis Saisonende genug Geld auf der Seite haben würde, um doch wieder zu verreisen.

Daran dachte er nun wieder, um nicht in Panik zu geraten, zählte Länder und Städte auf, in denen er noch nie gewesen war, während er neben dem menschenleeren Schwimmbecken kniete und weiter sein ganzes Gewicht gegen den Brustkorb der Frau fallen liess – und dass er die Atemmaske hätte holen sollen und der Frau aufsetzen. Es wäre einfacher damit, dachte er, und an Aids – diese Angst war nie mehr ganz von ihm gewichen.

Und jetzt die Scham darüber, dass er an sich selbst, nicht an die Frau dachte.

Dann hörte er plötzlich eine Rippe brechen – ein Raunen ging durch die umstehenden Leute –, dann noch eine.

Es war dieselbe Frau, die ihn kurz zuvor nach der Uhrzeit gefragt hatte, wahrscheinlich hatte sie noch was vorgehabt – und er hatte, statt ihr zu antworten, nur auf die Uhr hinter sich an der Mauer gedeutet.

Wieder ein Geräusch, vielleicht eine weitere Rippe, vielleicht auch dieselbe ein zweites Mal. »Wenn Sie einem Menschen das Leben gerettet haben, wird sich niemand über eine gebrochene Rippe beklagen, und wenn nicht, auch nicht«, hatte der Ausbildner im Rettungsschwimmerkurs mehrmals gesagt, und jedes Mal hatte er gelacht dabei – Christoph drückte weiter und weiter.

Wenn er wenigstens den Puls der Frau fühlen könnte. Aber er traute sich nicht, die Herzmassage zu unterbrechen. Wünschte, dass endlich ein Notarzt käme; fürchtete, er könnte die Frau erdrücken, die falsche Stelle, zu schnell, zu langsam; und immer wieder dachte er, warum nur war er nicht verreist, kein Geld zu haben hatte ihn doch noch nie davon abgehalten; und dass er nicht aufhören durfte zu drücken. Und ausserdem beunruhigte es ihn, dass die Leute rundherum leiser wurden. Wenn er wenigstens wüsste, wie lange er schon tat, was er tat. Seine Knie schmerzten – der Asphalt war hier rauer als gewöhnlich, damit man nicht so leicht ausrutschte. Und dann plötzlich das Bedürfnis, den Namen der Frau zu kennen, gegen deren Herz er seine Hände presste. Etwas zu ihr sagen zu können. »Jetzt aber, jetzt!«, war alles, was er keuchend hervorstiess.

Auf all seinen Reisen hatte er nie wirklich Lebensgefährliches erlebt. Manchmal war es vorgekommen, dass er im Nachhinein aus der Zeitung erfuhr, wie viel Glück er gehabt hatte; ein Zugunfall kurz nach seiner Durchfahrt, Kämpfe oder allgemeines Ausreiseverbot – aber er hatte es jeweils erst erfahren, als er weit genug weg gewesen war. Und bis auf Denguefieber war er auch von Krankheiten verschont geblieben.

Ausgeraubt worden war er ein paarmal, vor allem in den ersten Jahren. Erbeutet hatten sie nie viel; und der Schreck und die Wehrlosigkeit hatten ihm weniger zu schaffen gemacht als die Tatsache, dass er es nicht hatte kommen sehen. Wie ein Tourist hatte er sich gefühlt, das war damals das Schlimmste für ihn gewesen. Heute konnte er darüber lachen. Wie er einmal spätnachts in Nairobi am Strassenrand erschrocken die Hände hochgerissen hatte und die Räuber erst deswegen ihre Pistolen gezückt, ihn angeschrien und seine Hände mit Gewalt runtergedrückt hatten, damit die Vorbeifahrenden keinen Verdacht schöpften.

Dass er insgesamt Glück gehabt hatte, dachte er, vielleicht zum ersten Mal überhaupt – und sofort überkam ihn wieder jene Scham, so dass er noch stärker drückte. Wieder eine Rippe, ganz klar dieses Mal, wie in Zeitung eingewickeltes Glas, auf das man beim Umzug versehentlich tritt.

Die Frau aber zuckte nicht mit der Wimper, während er auf ihre Brust drückte, blickte bloss auf eine seltsam starre Weise zur Seite, als wäre es ihr peinlich.

Dass er ihre Augen heute noch sehen könne, eigentlich schöne Augen, das dunkle Braun kaum von den geweiteten Pupillen zu unterscheiden; so erzählte er es ein paar Monate später Edith. Und dass er seither erst recht versuche zu verreisen, es aber einfach nicht schaffe – der Arzt habe gesagt, das sei normal. Worauf Edith ihn lange anschaute und dann nur sagte, sie selbst habe ihr Leben lang in Zürich gelebt. Hier in Wiedikon.

Es war das erste Mal überhaupt, dass er jemandem davon erzählte, und er musste nach Worten suchen; das kannte er sonst nur vom Reden in Fremdsprachen, und es machte ihn traurig. Es war eine seltsame Traurigkeit, wie angeworfen, und sie schien weniger mit dem Tod der Frau zu tun zu haben als vielmehr mit seiner Veränderung seither, von der er nicht sagen konnte, worin sie bestand. Trotzdem konnte er nicht aufhören zu erzählen, die Hände auf dem Stuhl unter die Oberschenkel geklemmt.

Edith sass nur da, sehr gerade, im Café Uetli, wo sie als Kellnerin arbeitete und die letzten Stammgäste das Geld einfach auf den Tischen zurückliessen. Erst als alle gegangen waren, stand sie schnell auf, schloss die Tür und holte einen Aschenbecher und Zigaretten, dann setzte sie sich wieder genau so hin wie zuvor, zündete sich eine an und nickte; er solle nur weitererzählen.

Für einen Moment war er abgelenkt und dachte, sie sieht schön aus, und das nicht nur für ihr Alter – vor allem ihr Mund, wenn sie schwieg, die Lachfalten tief eingegraben auf der Seite –, so dass sie noch einmal nicken musste, damit er fortfuhr.

Er sprang zum Winteranfang, ohne erzählt zu haben, was mit der Frau geschehen war – Edith liess es zu – und wie lang ihm dieser Winter inzwischen schon vorkam. Sagte, dass er im Heuried nur befristet angestellt gewesen sei, und deshalb nicht versichert, und wie er auch sonst keinen Job finde und immer an die Frau denken müsse. Gleichzeitig aber nichts über sie wissen wolle. Dass er bis dahin gern als Badmeister gearbeitet habe, und das wolle was heissen bei einem wie ihm, der es nie lange am gleichen Ort, schon gar nicht mit der gleichen Arbeit ausgehalten habe. Der Geruch nach Pommes und die Mädchen mit den Jungs und die Rentner mit der ledrigen Haut – er schaute Edith kurz an, ob sie das schon auf sich beziehen würde, sie war gebräunt – und den Jasskarten und wie sie alle ins Wasser gingen, manche schnell entschlossen, andere starrten erst ein paar Minuten, als würde es davon wärmer oder weniger nass, und er, der auf alle aufpasste. Und dass er abends immer angenehm erschöpft gewesen sei. Nichts tun und sich trotzdem konzentrieren, das sei Schwerstarbeit.

Und dass die Frau weder dick noch gestresst ausgesehen habe. Sicher habe sie einen guten Job gehabt – der Badeanzug. Ja, mit der Zeit lerne man, das Leben der Menschen auch an ihrem Badeanzug zu erkennen, am Gang, daran, was sie mit den Haaren anstellten, wie sie aus dem Wasser stiegen. An der Schwimmbrille, der Figur und der Farbe der lackierten Nägel und der Haut. So was habe er schnell gelernt. Dabei sei er erst vier Monate angestellt gewesen, der Sommer aber sei schon langsam zur Neige gegangen, mittags noch brütend heiss, doch als es passierte, sei es vielleicht fünf Uhr gewesen und an jenem Tag für die Jahreszeit eher schon kühl, vor allem weil noch ein Wind ging.

Und während er Edith davon erzählte, dachte er, wie gut sie zuhören konnte. Schon da waren ihm ihre Augen aufgefallen, die so aufmerksam schauten und deshalb viel jünger wirkten. Wenn er zu sehr abschweifte, kniff sie sie zusammen, als müsse sie sich stark konzentrieren. Nur dass sie die Hände immer vor der Brust verschränkte, das irritierte ihn, aber er konnte nicht mehr aufhören mit dem Erzählen. Und er dachte, es lag daran, dass er das erste Mal jemandem davon erzählte; erst lange danach verstand er, dass es vielmehr an Edith lag. Wie sie zuhören konnte, gerade eben keine Fragen stellte und doch mehr wissen wollte. Und dass es ihm damals noch half, dass sie so viel älter war als er, dass er deshalb besser erzählen konnte – und ihn das später, als er längst verliebt war, daran hinderte, seine Gefühle zu erkennen. All die Frauen vor ihr waren jünger gewesen als er, auf eine seltsame Art waren sie alle um die dreissig geblieben, gut zwanzig Jahre lang, und es war ihm noch nicht einmal aufgefallen, bis er sich später dann endlich eingestand, Edith zu lieben.

Doch da im Café Uetli ahnte er davon noch nichts, sondern war einfach froh, endlich erzählen zu können. Sogar den Namen der Frau sprach er aus. Andrea Dietsche. Noch Tage nach dem Rettungsversuch hatte er Muskelkater in den Armen gehabt, vor allem in den Schultern, auch weil er sich so verkrampft hatte. Schon bei der Rettungsschwimmerprüfung hatte er Blasen an den Händen gekriegt, aber trotzdem nicht aufgehört, sie gegen den Gummikorpus zu pressen.

Und dass die Haut der Frau sich weich anfühlte und heiss, als ob sie die Sonne gespeichert hätte, hatte er an dem Tag gedacht, vor der Frau kniend, und dass dies ein gutes Zeichen sei – das hatte er da noch geglaubt und weitergedrückt. Und sich erinnert, wie er als Kind oft allein ins Schwimmbad gegangen war. Kurz bevor es schloss, tauchte er jeweils in der Ecke des leeren Sprungbeckens ab, setzte sich unter Wasser auf den Boden und versuchte, so lange wie möglich den Atem anzuhalten. Und an die Stille, die dort unten geherrscht hatte, an die erinnerte er sich auch, viel stiller als in jedem geschlossenen Raum, aber doch irgendwie eine hörbare Stille. Und an die Panik jedes Mal, wenn er nach dreissig Sekunden, später nach einer Minute die Luft ausblies, nochmals kurz wartete und sich dann vom Boden abstiess – jedes Mal dieselbe Panik, egal wie oft er es machte, gegen diese atemlose Panik kam er nicht an.

Dass aber die Frau gar nicht im Wasser gewesen, sondern einfach auf der Treppe umgekippt war und ein Mädchen mit einer gelben Taucherbrille auf dem Kopf es gesehen und ihn gerufen hatte. Und dass er damals, während er drückte, gern geschaut hätte, ob das Mädchen noch dastand, und gleichzeitig hoffte, dass jemand es an der Hand genommen und mit ihm weggegangen war. Und dann hatte er ans Triemli gedacht, während er drückte und drückte, dass das Spital doch so weit weg nicht war.

Er konnte es später fast nicht glauben, dass es keine zehn Minuten gedauert haben soll, bis eine Ärztin vom Triemli da gewesen war. Noch während Christoph presste, fühlte die Ärztin den Puls am Hals der Frau, obwohl sie es ihr wohl schon angesehen hatte. Nahm trotzdem noch das Stethoskop hervor und liess Christoph danach noch sechs-, siebenmal weiterdrücken, bis sie es aussprach; erst nur: »Ist gut. Ist ja gut«, und weil Christoph nicht aufhörte: »Sie ist tot.« Und wie die Stimme der Ärztin klang, als gewöhne man sich nie an diesen Satz. Dann schaute sie auf die Uhr.

Und er wisse nicht, weshalb er auf all das geachtet habe, sagte Christoph zu Edith, vielleicht eine Art Schutz, und er könne noch viel mehr Details aufzählen und das sei ja jetzt schon über ein halbes Jahr her, aber er erinnere sich noch an alles, fast wie bei einem Tauchgang, wenn man das erste Mal einen Hai sehe, wie man sich da nachher auch an all die anderen Fische erinnere, statt gerade sie zu vergessen, für den einen. Und wie aus den Lautsprechern immer noch Musik gedrungen sei, dass ihn das aber beruhigt habe, ein bisschen wenigstens.

Und wie sich, als der Krankenwagen weg war, plötzlich niemand mehr im Schwimmbad befunden und er gedacht habe, dass seine Kollegin wohl die Leute weggeschickt habe und am Abschliessen sei. Das Wasser lag noch immer ruhig da, wie am Morgen, wenn er sich jeweils fast nicht reinzuspringen traute, als könne er etwas Kostbares zerstören; und wenn er es doch tat, kam es ihm vor wie frischer Schnee – und er zog die ersten Spuren. Doch an jenem Abend war ihm das stille Wasser, das der Wind nur ganz leicht kräuselte, wie eine Zumutung vorgekommen.

»Komm rein«, sagte Chris, als Edith bereits im Wohnzimmer stand. Für die drei Küsschen musste Edith sich auf die Zehenspitzen stellen und kam sich sehr jung vor dabei.

Er nahm ihr die Jacke ab und ging an ihr vorbei ins Treppenhaus, um den Schnee wegzuklopfen. Edith zog rasch ihre Schuhe aus.

»Musst du nicht«, sagte er.

Sie zog sie trotzdem aus und stellte sie ebenfalls vor die Tür. Als sie wieder drinnen war, reichte Chris ihr einen Gin Tonic, die Eiswürfel darin waren schon fast geschmolzen.

»Vielen Dank für die Einladung!«, sagte sie, er nickte und lächelte, sie nahm einen grossen Schluck.

Dann standen sie da, in der Mitte des Zimmers, und schwiegen.

Sie kannte es schon, dieses plötzliche Schweigen, als ob seine Sätze in sich zusammenfielen. Manchmal schloss er sogar die Augen; jetzt schaute er sie nur an und nahm selbst einen grossen Schluck. Was Edith am meisten verunsicherte: dass ihr dabei selbst nichts einfiel. Wie angesteckt. Während ihr im Uetli doch auf alles ein Satz oder ein dummer Spruch einfiel.

Vielleicht aber waren auch beide einfach nur nervös.

Sie wusste nicht mehr, wann genau, Oktober oder November, irgendwann war er plötzlich da gewesen. Kam täglich gegen den späten Nachmittag, bestellte immer das Gleiche, einen Kaffee und einen Apfelstrudel, den er gierig ass, als ob es das Erste war, was er am Tag zu sich nahm. Danach schaute er zum Fenster raus auf den Goldbrunnenplatz, zwanzig, manchmal dreissig Minuten, dabei spielte er meist mit dem Löffel in der Hand. Dass er lange geraucht haben musste, hatte sie mehr als einmal gedacht, und wie lang und schön seine Finger waren.

Wenn er das Café verliess, nickte er zu ihr rüber, und wenn sie gerade nicht bediente und beim Buffet wartete, aber nur dann, rief er ihr »Tag wohl« zu. Und obwohl er sonst kaum etwas sagte, war er immer freundlich – aber nie mehr.

Bis zu dem Tag, als er sie fragte: »Gehst du auch manchmal im Heuried schwimmen?«

Ein Perverser, hatte sie kurz gedacht, dann aber den Kopf geschüttelt; sie gehe lieber auf der anderen Seite der Stadt, wo sie keine Gäste von hier treffe, »wo genau, sag ich aber nicht«.

Er nickte. Dann bestellte er zum ersten Mal noch einen zweiten Kaffee; und sie erinnerte sich, wie sie die braune Brühe viele Stunden später, nachdem er ihr von der Frau im Schwimmbad erzählt hatte, die weder ihn noch sie seither wieder verlassen hat, kalt in den Ausguss geleert, aber die Tasse nicht mehr abgewaschen hatte, so erschöpft war sie gewesen.

An seinen suchenden Blick, ohne Unsicherheit, als er das erste Mal das Uetli betrat, dachte Edith – als wäre er verabredet gewesen. Und an seine abgelaufenen Schuhe – wie wenn eine Kuh sie im Maul hatte, hätte ihre Mutter gesagt. Immer erinnerte sie sich an solche unwichtigen Details. Dass sie halt nicht mehr oder nichts Besseres erlebe, dachte sie oft, nicht unzufrieden. Und bevor sie weiter darüber nachdenken konnte, hatte sie ihn – der dicht vor ihr im Wohnzimmer stand, das Schweigen hatte wahrscheinlich nur ein paar Sekunden gedauert, aus der Küche hörte man Wasser brodeln – schon gefragt: »Erinnerst du dich, wie wir uns kennengelernt haben?« Kennenlernen, dachte sie sofort, klingt zu sehr nach Bedeutung, aber verbessern wollte sie sich nicht.

»Du hast die Zigarette sofort ausgedampft, als ich kam, aber so, dass du sie später wieder anzünden konntest, und ich habe gedacht, dass du sehr sparsam sein musst oder auch gereist bist, dann aber wäre es wohl eine Selbstgedrehte gewesen.«

»Hab ich draussen gesessen?«

Er nickte wieder. »Grüne Bluse, Rock, eine silberne Halskette und«, er brach ab und nippte an seinem Glas, als wäre es auch ihm peinlich, dass er sich so genau erinnerte.

Und sie sagte: »Kommen ja immer genau dann, die Gäste, wenn man sich eine angezündet hat.«

»Hier darf man übrigens rauchen.«

Sie nickte.

»Ich mag es, wenn du rauchst.«

Sie nickte wieder.

»Und du? Erinnerst du dich noch?«, fragte er.

Sie schüttelte den Kopf – sie hatte sich damals sofort gefragt, was der hier wolle –, sagte dann aber: »Deine langen grauen Haare sind mir aufgefallen und deine Augen, irgendwie müde oder traurig.« Sie dachte an seinen Geruch, der ihr ebenfalls aufgefallen war, nicht ganz frisch, aber nicht schlecht, dass sie die Tage danach das Gefühl gehabt hatte, mehr zu riechen als zuvor. Und dass sie nun seinen Geruch nicht wahrnehmen konnte, zu stark roch es aus der Küche nach fremden Gewürzen.

»Traurige Augen«, wiederholte er und lachte. Und fragte, ob sie noch einen Gin Tonic wolle; da erst fiel ihr auf, dass sie ihren schon ausgetrunken hatte.

»Lachlustig«, sagte er, so sähen ihre Augen aus; und Edith wusste nicht, ob es das Wort gab oder ob das einer seiner Übersetzungsfehler war. Das kam vor, dass sein Deutsch eine seltsame Satzstellung hatte oder er Wörter benutzte, die man eigentlich ein bisschen anders verwendet – aber das Wort gefiel ihr und auch dass seine Stimme, als er es aussprach, etwas zu hoch geriet, als sei er aufgeregt.

Dann ging er in die Küche, um zwei neue Drinks zu mixen, reichte ihr einen, drehte sich wieder weg und rührte in einem der Töpfe, dessen Inhalt auf dem Herd vor sich hin köchelte. Sie hatte sich seine Wohnung gefüllt mit Andenken von seinen Reisen vorgestellt, afrikanische Masken, solche Dinge, aber da war nichts; am Kühlschrank eine Karte aus New York, wie man es oft sieht, aber bei ihm überraschte sie das.

»Das ist schon toll am Bleiben«, sagte er, ohne zu ihr zu schauen, »dass ich endlich meine eigenen Töpfe und Messer hab«, machte eine kurze Pause und sprach dann über den warmen Linsensalat mit Randen und Pfefferminze.

Edith musste daran denken, wie er ihr vor einer Woche, als er sie zum Italiener eingeladen hatte, sagte, dass er sich an manchen Tagen kaum aus dem Haus traue, aus Angst, irgendjemandem helfen oder auch nur jemanden grüssen zu müssen. Dass er die Frau in seinen Träumen oft auf dem Wasser schwimmen sehe, treiben, bis sie irgendwann untergehe, geräuschlos; und Edith hatte sich die Frau immer mit grünem Haar vorgestellt, das sich wie ein Teppich auf dem Wasser ausbreitete. Überhaupt stellte Edith sich die Frau viel zu schön und zu jung vor – und vor allem zu oft. Einmal hatte sie sogar selbst von der Frau geträumt. Das konnte sie Chris jedoch nicht sagen, auch nicht, dass sie manchmal so etwas wie Eifersucht ihr gegenüber empfand. Sie schüttelte sich und fragte, wo das Klo sei.

»Das riecht gut«, sagte Edith, als sie zurückkehrte, und fügte dann schnell hinzu: »Früher hab ich ja auch mehr gekocht. Zu Hause.«

»Der Geruch der Gewürze ist gewöhnungsbedürftig, aber der Geschmack ist lecker.«

»Für meinen Sohn«, sagte sie – mit etwas zu fester Stimme –, wie sie es sich schon oft und eben wieder auf dem Klo vorgenommen hatte.

»Dein Sohn.«

Edith konnte Chris' Stimme nicht anhören, ob das eine Frage war oder wie er das meinte, und sie nickte. »Martin. Der ist natürlich längst aus dem Haus.« Sein Alter wollte sie nicht nennen und räusperte sich. »Ja, Martin.«

»Du hast einen Sohn«, wiederholte er, nicht unfreundlich, vielleicht sogar anerkennend, lachte und fügte hinzu: »Ich rede eindeutig zu viel von mir. Zweimal waren wir schon essen, oder?«

»Ich hör dir gern zu.«

»Aber ich dir doch auch«, sagte er und schüttelte den Kopf.

Ediths Jugend war kurz gewesen, sie hatte immer gern und viel zu lang getanzt, und wenn die Mutter mit ihr geschimpft hatte, hatte sie nur mit den Augen gerollt. Martins Vater war nicht der Erste, mit dem sie geschlafen hatte. Dass sie aber sehr in ihn verliebt gewesen war, hatte sie Martin immer erzählt, dabei stimmte das nur bedingt. Sie hatte sich schon zu Beginn ein wenig vor ihm gefürchtet, auch wenn sie erst Jahre später wusste, weshalb.

Sie erinnerte sich, wie Martin sie einmal gefragt hatte – es war an seinem fünfundzwanzigsten Geburtstag beim Frühstück –, ob sie ihn eigentlich gewollt habe. Sie dachte einen Moment zu lange nach und sagte: »Damals wollte man nicht Kinder, man bekam sie. Und wenn man wie ich achtzehn war, erschrak man erst, und dann freute man sich.«

»Du meinst dreiundzwanzig.«

Sie nickte nur.

Nach einer Pause fügte sie noch hinzu: »Dein Vater übrigens auch.«

Und jetzt nickte Martin nur, der nie mehr in ihrer Gegenwart von seinem Vater gesprochen hatte, seit Ferdi ihn mit nichts und Edith mit einem geschwollenen Gesicht zurückgelassen hatte. Manchmal ersetzte Martin ihn in seinen Kindheitserinnerungen einfach, so dass in einer Erzählung plötzlich Edith am Steuer sass, als sie in Italien der Mittelmeerküste entlangfuhren, obwohl Ferdi sie nie hatte fahren lassen.

Und tatsächlich war Edith glücklich gewesen, als Martin auf die Welt gekommen war, und auch damit, dass er das einzige Kind geblieben war; verhütet hatten sie nie. Sie gehörte nicht zu denen, die sich fragten, was wäre, wenn sie kein Kind oder eines mit einem anderen Mann gehabt hätte. Und wenn sie versuchte, sich das vorzustellen, fiel ihr nicht viel ein, ausser dass sie damals gern nach Amerika gewollt hatte. Diese Röcke, die sich beim Tanzen ausbreiteten, als würde man gleich davonschweben, die hatte sie immer gemocht, dachte sie, um nicht an das weisse Kreuz zu denken – das war alles, was übrig geblieben war. Ein weisses Kreuz. Und dass die paar Jahre nach der Totgeburt auf eine Art ihre besten gewesen waren, zumindest ihre freisten.

Ferdi hatte sich, nachdem sie das tote Kind in die Welt hatte pressen müssen, rührend um Edith gekümmert. Später waren sie – um sich abzulenken – viel ausgegangen und sogar ein wenig gereist; sie hatten nicht viel Geld gehabt, aber genug, ausserdem immer noch eine lange Zukunft vor sich. Und gerade als es anfing, dass Ferdi nach dem Aufwachen, und nur dann, gewalttätig wurde, war sie mit Martin schwanger. Anstatt sich darüber zu freuen, wurde er noch aggressiver, aber in den Bauch geschlagen hatte er sie nie. Erst viel später dachte Edith, dass es vielleicht seine Angst um das Kind gewesen war und Ferdi nicht noch einmal so eine Vorfreude hatte zulassen wollen – Jahre danach fand sie eine Zigarrenkiste mit der Aufschrift *Marie,* so hätte das Kind heissen sollen, und entsorgte sie – und dass er diese Abwehrhaltung auch nach Martins Geburt nicht hatte ablegen können.

Martin war ein schwächliches Kind gewesen; vielleicht, dachte sie, hatte Ferdi zeitlebens Angst um ihn, ohne es selbst zu wissen. Das weisse Kreuz von Marie auf dem

Sihlfeld-Friedhof und diese eine Zahl nur darauf, 1962, das sah sie vor sich, wenn sie an das Kind dachte, nie das Baby selbst; obwohl sie damals darauf bestanden hatte, es zu sehen, und es gehalten hatte, klein und noch warm und tot. Und weniger die Trauer als die Leere in den Zimmern in den Tagen darauf, wieder zu Hause, war es, die noch heute ein Gefühl auslöste. Und dass inzwischen auch das weisse Kreuz nicht mehr dort war. Wozu, hatte sie gedacht, als die Ankündigung vom Amt gekommen war, wozu; hatte aber das erste Mal, seit sie im Uetli angestellt war, einen Tag krankgemacht.

Davon erzählte sie Chris nichts, der auch nicht nachfragte, nur in seinen Töpfen rührte. Sie war froh, gleichzeitig überkam sie die Angst, dass er erneut in sein Schweigen verfallen könnte. Aber dann, als hätte er das gespürt, erzählte er, ohne sie dabei anzusehen, dass er schon immer gern für viele Menschen gekocht habe, er habe ja überall auf der Welt Freunde, nur in Zürich habe es irgendwie nie recht klappen wollen. »Ich weiss nicht, weshalb. Ich weiss nur, dass ich deshalb nie gelernt hab, über Alltag zu sprechen.« Stattdessen sei er es gewohnt, sein Leben zusammenzufassen, wenn er die Freunde nach ein paar Jahren wiedersehe, oder das Ereignis, das sie zu Freunden gemacht habe, noch einmal zu beschwören. »Aber hier und mit dir ist das anders«, sagte er; und Edith, die nicht genau wusste, was er damit sagen wollte, aber trotzdem errötete, klopfte sich noch eine Mary Long aus der Packung. Und bevor sie ihr Feuerzeug hervornehmen konnte, drehte sich Chris plötzlich vom Herd weg und hielt ihr die Flamme des Gasanzünders unter ihre Zigarette, so dass sie sie vor Schreck zurückzog; sie lachten beide, und von da an gelang das Sprechen besser.

Als er das Essen auftrug, mit durchgestrecktem Rücken, erkannte sie: Die vielen Gänge, die hatte er nicht nur ihretwegen zubereitet, er kochte wirklich gern. Die Namen der verschiedenen Gerichte konnte sie sich nicht merken, obwohl er ihr jedes erklärte. Sie wusste inzwischen, dass er vor allem anhand des Essens über die verschiedenen Länder und Regionen sprach und in Verlegenheit geriet, wenn er von seinen Reisen erzählen sollte. Einmal fragte er zurück: »Kannst denn du viel über Zürich erzählen?«, wie aus verletztem Stolz. Um dann ruhiger hinzuzufügen: »Vielleicht tue ich es auch nicht gerne, weil mir als Erstes auch nur Klischees in den Sinn kommen: die Hitze, Gastfreundschaft, Durchfall und die Farbe der Erde, die überall anders ist«; aber dass für ihn immer die Menschen das Wichtigste waren, und die waren überall gleich, nämlich verschieden.

Und als sie schon beim fünften Gang waren, einer Süssspeise, eine Art gekochte Banane mit heisser Schokolade, die nach Lavendel duftete, und sie spüren konnte, wie die Frucht ihren Gaumen rau werden liess, weil sie nicht ganz reif war, und sie nicht mehr aufhörten zu sprechen und sein Lachen oft ein wenig zu laut geriet, dachte sie, dass sie heute miteinander schlafen würden. Und dass sie es gern hinter sich bringen würde.

Sie war plötzlich ziemlich sicher, dass es geschehen würde, auch wenn sie in den fünfzehn Jahren, seit sie von Ferdi geschieden war, nur ein einziges Mal mit einem

Mann geschlafen hatte. Bis kurz vor dem Moment, als sie damals ihre Kleider ausgezogen hatten, waren sie und der Mann noch per Sie gewesen – Herr Blankart, Hans, so hatte er geheissen. Es war weder schön noch schlimm gewesen, es war vor allem schnell vorbei; und wo erst noch Enttäuschung war, blieb ein Gefühl von Dankbarkeit, einfach, dass sie es erzählen konnte, wie einen Witz. Dass sie vor allem sich selbst sagen konnte: Es kann noch passieren, es geht noch. Und auch an diesem ersten Abend mit Chris wollte sie, dass es geschah. Und vielleicht auch, dass das erste Mal schnell vorüber sein und es dann noch mehr geben würde.

Weil die Heizung im Wohnzimmer nicht richtig funktionierte, waren sie in der Küche geblieben. Der Geruch der verschiedenen Gänge hing noch immer in der Luft, aber sie konnte jetzt auch seinen Schweiss riechen; wenn sie sprach, lehnte er sich immer etwas nach vorne, und sie trank zu viel. Musik lief keine, nur die Strassenbahn vor dem Fenster konnte man hören, wenn sie durchfuhr, und Chris begann jedes Mal dazu zu summen, wahrscheinlich ohne es zu merken.

Dass er ein grosses Motorrad gehabt habe und keinen Führerschein, erzählte Chris, und Edith dachte daran, wie sie sich als Teenager immer vorgestellt hatte, sich von hinten an einem Mann mit breitem Rücken festzuhalten; und auch wenn Chris sehr schmal war, stellte sie es sich jetzt wieder vor, dazu den Geruch von Leder in der Sonne und wie sie manchmal irgendwo absteigen würden, wo niemand war, um in den Wald zu gehen, und – das konnte sie sich heute nicht mehr vorstellen – sie musste dann an ihre Knie denken, und fahren würde sie auch lieber selbst. Ausserdem käme es ihr albern vor, wie ihr das alles an dem Abend albern vorkam. Und doch, wenn sie nur aufhörte, sich lächerlich zu finden, merkte sie, dass ihr diese Vorstellung gefiel. Dass es ein probates Mittel war, sich ein bisschen lächerlich zu machen und darüber zu sprechen, um sich näherzukommen.

Und dann geschah alles ganz schnell, sie hätte nicht einmal mehr sagen können, wer wen zuerst geküsst hat – und wollte es auch nicht. Dass er es vielleicht einmal mit einer alten Schachtel treiben wollte oder einen Fetisch hatte, dachte sie auf dem Weg ins Schlafzimmer und merkte gleichzeitig, dass sie doch noch feucht wurde. Auch das Küssen ging wie von selbst, als hätte sie nie aufgehört, Männer zu küssen – wie Velofahren, dachte sie und kam sich einmal mehr albern vor und dachte, dass sie jetzt nicht mehr denken wollte. Und tatsächlich gelang es. Sie vergass sogar, das Licht zu löschen, was sie sich eigentlich vorgenommen hatte. Nur als er sie bat, kurz zu warten – es waren höchstens zehn Sekunden, bis er mit einem Kondom in der Hand zurückkehrte –, begann sie nachzudenken, vermied es aber, an sich runterzuschauen, zog die Bettdecke unter sich hervor und legte sie über sich. Wie ein Reflex dachte sie kurz, dass sie nicht wieder schwanger werden wollte, und als sie bemerkte, dass es dafür längst zu spät war, an ihre Wallungen, die erst allmählich abnahmen; nur war sie nicht erleichtert, sondern für einen kurzen, lichten Moment sehr traurig.

Da aber war er schon wieder bei ihr, zog die Decke langsam von ihr und strich ihr mit der Hand über Brust und Bauch, sie zog ihn zu sich, mit einer Heftigkeit, die sie selbst überraschte. Er verstand es falsch und riss die Kondompackung auf, sie hinderte ihn nicht daran, und zum Glück liess er sich oder ihnen dann doch Zeit. Und als er schliesslich in sie eindrang, entfuhr ihr ein kurzer, spitzer Schrei, den er wohl nicht deuten konnte, und er hielt kurz inne, so dass sie ihn wieder an sich ziehen musste. Noch einmal dachte sie: wie Velofahren, und musste lächeln. Und dann: Und wenn er nur mit mir ins Bett will, mir soll's recht sein.

Dann hörte das Denken auf.

Dass vielleicht sie nur mit ihm ins Bett gewollt hatte, war ihr erst später in den Sinn gekommen – und er vielleicht nur hatte reden wollen.

Die ersten hundert Kilometer in den frühen Morgenstunden hatten sie pausenlos geredet, dann wurde es immer ruhiger und wärmer im Auto. Irgendwann, bereits in Frankreich, sagte Edith: »Wird es im Haus auch immer so still sein?«

Chris lachte.

Dann schwiegen sie wieder.

Erst als die Strassen breiter wurden und Chris eine alte Loretta-Lynn-Kassette im Handschuhfach ihres alten Saab fand und einlegte, entspannte sich Edith allmählich. Und an der ersten Raststätte in Spanien war sie sogar versucht, dem Mann an der Tankstelle und dann der Frau an der Kasse zu sagen: »Übrigens, ich wandere aus! Und das mit einundsechzig!«

Aber sie sprach ja noch nicht einmal Spanisch.

Dann, hundert Kilometer weiter, war ihr ihre Freude wieder verdächtiger als die vielen Fragen, die sie Chris stellen wollte: Dass wir da ausser Bill niemanden kennen? Dass sie nicht einmal die Sprache spreche? Marokkanisch? Arabisch? Dass sie überhaupt keine Fremdsprache spreche! Chris sagte immer, dass es dort alles gebe, was man brauche. Dabei gab es im Haus noch nicht einmal eine Dusche; auch wenn Chris eine einbauen würde, das hatte er versprochen. Und worüber sie sich zum ersten Mal in ihrem Leben Gedanken machte: die medizinische Versorgung; und ob der Altersunterschied zwischen ihr und Chris doch noch zum Thema würde. Und ob sie nicht überhaupt zu alt sei dafür. Für ihn. Wir zwei kennen uns doch erst ein Jahr, wollte sie sagen, hielt sich aber zurück, während Chris neben ihr summte. Und wie gut er aussah; auch das machte ihr noch immer Angst. Dass er doch an der Tankstelle mit der Frau geflirtet hatte. Sie ist halt dreissig Jahre jünger, hatte Edith gedacht – ihr Verständnis dafür war das Schlimmste daran.

Die letzten Monate kamen ihr in den Sinn, wie Chris sie immer öfter von der Arbeit abgeholt hatte, sie zu ihm oder ihr nach Hause spaziert waren, gekocht und die Nacht zusammen verbracht hatten. Und dass sie mit dieser selbstverständlichen Art von Beziehung nicht mehr gerechnet hatte und insgeheim noch immer glaubte, all das Glück, so unverschämt hatte sie schlussendlich danach gegriffen, das müsste irgendwann gebüsst werden.

Dieses Gefühl verschwand jedoch, als sie irgendwo hinter Barcelona, ein paar Kilometer von der Autobahn entfernt, in ein Motel eincheckten und sich nach einer in Öl getränkten Tortilla aufs Bett fallen liessen. Edith kam sich vor wie damals auf Schulreise – sie war mit ihren Eltern nie in die Ferien gegangen, höchstens auf Verwandtenbesuche –, als alles so neu war, dass sie aus dem Nichts in hysterische Lachanfälle hatte ausbrechen können. Und so lachte sie zwar nicht in diesem Motel, an diesem Ort, dessen Namen sie nicht kannte, machte sich aber zum ersten Mal in ihrem Leben Sorgen wegen der dünnen Wände, als sie mit Chris schlief; sie konnte sich selbst hören, vielleicht das erste Mal wirklich gut hören.

Danach schloss sie die Augen, aber statt einzuschlafen, sah sie immerzu den Mittelstreifen der Strasse auf sich zurasen. Eine Weile lag sie schlaf- und reglos da, dann rüttelte sie plötzlich an Chris und sagte: »Erzähl mir noch einmal, wie wir dort leben werden.«

Chris drehte sich langsam zu ihr und sagte verschlafen: »Das siehst du doch schon übermorgen.«

»Ich will es jetzt wissen!«

»Wir werden erst einmal viel schlafen, wenn wir ankommen.«

»Ich will nicht schlafen!«, sagte sie, vielleicht eine Spur zu heftig.

»Ist ja gut«, antwortete Chris, setzte sich auf und zog Edith zu sich.

»Ich hab bis jetzt in meinem Leben noch nicht mal in einem anderen Stadtteil gewohnt. Wir haben noch nie zusammengewohnt. Aber ich freu mich auch. Wirklich«, sagte Edith und kriegte eine ihrer Wallungen, die sie seit einem guten Jahrzehnt begleiten.

»Zurück können wir immer noch«, antwortete er, wie so oft im letzten Monat, ohne eine Spur von Genervtsein in der Stimme, »aber jetzt lass uns erst einmal dort ankommen.«

Edith nickte und dachte: Für Chris musste das die Normalität sein; nicht zu wissen, was kam. Und hörte sich plötzlich fragen, ob er denn eigentlich nie Kinder gewollt habe.

Chris öffnete zum ersten Mal, seit sie ihn geweckt hatte, die Augen ganz und schaute sie eine Weile an, bis er zurückfragte: »Ist das eine Fangfrage?«

Sie antwortete nur: »Nein.«

Noch immer schaute er ihr in die Augen und sagte: »Ich will mit dir zusammen sein.« Er hielt kurz inne. »Ist wohl immer eine Fangfrage.«

»Ich möchte nicht, dass du wegen mir – ich möchte nicht, dass es dir einmal leidtut.«

»Dann kann ich ja immer noch Kinder kriegen«, sagte er trocken und schloss für einen Moment die Augen, dass Edith schon fürchtete, er schliefe wieder ein, zog sie stattdessen mit einem Ruck an sich heran und fügte hinzu: »Ziegen!«

»Was?«

»Du wolltest doch wissen, wie wir leben.«

Sie nickte unsicher.

»Ziegen! Wir werden uns Ziegen zulegen.«

»Du spinnst.«

»Ich liebe es, Ziegen unter dem Kinn zu kraulen.«

Sie schaute ihn wieder nur an. Dann schüttelte sie den Kopf. »Die meckern doch nur die ganze Zeit.«

»Und wie«, sagte er, »manchmal werde ich sie nicht füttern, damit sie noch mehr meckern.«

»Davon hast du nie was gesagt.«

»Nicht?«, fragte er und lachte laut. Dann gab er Edith einen Kuss und drehte sich wieder weg.

Und Edith dachte nicht zum ersten Mal, dass er sie, so ausgelassen, an Martin erinnerte, obwohl der, seit er erwachsen war, kaum mehr so ausgelassen war.

Und doch war es weniger der Altersunterschied zwischen ihr und Chris als vielmehr ihre fehlende Bildung, die ihr manchmal zu schaffen machte. Zwar hatte Chris das Gymnasium für seine erste grosse Reise als Junge für alles auf einem Passagierschiff von Genua nach New York abgebrochen und danach nie mehr eine Schule besucht, während sie, nach den obligatorischen neun Jahren, ihre zweijährige Verkaufslehre bei der EPA noch im siebten Monat schwanger abschloss. Doch er las Bücher, bei denen sie schon der Titel verunsicherte, und sprach mehrere Sprachen mit einer Leichtigkeit, dass er ihr noch so oft sagen konnte, sie höre die Fehler halt nicht. Im Gegenteil, das fand sie noch schlimmer.

Auch vor Martin hatte sie sich geschämt, als er aufs Gymnasium kam und sich einen Spass daraus machte, sie bei seinen Hausaufgaben um Hilfe zu bitten, und sich dann, wenn sie nur ratlos mit den Schultern zuckte, übertrieben bei ihr bedankte.

Unter anderem daran hatte sie denken müssen, als sie Chris einen Monat nach ihrer ersten gemeinsamen Nacht ihrem Sohn vorgestellt hatte – sie war so nervös gewesen, dass sie sich von aussen hatte zusehen können. Dabei hätte sie wissen können, dass Martin sich beinahe so sehr wie sie selbst ein neues Leben für sie wünschte; er war es sogar gewesen, der sie ein paar Jahre zuvor bei einer Partnervermittlungsseite angemeldet hatte, wobei sie nie zu einem der von ihm arrangierten Treffen gegangen war. Und selbst wenn er Chris nicht mögen würde, wäre er so zuvorkommend, dass wenigstens Chris es nicht merken würde, das wusste sie.

So wie Edith es Martins neue Freundin nie hätte spüren lassen, die ausgerechnet María hiess – von Marie hatte Edith ihm nie erzählt und sich geschworen, es auch nie zu tun –, wenn sie sie nicht gemocht hätte. Aber Edith mochte María sofort, die Martin bei seinem Sprachaufenthalt in Lima kennengelernt hatte. Zwar wusste Edith nicht, wie damit umgehen, dass María ihr gleich um den Hals fiel und dann auf Spanisch, mit ein paar Brocken

Deutsch dazwischen, auf sie einredete – aber wie Martin sie anschaute, das hatte ihr gereicht, um sie ins Herz zu schliessen.

Und weil María zu Beginn erst wenige Menschen kannte und noch weniger, mit denen sie deutsch sprechen konnte, kam sie regelmässig bei Edith im Uetli vorbei, nachmittags, wenn nicht viel los war. Erzählte oft ganz verliebt von Martin und begeistert von Zürich. Aber einmal, als sie bereits besser Deutsch sprach, sagte sie auch: »Weisst du, Edith, wir streiten nie.«

»Da kannst du froh sein«, hatte Edith, ohne zu überlegen, geantwortet.

»Sí«, antwortete María und fügte hinzu: »Aber mit einem Kind muss man auch mal streng sein.«

»Sonst komm dann ich«, hatte Edith gesagt.

Dann hatten sie beide gelacht; doch Edith würde sich an ihre Worte viel später wie an ein Versprechen erinnern.

Edith war bei der Begegnung der beiden Männer nervöser gewesen als vor dem ersten Abendessen mit Chris – sie wusste, dass das nicht richtig war, aber sie konnte es nicht ändern. Aber auch Chris hatte extra ein gebügeltes Hemd angezogen. Und als es dann Zeit war, sagte sie zu ihm: »Warte du doch im Wohnzimmer. Kannst ja den Fernseher einschalten. Oder nein, lieber nicht. Ja?«, weil sie nicht wollte, dass sie zusammen an der Tür standen und Martin empfingen.

Worauf Chris den Kopf schüttelte, aber trotzdem aufstand und Edith auf den Hals küsste, als Martin, ohne zu klingeln, eintrat.

»Erwischt!«, rief er.

Edith löste sich sofort. Chris lachte. Martin trat aus dem Flur in die Küche und hielt Chris die Hand hin, Edith nickte er nur zu.

Sie war froh, als sie die beiden nebeneinanderstehen sah, dass Chris viel älter wirkte, männlicher, nicht nur wegen des Barts und der grauen Haare, er war auch grösser. Aber vielleicht sah sie bei Martin hinter den gelegentlichen Augenringen, egal wie alt er war, einfach immer auch sein Kindergesicht, das sie als Mutter so oft angeschaut hatte. Und auch Edith nickte ihrem Sohn nur zu und kümmerte sich dann wieder um das Zürigeschnetzelte – obwohl Chris besser kochen konnte, hatte sie ihm dieses Mal untersagt, ihr zu helfen: »Geht ihr nur schon mal ins Wohnzimmer.«

Aus den Augenwinkeln konnte sie beobachten, wie beide den Tisch decken wollten und Chris, der es zuerst bemerkte, sich stattdessen daranmachte, die Weinflasche zu entkorken, die Edith schon auf den Tisch gestellt hatte.

Während des Essens sprach Edith vor allem mit Martin, fragte ihn, wie es bei der Arbeit mit dem neuen Chef laufe, und musste sich zurückhalten, nicht nach seinen Freunden zu fragen, von denen sie viele noch kannte, weil er bis kurz vor seinem siebenundzwanzigsten Geburtstag zu Hause gewohnt hatte, was sie sich Chris aber nicht zu sagen traute.

Aber nach einer Weile, als sie sich zur Zubereitung des Mirabellenkompotts mit Löffelbiskuits noch einmal in die Küche zurückzog, begannen auch die beiden Männer miteinander zu reden. Und weil sie durch das Rahmschlagen nichts mehr verstanden hatte, war sie, als sie mit dem Dessert zurückkehrte, überrascht, dass die beiden sie kaum bemerkten, so sehr waren sie in ihr Gespräch vertieft.

Vermutlich musste Martin Chris nicht mehr ausfragen, weil er sich bei Edith schon am Telefon erkundigt hatte, was Chris arbeite und wie das genau mit dem Arbeitsamt sei, ob er denn wirklich gern arbeitslos sei und wie er das mit der Schwarzarbeit als Koch mache. Denn jetzt sprachen sie über das Reisen, besser gesagt, sie schwärmten zusammen von den Anden, von einem Fluss, dessen Namen Edith nicht verstanden hatte und der fast den ganzen Kontinent durchquerte. Kamen von einem Land zum anderen. Bis Martin plötzlich doch noch ein Verhör begann, jetzt aber aus reinem Interesse, so schien es ihr jedenfalls: Wie Chris denn auf die Länder komme. Wo es ihm am besten gefallen habe. Ob er auch schon in Peru gewesen sei. Wieso er kein Heimweh habe, was ihm hier gefehlt habe. Warum er nicht dortgeblieben war. Dass seine Mutter früher auch einmal habe auswandern wollen. Warum man dreissig Jahre wegwolle und trotzdem immer genau an den Ort zurückkommen könne, an dem man nicht wirklich glücklich war. Wieso nicht einen anderen Ort als Basis wählen? Was ihn an Zürich binde. Ob man sich auf Reisen leichter verliebe.

Chris erzählte ausführlich, ohne immer eine Antwort auf die Frage zu finden, und Martin, der fasziniert zuhörte, konnte nicht fassen, wie viel in Chris' Leben immer vom Zufall abgehangen hatte und wie weit er damit gekommen war. Nur zwischendurch hatte Edith einmal das Gefühl gehabt, dass Martin das Gespräch vielleicht nur für sie inszenierte, genauso wie Chris, weil beide ihr gefallen wollten oder vielleicht vielmehr – und hier fiel das zusammen – nicht missfallen wollten. Aber am Schluss umarmten sich die beiden, wenn auch nur kurz, und Edith sah, wie etwas in ihrem Sohn geschah, auch wenn sie nicht sagen konnte, was es war.

Nachdem Martin gegangen war, liess sich Chris erschöpft auf das Sofa fallen.

Als Edith fragte: »Und?«, antwortete er bloss: »Er ist dein Sohn, was soll ich sagen.«

»Was soll das heissen?«

»Ich mag ihn. Aber das wusste ich schon vorher.« Und fügte nach einer kurzen Pause hinzu: »Irgendwie merk ich ihm an, dass er dein Sohn ist. Ich mein … Ich weiss nicht. Aber das ist schön.«

»Ja«, sagte Edith nur. Und küsste ihn.

Aber als Chris eine Stunde später gegangen war, wählte sie nervös Martins Nummer.

»Du musst ihn ja wirklich mögen, wenn du extra mein Lieblingsessen kochst, um mich milde zu stimmen«, sagte er. Da wusste sie schon, dass Martin Chris mochte, aber dann sagte er auch noch: »Irgendwie wirkt er so jung. Aber trotzdem passt ihr gut zusammen.« Dann machte er natürlich noch irgendeinen Witz über ihr Alter.

Und als sie Martin nur ein halbes Jahr später – es kam ihr viel länger vor – erzählte, sie wolle sich ein Haus kaufen, sagte er nur: »Und ich hatte schon Angst, ich müsste das Geld einmal erben und würde mich nicht trauen, es auszugeben, so mühsam, wie du es zusammengespart hast. Ist mir heut noch ein Rätsel, wie du das geschafft hast.« Und Edith hatte das Gefühl, dass er sie nun wirklich nicht mehr brauchte. Aber vor allem hatte sie sich in dieser einen Woche in Marokko, in der sich ihr Leben total ändern würde, sofort verliebt in das Land, in das Haus, die Sonne, dieses Meer; in die Schildkröte, auf die sie am ersten Tag beim Spazieren fast getreten war. Und noch einmal mehr in Chris, der unter der sengenden Sonne wie ausgewechselt wirkte, sogar seine Rückenschmerzen waren verschwunden. Vielleicht würde auch das Schweigen, das ihn immer noch manchmal überkam, verschwinden.

Und so hatte sie im Flugzeug nach dem Urlaub zu Chris gesagt: »Wir sollten es uns kaufen. Das Haus, das uns Bill gezeigt hat.«

»Ferienhäuschen«, sagte Chris abschätzig.

»Dann kauf ich es«, sagte Edith trotzig.

»Aber dann wandern wir gleich aus.«

»Gut!«, sagte Edith, leicht beschwipst von ihrer Bloody Mary und der Aussicht aus dem Fenster auf die Hügelketten der Sierra Nevada, die etwas zwischen Grössenwahnsinn und Demut in ihr auslösten – oder eher beides, gleichzeitig.

Dann ging alles sehr schnell. Nach ein paar Telefonaten, die Chris erst widerwillig und dann immer begeisterter führte, flogen sie einen Monat später noch einmal für vier Tage nach Marokko, schauten sich das Haus nochmals an, tranken Tee mit den Nachbarn; der Preis war um tausend Franken gestiegen, aber das kümmerte Edith nicht, auch wenn Bill – Chris' bester Freund auf diesem Kontinent, wie er ihn nannte – das Gesicht verzog. Und am Morgen vor dem Rückflug war alles unterschrieben, und sie kehrten mit nichts als einem Schlüsselbund und einem Fetzen Papier nach Hause zurück. Es war so einfach gewesen, es fühlte sich kaum wirklich an. Aber schon ein paar Wochen später reichte Edith ihre Kündigung beziehungsweise Frühpensionierung ein. Wenn sie zurückschaute, dachte sie immer wieder: Ich bin verrückt – und lächelte in sich hinein.

Die Panik kam erst, als sie den Stammgästen im Uetli davon erzählte, von denen sie viele seit Jahrzehnten kannte. Zu Beginn reagierten sie gekränkt, und erst als die Abreise näher rückte, sagten sie ab und zu: »Du schreibst uns aber schon eine Karte.« Und als sie nickte, fügten sie hinzu: »Damit wir wissen, dass es dir gutgeht. Dort unten!« Und Edith wiederholte nur leise: »Dort unten!«

Sogar Michael, der junge Mann, der immer etwas in seine Hefte kritzelte, aber kaum ein Wort von sich gab, sagte, dass er sie vermissen werde.

Aber sie wollten ja nicht einfach auf der faulen Haut liegen, sondern, sobald sie sich ein wenig eingelebt hatten, eine kleine Pension im Nebenhaus eröffnen. Edith hatte zu Chris gesagt, das sei schon immer ihr Traum gewesen; doch das hatte sie für ihn erfunden, sie wollte vor allem etwas zu tun haben. Sie wusste nicht, was ihr Traum gewesen war, aber es hatte sie nie gestört. Sie fragte sich, ob die Frau, die Chris nicht hatte retten können, noch einen Traum gehabt hatte. Sie wusste nicht, wieso das wichtig war. Und was für Chris Bleiben hiess – wie lange er das aushielt an einem Ort.

Das zweite Mal übernachteten sie kurz vor dem Meer hinter Málaga. Und am nächsten Tag überquerten sie frühmorgens auf der Fähre die Meerenge von Gibraltar. Als alle ihre Motoren abgestellt hatten und durch das Abgas auf Deck gegangen waren, wurde es Edith nochmals klar. »Ich gehe«, sagte sie laut in den Wind, »wir gehen.« Diesmal fast ohne Gefühl; es war nur eine Feststellung, die gemacht werden musste; dazu schaute sie auf das Meer.

Sie hatte das Meer schon immer gemocht, seit sie zum ersten Mal dort war, zwei Monate nachdem Marie auf die Welt gekommen war. Ein paar Möwen kreisten über dem Schiff, jemand warf Brot über Bord. Edith löste Chris' Haargummi, so dass der Wind sich seine Haare griff, er schüttelte kurz den Kopf, damit sie ihm aus der Stirn flogen. Edith fasste danach, sie waren ein wenig feucht. Und sie mochte es, wie Chris sie an sich zog, seine Brust gegen ihren Busen presste. Mitten in aller Öffentlichkeit eine Erregung – auch das hatte sie vor ihm vierzig Jahre lang nicht vermisst, sondern vergessen. Jetzt hätte sie Chris am liebsten ins Auto gezerrt; sie wusste, an ihm würde es nicht scheitern, sie hingegen würde die ganze Zeit nur schauen, ob jemand vorbeikäme. Vielleicht sollte sie es trotzdem tun, überlegte sie, und ob sie schon auf afrikanischem Boden waren beziehungsweise unter marokkanischer Gerichtsbarkeit. Zu Chris sagte sie: »Jetzt sind wir bald da«, und sah seinem Gesicht an, dass sie gelächelt haben musste.

Dann trottete plötzlich ein Köter mit trübgrünen Augen über das Deck auf sie zu, der zu niemandem zu gehören schien. Die meisten hatten ihn weggescheucht, Chris nicht. Erst schaute er ihn lange an, fast als würde er auf diese Weise mit ihm sprechen, bis der Hund zu wedeln begann, dann hielt Chris ihm seine Hand zum Riechen hin und kraulte ihn unterm Kinn wie eine Katze. Der Hund entwand sich, kam aber gleich wieder; so ging das eine Weile, bis der Hund sich vor ihn hinlegte und seine Läufe in die Luft streckte. Ihr gefiel das und auch dass Chris sie in den Arm nahm, während der Hund mit schweren Lidern zuschaute. Und obwohl sie fror, wollte sie sich nicht wegbewegen und kam sich plötzlich so jung vor, dass es ihr gleich wieder Angst machte.

Dann ging Chris aufs Klo, der Hund trottete ihm hinterher. Edith holte sich eine Jacke im Auto und schaute nach, ob noch alles da war – auch diese Angst war mitgekommen –, und als sie die Türme von Tanger schon sehen konnten, fragte sie ihn, ob sie den Hund, der vor dem Klo auf Chris gewartet hatte, nicht mitnehmen wollten. »Er könnte auf deine Ziegen aufpassen.«

Es gab keinen Zweifel für sie, dass er Chris folgen würde, aber Chris schüttelte bloss den Kopf. Es war nicht das erste Mal, dass sie das Gefühl hatte, ihn nicht zu verstehen: wie heftig er den Kopf schüttelte. Als ob er auf seinen Reisen vor allem eines gelernt hätte: einsam zu bleiben. Und er schlug die Tür vor den Augen des Hundes zu, der gleichgültig davontrottete, dann startete Edith wie alle anderen viel zu früh den Motor.

Doch als sie mit der Fähre anlegten, wurde Chris plötzlich heiterer, als ob der Wechsel des Kontinents einen Schalter in ihm umgelegt hätte, wie wenn jetzt das Abenteuer beginnen konnte. Wieder summte er, als sie losfuhren, während draussen die hügelige, karge, aber doch immer bewachsene Landschaft an ihnen vorbeizog. Einmal sogar ein paar Bäume, auf denen Ziegen standen, als würden sie darauf wachsen und Chris könnte sich eine pflücken.

Als sie sich langsam Essaouira näherten, dunkelte es bereits ein. Am Strassenrand tummelten sich jetzt noch mehr Ziegen, ausserdem Marktstände und Händler, aber auch Kinder, die Fussball spielten, weil es – das würde Edith später erst begreifen – der einzige Ort war, wo sie den Ball im Licht weniger Strassenlampen und vorbeibrausender Autos noch sehen konnten, so dass Edith wie alle anderen nicht mehr die rechte Spur, sondern den Mittelstreifen befuhr. Und als sie endlich ankamen, schimmerte ihr Haus beziehungsweise die Häuschen, die sich um einen kleinen Innenhof drängten, frisch gestrichen weiss im Mond, der sich inzwischen gegen die Wolken durchgesetzt hatte.

Alles war noch da, stellte Edith fast etwas erstaunt fest, nachdem sie ausgestiegen waren. Und dachte daran, wie Ferdi, ihr Exmann, sie damals über die Schwelle ihrer kümmerlichen Einzimmerwohnung getragen hatte, in die sie zusammen gezogen waren, und wie sie nur daran hatte denken können, wie dick sie war. Nun steckte sie den Schlüssel ins Loch, und Chris legte seine Hand auf ihre.

Die ersten Tage gab es viel zu tun. Chris baute wie versprochen eine Dusche ein – es war ein an die Wand geschraubter Gartenschlauch mit einer Brause am Ende, aber er erfüllte seinen Zweck –, sie fuhren oft in die Stadt, um ein paar einfache Möbel zu kaufen, viel zu viel Geschirr, weil sie immer noch schöneres fanden, und zwei grosse Tajines; andere Dinge wie eine Waschmaschine brachte ihnen Bill vorbei. Es mussten die Nachbarn begrüsst werden, die nach und nach ans Tor kamen und eingelegten Fisch, Arganöl oder warmes Brot mitbrachten. Es klappte alles, und trotzdem war es eine grosse Umstellung für Edith, für die der grösste Unterschied zu ihrem Leben in Zürich aber nicht Marokko war, nicht der Islam oder das Klima, sondern dass sie auf dem Land wohnten. Wie wenig geschah und wie viel immer getan werden musste: Die Arganbäume mussten geschnitten werden, der Hibiskus gestutzt, man musste jeden Abend den Garten bewässern; und immer waren da Fliegen, ein paar kleine Skorpione, deren Panzer wunderbar in der Sonne glänzten, aber nur selten Menschen.

Und dann, mit einem Mal, an einem Nachmittag um fünf, war alles gemacht. Edith setzte sich hin und wartete, bis Chris von seinem Spaziergang zurückkam, und zog ihn dann an sich heran.

Sie schliefen miteinander.

Sieben, vielleicht auch nur sechs Wochen später – die Wochentage entschwanden ihr schon – kamen bereits die ersten Gäste.

»Verdammte Poulets!«, rief Edith, wenn sie abends die Hühner in eine Art Unterschlupf scheuchte oder auch mal trug, wenn sie nicht wollten. Auf die hatten sie sich schlussendlich statt der Ziegen einigen können. Wenn Edith nicht konnte, musste Christoph das erledigen, und jedes Mal erschrak er, wie zart und gleichzeitig knöchrig die Hühner sich unter dem Gefieder anfühlten. Wenn Gäste da waren, schauten sie oft zu und hatten ihre Freude, wenn das letzte Huhn Haken um Haken schlug. Es waren Freunde und Freundinnen oder deren Bekannte, welche bei ihnen abstiegen, nicht allzu viele, aber gerade genug, dass es für ihren Lebensunterhalt reichte. Christoph hätte sie nicht gebraucht, aber Edith schien in ihrer Rolle als Gastgeberin aufzugehen, und das freute ihn. Immerhin, länger als drei Monate im Voraus konnte man bei ihnen nicht buchen, das war seine Bedingung gewesen, und er genoss es, dass sie immer wieder ein paar Wochen für sich hatten.

Dann arbeitete er an ihrer Homepage für das Haus oder lernte Marokkanisch; bisher sprach er nur das Hocharabisch, das er in Jordanien gelernt hatte. Er war für das Kochen zuständig, auch das Brot buk er täglich selbst, während Edith die Arbeiten erledigte, die im Garten und im Haus anfielen. Wenn er ihr dabei helfen wollte, wehrte sie ihn meist ab: »Stört mich nicht, wenn ich das allein machen muss, und Hilfe brauch ich auch keine.«

»Aber wenn ich doch möchte«, sagte er.

»Ist doch schnell gemacht«, antwortete sie jeweils, egal ob sie eine Glühbirne auswechselte, die Bougainvillea hochband oder eine Ladung Holz, die mit dem Esel gebracht wurde, im Hühnerstall aufstapelte, und schien nicht zu verstehen, weshalb Christoph darauf laut durch die Nase schnaubte.

Und wenn er sich dann nicht nur ärgerte, sondern auch nicht wusste, was sonst tun, spazierte er zur Strasse, wo ihn bald ein Sammeltaxi aufgabelte, in dem sie nicht selten zu siebt Platz fanden und Christoph mit dem Kopf die Autodecke ausbeulte, während es ihn für zehn Dirham nach Essaouira brachte.

Dort verlor sich seine Wut schnell, wenn er durch die verwinkelten, verwunschenen Gassen schlenderte; nie hatte man alles gesehen, als sei der Platz, der auf der Karte so überschaubar wirkte, unendlich. Er hatte seine vier, fünf Bettler, denen er etwas gab, und immer ging er zum Barbier, der neu eine Fotografie des Königs an der Wand hatte – jenes Hoffnungsträgers, der gerade dabei war, die Folterpraktiken seines Vaters aufzuklären, wenn auch nicht zu bestrafen.

Kam Edith mit in die Stadt, achtete sie beim Einkaufen darauf, nicht viel mehr als die einheimischen Preise zu bezahlen.

»Das spielt doch keine Rolle für uns«, hatte Christoph einmal genervt gesagt, als Edith nicht aufhörte zu feilschen, »ist ja eh schon so billig für uns. Für den Verkäufer aber macht es einen Unterschied«, obwohl es ganz ohne Feilschen auch für ihn nicht ging.

Worauf sie erwiderte: »Ich lass mich nicht gern übers Ohr hauen. Dann fühl ich mich noch fremder.«

Während er, das erste Mal seit langem, das Gefühl hatte, einen Ort gefunden zu haben, von dem er nicht gleich wieder wegmusste. Und wie schön das für ihn war. Das sagte er Edith so nicht, er war nicht sicher, ob sie es richtig verstehen würde. Als ob sie, so kam es ihm manchmal vor, gar nicht damit rechnete, dass er blieb – was ihn kränkte.

Aber bis auf diese seltenen kleinen Verstimmungen vergingen die Tage grösstenteils gleichmässig und meist glücklich. Jeden Morgen, bevor es zu heiss wurde, begaben sie sich auf einen Spaziergang den Steinmäuerchen entlang, während die Hirten ihre Schaf- und Geissherden über die Felder trieben und die Kinder von einem Mofa mit Ladefläche aufgelesen und in einem Höllentempo über die Holperstrassen zur Schule oben auf dem Hügel gefahren wurden, von dem in den Pausen das Geschrei, wenn ein Tor fiel, bis in ihren Garten zu hören war. Edith hielt immer Ausschau nach Schildkröten; eine lebte schon seit einem halben Jahr in ihrem Garten, weil Edith sie mit Hibiskusblüten gefüttert hatte und nun, da die verblüht waren, mit frischen Salatblättern versorgte.

Meist begegneten sie auf ihren Spaziergängen auch ein paar Kamelen mit zusammengebundenen Beinen, Eseln, aber vor allem war da die Landschaft; die Kornfelder, die je nach Jahreszeit und Wind die Farbe wechselten und von Feld zu Feld weiter oder weniger weit im Wuchs waren, abhängig von Bewässerung, Sorte und Pflege. Sie zeigten auf Vögel und Streifenhörnchen und sprachen über die Nachbarn und Gäste, über alles Mögliche; ja, inzwischen redeten sie fast immer. Sogar von Marie hatte Edith Christoph vor einiger Zeit erzählt. Christoph hatte nicht gewusst, was sagen, aber das schien Edith auch gar nicht erwartet zu haben. Sie blieben kurz stehen, sie umarmten sich, dann löste Edith sich, und sie gingen weiter.

Am liebsten aber mochte Christoph die Abende, wenn sie vor dem Haus sassen. Gegen Jahresende war es oft kühl vom Wind, der hier immer wehte, dass die Wäsche kaum einmal richtig trocknete. Sie hörten Radio, und manchmal fragten sie sich marokkanische Vokabeln ab und lachten sich gegenseitig aus; denn zwar hörten sie die Fehler in der Aussprache des anderen, kriegten es selbst aber nicht besser hin. Manchmal lasen sie auch nur; es kam vor, dass Edith dabei plötzlich kicherte, doch wenn Christoph nach dem Grund fragte, schüttelte sie nur den Kopf, als hätten sie und das Buch ein Geheimnis, das er sowieso nicht verstehen würde.

Christoph mochte das, genauso wie er Edith gern zuhörte, wenn sie im Detail aufzählte, was man am nächsten Tag einkaufen müsse, mit Grammangaben. Während er immer mal wieder von seinen Jahren, bevor er sie gekannt hatte, erzählte. Als ob all die Reisen aus ihm rausmussten – manchmal auch, als ob sie erst jetzt einen Sinn bekamen, mit dem Erzählen. Und wie Edith ihm dabei zuhörte; nicht als wären die Reisen etwas Besonderes, sondern eben einfach sein Leben gewesen.

Edith selbst erzählte weniger von früher, und wenn, nur auf Nachfrage, aber immer hatte er dabei das Gefühl: Das war kein schlechtes Leben gewesen. Auch über ihre Schmerzen redete sie nicht, obwohl er sah, wie sie ihr Handgelenk manchmal mit starrer Miene umklammerte; und wenn er sie besorgt anschaute, laut auflachte, als habe er sie bei einem Streich erwischt – die alte Kaffeemaschine im Uetli, wo man den Kolben noch von Hand und mit Gewalt reindrücken musste, war schuld, was sie aber nur ein einziges Mal zugab.

Und noch immer kam die Lust über das Reden, und sie schliefen zwei-, drei-, manchmal sogar viermal in der Woche miteinander. Edith ging kaum je an ihm vorbei, ohne ihm kurz über den Rücken zu fahren, den Po, ihn schnell zu umarmen oder zu küssen, während sie draussen darauf achtete, nicht aus reiner Gewohnheit seine Hand zu nehmen, weil sie glaubte, dass das als unanständig galt. Und genauso hielt sie sich zurück, wenn Gäste da waren.

Einmal, als am Morgen ein Paar aus dem Oberaargau sie glücklich verlassen hatte, schlug er vor, ans Meer zu fahren. Das Meer, das war der Kompromiss; eigentlich wollte Edith ja schon lange in die Wüste, aber Christoph zierte sich – wenn er ehrlich war, war er froh, noch eine Reise vor sich zu haben. Jedenfalls, da waren sie dann am Meer, etwas weiter die Küste runter, wo es um die Jahreszeit keine Menschen hatte, Edith in ihrem Badeanzug, den er etwas zu modisch fand für ihr Alter, was er ihr aber nie gesagt hätte, weil er es gleichzeitig mochte, dass sie sich darum nicht kümmerte – wie sie da bis zu den Hüften im Meer stand, nach jeder grösseren Welle wieder ihr Gleichgewicht suchend, und rief: »Wenn du jetzt nicht reinkommst, dann – komm endlich rein, komm!«

Und wie er nur den Kopf schüttelte, weil er ihr lieber zuschaute, wie sie mit den Händen ruderte und sie dazwischen immer wieder an den Hüften abstützte, ihm noch einmal winkte, dann durch den Wind in ein Gelächter ausbrach – ob sie ihn auslachte, ob sie über das Meer, die

Freiheit oder worüber auch immer lachte, es erschütterte ihren Körper. Und als er sich doch überwand, wie sie sich da einfach rückwärts gegen eine Welle fallen liess und auf dem Rücken treibend noch immer lachte, noch immer laut, dass ihr Busen, ihr grosser, schöner Busen, sich hob und senkte, und er wusste, sie hatten alles richtig gemacht; sein ganzes Leben, alles war richtig für diesen einen Moment. Und auch wenn er zehn Meter von ihr entfernt nah am Ufer stand, nicht mal bis zu den Knien im Wasser, wusste er: Dass er jemals so ein Gefühl haben würde, so stark, das hatte er sich nicht vorstellen können. Und stand so da, mit diesem Gefühl, bis sie aus dem Wasser zu ihm kam und sich nass gegen ihn drückte und es kalt und schön war und er sie umarmte. Die Verliebtheit, hatte er manchmal das Gefühl, hatten sie sich erst in Essaouira erlaubt, und sie machte auch den Altersunterschied endgültig belanglos.

Und wie noch viele ähnliche Tage kamen, in denen ein Ding auf das andere folgte, ohne viel Aufhebens vorbeigingen und ein warmes Gefühl zurückliessen – und wie sie mit einem Schlag endeten; etwas über ein Jahr hatten sie in diesem namenlosen Weiler keine zwanzig Kilometer von Essaouira gelebt, als Martin auf das gemeinsame Schweizer Handy anrief.

Während er mit Martin sprach, musste Christoph, ohne zu wissen, weshalb, an die Frau denken, die unter seinen Händen weggestorben war: Andrea Dietsche. Einmal hatte er geträumt, dass sie seine Hand nahm, mit der er auf ihr Herz presste, langsam und sanft, sie an ihr Gesicht führte und damit über ihre Wange strich. Dass sie vielleicht auch noch geweint hatte, sicher war er nicht. Dass es aber ein sehr ruhiger, fast beruhigender Traum gewesen war – und als er damals aufwachte und aufs Klo ging und sein Gesicht im Spiegel sah, legte er die Hand auf seine Wange, bevor er sich wieder schlafen legte. Und dass ihm der Traum nicht am darauffolgenden Morgen in den Sinn gekommen war, sondern erst kürzlich, beim Zähneputzen, und er sich darüber gefreut hatte. Und wohl deshalb auch nicht erschrocken war, als einige Zeit vor Martins Anruf eine Karte von ihrer Tochter gekommen war.

Erschrocken aber war er, als er noch in Zürich die erste Karte erhielt, auf welcher die Tochter geschrieben hatte, dass er ja der Letzte gewesen sei, der ihre Mutter berührt, und dass sie das vielleicht noch mitbekommen habe – er dachte an das Geräusch der brechenden Rippen – und dass sie, die Tochter, ihm gar nicht gedankt habe, auch wenn ja leider jede Hilfe zu spät gekommen sei.

Und mit der Karte hatte sie ihm ein Foto von ihrer Mutter geschickt, damit er sie anders als nur sterbend in Erinnerung behalte. Darauf sass Andrea Dietsche auf einem Liegestuhl, sie hatte ein farbiges Seidentuch um den Hals, der Wind blies ihr die Fransen schräg in die Stirn, und sie lächelte abwesend, als denke sie gerade an etwas Schönes. Er hatte der Tochter zurückschreiben wollen, konnte aber keinen Absender finden. Doch das Foto hatte er aufbewahrt und sogar nach Marokko mitgenommen, neben ein paar Bildern seiner Eltern, mit denen er einzig an seinem Geburtstag telefonierte; sie lebten noch immer im gleichen kleinen Dorf in der Nähe von Zug von einer geringen Rente, während rundherum reiche Leute zugezogen waren. Seine Eltern bedeuteten ihm nicht viel, aber die Vorstellung, sie stürben nicht gleichzeitig – dass zum Beispiel seine Mutter noch fünf Jahre länger leben würde als sein Vater –, bereitete ihm Angst.

Und dann war ein paar Wochen vor Martins Anruf wieder ein Brief der Tochter gekommen. Dass sie nicht aufdringlich sein wolle, aber wenn er sie einmal treffen möge, würde sie sich freuen. Sie müsse viel an ihre Mutter denken, sie hätten es nicht leicht gehabt zusammen, aber seit sie tot war, ging sie ihr nicht mehr aus dem Kopf. *Ich finde das seltsam,* schrieb sie, *als meine Mutter noch gelebt hat, haben wir vielleicht einmal im Monat telefoniert. Mehr nicht. Und jetzt denk ich so oft an sie. Nicht dass Sie ein falsches Bild haben, sie war eine gute Mutter, aber wir haben es nie geschafft, so etwas wie Freundinnen zu werden, und nur die Tochter konnte ich auch nicht mehr sein.* Jedenfalls habe sie gedacht, dass es vielleicht etwas lösen würde, wenn sie mit ihm spräche. Wenn er ihr genau erzählen könnte, wie das gewesen sei, als ihre Mutter starb. *Ich möchte endlich aufhören können, so oft an sie zu denken.* Und dass sie hoffe, er müsse nicht zu oft an ihre Mutter denken. Weil, daran habe sie bisher nie gedacht, aber vielleicht sei es für ihn ja auch nicht einfach gewesen.

Dieses Mal war auch eine Anschrift in Wädenswil dabei gewesen. Wie alt Andrea Dietsches Tochter war, konnte er schwer sagen, vielleicht um die dreissig. Er wollte ihr antworten, dass er jetzt in der Nähe von Essaouira lebe, die Post sei umgeleitet worden. Aber wenn sie wolle, würde er es – sollte er es *den Rettungsversuch* nennen? – für sie aufschreiben. Das hatte er ihr anbieten wollen, aber bis zu diesem Tag hatte er es nicht getan.

Daran musste er seltsamerweise denken, als Martin ihm am Telefon sagte, María sei schwanger. Und dass das wie ein Witz klang: María schwanger. Und an all die Marienstatuen, die er auf der ganzen Welt gesehen hatte; und egal wo, immer wurden sie mit diesem leicht geneigten Kopf dargestellt.

Edith hatte sich später oft gefragt, weshalb ihr Sohn zuerst Chris von der Schwangerschaft erzählt hatte und ihm nicht bloss gesagt, dass sie zurückrufen solle. Vielleicht war Martin so überwältigt gewesen, er wusste es da erst seit ein paar Stunden; vielleicht wollte er Chris auch miteinbeziehen. Aber das Erste überhaupt, woran sie denken musste, als sie es erfuhr, war Marie. Und dann, dass sonst noch niemand gestorben war, der ihr nah war, obwohl sie ja nicht mehr die Jüngste war; sogar ihre Eltern lebten beide noch, wenn auch unglücklich und jammernd und nur halbwegs gesund in Albisrieden. Und manchmal, in schwachen Stunden, hatte sie das Gefühl, dass das Schicksal deshalb noch einen besonders harten Schlag für sie bereithielt – und jetzt wurde ihr kleiner Martin Vater, und sie war in Marokko.

Und sah ihn dann unwillkürlich vor sich, wie er, sobald er laufen gelernt hatte, schon Tauben nachrannte oder vielmehr stolperte, mit erhobenen Armen, und dazu vor Aufregung quietschte, bis er sich irgendwann enttäuscht auf den Po fallen liess, weil er sie nicht streicheln konnte oder was er sonst mit ihnen hatte anstellen wollen; und kam eine neue Taube, stand er sofort wieder auf, um seine Jagd fortzusetzen, die hellen Fransen im Gesicht. Und wie Edith sich selbst – auch später, als Martin für Tauben nichts mehr übrighatte und ihm überhaupt jede Geschichte, die sie über ihn erzählte, peinlich war – immer noch freute, wenn sie Tauben sah, bis heute; Sued, ihre Nachbarin, züchtete welche auf dem Dach.

Vielleicht freute sie sich sogar weniger auf das Kind als vielmehr darauf, wie Martin als Vater sein würde – wenn er zum Beispiel mit ihm spielte; war gespannt, ob etwas von seiner alten Freude zurückkehren würde. Und sie wusste, dass dadurch sich ihre Leben zwar wieder annähern würden, er aber noch weniger ihr Kind wäre. An Martins Geburt erinnerte sie sich erstaunlicherweise kaum noch. Das war schon immer so gewesen, und das Fehlen dieser Erinnerung wurde auch schon immer von einem schlechten Gewissen begleitet. Wenn jemand fragte, hatte sie »einfach und leicht« gesagt, und es waren keine weiteren Fragen gefolgt; und selbst diese eine Frage hatte ihr seit mindestens einem Jahrzehnt niemand mehr gestellt. Und nun dachte sie, dass die Erinnerung vielleicht wiederkommen könnte, wenn Martin sein Kind in den Armen halten würde.

Dann erst fiel ihr auf, dass sie das alles gar nicht sehen würde. Den einen oder anderen Moment schon, aber vielleicht würde sie das Kind vor allem von den Fotos kennen, und das Kind würde sich weniger über ihren Besuch als über ihre Geschenke freuen, dachte sie und realisierte erst dann, wie seltsam Chris ihr die Nachricht überbracht hatte: fast ängstlich, die Schultern hochgezogen, oder traurig, als hätte er sofort gewusst, was das bedeutete. Und wie Chris sich aus dem Raum entfernte, als sie Martin zurückrief und er fragte, ob sie zur Geburt da sein werde, worauf sie ihren Sohn fast anschnauzte: »Natürlich werde ich da sein!«

Als sie aufhängte, entdeckte sie Chris draussen. Er machte sich genau an dem Olivenbaum zu schaffen, von dem er noch wenige Tage zuvor behauptet hatte, da sei nichts mehr zu retten, da könne man schneiden, wo man wolle. Sie liess ihn und begann für einmal selbst eine

Tajine vorzubereiten – Gäste waren zum Glück gerade keine im Haus.

Später, am Abend, sassen sie noch lange draussen, ohne eine Jacke zu holen, obwohl es immer kühler wurde. Chris zündete eine Kerze an, die aber gleich wieder erlosch, so dass der Sternenhimmel plötzlich auf eine Art sichtbar wurde, die etwas Erdrückendes hatte. Dabei dachte sie an das letzte Jahr zurück und schaute Chris zu, der trotz des vielen Weins aufrecht im Stuhl sass, die Kerze erneut anzündete und mit den Fingern das warme Wachs knetete. Wie ihr das zu Beginn noch unheimlich gewesen war, diese Freiheit, wie sie es sowieso manchmal kaum hatte glauben können, dass sie auf einem anderen Kontinent lebte. Nur der Wind – an manchen Tagen hatte sie das Gefühl, er steige ihr zu Kopf; dass alle immer so laut sprechen, um das Rauschen des Winds zu übertönen. Aber meist war sie einfach nur glücklich. Manchmal war das Gefühl schon am Morgen da, wenn sie aufwachte und Chris nicht neben ihr war, dafür seine Geräusche aus der Küche zu ihr drangen, sie dann aufstand und ihren kleinen Gang durch den Garten machte, ein paar Blumen pflückte oder Unkraut ausriss und von weitem den Muezzin rufen hörte, bevor sie zu Chris ging.

Und sogar ihre Gäste schienen das zu spüren; anders als im Café Uetli, wo alle nur Sprüche klopften, hatte man sich hier etwas zu erzählen, dachte sie – und verstand plötzlich, was Chris am Reisen so mochte: aus allem draussen zu sein und gleichzeitig ein Zuhause zu haben –, auch wenn sie das Gefühl, eine Touristin zu sein, in der Zeit hier nie ganz losgeworden war. Als ob sie doch noch etwas erlebte, und wenn es nur das Schwimmen im Meer war. Wie sie erst letzthin da am Strand die Narbe auf Chris' Schulter entdeckt hatte – vom Reisen, hatte sie anfangs gedacht, aus der Kindheit, hatte er erzählt. Und ein seltsamer Stolz, als er am Strand ihre Hand gehalten hatte; und kaum mehr die Sorge, was die Leute denken könnten – es war wirklich mehr ein Gefühl als ein Gedanke –, dass sie zum Beispiel reich sei und er sich von ihr aushalten lasse. An *Breakfast at Tiffany's* dachte sie, kam sich aber plötzlich wie Holly vor.

An diesem Abend, als sie kaum ein Wort sprachen, sass Chris nur da; seine schmalen Schultern hoben und senkten sich, weil er, obwohl er nichts tat, als Wachs zu kneten, schwer atmete. Und als sie ihre Hand nach ihm ausstreckte, erinnerte sie sich plötzlich an ihren Anfang, als keine Berührung zufällig gewesen war. Wie Chris sie nach dem ersten Mal zur Tür brachte und, obwohl klar war, dass das kein One-Night-Stand gewesen war, beide nicht wussten, wie sie sich verhalten sollten; statt einem Abschiedskuss stiessen ihre Köpfe gegeneinander wie bei Teenagern – mit dem Unterschied, dass Edith die Unsicherheit hatte geniessen können, mehr als früher jedenfalls. Und dass, wenn sie weggehen würde – dieser Gedanke wurde ihr nun bewusst, ohne dass sie ihn absichtlich gedacht hatte –, plötzlich wieder alles etwas bedeuten würde. Und fast musste sie weinen, als Chris nun seine Kerze losliess und ihre Hand mit beiden Händen umfasste und drückte, dann aber aufstand und ohne ein Wort zu Bett ging.

Wieder überkam sie die Angst, dass das Schweigen auch hier in Marokko Einzug halten würde. Nicht dass er ihr nicht antwortete, aber es gab Tage, da wirkte es, als ob sie ihn mit jeder Frage aus einem Gedanken riss und er immer kurz überlegen musste, als müsste er das Geräusch, das sie gerade gemacht hatte, erst in Sinn übersetzen, um antworten zu können. Und plötzlich wurde ihr ganz heiss, obwohl sie den Wind kalt auf ihrer Haut spürte.

Für einen Moment überlegte sie tatsächlich, nicht zu Chris ins Bett, sondern zu Sued rüberzugehen, mit der sie sich ab und zu unterhielt, wenn auch kaum mehr als fünf Worte, weil Sued kein Französisch sprach. Wenn Sued Bohnen pflückte und Edith die Blumen bewässerte, trafen sie sich manchmal am Mäuerchen, welches ihre zwei Grundstücke voneinander trennte. Die Unterhaltungen dauerten nie länger als ein paar Minuten, eine von beiden zeigte in den Himmel, pustete laut, weil es wieder viel zu heiss war, roch an einer Pflanze und beschrieb sie, dazu Kopfnicken; aber mit der Zeit war da auch immer öfter Sueds aufsteigendes, kehliges Lachen, das Edith verriet, dass sie hier richtig war; wie ein kurzes Geplauder mit den Stammgästen kam es ihr vor.

Nur wenn sie Chris davon erzählte, war sie plötzlich wieder unsicher, ob sie alles richtig machte oder richtig angezogen war. Nie lachte er sie deswegen aus oder wurde ärgerlich, wiederholte nur immer wieder: »Mach es so, wie es für dich passt, das merken und akzeptieren alle Menschen.« Über seine eigenen Unsicherheiten und Missverständnisse lachte er bloss, und fast immer lachten die Leute mit – das war es wohl, was man mit ansteckendem Lachen meinte, ein Lachen, das sogar funktionierte, wenn man nicht wusste, worüber man lachte, dachte Edith.

Aber sie ging nicht zu Sued rüber, sondern zündete sich eine Zigarette an – dass ihr niemand sonst einfiel, mit dem sie hätte sprechen können, machte sie traurig. Und trotzdem war das letzte Jahr das schönste in ihrem Leben gewesen. Und Edith konnte auch später nicht sagen, weshalb sie erwog, das alles aufzugeben. Vielleicht dachte sie immer noch, sie hätte das Glück nicht verdient. Und: nicht noch ein Kind verlieren. Aber vielleicht, würde sie im Nachhinein sagen, war sie auch deshalb zurückgegangen, weil sie mit ihrer Fremdheit allein geblieben war und sie dadurch noch stärker gespürt hatte.

Und als sie am Morgen nach Martins Anruf viel zu früh aufstanden und schweigend in die Küche schlurften, war es Chris, der sagte, dass sie ja nicht immer hier sein müsse. Worauf sie das Marmeladenglas viel zu energisch öffnete, so dass ein wenig davon auf den Boden spritzte. Sie wusste, dass er recht hatte, dass sie selbst genau das auch dachte, und trotzdem fühlte sie sich verstossen.

Chris musste das gespürt haben, vielleicht sagte er es aber auch mehr zu sich: »Wir werden schon einen Weg finden.« Und ging die zwei Schritte auf sie zu und umarmte sie.

Eine Fernbeziehung, dachte sie, das gab's zu meinen Zeiten nicht; das dachte sie wirklich, den Tränen nah, während sie mit dem Fuss den Fleck vom Boden wischte und Chris fragte: »Würdest du denn mit mir zurückkommen?«, und sich wieder enger an ihn schmiegte.

»In die Schweiz?«

Für einen Moment fragte sie sich, ob es für ihn wirklich ein anderes Zurück gab.

»Und das hier?«, fragte er und machte dazu eine Geste, die wohl alles umfassen sollte, aber viel zu klein geriet. Er versuchte es nochmals, liess die Hände aber mitten im angesetzten Bogen sinken und schüttelte langsam den Kopf.

Dass das hier ihr gehöre, sie allein habe es bezahlt, wollte sie sagen, aber sie schüttelte nur auch den Kopf, noch langsamer als er.

»Wir finden schon einen Weg«, wiederholte er nochmals. Umarmte sie wieder, die einen Kopf kleiner war. »Meine Liebste«, flüsterte er leise, und sie glaubte seiner Stimme anzuhören, dass er es nun war, der weinte.

Als sie ein paar Monate später ihre Sachen packte – sie hatten es weiter schön, stritten plötzlich gar nicht mehr und hielten sich trotzdem auf eine nicht benennbare Art zurück –, liess sie absichtlich die meisten ihrer Kleider zurück. Und als sie sich dann ein letztes Mal im Haus küssten und sie ihm, das erste Mal überhaupt, sagte, dass sie ihn liebe, musste sie gleichzeitig ans Packen vor über einem Jahr in Zürich denken.

Im Estrich, ganz hinten, eingestaubt in einer Schachtel, hatte sie damals ihr Hochzeitskleid gefunden, und als sie die Schachtel geöffnet hatte – wie weiss es war, kein Staub, nicht eingegilbt –, leuchtete es fast im fahlen Licht des verdreckten Dachfensters. Sie schloss die Schachtel wieder und wusste nicht, wohin damit; mitnehmen konnte sie es nicht, bei Martin lassen auch nicht. Schlussendlich hatte sie es gefaltet und vorsichtig in einen Müllsack gelegt, extra einen eigenen, ihn zum Container gebracht und zuoberst auf die anderen Müllsäcke gebettet. Sie rückte den Sack sogar noch zurecht, damit er nicht eingeklemmt wurde, und als sie den Deckel der Tonne schloss, kam ihr plötzlich das Lied in den Sinn, das sie damals an der Hochzeit spätabends mit Ferdi gesungen hatte, *O bleib bei mir / und geh nicht fort / mein Herz ist ja dein Heimatort,* dreimal hintereinander, und sie hatte gedacht: Jetzt fängt es an, das Leben.

Als Miguel – den Namen hatte er von Marías Grossvater – vor zwei Wochen seinen fünfzehnten Geburtstag feierte, war es das erste Mal, dass Edith nicht dabei war. Einen Monat zuvor hatte sie, ohne jemandem davon zu erzählen, ein Zimmer im Altersheim bezogen, für das sie sich angeblich bereits zwei Jahre zuvor angemeldet hatte. Sie habe keine Lust mehr, selbst abzuwaschen, hatte sie, nachdem sie ihre Wohnung bereits gekündigt hatte, zu Martin gesagt, mit der alten Strenge im Blick, so dass er nicht zu widersprechen wagte.

Das Zimmer war klein und aufgeräumt, es roch nach Desinfektionsmittel; das einzig halbwegs Lebendige darin waren ein paar Fotos, die ungerahmt auf der Kommode an einer leeren Vase lehnten. Zu Martins Überraschung war auch eines von Christoph dabei, das er bei seinem ersten Besuch, ohne zu überlegen, in die Hand nahm.

»Wer ist das?«, fragte Miguel, den Martin für einmal gar nicht hatte überreden müssen, seine Grossmutter besuchen zu gehen, worauf Martin das Foto sofort zurückstellte.

Als Martin zu seiner Mutter schaute, lag ein Lächeln auf ihrem Gesicht, doch sie sagte nichts, und deshalb antwortete auch Martin nicht auf Miguels Frage, obwohl er wusste, dass Miguel sein Schweigen nicht hinnehmen würde. Und tatsächlich griff Miguel nun selbst nach dem Foto und drehte es in der Hand, als versuchte er irgendeinen Hinweis zu finden. »Der sieht irgendwie seltsam aus.« Und als weder Martin noch Edith eine Reaktion zeigte, stellte er das Foto grob zurück und kramte sein Handy aus der Hosentasche hervor.

»Das ist Christoph«, sagte Edith.

Miguel schaute auf. »Und wer soll das sein?«, seine Stimme nun aber weicher, als erinnere er sich vage an das grosse Gefühl und die Stille, welche mit dem Namen in seiner frühen Kindheit verbunden war.

Seit Miguels Geburt hatte Edith ihn zweimal die Woche zu sich genommen, aber vor etwas weniger als drei Jahren hatte er gemeint, er brauche niemanden mehr, der auf ihn aufpasse. Edith liess sich nicht davon beirren und kam stattdessen regelmässig zu ihnen. Und tatsächlich war sie die Einzige, die manchmal noch zu ihm durchdrang, während Martin und María in der Ablehnung ihres Sohnes nur einen weiteren Grund fanden, um sich zu streiten. Edith war auch die Einzige, die Miguel manchmal noch in sein Zimmer liess, aus dem es immer leicht säuerlich roch. Aber jedes Mal schloss er die Tür hinter ihr, damit Martin ihr Gespräch nicht hören konnte. Er war gleichzeitig eifersüchtig und erleichtert, dass Miguel wenigstens noch mit jemandem in der Familie etwas teilte. Ob es daran lag, dass Edith eines Tages, als Miguel laufen, lesen und sich anständig benehmen konnte, ihre Erziehung für beendet erklärt und zu Martin gesagt hatte, sie beschränke sich nun aufs Da-Sein, hatte er sich immer wieder gefragt. Beziehungsweise weshalb er das nicht konnte oder wollte – und was er falsch machte.

Aber im letzten Jahr war Miguel zunehmend auch seiner Grossmutter gegenüber kalt und gleichgültig geworden, wenn auch nicht trotzig wie bei Martin. Sie nahm es hin, schob es auf die Pubertät, aber Martin glaubte, dass sie auch deshalb ins Altersheim gewechselt war; und zum ersten Mal hatte er ein schlechtes Gewissen, dass sie wegen ihnen Christoph verlassen hatte, auch wenn er sie nie darum gebeten hatte. Einmal hatte sie zu ihm gesagt: »Versteh mich nicht falsch, ich liebe Miguel, ich liebe dich, Zürich ist eine schöne Stadt, aber am glücklichsten war ich in Marokko« – nicht als Vorwurf, einfach weil es so war. Und als Martin daran dachte, überlegte er, welche Zeit seine glücklichste gewesen war, aber ihm fielen nur einzelne Momente ein. Und noch heute hatte er das unbestimmte Gefühl, dass mit der Trennung seiner Mutter von Christoph auch zwischen ihm und seiner Mutter etwas zerbrochen war.

Edith war zwei Wochen vor Miguels Geburt aus Marokko zurückgekehrt, mit Tränen in den Augen, als Martin sie am Flughafen abholte. Sie hatte bald wieder eine Wohnung in der alten Genossenschaft gefunden, nur eine Viertelstunde zu Fuss von Martin und María entfernt. Er strich das Kinderzimmer, welches bis dahin sein Büro gewesen war, montierte ein Kinderbett und einen Sternenhimmel, der im Dunkeln leuchtete, und installierte bei Edith zu Hause Skype auf dem Computer, das damals noch neu war und oft schlecht funktionierte. Ohne sich daran zu gewöhnen – Edith sprach immer zu laut und ertrug es nicht, wenn sie sich selbst anschauen musste –, benutzte sie es fast täglich. »Ich habe noch eine Verabredung«, sagte sie jeweils mit einer Koketterie, die Martin früher an ihr nicht gekannt hatte.

Ausserdem sandte ihr Christoph lange Briefe mit Fotos von den Kakteenblüten und Ausschnitten aus dem Gästebuch, die Edith meist kurz, eher unbeholfen und in einer bemüht gehobenen Schriftsprache, die sie in der Schule gelernt hatte, beantwortete. Das wusste Martin, weil sie zu Beginn gewollt hatte, dass er die Briefe für sie korrigierte, so unsicher war sie gewesen.

Am Anfang ging Edith Christoph noch alle zwei Monate besuchen. Er konnte wegen der Gäste nicht weg, die immer regelmässiger kamen, so hiess es. Zu Miguels erstem Geburtstag brannte Christoph mit Hilfe der Sonne und einer Lupe dessen Namen auf ein Stück Olivenholz, das heute noch über Miguels Zimmertür hing, und bei seinem ersten und einzigen Besuch brachte er ein selbstgeschnitztes Spielzeugschiffchen mit. Die ganze Woche wirkten Edith und Christoph wie Frischverliebte, sogar bei ihnen zu Hause hielten sie sich an der Hand, als fürchteten sie, der andere könnte abhauen. Und nach dem Essen hörte er seine Mutter zu Christoph sagen: »Schau, so ein herziges Kind kannst du jetzt auch haben. Dann wirst du mich vielleicht besser verstehen«, worauf Christoph erst stockstarr stand, dann Miguel packte und sein Gesicht in dessen kleinen Bauch vergrub, als ob er weinen müsste. Doch als er Miguel zurück in sein Bettchen legte, waren Christophs Augen trocken und sein Blick feindselig. Trotzdem hatte Martin, der die ganze Zeit dabeigestanden hatte, sich keine Sorgen um den eher verdutzten als erschrockenen kleinen Miguel gemacht. Und einmal hatte Christoph gesagt, dass Miguel Edith gleiche, aber er klang nicht, als ob es ihn froh machen würde.

Schlussendlich war es Edith gewesen, die sich von Christoph trennte und daraufhin jeden Kontakt zu ihm abbrach. Das wusste Martin nicht von seiner Mutter, das hatte ihm Christoph erzählt, der Edith für ihre Radikalität sogar noch bewunderte oder einfach noch immer liebte. Er rief Martin nach der Trennung mindestens einmal pro Monat an, wobei er sich immer erst höflich nach Miguel und María erkundigte und erst dann – und manchmal auch gar nicht – nach Edith. Nie versuchte er Martin zu benutzen, im Gegenteil, oft war es Martin, der von sich aus von Edith erzählte; aber noch viel öfter von María und Miguel, Dinge, die schwierig waren. Männergespräche, dachte Martin bei sich, aber keine Machogespräche. Und deshalb nahm Martin zwei Jahre nach der Trennung auch Christophs schriftliche Einladung nach Essaouira an, die trotz allem überraschend kam.

Als Martin Christoph vor dem Haus in Marokko stehen sah – der Taxifahrer hatte schon hundert Meter vorher ein paarmal euphorisch gehupt –, erkannte er ihn kaum wieder. Christophs lange Haare waren weg, er trug eine dieser verschwitzten Mützen, die auch die Einheimischen trugen, hatte ein wenig Bart stehen, und seine Haut glich je länger, je mehr der hellen, sandigen Erde des Landes. Kam hinzu: Die Falten hatten sich noch tiefer in sein Gesicht gegraben, nur das alte, leicht schelmische Lächeln war geblieben. Und die Wärme seiner Umarmung.

Es war das erste Mal, dass Martin mehr als eine Nacht ohne Miguel war. Zwar vermisste er ihn, gleichzeitig aber genoss er es, Christoph in die Stadt zu begleiten – all die Läden, die Christoph kannte, das Essen, dass man ihn begrüsste wie einen alten Bekannten und er mit vielen Worten zurückgrüsste, mit diesen glottalen Lauten, die immer leicht übertrieben wirkten und gleichzeitig sehr echt klangen. Wie ein Eingeweihter kam sich Martin vor – auf die Touristen in ihren kurzen Hosen mit den Sonnenbrillen schaute er herab und kniff lieber die Augen zusammen. Und als Christoph die Einkäufe auf dem Markt bezahlte, sah Martin, dass er immer noch ein Bild von Edith im Portemonnaie hatte. Sie sei gleich am ersten Tag mit einer Leiter aufs Dach gestiegen, erzählte Christoph, der Martins Blick auf das Foto bemerkt hatte; sie hielt ihr Tuch unter dem Kinn zusammen, dass der Wind es ihr nicht wegwehte, hinter ihr ein Weizenfeld und der Sonnenuntergang.

Abends dann assen sie Fischbällchen und tranken Gin, den Martin vom Flughafen mitgebracht hatte. Sie waren beide das Trinken nicht gewohnt, und so kam schnell eine vertraute Atmosphäre auf, als ob die Nähe – oder war es die fehlende Nähe zu Edith – sie verband, in diesem Haus, welches Christoph inzwischen *Dâr Editha* getauft hatte. Trotzdem brauchte Martin viel Mut, als er fragte: »Warum bist du nicht mitgekommen in die Schweiz?«

»Ich konnte nicht.«

»Aber weshalb? Ihr hättet hierher in die Ferien fahren können.«

»Es passiert viel. Hier. Im Land. Nicht genug. Aber immerhin. Ausserdem hätte ich auch nicht genug Geld gehabt für die Schweiz.«

»Du hättest was arbeiten können.«

»Ich konnte nicht.«

»Nicht mal Edith zuliebe?«

»Sie wollte ja nicht.«

»Warum?«

»Weil sie wusste, wie viel glücklicher ich hier bin.«

»Auch ohne sie?«

»Das hat sie geglaubt.«

»Und?«

»Ich vermisse sie jeden Tag.«

»Es ist noch nicht zu spät.«

»Sie hat sich verabschiedet.«

»Aber doch nur wegen dir.«

»Für immer.«

»Das ist doch blöd«, sagte Martin und erschrak selbst über seinen schroffen Ton.

Christoph aber blieb ruhig, schaute ihn eine Weile an, dann sagte er: »Weisst du, ich schau zum Garten und Haus, als würde sie eines Tages zurückkehren. Ich weiss, sie ist alt. Aber vielmehr, sie hat einen Entschluss gefasst. Und wenn sie einen Entschluss fasst, dann gilt der.« Dann holte er tief Luft. »Sie kommt nicht zurück. Sie hat einen Willen wie wenige. Aber ich finde es schön, das alles hier, ich denk dabei an sie. Manchmal hatte sie blutende Blasen an den Händen, aber sie hat nicht aufgehört, bevor die Arbeit getan war.«

Und als María Martin nach seiner Rückkehr fragte, worüber sie denn gesprochen hätten, sagte er nur: »Über das Leben«, und lachte. Aber es stimmte. Edith hatte, als Martin sie vor dem Urlaub gefragt hatte, was sie davon halte, dass er Christoph besuchen gehe, nur mit den Schultern gezuckt; und als er zurückkam, stellte sie keine einzige Frage. Überhaupt redete sie fast nur noch mit oder über Miguel, der von all dem nichts mitkriegte und damals nur süss war. Sie war so verliebt in den kleinen Buben, der schon als Einjähriger eine Brille brauchte und damit noch unbeholfener und schutzbedürftiger wirkte. Irgendwann begann sie für eine Weile sogar wieder im Uetli zu arbeiten. Nahm ohne Freude zehn Kilo ab – was sie sich, seit Martin denken konnte, immer gewünscht hatte –, als ob sie etwas ablegen musste, und liess sich Mèches in die Haare machen. Und Martin hatte das Gefühl, sie habe einen Entschluss gefasst, auch wenn er nicht genau wusste, was für einer das war.

Martin selbst waren die Jahre nach Miguels Geburt als die freisten in Erinnerung, María und er verschmolzen in der Betrachtung dieses kleinen Bündels Glück auf ihren Armen vor Liebe. Und wie dieses Gefühl in einer ständigen Müdigkeit konserviert wurde, so dass er auch bei der Arbeit zu schweben schien. Ausserdem war er zum ersten Mal stolz auf sich selbst; wenn María die Geduld verlor, war er es, der Miguel in den Armen wiegte oder rumtrug oder ihm alte Michael-Jackson-Hits vorsummte oder seine Füsschen massierte.

Erst später merkte er, dass die Schwangerschaft vielleicht übereilt gewesen war – bereut hatte er es trotzdem nie – und dass María besser erst ihr Biologiestudium abgeschlossen hätte, dann müsste sie nun nicht als Laborantin für ihre alten Kollegen und Kolleginnen arbeiten, und vielleicht wäre auch ihr Heimweh nicht so stark. Und auch erst viel später war Martin in den Sinn gekommen, dass es vielleicht an ihm gewesen wäre, Edith einmal zu sagen, sie solle zurück nach Marokko.

Wahrscheinlich aber hatte er damals tatsächlich Angst gehabt, es nicht alleine zu schaffen. Wobei, eigentlich merkte er erst mit den Jahren, wie schwierig es war, ein Kind zu beschützen, zu lieben und trotzdem zu erziehen; dass diese Dinge nicht selbstverständlich zusammengingen. Seine Mutter, die das wohl alles schon lange wusste, konnte er immer weniger um Rat fragen; sie war über die Jahre auf eine Art abwesend geworden, die ihn manchmal in den Wahnsinn trieb. Über Witze lachte sie oft verspätet, als dringe nicht mehr alles zu ihr durch, war überhaupt alt geworden und sprach immer weniger über Dinge, die ihr nicht passten. Das erinnerte Martin an Christophs Schweigen, von dem Edith ihm erzählt hatte. Aber natürlich sagte er ihr das genauso wenig, wie er ihr zu sagen wagte, was fünf Jahre nach der Trennung mit Christoph geschehen war.

Stattdessen vermisste Martin seine Mutter mit einer Intensität, die ihm fremd war; aufgefallen war ihm das aber erst, als er das mit dem Altersheim erfahren hatte – wann es angefangen hatte, konnte er nicht sagen. Nur dass María inzwischen fast den besseren Draht zu seiner Mutter hatte oder jedenfalls über vieles mit ihr redete – zum Beispiel wo María und er sein würden, wenn Miguel auszieht, ob sie dann überhaupt noch zusammen wären –, Dinge, die er sich nicht einmal selbst zu fragen wagte. Was es noch schlimmer machte, war, dass er manchmal das Gefühl hatte, seine Mutter denke, so eine tolle Frau wie María würde er nicht wieder finden.

Dabei litt María mindestens genauso unter Miguels Distanziertheit, der seit einer Weile sogar nur noch deutsch mit ihr sprach, selbst dann, wenn er fluchte, was María dermassen sprachlos zurückliess, dass sie sich regelmässig die Zunge blutig biss. Martin versuchte zu vermitteln, suchte die Nähe zu beiden, doch mit jedem Schlichtungsversuch provozierte er bloss einen neuen Streit. Wie er überhaupt das Gefühl hatte, dass weder María noch er, noch sie gemeinsam – wenn sie sich fanden, dann, wenn es um Miguel ging – noch wirklich mit ihrem Sohn sprachen, vielmehr nur noch mit ihm verhandelten: über Ausgangszeiten und Ausgaben und alles, was Martin doch eigentlich gar nicht wichtig war. Er verstand weder sich selbst noch Miguel mehr; diese Fremdheit dem eigenen Kind gegenüber, damit hatte er nicht gerechnet. Und vermisste seine Mutter deshalb noch mehr, obwohl das Altersheim auch nicht weiter als zwanzig Gehminuten entfernt war. Und er fragte sich, ob Edith noch Wünsche, Hoffnungen oder Sehnsüchte hatte. Und ob oder wie sie noch an Christoph dachte, der vor fast zehn Jahren, mitten im Arabischen Frühling, mit seinem Motorrad ohne Ausweis auf dem Weg nach Marrakesch von der Strasse abgekommen war, drei Tage im Koma gelegen hatte, dann war er gestorben.

Martin wusste noch, wie er nach dem Anruf von Sueds Schwester, die als Einzige in der Familie Französisch sprach, als Erstes zu Miguel ins Zimmer gegangen war, wo dieser friedlich mit seinen Puppen spielte, und ihn an sich gedrückt hatte. Worauf Miguel, der das damals noch völlig normal fand, seine kleinen patschigen Arme um Martins Hals legte, während er selbst mit den Tränen kämpfte.

Zu Christophs Beerdigung waren viele Leute aus der Umgebung gekommen, hatten die Nachbarn Martin später in einem singenden Französisch erzählt. Er hatte Blumen geschickt, ohne je zu erfahren, ob sie rechtzeitig und überhaupt angekommen waren, ob man überhaupt Blumen schickte. In diesen Tagen dachte er oft an Christophs Eltern, die wohl zum ersten Mal nach Marokko gereist waren.

Er selbst war ebenfalls runtergeflogen, aber erst ein paar Wochen später, um das Haus zu verkaufen. Den Erlös überwies er auf Ediths Konto, die es nicht bemerkte, weil er schon seit über zwanzig Jahren ihr Geld verwaltete. Es war ein gutes Geschäft gewesen, es wurde für das Dreifache des damaligen Kaufpreises verkauft; es war kurz vor dem Terroranschlag in Marrakesch, als die Franzosen rundherum noch alles aufkauften, was sie kriegen konnten. Im Haus fanden sich auch viele Briefe, zugeklebt und an Edith adressiert. Ausserdem ein Brief an eine Ramona Dietsche. Erst dachte Martin, dass das Christophs Geliebte war, doch dann erinnerte er sich, wie seine Mutter von diesem Nachnamen erzählt hatte: Es sei diese Tote, die sie zusammengebracht habe. Ohne sie hätte Christoph sich ihr nie so geöffnet. Und gleichzeitig habe diese Frau ihn auf eine Weise gebrochen, wie nur der Schuldlose gebrochen werden kann – das hatte seine Mutter genau so gesagt.

Martin bewahrte die Briefe lange ungelesen auf, aber einmal, als er sich sehr einsam fühlte – María war für drei Wochen mit Miguel bei ihren Eltern in Lima –, las er sie doch. In einem stand, dass Edith die Liebe seines Lebens sei. In einem anderen, dass er sich einsam fühle. Und in einem dritten, dass er froh sei, sie gekannt zu haben; es klang beinahe wie ein Abschiedsbrief, obwohl Christoph ihn zwei Jahre vor seinem Tod geschrieben hatte. In den meisten aber erzählte er einfach, was er den Tag über gemacht hatte; in langen Sätzen mit wenig Kommas schilderte er Hausarbeiten, erzählte von den Gästen und sehr ausführlich davon, was er gekocht hatte. Meistens endeten die Briefe grusslos, nur mit seinem Namen unterzeichnet, Chris, wie ihn nur Edith genannt hatte.

Als die Wohnung seiner Mutter nach ihrem Eintritt ins Altersheim aufgelöst worden war, hatte Martin die Briefe verbrannt, ohne jemandem davon zu erzählen.

Vera

Die Kinder machen mich fertig, wollte Nathalie sagen. Weil aber Vera im fünften Monat schwanger war, sagte sie nichts. Liess nur ihren Kopf auf Veras Schulter sinken, die sogleich jeden einzelnen Muskel in ihrem Körper anspannte – nicht weil sie Nathalie da schon begehrt hätte; nicht einmal darüber nachgedacht habe sie, würde sie später erstaunt zu Nathalie sagen –, bevor Nathalies Lippen gleich darauf ihren Hals berührten.

Veras Hals war schlank und bleich; sie vertrug die Sonne schlecht und setzte sich manchmal gerade deshalb trotzig dahin, wo sie ihr auf den aschblonden Kopf knallte, um dann den Abend mit Kopfweh, Übelkeit und nicht ohne Stolz auf dem Sofa im Dunkeln zuzubringen.

Nathalies Hals war genauso schlank und bleich – und lang; und immer sah sie gleichzeitig sehr elegant und leicht kränklich aus. Sie hatte viele Männer gehabt und hätte noch viel mehr haben können. Jetzt hatte sie zwei Kinder, war gesund, und das letzte Mal Sex hatte sie vor über einem Jahr in einem Hostel in Essaouira gehabt, während die Kinder mit ihrer Schwester am Strand Sandburgen bauten. Christof, ihr Mann beziehungsweise, wenn sie sich je daran gewöhnen konnte, ihr Exmann, war bereits wieder verheiratet; und es hätte sie nicht gewundert, wenn er noch einmal Vater werden würde, obwohl er schon mit seinen ersten beiden Kindern nicht zu Rande kam.

Alma, Nathalies Tochter, hielt an diesem Tag, als Nathalies Kopf auf Veras Schulter ruhte, ihren Mittagsschlaf im Kinderzimmer. Es war kurz nach Weihnachten, der Weihnachtsbaum stand noch, Nadeln und zerknülltes

Geschenkpapier in allen Farben lagen herum. Um sich nicht anmerken zu lassen, dass Nathalies schwarze Locken auf ihrem Hals sie nervös machten, sagte Vera etwas über Nathalies Abschlussarbeit. Deswegen war sie schliesslich gekommen, um über die Gedichte von Ilse Aichinger zu sprechen. Aber Nathalie schien nicht zuzuhören.

»Schläfst du?«, fragte Vera.

Nathalie antwortete noch immer nicht; und dann spürte Vera, wie Nathalies Finger zwischen ihre Finger fuhren. Und fragte sich, wie diese Stelle zwischen den Fingern hiess, diese Stelle zwischen den Knöcheln – während Nathalies Finger weiter über ihren Handrücken, dann ihrem Arm entlangstrichen, so dass die Härchen darauf sich aufrichteten. Vera wollte etwas sagen, wusste aber nicht, was – und schaute Nathalies Hand nach, die über ihren Arm wieder nach unten fuhr und erst auf ihrem Oberschenkel zur Ruhe kam.

Dass das vielleicht gar nichts zu bedeuten hatte, dachte Vera. Seit ihrer Schulzeit hatte sie keine so enge Freundin mehr gehabt, wie Nathalie es seit einem knappen Jahr für sie war. Zwar traf sie sich regelmässig mit ihrer Frauenclique, die sich in der Schule gebildet hatte und die dann fast geschlossen nach Berlin umgezogen war, aber meistens waren da mehrere Freundinnen gleichzeitig zusammen. Und wenn sie jemanden zu sich nach Hause einlud, waren es meist Paare, für die sie dann zusammen mit Gregor aufwendig und rezeptgetreu Gerichte aus fernen Ländern kochte – für beide war das eine der wenigen Möglichkeiten, ihre Arbeit zu vergessen, die sie so sehr liebten, dass sie auch zu zweit kaum über anderes sprachen. Nathalie sah sie fast täglich, aber zu ihr nach Hause gegangen war Vera an diesem Tag nur, weil Nathalie in den Ferien wegen der Kinder nicht wegkonnte, ihre Arbeit aber bereits Mitte Januar würde abgeben müssen, um sich, gut zehn Jahre später als geplant, doch noch für die Masterprüfungen anmelden zu können.

Vera horchte, aber aus dem Kinderzimmer war nichts zu hören. Dann spürte sie, wie sich Nathalies Kopf bewegte; hörte, wie ihre Haare über die Sofalehne raschelten – und in ihrem Bauch, der noch sehr klein war, obwohl das Kind bereits in vier Monaten kommen sollte, rumorte es. Dachte dann an ihren kleinen Bruder, der an ihrer Hochzeit als einziger der drei Brüder ohne Begleitung erschienen war, sich auf allen Gruppenfotos in den Hintergrund gestohlen und sie am Tag danach um Nathalies Nummer gebeten hatte. Nie hatte Vera ihn gefragt, ob er sie schon angerufen habe, stattdessen hatte sie Nathalie davon erzählt. Die aber hatte nur gelacht, »dein kleiner Bruder«, und den Kopf geschüttelt. Dass sie ihren Bruder verstehen konnte, hatte Vera damals bloss gedacht, Nathalie war eine schöne Frau – aber das sagten alle, deshalb hatte sie es normal gefunden, dass auch sie das dachte.

Und spürte dann Nathalies Lippen – sie selbst rührte sich noch immer nicht –, ganz eindeutig Nathalies Lippen, die sich sehr langsam ihrem Hals entlang bis zu ihrem Schlüsselbein vortasteten. Sie trug einen leichten Pullover, der Ausschnitt war nicht weit, aber auch nicht eng, so dass die Silberkette, die Gregor ihr geschenkt hatte, gerade noch zum Vorschein kam. Sie mochte diese Kette und spürte sie jetzt plötzlich auf ihrer Haut: kühl – und merkte dann, auch das waren Nathalies Lippen. Spürte auch Nathalies Hand auf ihrem Bauch und legte, ohne hinzuschauen und zu ihrer eigenen Überraschung, ihre darauf und führte sie langsam und wie in Trance zwischen ihre Beine; dabei konnte sie zuhören, wie ihr eigener Atem lauter wurde. Gleichzeitig küsste Nathalie nun wieder ihren Hals, und Vera liess ihren Kopf gegen Nathalies kippen, deren Lippen sich jetzt auf ihre legten, sehr sanft nur, dafür presste Nathalies Hand etwas fester gegen den Stoff ihrer Hose, ohne sich sonst zu bewegen – und auch diese Haare richteten sich auf, so kam es ihr vor. Sogar einen Orgasmus konnte sich Vera für einen Moment vorstellen – und ärgerte sich gleichzeitig darüber, dass sie nicht aufhören konnte mit diesem Denken. Und dachte, dass die Küsse von Nathalie kein Geräusch machten, kein Schmatzen wie Gregors Küsse manchmal; und erst bei diesem Gedanken formte sich ein schlechtes Gewissen in ihr. Sie löste ihren Mund von Nathalies und liess ihren Kopf nach hinten gegen die Lehne sinken. Und als ob Nathalie das verstanden hätte, wanderte ihre Hand langsam wieder nach oben auf Veras Bauch. Dann passierte etwas Seltsames: Vera – und das konnte sie später selbst kaum glauben und noch weniger als alles andere jemandem erzählen – schlief einfach ein.

Schlief nicht lange, aber doch so tief, dass, als sie wieder aufwachte, Nathalie ihr gegenüber aufrecht dasass, nun aber mit der schläfrigen Alma in den Armen, die über die Sommersprossen auf ihrer Nase fuhr, als wollte sie sie abwischen, und Vera anlächelte.

Bald darauf musste Nathalie los, um Flo vom Tischtennis abzuholen, fünf Uhr war es bereits und dunkel draussen. Vera erklärte, sie gehe nochmals in die Bibliothek arbeiten.

Sie umarmten sich, wie sie sich immer umarmt hatten, nur länger dieses Mal, und Vera schaute, als sie sich losliessen, Nathalie nicht an; sie fürchtete, Nathalie würde sie sonst wieder küssen.

Statt ihr zu sagen, dass sie sich gesünder ernähren solle, kochte Gregor, seit Vera schwanger war, fast jeden Abend eines ihrer Lieblingsessen; an diesem Abend hatte er die marinierten Thunfischsteaks, die in Knoblauch gedünsteten weissen Bohnen und den Zucchinisalat in den Kühlschrank gestellt und selbst nur ein Sandwich gegessen. Vera war so lange in der Bibliothek geblieben, wo sie mit sechsunddreissig Jahren bereits die Historischen Sammlungen leitete, bis sie das Reinigungsteam in den Gängen hörte, ohne wirklich etwas erledigt zu haben; und als sie spät nach Hause kam, sagte Gregor, statt sich zu beschweren, nur: »Du siehst gut aus«, und umarmte sie lange.

Vera liess es geschehen. Sie wusste nicht genau, weshalb, war aber froh darüber gewesen, dass sie, seit sie sichtbar schwanger war, nicht mehr miteinander schliefen. Es war Gregor, der glaubte, Rücksicht nehmen zu müssen, vielleicht fand er sie schwanger auch nicht attraktiv. Doch an diesem Abend – Gregor hatte ihr ebenfalls ein kleines Sandwich gemacht und ihr einen Orangensaft gepresst –, als sie sich am Küchentisch gegenübersassen und er sie mit seinen dunkelbraunen Augen anschaute, die ihr damals als Erstes aufgefallen waren, hatte sie für einen Moment Lust, mit ihm zu schlafen. Oder vielleicht auch nur darüber zu sprechen, dass es ihr nun doch fehlte.

Sagte aber nichts.

Fragte ihn stattdessen, was er gemacht habe. Und während sie ass, erzählte er von seinen Studenten und Studentinnen und dass sein Kurs über diskontinuierliche Geschichtsschreibung auch für das nächste Semester schon wieder voll war. Stand dann plötzlich auf, verschwand für ein paar Sekunden, aber bevor Vera etwas rufen konnte, kehrte er mit einer Tüte in der Hand an den Tisch zurück, aus der er ein Paar Babyschuhe aus echtem Leder zog. »Man kann sie zurückgeben. Ich habe extra gefragt. Aber sie waren so – so klein«, sagte er, lächelte verlegen und fügte hinzu, »so klein, dass es gar nicht zählt«, weil er genau wusste, dass sie ausgemacht hatten, bis zum siebten Monat nichts anzuschaffen.

»Und eben: Man kann sie zurückgeben«, wiederholte Gregor, als Vera noch immer nichts sagte. Dann lehnte er sich nach vorne – um sie zu küssen, wie sie glaubte –, bückte sich aber stattdessen zu ihrem Bauch und flüsterte diesem zu: »Aber wir geben sie nicht zurück, nicht wahr.« Worauf Vera instinktiv mit dem Stuhl ein wenig nach hinten rückte – so dass Gregors Kopf leicht ins Leere fiel – und dann aufstand.

Gregor schaute verdutzt zu ihr hoch und sagte: »Ich musste nur mal raus aus der Uni. Ich bringe sie morgen zurück, wenn du willst.«

»Ich sag ja gar nichts«, sagte Vera.

Gregor nickte und begann dann, die Teller, die noch nicht ganz leer waren, langsam wegzuräumen.

»Danke«, sagte sie; und er nickte nochmals, als hätte er sich bereits an ihre Stimmungsschwankungen gewöhnt. Verschwand aber, sobald er die Küche aufgeräumt hatte, ohne ein weiteres Wort in seinem Arbeitszimmer.

Nach einer Weile stand sie auf, um zu ihm zu gehen – darin waren sie doch immer gut gewesen, über die Dinge zu reden, nicht zu lange zu schweigen, aber vor allem sich schnell zu verzeihen –, aber als sie vor der geschlossenen

Tür stand, wusste sie nicht, was sie sagen könnte; wartete drei, vier Sekunden und ging dann zurück in die Küche. Hier hatten sie sich oft getroffen, wenn sie abends beide in ihren Arbeitszimmern noch E-Mails abarbeiteten, um einen Tee zu machen und ein paar Kekse zu essen.

Aber auch hier stand sie nur unentschlossen herum und ging deshalb weiter ins Wohnzimmer, wo sie sich vor den Fernseher setzte – etwas, das sie sich sonst nur erlaubte, um Fremdsprachen zu lernen. Und was überhaupt erlaubte sich Nathalie?! – wurde Vera plötzlich wütend, während im Fernseher ein Kommissar Fingerabdrücke von einem vierfingrigen Boxer nahm. Sie weiss doch, dass ich nicht lesbisch bin! Und ausserdem verheiratet. Sie weiss doch fast alles von mir! Sogar vom Sex mit Gregor hatte sie ihr erzählt, wenn auch nicht, dass sie seit einer Weile keinen mehr hatten. Nie zuvor hatte sie mit jemandem über Sex gesprochen, dachte sie und erinnerte sich, wie Nathalie dabei einfach zugehört hatte, als wäre das das Normalste der Welt. Und wahrscheinlich war es das für Nathalie auch. Aber Vera hätte sie, wäre Nathalie ein Mann gewesen, nie so nah kommen lassen. Und überhaupt bin ich doch sowieso viel zu klein für sie, dachte Vera, obwohl Gregor deutlich grösser war als Nathalie und es weder ihn noch sie selbst je gestört hatte. Und dass sie Nathalie sofort anrufen sollte und ihr sagen, dass sie zu weit gegangen sei – ihre Hand –, viel zu weit!

Aber als sie versuchte, sich zu erinnern, wie weit, über was genau sie sich beschweren wollte, ging ihre Wut mit einem Mal in eine Erregung über – als ob sie bloss ihre eigene Hand runtergeschoben hätte, so selbstverständlich hatte es sich angefühlt. Nur schöner. Trotzdem, oder gerade deswegen, überlegte sie, Gregor zu fragen, ob er sich ein bisschen zu ihr setzen möge, zappte aber nur weiter zwischen den Programmen hin und her.

Und als sie ihn ins Bett gehen hörte, wartete sie sogar extra noch eine Weile, bis sie selbst das Bad betrat und in ihren Pyjama schlüpfte; sie hatte ihn von ihrer Mutter geschenkt gekriegt und war bisher zu faul gewesen, ihn nicht zu tragen, aber jetzt störte er sie. Als ob jeder von Nathalies Küssen einen Abdruck auf ihr hinterlassen hätte, den sie auf keinen Fall wieder wegwischen wollte. Zog ihn also wieder aus und ging nackt ins Bett, wo Gregor inzwischen schon leise schnarchte. Sie beugte sich über ihn und küsste ihn auf sein feines Haar, das nach der Seife roch, die schon sein Grossvater benutzt hatte – ein in Wachspapier gewickeltes quadratisches Stück Kernseife; als müsste er seinem feingliedrigen Körper etwas Grobes entgegenhalten, so kam es Vera manchmal vor , und sie hatte ihn ja immer auch dafür geliebt, dass er an dieser Seife festhielt, obwohl sie nicht zu ihm passte, und legte sich neben ihn.

Dann, die Hand auf ihrem Bauch, dachte sie wieder an den Nachmittag mit Nathalie; seit neustem spürte sie, wie das Kurze – so nannte Gregor das Baby – sich bewegte, und geriet in Panik, wenn da zu lange kein Drehen oder Treten war. In dieser Nacht aber war sie voller Vertrauen, und das Mondlicht drang durch den Vorhang; vielleicht war es auch die Weihnachtsbeleuchtung der Nachbarn, die sie auf eine kindliche Weise beruhigte. Und sie dachte, dass sie schon lange keinen Sternenhimmel mehr gesehen hatte, war aber zu müde, um aufzustehen. Dann liess sie ihre Hand von ihrem Bauch nach unten gleiten – dass sie noch nicht einmal in Gedanken einen passenden Namen für ihr Geschlecht hatte, dachte sie und stellte sich vor, es wäre Nathalies Hand, die dieses Mal nichts zurückhielt.

Sehen wir uns morgen wieder? Wir könnten ein Stück der Spree entlangspazieren und durch das leere Regierungsviertel? – Der Mond ist schön, stand in der SMS, die Nathalie, schon seit Stunden wach im Bett, um drei in der Früh von Vera erhielt und sofort aus dem Bett gesprungen war, weil sie die Nachricht nur im Gehen lesen konnte. Sie hatte solche Angst gehabt, Vera erschreckt zu haben – es war ja nicht geplant gewesen, wenn auch, so würde sie später denken, längst überfällig.

Nicht gleich zu antworten, das war früher Nathalies Strategie gewesen, die immer wieder enttäuschend gut funktioniert hatte, aber in dieser Nacht musste sie sich zurückhalten, nicht sofort bei Vera klingeln zu gehen. Fünf Minuten später, die ihr sehr, sehr lang vorkamen, antwortete sie: *Gern! Aber im Mauerpark,* weil sie wusste, die Kinder würden allein schon beim Wort Spaziergang einen Aufstand machen. Den Mauerpark konnte sie gerade noch als Spielen verkaufen, dachte sie und goss sich in der Küche mit zittriger Hand bereits ein zweites Glas Amarone ein.

Als die Flasche schon zur Hälfte leer war, aber keine neue Nachricht mehr kam, ging Nathalie ein paarmal in der Wohnung auf und ab, schaute in die Kinderzimmer, schloss die Türen wieder und begann dann so leise wie möglich die Wohnung aufzuräumen. Sie entsorgte das Geschenkpapier, pickte ein paar Nadeln vom Boden, gab es wieder auf und griff nach dem Bilderbuch, auf dessen Titelbild eine Fledermaus von der Decke hing. Sie erinnerte sich daran, wie Flo es als kleiner Knirps immer wieder irritiert umgedreht hatte. Als sie es zurückstellen wollte, sah sie, dass die kleine Bibliothek im Wohnzimmer, die er nach der Höhe der Bücher ordnete, durcheinandergeraten war – so etwas konnte leicht einen seiner Wutanfälle auslösen, wie er ihn gerade noch an Heiligabend gehabt hatte.

Nicht nur deswegen war Nathalie heilfroh, wenn die Schule und die Kita bald wieder beginnen würden. Ein einziges Mal nur hatte sie, seit Christof ausgezogen war, einen Mann nach Hause gebracht – die Kinder hatten ihn wie Luft behandelt. Nathalie war nicht einmal böse auf sie gewesen, eher erleichtert – sie hätte nicht gewusst, wie sie auch noch eine Affäre hätte bewerkstelligen sollen.

Stellte jetzt aber mit Erschrecken fest, dass es ihr egal war, was die Kinder von Vera hielten; und war trotzdem froh, dass sie sie schon kannten und zumindest Alma sie zu mögen schien. Ermahnte sich gleichzeitig, dass sie bloss zu einem Spaziergang verabredet waren, nichts weiter, und dass Vera genau in diesem Moment neben oder sogar mit Gregor schlief. Nicht Eifersucht war es, was Nathalie bei der Vorstellung verspürte, eher eine leise Traurigkeit, dass nicht sie es war; und sie erinnerte sich, wie sie unter Veras Pullover ihre Rippen hatte spüren können.

Wenn sie jetzt neben ihr liegen würde, sie würde sie einfach wecken, egal wie früh sie morgen wieder rausmusste, sie küssen, aber auch Reden wäre schon genug. Veras Stimme hören, die immer etwas aufgeregt klang – und gescheit –, Vera zuhören, die ihre Worte mit einer Vorsichtigkeit setzte, als ginge sie über brüchiges Eis.

Als die Bücher wieder wie eine kleine Rampe im Gestell standen, schaute Nathalie noch einmal ins Kinderzimmer, fast etwas enttäuscht, dass beide sich nicht rührten, obwohl sie die Tür diesmal nicht so vorsichtig geöffnet hatte. Ging dann wieder in die Küche und schenkte sich Wein nach, wie sie es oft getan hatte, in der Zeit, als sie sich von Christof getrennt hatte. Schaute dabei auf ihre Hand, mit der sie nach dem Weinglas griff, die vor wenigen Stunden noch auf Vera gelegen hatte, und drückte mit der anderen erneut auf ihr Handy, immer mit der Frage im Kopf, wie das hatte passieren können – und wie das wieder passieren könnte.

Und als Nathalie endlich einschlief, war die Weinflasche fast leer und der Mond nur noch ein matter Glanz am Himmel.

Im Park waren nicht viele Menschen, obwohl der Nebel, der die Weihnachtstage eingehüllt hatte, verschwunden war und die Sonne auf dem Grasreif glitzerte. Am Wegrand lagen braune Schneereste – wie im Sommer der Abfall – und schmolzen langsam dahin. Vera fror, doch trotz des kalten Winds schloss sie ihren Mantel nicht, weil er nicht zu ihrer neuen Figur passte. Und merkte, dass sie entweder sehr nervös war oder schon wieder aufs Klo musste – seit ein oder zwei Wochen drückte das Kurze auf ihre Blase –, als sie von weitem Nathalie kommen sah; die gelben Jacken der Kinder waren auf den Blauton ihrer Hosen abgestimmt.

Die kleine Alma, deren Schritte unregelmässig und federnd waren, würde es vielleicht schön finden, wenn sie öfter bei ihnen war, dachte Vera viel zu weit voraus; eine Eigenschaft, die sie im Beruf erfolgreich und in dieser Situation nur noch nervöser machte. Während Flo sie bisher immer etwas misstrauisch beäugt hatte und nun so nah neben seiner Mutter ging, als müsste er sie beschützen. Und als Nathalie sie endlich auch sah und lächelte – vielleicht hatte sie die Brille ja absichtlich zu Hause gelassen –, schlüpfte Flo mit seiner Hand in die seiner Mutter und drückte sich noch näher an sie.

Die Müdigkeit der schlaflosen Nacht senkte sich plötzlich über Vera, und vielleicht hatte sie es dieser Müdigkeit zu verdanken, dass sie nicht nachdachte, als sie auf Nathalie zuging und sie umarmte und sie ganz kurz auf die jetzt warmen Lippen küsste; wie aus Versehen.

Nathalie stiess einen kurzen, hellen Laut aus, über den sie sogleich selbst lachte. An sich kein ansteckendes Lachen – ihre sonst angenehme Stimme bekam dabei etwas Schrilles –, trotzdem setzte Vera mit ein.

Die Kinder schauten verdutzt, fast etwas verärgert zu ihnen hoch, und Flo zupfte Nathalie am Ärmel: »Was ist lustig? Was ist so lustig?«

Nathalie beugte sich zu ihm runter und drückte ihm einen Kuss auf die Wange, den er ärgerlich wegwischte, um dann zu ein paar Vögeln zu rennen, die erschrocken aufstoben. Darauf setzten sie sich alle in Bewegung, und Alma fragte, was Vera zu Weihnachten bekommen habe.

Mehr als zwei Bücher konnte Vera nicht aufzählen, und sie musste ausserdem zugeben, dass die nicht nur sehr alt waren, sondern noch nicht einmal Bilder enthielten.

»Das ist aber nicht viel«, sagte Alma und schaute Vera mitleidig an; und sogar Flo, der wieder zurückgekehrt war, schien das für sie einzunehmen.

Dann begannen die beiden wild durcheinander all ihre Geschenke aufzuzählen.

Vera schaute zu Nathalie, die ebenfalls müde aussah – ob das ein gutes Zeichen war? –, und drehte sich dann plötzlich und hektisch um. Auf einmal fürchtete sie, gesehen zu werden, obwohl kaum Leute unterwegs waren und es auch gar nichts zu sehen gab. Gregor hatte sie gesagt, dass sie mit Nathalie und den Kindern spazieren gehe, worauf er nur zufrieden genickt hatte – wahrscheinlich, weil er glaubte, sie würde sich eine Pause gönnen – und ihr aufgetragen, Grüsse zu bestellen. Was Vera nicht tat.

Sie liefen nicht über die Pflastersteine, sondern über die Wiese Richtung Max-Schmeling-Halle. Eine Weile zählte

Flo sogar die Muster und Motive der verschiedenen Geschenkpapiere auf, dann lösten sich die Kinder, rannten zum Hügel hoch, zu einem Stein oder einfach davon, um kurz darauf mit einem anderen Stein, einem Schneeball oder einer Frage zurückzukehren. Nathalie erinnerte sich, wie sie vor über fünfzehn Jahren, kurz nachdem sie nach Berlin gezogen war, das erste Mal auf den Hügel spazierte und wie da alle fünf Meter ein Dealer stand, der ihr etwas andrehen wollte und sie, wenn sie ablehnte, dumm anmachte; und wie sie trotz allem einfach weiterging, bis ganz zuoberst, wo sie rüber in den Westen sehen konnte und sie ein Gefühl der Eroberung überkam. – Als dann die Kinder auf die Welt kamen, waren die Dealer längst weitergezogen und der Park zu ihrem erweiterten Wohnzimmer geworden. Und deshalb machte sich Nathalie auch keine Sorge, als Alma und Flo etwas länger hinter dem kleinen Hügel verschwanden, dafür war sie nun allein mit Vera. Traute sich aber nicht auf den vorigen Tag zu sprechen zu kommen, auch wenn sie davon überzeugt war, dass sie beide genau in diesem Moment daran dachten, gerade weil sie sich kaum anschauten; nur manchmal berührten sich die Rücken ihrer Finger, wie zufällig und doch lange genug, um zu spüren, dass sie beide kalte Hände hatten. Und gleichzeitig begannen ihre Wangen zu glühen.

Und dann war es Vera, die plötzlich sagte: »Gestern, bei dir. Gestern – bin ich einfach eingeschlafen.«

»Ja«, war alles, was Nathalie hervorbrachte.

»Das tut mir leid.«

»Was tut dir leid?«, fragte Nathalie.

»Ich meine, gestern, das war schön.«

»Ja«, sagte Nathalie noch einmal und blieb stehen.

Vera drehte sich zu ihr, ihre Münder keine Lineallänge voneinander entfernt. Wandte sich aber wieder weg, und Nathalie, die das nicht interpretieren wollte, ging weiter.

Die Kinder waren nirgends zu sehen. Sie würden schon wiederkommen, dachte Nathalie und fragte sich, wie das werden würde: noch ein Kind, auf das man aufpassen müsste. Und erinnerte sich an die Zeit nach Almas Geburt – damals hatte sich Nathalie geschworen, dass ihr das nie wieder passieren würde, obwohl man sich genau das nicht vornehmen sollte, keinen Druck machen, hatte die Therapeutin gesagt –, als ihr plötzlich auffiel, dass Vera nicht mehr neben ihr war. Sie drehte sich um, ging die paar Schritte zurück und packte Vera bei der Hand. So gingen sie eine Weile, ohne ein Wort zu wechseln oder sich auch nur anzuschauen, und allmählich wärmten sich ihre Hände auf.

Das Schweigen war neu. Das letzte Jahr, als sie sich fast jeden Wochentag in der Bibliothek getroffen hatten, immer war da etwas zu besprechen gewesen, immer hatten sie zu wenig Zeit, all das zu erzählen, was sie beschäftigte, dachte Vera und musste noch immer aufs Klo – wollte aber auf keinen Fall Nathalies Hand loslassen, als diese plötzlich schrie: »Alma!«, so dass Vera zusammenzuckte. »Der Boden ist noch gefroren!«, rief Nathalie viel zu laut ihrer Tochter entgegen, die den Hügel in vollem Tempo runterrannte, liess Veras Hand los und winkte Alma wie eine Verkehrspolizistin energisch zu sich.

Wie das wohl wäre mit noch einem Kind, fragte sich Vera und dachte, dass Nathalie schon immer etwas ängstlich gewesen war, wenn es um ihre Kinder ging, und dass sie selbst wohl noch ängstlicher sein würde, sich aber dem Kind zuliebe nicht danach richten wollte – und wie leicht sie jetzt noch reden hatte.

Schnell schloss sie zu Nathalie auf, die bei Alma angekommen war, und sagte: »Ich muss dringend.« Und schämte sich sogleich für diesen Satz, obwohl sie ihn sicher schon hundertmal gesagt hatte – auch schon zu Nathalie, die sich nun verdutzt zu ihr drehte –, aber jetzt machte er etwas kaputt. Und stürmte dann, als sie kurz darauf am Ende des Parks angekommen waren, einfach an den dreien vorbei in ein Café, nickte dem Kellner zu und verschwand auch schon in der Damentoilette – sie würde nachher etwas bestellen, dachte sie, und dass man ja sah, dass sie schwanger war. Schloss die Tür, zog die Hose runter, und ohne sich ganz hinzusetzen, hörte sie erleichtert ihren Urinstrahl auf die Porzellanschale plätschern.

Als sie die Tür öffnete, stand Nathalie draussen am Waschbecken. »Alles in Ordnung?«

»Es ist nur wegen dem Baby, es war wirklich dringend«, sagte Vera.

»Ich dachte schon, ich hätte – unsere Hände«, sagte Nathalie und hob ihre Hände zu einer undeutlichen Geste.

Vera griff danach und zog Nathalie zu sich heran. Diese hielt dagegen, schaute dann auf und liess sich erst ein, zwei lange Sekunden später und sehr sachte gegen Veras Körper fallen. Die Gesichter nun unbeholfen nah beieinander, so dass Vera Nathalies Atem stärker roch als das Parfum und sie sich dann dermassen ungestüm küssten, dass es nicht wirklich schön war; und trotzdem schoss ein Kribbeln durch Veras ganzen Körper – sie schnappte nach Luft. Und merkte, wie ihr Bauch schon ein wenig im Weg war. Dann löste Nathalie Veras Hände von ihrem Kopf und sagte: »Und wenn Alma reinkommt?«

»Wo ist sie?«, fragte Vera verwirrt und bemerkte erst da, dass sie noch immer auf dem Klo waren und ein Geruch von Seife und etwas Säuerlichem in der Luft lag.

»Ich habe schon heisse Schokolade für beide bestellt«, sagte Nathalie.

»Dann lass uns zu ihnen gehen.«

Vera hatte schon die Türklinke in der Hand, als Nathalie sie zurückhielt: »Es ist alles noch so neu.«

Vera nickte.

»Und besonders«, fügte Nathalie hinzu, während sie die Tür öffnete; und Vera merkte, wie ihr die Röte ins Gesicht stieg – was wohl die Leute dachten? Und erst dann wurde ihr bewusst, dass sich niemand etwas denken würde, wenn zwei Frauen aus der Damentoilette kamen.

Sie tranken ihre heisse Schokolade, ohne viel zu reden, auch die Kinder schienen müde vom Rennen und von der Kälte, so dass sie den Rückweg auf direktestem Weg und meistens schweigend gingen. Als Nathalie Vera an der Strassenbahnhaltestelle vor dem Sportstadion umarmte, kam sie dabei so nah an ihr Ohr, dass Vera ihren Atem spüren konnte, und flüsterte: »Das nächste Mal komm ich ohne die Kinder.«

»Das nächste Mal«, sagte Vera, »ja!«, und stieg mit einem Lächeln in die Strassenbahn.

Stieg aber schon bei der übernächsten Haltestelle wieder aus, weil sie weder sitzen noch direkt zu Gregor nach Hause mochte, schloss nun endlich ihren Mantel und spazierte dem Park und dann den Mauerresten entlang, die sie die letzten Jahre wie eine beliebige Baustelle ignoriert hatte. Jetzt aber stellte sie sich vor, wie sie ihrem Kind in ein paar Jahren erzählen würde, was hier gestanden hatte. Die Welt erklären, dachte sie, was für eine Anmassung – aber das Kind würde das wie alle Kinder von ihr fordern. Sie könnte ihm auch erzählen, wie die Stadt sich verändert hat, seit damals, als sie hergezogen war und das Gefühl hatte, in einem anderen Land gelandet zu sein. Obwohl es lange nach der Wende war und damals schon alle sagten, wie sehr sich die Stadt verändert habe. – Aber was würde sie dem Kind über ihre eigene Veränderung erzählen?

Das Lametta hing jetzt über dem Türrahmen, und die Schokoladentaler, die vorher am Weihnachtsbaum gehangen hatten, dienten als Tischdekoration; für mehr hatte Nathalie keine Zeit gehabt. Hatte, als sie sich im Bad die Lippen schminken wollte, etwas Lippenstift von Veras Küssen auf ihren Lippen entdeckt, ihn aber nicht weggewischt, sondern nur überschminkt, dazwischen das Lachsgratin in den Ofen geschoben; wenigstens das war fast bereit, als Marion klingelte.

»Komm rein«, sagte Nathalie und umarmte ihre Schwester überschwänglich.

»Nicht so stürmisch, wir haben noch die ganze Nacht«, sagte Marion, aber Nathalie drückte sie nur noch fester.

»Was ist los mit dir?«, fragte Marion und nahm ihre Schwester bei den Händen.

»Du bist ganz braun«, sagte Nathalie nur. »Steht dir. Wie war denn dein Skiurlaub?«

»Der, von dem ich dir heute Morgen am Telefon erzählt hab?«, fragte Marion zurück und hob eine Augenbraue.

Nathalie, die so gern von Vera erzählt hätte, auch wenn sie gar nicht genau wusste, was, aber sicher war, dass Vera das nicht wollen würde, sagte: »Ich weiss auch nicht. Ich bin nervös. Das neue Jahr –«, aber bevor sie sich doch noch verriet, stürmten schon Flo und Alma herbei.

»Mann, Pinky ist vielleicht die dümmste Labormaus der Welt!«, rief Flo, der wie immer, während Nathalie kochte, hatte fernsehen dürfen, und Alma hinter ihm kicherte: »So dumm!«

Marion, die offensichtlich keine Ahnung hatte, wovon sie sprachen, ging in die Hocke: »Kommt her, ihr Hühner!«

»Wennschon Hähner«, sagte Flo, und Alma kicherte wieder.

»Schaut mal, was ich mitgebracht habe«, sagte Marion.

Da erst gingen die beiden ganz zu ihr, rissen ihr die Tüte aus der Hand – und gaben sie dann, nach einem kurzen Blick hinein, gleich wieder enttäuscht zurück: »Das ist ja nur für Grosse!«

»Das ist für eure Mutter. Ich glaub, sie kann es gebrauchen.«

Alma und Flo schauten ihre Tante nur verständnislos an. Marion zog eine Flasche Kupferberg Gold aus der Tüte – die gleiche billige Marke, mit der sie auch damals auf Marions Lehrabschluss angestossen hatten – und reichte sie Nathalie: »Ich bin so stolz auf dich.«

»Ich bin doch noch gar nicht fertig.«

»Aber bald! Und die Prüfungen machst du auch noch mit links«, sagte Marion, kramte in ihrer Handtasche und wandte sich wieder an die Kinder: »Ach, ihr Hühneriche, da hab ich euch die falsche Tüte gegeben, was haltet ihr davon?«, und zog zwei Packungen M&M's raus. »Aber erst nach dem Essen!«

Die Kinder rissen die Packung mit einem Schrei an sich und verzogen sich damit ins Wohnzimmer.

»Danke«, seufzte Nathalie, und Marion rief den Kindern hinterher: »Nach dem Essen, hab ich gesagt.«

»Hunger!«, rief Alma zurück.

Marion wollte noch etwas sagen, aber Nathalie zog sie in die Küche und drängte sie, die Flasche zu öffnen. Und als sie anstiessen, umarmte Nathalie ihre Schwester noch einmal. Marion machte sich aber gleich wieder los und musterte sie: »Du hast doch nicht schon ohne mich zu trinken begonnen?!«

»Aber ich freu mich doch nur, dass du hier bist.«

»Wie jedes Silvester«, sagte Marion.

»Ebendeshalb«, sagte Nathalie; sie stiessen noch einmal an, und dann tranken beide einen grossen Schluck, »ebendeshalb.«

Beim Essen sprachen sie vor allem mit den Kindern oder über sie, danach spielten sie zu viert Schatzsuche; ein Brettspiel, bei dem jedes Mal Alma oder Flo, meistens beide, zu weinen begannen – trotzdem war es das einzige Spiel, auf welches sie sich immer einigen konnten. Dieses Mal schien für einmal alles gutzugehen, vielleicht weil Marion noch schlechter war als die beiden.

Nathalie überlegte einmal mehr, ob sie Marion nicht doch einweihen sollte – weitererzählen würde sie sicher nichts. Ausserdem mochte Marion, die seit Christof alle ihre Freunde und Freundinnen genau prüfte, Vera, wenn sie auch etwas eingeschüchtert war von ihrem Doktortitel und ihrer Karriere. Nathalie hingegen hatte sich vorbehaltlos gefreut, als Vera innert Rekordzeit zur Leiterin befördert worden war. Sie hatte sie aber auch schon in den Anfängen des Studiums gekannt – nicht sehr gut, aber gut genug, um sich zu erinnern, wie Vera noch wie eine Schülerin die Hand hochgehalten hatte, wenn sie eine Antwort wusste, und dabei nicht selten rot wurde.

Aber vielleicht war es auch gar nicht die Karriere gewesen, weswegen Marion immer, wenn Nathalie ihr von Vera erzählt hatte, ein wenig auf Distanz gegangen war.

Vielleicht hatte sie doch etwas gespürt, und wenn es nur eine kleine Eifersucht war, weil Nathalie ihre Schwester tatsächlich etwas weniger angerufen hatte in den letzten Monaten, seit sie so eng mit Vera war. Gleichzeitig hatte Marion nicht vergessen, dass Vera eine der wenigen gewesen war, die sich immer wieder gemeldet hatte, als es Nathalie so schlechtging.

Und dann wurde Nathalie plötzlich aus ihren Gedanken gerissen, weil Alma jetzt doch noch zu weinen begonnen hatte. Nathalie nahm sie in die Arme, Flo verschränkte seine vor der Brust, denn schliesslich war er am Gewinnen gewesen.

Sie zählten rückwärts. Gregor trug ausnahmsweise einen Anzug und hatte die Hand am Sektkorken – er hatte extra eine alkoholfreie Flasche mitgebracht –, Vera stand neben ihm, und zum ersten Mal im Leben hatte sie nichts dagegen, gleich alle zu umarmen und so zu tun, als würde im neuen Jahr alles anders und vor allem besser werden. Und während sie es dann tat und am Ende Gregor küsste – »Das ist unser letztes Silvester zu zweit«, sagte er, und Vera lachte fröhlich, deutete auf die anderen Paare und fragte: »Zu zweit?« –, überlegte sie, was sie gleich Nathalie schreiben würde.

Ich will dich waren die Worte, die Vera nicht zum ersten Mal in den Sinn kamen. Besitz hatte sie nie gross interessiert, aber jetzt wollte sie Nathalie auf eine Art, die etwas mit Besitzen zu tun hatte; der Gedanke liess sie innerlich erröten, und ihr wurde heiss. Sie hätte diese Hitze gern der Schwangerschaft zugeschrieben, aber sie wusste, damit hatte es nichts zu tun. Und hörte Gregor lachen, der jetzt auf ihren Bauch deutete und nochmals sagte: »Wir zwei«, während draussen der Nebel bereits zurückgekehrt war, so dass die teuren Raketen im Dunst verschwanden und nach einem lauten Knall nur ein paar farbige Funken vom Himmel rieselten. Vera nickte abwesend, dann entschuldigte sie sich und verschwand mit ihrem Handy auf dem Klo.

Zwei ausgebrannte Tischbomben standen auf dem Tisch, die leere Flasche Kupferberg Gold, ein leerer Prosecco, ein angefangener, von dem sich Nathalie nachgoss – morgen würde sie es bereuen, dachte sie und lächelte stumm vor sich hin.

Dass er dieses Jahr aber wirklich wach bleibe, hatte Flo die letzten Tage immer wieder verkündet, und Nathalie schaute nun zu ihm rüber, wie er auf dem Sofa schlief, seit elf Uhr schon, leicht schräg, halb auf dem Polster, halb auf der Lehne, als wäre er jederzeit bereit aufzuschrecken, um doch noch und sofort anzustossen. Dass er trotz allem noch ein kleines Kind war, dachte sie, wenn auch gross für sein Alter. Und sie musste sich zurückhalten, nicht zu ihm zu gehen und ihm die verschwitzten Haare aus der Stirn zu streichen, die inzwischen schon über die Augen reichten und dunkel glänzten im Licht. Alma hatte als Einzige der Familie blonde Haare. Auch Nathalie hatte als Kind blonde Haare gehabt, aber sie erinnerte sich nicht daran und war sich auf den frühen Fotos deshalb immer fremd, dachte sie; und dass sie dieses Vorsätzefassen so lange von den Kindern fernzuhalten versuchen wollte, wie es nur ging, weil doch dadurch meist nur eine Vergeblichkeit zum Vorschein kam. Und dass sie sich zum ersten Mal seit langem wieder auf das kommende Jahr freute – eben gerade weil ihr keine Vorsätze einfielen.

Im Gegensatz zu den letzten Jahren war sie nicht einmal neidisch auf Marion, die eine Viertelstunde zuvor auf eine Party gegangen war. Als sie noch Kinder gewesen waren, war ihnen einmal an Silvester eine Stunde vor Mitternacht plötzlich eingefallen – ihr Vater war schon eingeschlafen –, dass sie ihren Kindersekt noch kalt stellen sollten. Und als sie die Flasche fünf Minuten vor Mitternacht aus der Tiefkühltruhe nahmen, war der Sekt fast ganz gefroren gewesen, und sie hatten kaum zwei Schlucke einschenken können – da hatte Marion das erste Mal seit der Beerdigung ihrer Mutter wieder geweint; die Tränen hatten ihr hellgrünes T-Shirt mit ein paar dunkelgrünen Flecken benetzt.

Grün war noch immer Marions Lieblingsfarbe, und grün war auch ihre Jacke, die noch auf der Stuhllehne hing; ihre Schwester würde sie heute nicht mehr vermissen und frieren wohl auch nicht, dachte Nathalie, und dass sie die Rolle der älteren Schwester schon lange aufgegeben beziehungsweise übergeben hatte. Wahrscheinlich wird Marion wie letztes Jahr direkt von der Party zum Frühstück kommen, dachte sie – und dann für eine Weile an Vera.

Es war weniger ein Denken als die Hingabe an dieses Gefühl, das keine Bilder kannte, aber stark war – vielleicht war es auch der Prosecco. Später würde Nathalie sagen, es sei kein Zufall gewesen, aber geküsst habe sie Vera aus einem Impuls heraus, absichtslos, einem Instinkt folgend.

Und sie würde auch sagen, dass ihre Körper sie geführt hätten, als wären sie selbst zu dumm dafür gewesen. Und sicher, es war genauso die Unsicherheit, die Neuheit gewesen, die sie erregt hatte; und obwohl ihre Körper sich mehr gesucht als gefunden hatten, war das schon bei diesem ersten Mal dermassen schön gewesen. Und immer wieder dachte sie an die Kraft, mit der Vera sie an sich gezogen hatte. Und immer wieder las sie die vielen Nachrichten, die ihr Vera seit Mitternacht gesandt hatte. Nathalie hatte sich über jede einzelne gefreut. Als Marion noch da war, war sie sogar extra zweimal aufs Klo gegangen, bloss um zu schauen, ob eine neue gekommen war; gleichzeitig war sie unfähig gewesen, die richtigen Worte für eine Antwort zu finden.

Vielleicht aber war sie auch nur zu müde. Sie überlegte, ob sie Flo ins Bett tragen oder sich zu ihm legen sollte. Neben seinem Kopf lag das Buch, das sie sich selbst zu Weihnachten geschenkt hatte: *Mrs Dalloway,* auch wenn sie wusste, dass sie es erst nach den Prüfungen lesen würde. Und *Licht im August,* keine Erstausgabe, aber ein altes, schönes Original, das sie von Vera geschenkt bekommen hatte. Ausserdem ein Buch von Marie NDiaye, das sie noch nicht kannte, und eines von einer Schweizer Autorin namens Ruth Schweikert, von der Vera ihr schon lange vorschwärmte. Nathalie griff danach und legte sich zu Flo aufs Sofa.

Hier lag sie nun, wie damals, dachte Nathalie, als sie zwei Tage nach Almas Geburt wieder nach Hause gekommen war und immer hätte schlafen wollen, aber sobald sie lag, nur nach Geräuschen von Alma gelauscht hatte. Und wie Flo, der sich meist neben sie gesetzt hatte, bei jedem Schrei Almas etwas verärgert geschaut hatte, was er sehr gut konnte, auch wenn er dabei vor allem sehr süss aussah.

Vielleicht hatte sie deshalb damals – sie weiss noch, dass draussen alles geblüht hatte, sie aber nie rausgegangen war, stattdessen im Fernsehen mitansehen musste, wie Kampfjets über ihr geliebtes Mittelmeer nach Libyen flogen – immer das Gefühl gehabt, sie müsse sich, wenn Alma endlich schlief, besonders intensiv Flo widmen. Ohne sich dann wirklich dazu aufraffen zu können – und das Seltsame war, er hatte es widerstandslos hingenommen. Und obwohl Marion ihr geholfen hatte, wo immer sie konnte, war Nathalie sechs Wochen nach Almas Geburt derart erschöpft gewesen, dass sie zusammen mit ihrer Frauenärztin beschlossen hatte abzustillen.

Doch sobald das geschehen war, hatte sie jeglichen Antrieb verloren, als hätte sie diese letzte Aufgabe bis dahin noch am Funktionieren gehalten. Und so hatte Marion es auch übernommen, Alma die Babymilch einzuflössen, wenn Christof auf einer seiner immer häufiger anfallenden Geschäftsreisen war und Nathalie selbst nur noch im Nachthemd durch die Wohnung schlurfte. Sie hatte auch dafür gesorgt, dass Flo seine Mutter nicht dauernd weinen sah, oder ihm, wenn es sich nicht vermeiden liess, erklärt, was sie selbst nicht genau verstand. In der Werbeagentur, wo sie sich innerhalb von zehn Jahren in die Geschäftsführung hochgearbeitet hatte – obwohl sie nur Bürokauffrau gemacht hatte, *nur,* wie sie selbst sagte –, hatte Marion erst ihren Urlaub, dann Überstunde um Überstunde eingezogen, abends gearbeitet, wenn sie nicht, wie es ebenfalls immer öfter vorkam, bei ihrer Schwester übernachtet hatte, damit sie am Morgen Flos Frühstück machen konnte, während Nathalie im Bett liegen blieb und immer blasser wurde. »Als ob das Licht durch dich hindurchfliessen konnte, wenn ich einmal die Vorhänge geöffnet habe«, hatte Marion später zu Nathalie gesagt, die sich an all das nur noch verschwommen erinnerte und während der ganzen Zeit nur eines verlässlich schaffte: sich immer wieder aufzuzählen, was sie alles falsch machte und wie wenig sie als Mutter taugte.

Kindbettdepression, hatte die Frauenärztin gesagt und Nathalie ein Medikament verschrieben, ohne sich weiter um sie zu kümmern, was Marion, die ihre Schwester auch dahin begleitet hatte, zur Weissglut trieb. Daraufhin hatte Nathalie auch noch an Gewicht verloren, obwohl die Medikamente das Gegenteil hätten bewirken sollen, aber alles Essen hatte ihr immer gleich grau geschmeckt. Und Christof nahm noch mehr Architekturaufträge an – mit zwei Kindern jetzt, sagte er – und arbeitete viele Nächte durch.

Vielleicht hatte er von Anfang an eine Affäre gehabt, vielleicht hatte er sich aber auch nur in eine geflüchtet, weil er nicht damit hatte umgehen können, dass er statt der starken, unabhängigen, leicht verrückten Nathalie, in die er sich verknallt hatte, zu Hause nur dieses Häufchen Elend vorfand. Jedenfalls, als es Nathalie wieder besserging – plötzlich und für sie selbst am überraschendsten –, hatte sie alle Kraft in ihre Eifersucht gesteckt, was schliesslich, zusammen mit der Tatsache, dass Christof wirklich eine Affäre hatte, zum Ende ihrer Beziehung geführt hatte.

Das Schlimmste dabei war gewesen, dass sie trotz all der Abwesenheit – so hatte sie sich gefühlt, als ob sie sich selbst abhandengekommen wäre, obwohl sie weder hatte denken noch träumen können – doch immer wieder merkte, was sie ihren Kindern antat. Und sich vorstellte, wie Alma ihr später einmal Vorwürfe machen, wie alles schlimm enden würde, wie Alma sich nicht geliebt fühlen und einen Schaden davontragen würde – und Flo, der ja immer alles spürte, was in ihr vorging, so sehr, dass es ihr manchmal unheimlich war, sowieso.

Hinterher dachte sie, die Vorwürfe gegen sich selbst waren das Einzige, was sie am Leben gehalten, ihr auf eine seltsame Art Kraft gegeben hatte, weshalb sie froh war, dass sie nie aufgehört hatten.

Und während sie an all das dachte und ein wenig zu frösteln begann, weil die Hausverwaltung die Heizung ab zehn Uhr automatisch runterschaltete, schlug Nathalies Glücksgefühl, auf dem sie wie auf einer Wolke durch diesen letzten Tag des Jahres geschwebt war, in dieser Neujahrsnacht in eine Furcht um, so heftig, dass sie zusammenzuckte. Flo neben ihr öffnete für einen Moment die Augen, und sie erinnerte sich daran, wie einmal eine Arztgehilfin beim Blutabnehmen gesagt hatte: »So eine Depression ist wie Herpes. Kann immer wiederkommen. Genau im ungünstigsten Moment. Bei Stress. Wenn man es wirklich nicht brauchen kann.« Und dann noch mit einem Lächeln hinzugefügt: »Kann man nicht viel machen. Ausser warten, bis es wieder vorbeigeht, nicht wahr.«

Aber noch einmal konnte sie das den Kindern nicht antun. Episode, so hatte es Marion immer genannt, weil sie das Wort Depression im Zusammenhang mit Nathalie lange nicht hatte aussprechen können. Auch ihr konnte Nathalie das nicht noch einmal zumuten, dachte sie, und ob sie wirklich so begeistert wäre, wie sie es sich zu Beginn des Abends vorgestellt hatte, wenn sie ihr von der Affäre mit einer schwangeren und verheirateten Frau erzählen würde.

Verliebt war sie seit Christof schon ein paarmal gewesen, aber nie mit dem Gefühl, die Verliebtheit könnte ihr gefährlich werden – das war jetzt anders. Nicht verletzlich fühlte sie sich, völlig wehrlos – sie musste die Augen aufreissen, um mit ihrem Blick an etwas Halt zu finden. Flo bewegte sich nicht. Sie drückte die Augen wieder zu und beschloss dann plötzlich, sie würde nicht nur ihrer Schwester nichts erzählen, sondern auch Vera nicht mehr sehen. – So hatte sie selbst doch noch einen Neujahrsvorsatz gefunden; und schlief dann bestimmt, aber traurig ein.

Wie froh Vera war, am ersten Montag des Jahres wieder arbeiten gehen zu können, endlich nicht mehr den ganzen Tag auf eine Antwort von Nathalie warten zu müssen – und ging viel zu früh los. Draussen war es noch kälter geworden, die Strassen an manchen Stellen gefroren. Unter der Eisenbahnbrücke vor dem Eingang lagerten trotzdem dieselben polnischen Obdachlosen mit Namensschildern vor sich, die hier schon hausten, seit sie begonnen hatte, im Grimm zu arbeiten; jetzt schliefen sie noch. Vera würde ihnen später etwas in den Becher legen.

Das Bibliotheksgebäude war zwar hell erleuchtet, aber beinahe leer. Sie stieg wie immer die Stufen zum sechsten Stock mit den Historischen Sammlungen hoch, ohne in schnelles Atmen zu geraten; überhaupt hatte Vera das Gefühl, wieder mehr Energie zu haben, seit die ersten dreieinhalb Monate ihrer Schwangerschaft vorbei waren.

Dass Nathalie ihre Kräfte bündeln wollte, um die Abschlussarbeit fertigzustellen, verstand sie gut. Sie bewunderte sie sogar dafür, dass sie – obwohl sie auch mit der jetzigen Fassung bereits gut abschneiden würde – meinte, es den Gedichten von Ilse Aichinger zu schulden, so genau wie möglich zu sein und keine Kompromisse einzugehen. Aber was sie nicht verstand: warum Nathalie nicht wenigstens das Telefon abnahm. Dass sie ihr das antat – auch als Freundin, dachte sie. Dabei schritt sie durch den Lesesaal, der für das Publikum noch nicht geöffnet war, und ging trotzdem den Umweg an dem Platz vorbei, wo Nathalie das letzte Jahr fast täglich gesessen hatte.

Früher hatte Vera nicht viel von Pausen gehalten, und wenn sie doch welche machte, sie als informelle Mitarbeitergespräche zu nutzen versucht. Aber seit Nathalie zum Arbeiten hierherkam, waren sie mindestens einmal pro Tag, wenn auch nie zu lange, in die Cafeteria gegangen, wo sie zu Beginn vor allem über Literatur gesprochen hatten, dann aber auch immer öfter über alles andere. Vera hatte sogar begonnen, Nathalie die Mitarbeiterinnen und Mitarbeiter vorzustellen, welche sie mochte, und ihr auch die wenigen anderen zu zeigen, um dann gemeinsam alberne Pläne zu schmieden, wie man sie loswerden könnte.

Sie schrieb Nathalie noch eine SMS: *Bin schon in der Bibliothek – wo bleibst du?!* Schaltete dann aber das Handy aus, wie sie es immer bei der Arbeit tat, und legte es in die Schreibtischschublade; inzwischen war auch der Computer hochgefahren.

Ungeduldig klickte sie mehrmals auf *Abrufen,* aber bis auf automatische Meldungen der Finanzabteilung, die Änderungen beim Rechnungswesen betrafen, war nichts los. Es schienen alle noch in den Ferien zu sein. Immerhin fand sie im Spamordner noch die Erinnerung für eine Einladung zu einem Kongress an der New York University, die sie vergessen hatte auszuschlagen. Seit Vera befördert worden war, wurde sie wieder öfter zu Kongressen eingeladen, für einen kurzen Vortrag im Zusammenhang mit ihrer Doktorarbeit über die Funktion der Namensaufzählungen in der Bibel, obwohl sie die schon vor Jahren verfasst und publiziert hatte. Seit sie von der Forschung in die Verwaltung gewechselt war, nahm sie die Einladungen aber nur noch selten an, auch wenn sie die Reisen als Arbeitszeit abrechnen könnte. Sie würde auch an diesem Kongress nicht teilnehmen, die Arbeit müsste sie ja doch nachholen, freute sich aber trotzdem: New York! Und merkte, dass sie das gleich Nathalie erzählen wollte. Das war schon in den letzten Monaten immer so gewesen, immer wollte sie alles zuerst Nathalie erzählen, dachte sie, als es an der Tür klopfte.

Vera riss, obwohl sie sonst immer nur »Herein!« rief, die Tür auf. Aber es war bloss Susanne, die sie während des Mutterschaftsurlaubs vertreten würde und die ihr ein gutes neues Jahr wünschen und die Post bringen wollte.

»Danke«, sagte Vera.

»Hast du gesehen, sie wollen, dass wir noch mehr sparen.«

»Das ist eine Standardmail, die kommt jedes Jahr«, sagte Vera so nett wie möglich.

»Du kennst die schon?«, fragte Susanne, Vera nickte. »Verstehe.«

»Schon gut«, sagte Vera, die Susanne nicht nur mochte, sondern sie auch für fähig hielt, aber trotzdem fürchtete, sie könnte während ihrer Absenz in Aktionismus verfallen, den sie dann wieder würde ausbaden müssen. Schliesslich war es ihr Ziel – weil sie schon früh entschieden hatte, nicht Professorin zu werden, zu sehr war sie von den Launen des Betriebs abhängig –, einmal die ganze Bibliothek zu leiten. »Du rufst mich einfach an, wenn du nicht weiterweisst.«

Susanne nickte.

»Ausserdem, noch bin ich ja hier«, sagte Vera, auch wenn sie in Gedanken schon wieder bei dem Positionspapier zur Digitalisierung war, das sie noch schreiben musste. Ihrer Meinung nach war diese frühestens in zehn

Jahren sinnvoll umsetzbar, das wäre langfristig billiger. Sollten doch andere aus ihren eigenen Fehlern lernen, sie lernte lieber aus den Fehlern von anderen.

Susanne lachte freundlich, als Vera ihr diese Überlegungen mitteilte, und Vera entdeckte zum ersten Mal, dass sich dabei Grübchen neben ihrem Mund bildeten – einem Kussmund –, und wimmelte Susanne bald darauf ab.

Konnte sich aber trotzdem nicht auf das Arbeiten konzentrieren, obwohl sie doch vor der Geburt noch so viel wie möglich erledigen wollte. Nahm erneut das Handy aus der Schublade, und weil noch immer keine Nachricht gekommen war, scrollte sie durch die vielen SMS, die sie Nathalie seit Silvester geschickt hatte; noch nicht einmal auf das Aichinger-Zitat hatte Nathalie geantwortet: *Und hätt ich keine Träume / so wär ich doch keine andere / ich wär dieselbe ohne Träume / wer rief mich heim?*

Warum hat Nathalie mich dann überhaupt geküsst? – sie hat doch angefangen, dachte Vera. Als ob Nathalie sich bloss einen Scherz erlaubt hätte, kam es ihr mit einem Mal vor. Und ihr fiel ein, wie sie Nathalie vor fünfzehn Jahren an der Uni kennengelernt hatte: Umschwärmt, das war das richtige Wort – sie hatte Männer verletzt, hatte Vera manchmal gedacht, nur weil sie so ungern nein gesagt hatte. Und trotzdem sehnte sich Vera bei jeder Erinnerung nur noch mehr nach ihr und stand dann viel zu schnell auf, so dass ihr schwindlig wurde. Sie konnte sich selbst zusehen, wie sie den Verstand verlor, dachte sie, während sie es gerade noch schaffte, sich an der Schreibtischplatte festzuklammern. Dabei war sie doch immer stolz darauf gewesen, auch in Extremsituationen einen kühlen Kopf zu bewahren. Auch unter den widrigsten Umständen noch arbeiten zu können – immer hatte ihr das geholfen. Und jetzt hielt sie es plötzlich nicht mehr aus an diesem Ort, den sie sonst so liebte: all die Gedanken, die in diesen Mauern schon gedacht worden waren, während sie immer nur und immer wieder einen simplen Gedanken fassen konnte: Warum meldet sie sich nicht, warum, warum, warum? – fuhr dann den Computer runter, und eine halbe Stunde später klingelte sie bei Nathalie an der Haustür.

Vera hatte schon seit Wochen keine der heftigen körperlichen Reaktionen mehr, die sie in der Anfangszeit der Schwangerschaft so überrascht hatten; aber als sie die Treppe hochstieg, sehnte sie sich so sehr nach Nathalie, dass sie, als Nathalie mit nassen Haaren die Tür endlich öffnete, am ganzen Körper zitterte.

Nathalie jedoch stand nur stumm da, und erst als Vera nach den Kindern fragte und ihre eigene Stimme wie von weit her und gleichzeitig viel zu laut in ihrem Kopf widerhallte, merkte sie, dass die Ohropax noch in ihren Ohren steckten; eine Arbeitsgewohnheit aus der Zeit, als sie noch kein eigenes Büro besessen hatte. Vera zerrte sie raus und hörte, wie Nathalie lachend antwortete: »In der Kita – und Flo im Hort«, aber Nathalie umarmte sie nicht, dass das Zittern hätte aufhören können, sondern stand für einen Moment genauso still wie sie selbst, und erst nach einer Weile griff sie ihre Hand und zog sie in die Wohnung.

Dort setzten sie sich auf das rote Sofa, hielten sich noch immer an der Hand, noch immer stumm, bis Vera sich ein Herz fasste: »Warum hast du dich nicht gemeldet? Ich hab dir …« – in der Strassenbahn hatte sie die SMS gezählt, siebenunddreissig Nachrichten waren es gewesen, zu allen Tages- und Nachtzeiten –, »ich hab oft an dich gedacht.«

Nathalie nickte. »Ich habe sie alle gelesen«, setzte zu mehr an, brach aber wieder ab.

»Aber warum hast du denn nicht zurückgeschrieben?«

Nathalie zuckte hilflos mit den Schultern.

»Ich hab gedacht, vielleicht sehen wir uns heute endlich in der Bibliothek. Aber da warst du nicht.«

»Nein«, war alles, was Nathalie antwortete.

»Nein«, wiederholte Vera und merkte, dass sie noch immer zitterte.

Was Vera dachte, hätte Nathalie gern gewusst – all die Tage zuvor, die ihr so lang vorgekommen waren, hatte sie sich das trotz der vielen SMS gefragt. Und hatte gegen das Grübeln so viel wie möglich mit den Kindern unternommen. Überhaupt geschaut, dass sie immer beschäftigt war. Hatte sogar die Ilse-Aichinger-Lyrikbände ins Bücherregal verstaut, weil sie fast über jedes einzelne Gedicht mit Vera gesprochen hatte.

Im Nachhinein würde Nathalie sagen, sie habe erst wissen wollen, wie ernst es Vera meine – gerade weil der Anfang von ihr selbst ausgegangen war. Es sei mehr eine Prüfung als ein Widerstand gewesen. Trotzdem, alles, was sie an diesem Morgen herausbrachte, war: »Willst du was trinken?«

Vera schüttelte, obwohl es wohl nur der Kopf hätte sein sollen, den ganzen Körper.

Nathalie überlegte, ihr Handy zu holen und Vera zu zeigen, dass sie auf jede einzelne SMS etwas geantwortet, die Nachrichten bloss nie abgeschickt hatte. Ihr einmal sogar ausführlich zu erklären versucht hatte, wovor sie sich derart fürchtete – aber keine Worte dafür fand. Dabei fiel ihr Blick auf ein Rudel Gummidinosaurier, die am Boden herumlagen – noch einmal musste sie an ihren Neujahrsvorsatz denken, und sie sagte: »Du kannst nicht einfach so hier vorbeikommen.«

»Was hätte ich denn tun sollen?«

Nathalie zuckte die Schultern.

»Was hätte ich denn tun sollen?!«, wiederholte Vera und schaute ihr direkt in die Augen.

Nathalie schloss ihre, und als sie sie wieder öffnete, sah sie, wie Vera die Lippen so fest zusammenpresste, dass sie ganz leicht vibrierten, als versuchte sie, mit aller Kraft Worte am Verlassen ihres Munds zu hindern.

»Ich glaub, es ist besser, wenn du wieder gehst«, wusste Nathalie sich nicht anders zu helfen, es klang fast schon verzweifelt; wie ein letztes Aufbäumen einer seltsam angelernten Vernunft.

Aber Vera rührte sich nicht, als hätte sie es nicht gehört, schaute starr zu Boden, aus ihren Augen tropften, ohne dass sie blinzelte, ein paar Tränen. Nach einer Weile schaute sie zu Nathalie, noch immer ausdruckslos. Stand langsam und schwerfällig auf, zog aber nur ihren Mantel aus und setzte sich wieder hin, noch immer ohne ein Wort. Und schüttelte den Kopf.

Und wie froh Nathalie war, als Vera zwar gegangen war – viele Stunden später aber erst.

Vorher hatten sie lange noch so dagesessen, stumm, bis sie irgendwann Veras Hand genommen und so stark gedrückt hatte, dass Vera sie mit einem kurzen Aufschrei befreit und dann Nathalie einfach geküsst hatte. Und sie gar nicht anders gekonnt hatte, als Vera auch zu küssen.

Zwischen den Küssen, die ihnen, so kam es Nathalie vor, noch immer, jeder einzelne, überraschend passierten, zwischen dem Luftholen oder Sich-bequemer-Hinsetzen, dann Bequemerhinlegen, machten sie immer wieder kleine Pausen. Sprachen gar noch einmal über Binnenreime in Ilse Aichingers Lyrik und Nathalies Arbeit *Poetik der Knappheit,* fast so, wie sie es immer getan hatten – als wollten sie es doch nochmals mit einer normalen Freundschaft versuchen –, schnitten sich aber die Worte mit Küssen ab. Und wenn Nathalie doch nochmals ein Gedanke an ihre Depression kam, sie kurz zögerte oder sich fragte, was Marion dazu sagen würde, war sie es selbst, die Veras Mund suchte.

Wie sie zwischen ihren Küssen von Aichingers Lyrik auf Bachmanns *Guten Gott von Manhattan* zu sprechen gekommen waren, konnte Vera später nicht mehr sagen, nur dass sie Nathalie daraufhin stolz von der Einladung aus New York erzählt hatte.

»Da wollt ich schon immer mal hin«, sagte Nathalie.

Und Vera antwortete, ohne zu überlegen: »Dann kommst du einfach mit.«

Nathalie schaute sie an, ihr Blick zwischen Frage und Herausforderung.

Und Vera fügte hinzu: »Mitte Februar schon«, als wäre das eine Antwort; bevor sie erneut begannen, einander heftig zu küssen, und Vera New York schon fast wieder vergessen hatte, als Nathalie beim Luftholen plötzlich sagte: »Gut!«

Und von da an hatten sie mit einem Schlag eine Zukunft.

Vera war im sechsten Monat schwanger. Von vorne war ihr Bauch kaum zu sehen, ihre Taille war schmal geblieben, aber von der Seite war er gross und rund, und es war das erste Mal seit über zwanzig Jahren, dass ihr Bauch, wenn sie auf dem Rücken lag, sich nicht nach innen wölbte; und das erste Mal seit langem, dass sie sich schön fand. Während Gregor jedes Kilo, das sie während der Schwangerschaft zugenommen hatte, verloren zu haben schien.

Noch immer hatte sie ihm nichts von Nathalie erzählt, die bereits durch die Sicherheitskontrolle gegangen war, während sie allein mit Gregor vor dem Check-in-Schalter stand. Er legte seine Hand auf ihren Bauch und sagte: »Übernehmt euch nicht.«

Am Vorabend hatten Gregor und Vera noch lange in der Küche gesessen. Dass sie so spät während der Schwangerschaft noch flog – Gregor redete ihr noch ein letztes Mal ins Gewissen, obwohl klar war, dass sie ihre Entscheidung nicht rückgängig machen würde. Diese Hartnäckigkeit kannte sie so nicht an ihm, und sie ahnte schon, dass er, wenn das Kind erst mal auf der Welt war, nicht mehr so leicht nachgeben würde. Dann hatte er noch gesagt: »Ich werde dich vermissen. Dich und das Kurze«, und etwas später hatte er gefragt, wo eigentlich die Kinder von Nathalie blieben.

»Bei ihrer Schwester«, antwortete Vera.

»Nicht bei Christof?«, fragte Gregor überrascht und fügte hinzu, dass er sich das nicht vorstellen könne, als Vater seine Kinder kaum mehr zu sehen; und dass sie ihm versprechen müsse, nie zu versuchen, die Kinder von ihm fernzuhalten.

Sie nahm seine Hand und lachte: »Kinder? Mehrzahl?«, aber er lachte nicht mit, und sie fragte sich, ob er etwas ahnte. Dann hatte sie genickt – und gleichzeitig gedacht: Besser, du würdest mich bitten, zu versprechen, das Kind nie zu verlassen; und war über sich selbst erschrocken.

Draussen ein leichter Nieselregen, die Motoren zogen an, in wenigen Sekunden würden sie abheben, da sagte Nathalie: »Ich will nicht sterben!« Vera drehte sich, mühsam den Gurt lockernd, zu ihr und küsste sie lange. *Was die Leute wohl denken?,* dieser Satz fiel Vera einmal mehr ein, allerdings nur mehr wie ein Zitat, nicht mehr mit dieser anstrengenden Furcht. Und doch, ihr Bauch, der veränderte etwas. Und ihr Bauch war es auch, der ihr sagte, dass sie nun endgültig abhoben; dazu Nathalie, die ihre Hand fast zerdrückte.

»Ich will auch nicht sterben«, sagte Vera, konnte sich ein Grinsen aber nicht verkneifen. Nathalie schaute noch immer stur auf ihre Knie und fing, während das Flugzeug eine erste Kurve flog, plötzlich zu weinen an.

Vera tat ihre Bemerkung sofort leid, sie wusste aber nicht, was tun, strich Nathalie die Haare aus dem Gesicht und hielt sie ihr im Nacken zusammen. Nathalie wischte sich mit einer schnellen Bewegung ein wenig Rotz von der Nase, dann richtete sie sich auf und sagte: »Jetzt fliegen wir! Nur wir zwei … nach New York!« Und für einen Moment, obwohl sie noch immer weinte, lächelte sie. Und nach einer kurzen Pause fügte sie hinzu: »In einem Airbus 330-200«, und zählte dann weiter alle Flugzeugtypen auf, die schon den Atlantik überquert hatten, inklusive ihrer Absturzwahrscheinlichkeit, auf zwei Kommastellen genau.

»Geht's?«, fragte Vera.

Aber Nathalie antworte nur: »Das weiss ich alles von Flos Lieblingsquartett. Wir spielen es mindestens einmal die Woche!« Dann schnappte sie nach Luft, und Vera konnte sehen, wie sie, als sie den Namen ihres Kindes aussprach, innerlich kurz stumm wurde; um dann leiser weiter Hubraum- und Ladefrachtzahlen aufzuzählen, bis sie, als sie endlich die Flughöhe erreichten, einschlief.

Vera hatte Nathalie noch nie schlafend gesehen.

Zwar hatten sie sich in den letzten Wochen regelmässig, wenn auch nicht allzu oft getroffen, meist aber nur in der Cafeteria der Bibliothek, wo sich ihre Hände verstohlen, und plötzlich wieder schüchtern, unter dem Tisch gesucht hatten. Und bis zuletzt war die Angst nicht von Vera gewichen, dass Nathalie sich ohne Vorwarnung wieder zurückziehen könnte. Im Nachhinein würde sie sagen, es war, als ob sie schauen wollten, ob es nicht von allein wieder weggeht – wie eine Krankheit. Aber es war nicht wieder weggegangen, im Gegenteil; und ohne es auszusprechen, wussten beide, dass sie mit der Reise nach New York eine Grenze überschritten. Eine ganze Woche würden sie nun ein Zimmer teilen, dachte Vera. Und dann plötzlich aufgeregt: Noch einmal *das erste Mal,* und dazu noch schwanger – und sie schaute zu Nathalie, auf deren Augenlidern fein die Schminke bröckelte, während ihre Haare in der Stirn von der Lüftung an der Flugzeugdecke zitterten.

Nathalie rieb sich die Augen. Der Mann mit den Schweissflecken unter den Armen im Sitz vor ihr war aufgestanden und ging Richtung Klo, neben ihr schlief Vera, den Kopf an ihre Schulter gelehnt; ihr sonst eher strenges Gesicht wirkte völlig entspannt. Vor dem Fenster ein Himmel, so blau und weit, dass er ihr unheimlich war; und sie schaute ein weiteres Mal die Zeichnungen mit den Sicherheitsanweisungen an, auf denen Kinder abgebildet waren, die sie daran erinnerten, was sie zu verlieren hatte.

Flo hatte in den Nächten vor der Abreise oft lange geweint und dann im Schlaf, wie er es oft tat, vor sich hingesprochen. Wörter zwar, gar ganze Sätze, mit Anfang und Ende, aber nicht so, dass man sie hätte verstehen können. Als spräche er eine Sprache, die nur er sprach, nur er allein – der Gedanke hatte Nathalie einsam gemacht, die Nacht jeweils dazu. Und sie war schliesslich selbst darüber erschrocken, dass sie trotzdem gegangen war. Sie hatte seinen Willen einfach ignoriert – etwas, das sie zuvor nie gekonnt, aber vor allem nicht gewollt hatte – und ihn und Alma allein gelassen.

Nicht allein – sie musste sich das immer wieder selbst sagen, bereute es aber in diesem Moment trotzdem –, sondern bei Marion, die noch immer glaubte, Nathalie habe einfach die Chance genutzt, eine Woche gratis in New York Urlaub zu machen, und die sich fast so sehr zu freuen schien wie sie selbst. Sich extra die Woche freigenommen und sogar überlegt hatte, die Kinder zum Schwänzen zu überreden.

Und dann griff Nathalie automatisch zu ihrem Handy, um zu checken, ob alles okay war, aber natürlich hatte sie es ausgemacht, weil sie fürchtete, das Flugzeug könnte ausgerechnet wegen ihr abstürzen. Und dass dann Alma und Flo zu Christof kämen, der sie vor ein paar Tagen am

Telefon bestärkt und ihr sogar angeboten hatte, die Kinder für die Woche zu sich zu nehmen. Früher hätte sie allein wegen des Angebots einfach aufgelegt.

Über drei Jahre waren sie inzwischen schon getrennt, aber Nathalie hatte erst seit einem guten Jahr das Gefühl, nicht mehr gegen ihn ankämpfen zu müssen. Genau genommen, seit sie wieder zu studieren begonnen hatte; daran dachte sie, dann wieder an Flo und wie er sich, als er schon laufen konnte, manchmal zu ihren Füssen hingelegt hatte, wie ein Hund, einfach um bei ihr zu sein, ohne sie zu stören. Später seine Eifersucht auf Alma, die er aus dem Nichts an den Haaren ziehen konnte, einmal waren sogar Blutergüsse auf ihrer Kopfhaut zurückgeblieben. Doch dann, im vorletzten Sommer, als der Konkurrenzkampf allmählich nachliess, war sie mit Flo auf den Spielplatz gegangen – sie hatte immer mitgehen müssen, und wenn er nur hinter dem Haus spielen wollte. Sie hatte gewusst, dass das nicht gut war; immerhin erlaubte sie sich zu lesen, während er spielte. Das hatte sie auch an diesem Tag getan, doch als sie irgendwann aufschaute, war er verschwunden. War einfach mit den Jungs in einen anderen Hof weitergezogen, wo es ein richtiges Fussballtor gab, und war so sehr ins Spiel versunken gewesen, dass er Nathalie vergessen hatte.

Zehn Minuten später kam er rennend und weinend zurück und hörte gar nicht mehr auf, sich zu entschuldigen, obwohl sie nicht mit ihm schimpfte; einerseits war sie unglaublich erleichtert, andererseits begriff sie sofort, dass das ein grosser Schritt für ihn gewesen war – und dass sie irgendwann auch einen würde tun müssen.

Wenn sie jemandem davon erzählte, sagte sie nie, sie brauche etwas neben den Kindern – die Wahrheit war, sie brauchte etwas nach den Kindern. Und so schrieb sie sich wieder an der Humboldt ein, wo sie nach Flos Geburt das Studium abgebrochen hatte.

Ich habe mein Leben geändert – eher ängstlich dachte Nathalie das, während das Flugzeug leise brummte, und schaute zu Vera rüber, die sich noch immer nicht regte, nur der Rock war ihr über die Knie gerutscht. Eckige Knie, eckiger als ihre eigenen – dass jetzt Vergleiche anders als mit Christof möglich waren, dachte Nathalie, und unsinnig. Und ertappte sich dabei, wie sie Veras Busen anschaute, der sich unter der Bluse abzeichnete und fein wirkte, zierlich fast, was nicht zu ihrem restlichen Körper passte, der trotz ihres Bauches sehnig war und stark, als wäre es eine Arbeit, ihr Leben zusammenzuhalten. Dass sich das ändern wird, dachte Nathalie, nach dem Stillen, und dass es sie nicht stören wird, das dachte sie auch. Und dass sie ihn jetzt gerne berühren würde und wie wohl das Hotelzimmer in New York aussah, als plötzlich ein Ruckeln durch das Flugzeug ging, so dass sie zusammenfuhr.

Wenigstens die Arbeit habe ich abgegeben, dachte Nathalie, als ob das wichtig wäre; Marion hatte vor dem Zimmer des Professors auf sie gewartet, mit leuchtenden Augen. Es hätte sie nicht überrascht, wenn Marion etwas gesagt hätte, wie, dass Mama jetzt sicher sehr stolz auf sie wäre, dass sie es doch noch geschafft habe. Mama, die statt Arztgehilfin lieber Ärztin geworden wäre, aber von ihren Eltern aus nicht ans Gymnasium gedurft hatte, weil sie eine Frau war. Doch Marion hatte Nathalie nur lange umarmt – von ihrer Mutter hatte sie schon seit vielen Jahren nicht mehr gesprochen, als ob sie es ihr nicht verzeihen konnte, dass sie damals einfach gestorben war, dachte Nathalie. Und war froh, dass Vera, als das Flugzeug erneut wackelte, auch im Halbschlaf sofort begriff und nach ihrer Hand tastete.

Und stellte sich, als Vera sich neben ihr im Flugzeug räkelte, vor, wie Vera mit ihr im Wohnzimmer war, dazu noch das Baby, und erschrak so sehr über die Vorstellung, dass ihre ganze Flugangst auf einmal wieder da war.

Und als ob Vera das gespürt hätte, wachte sie in dem Moment ganz auf und richtete sich langsam in ihrem Sitz auf, strich sich über den Mund und sagte: »Habe ich geschlafen?«

»Ja. Aber wir leben noch.«

»Fühlt sich schon bisschen nach Himmel an.«

»Ich freu mich so«, sagte Nathalie – und es stimmte, obwohl sie immer noch jeden Moment damit rechnete abzustürzen.

»Schade wäre nur, dass ich nie wissen würd, wie mein Kind ausgesehen hätte«, sagte Vera und nahm Nathalies Hand und legte sie auf ihren Bauch.

Nathalie versuchte, die Bewegungen des Kindes zu spüren, spürte aber nur Veras Bauch und sagte: »Ob das Kind im Bauch sich auch seine Mutter vorstellt? Und dann kommt es raus, und die Mutter sieht so ganz anders aus – ob deshalb alle Kinder so schreien?«

»Warum hast du eigentlich kein Buch dabei gegen deine Angst? Du verschwindest doch immer so völlig in Büchern. Das würd dich doch ablenken.«

»Da bin ich abergläubisch«, sagte sie und schaute aus dem Fenster.

»Wie?«, fragte Vera und liess wieder ihren Kopf auf Nathalies Schulter sinken.

»Du kannst jetzt nicht wieder einschlafen«, sagte Nathalie, bei der noch immer jeder Piepston, und wenn er nur bedeutete, dass man sich nicht mehr anschnallen musste, Panik auslöste. Und Vera richtete sich nochmals auf, streckte sich, und Nathalie fügte hinzu: »Ich kann es dir nicht sagen. Es geht einfach nicht.«

»Du liest nie?«, fragte Vera und gähnte.

»Ich flieg nie.«

»Jetzt fliegst du mit mir.«

»Aber weisst du was«, sagte Nathalie, »obwohl ich so Angst hab, liebe ich Flugzeugessen. Vielleicht sind es irgendwelche Hormone, die ausgeschüttet werden. Durch die Angst. Oder eine Kindheitserinnerung. All die kleinen Dinge, in Plastik eingepackt, es rührt mich immer, wenn ich sie sehe.« Und begann dann leise Reinhard Mey zu summen, *Über den Wolken,* was ihr sofort peinlich war, bis Vera mit einstimmte.

Als sie bei der *Immigration* zusammen mit Tausenden anderen anstanden, wurde es draussen endlich dunkel. Nathalie und Vera hatten kaum mehr gesprochen, und wenn, nur aufgezählt, worauf sie sich freuten in New York, als hätten sie diese Übergangszeit gebraucht, um ihren eigenen Gedanken nachzuhängen – Abschied nehmen, fiel Vera ein, und dass ihr Leben sich gerade änderte. Aber gleichzeitig fiel ihr auch ein, dass sie morgen unbedingt noch diese Mail wegen der Führung durch die frühneuzeitlichen Urkunden schreiben sollte. Doch als sie am Schalter nach dem Zweck ihrer Einreise gefragt wurde, *business or pleasure,* sagte sie laut: »Pleasure«, und hoffte, dass Nathalie, die hinter ihr wartete, es hören konnte.

Das Hotel am Washington Square Park, welches vom Kongressveranstalter gebucht worden war, war nicht schön oder hässlich, nur gut gelegen. »Queen-size bed«, hatte Vera an der Rezeption gesagt, als hätte sie gerade der ganzen Welt verkündet: Wir sind ein Paar. Aber als sie dann das Zimmer betraten, waren sie so müde, dass sie sich zwar noch auszogen, aber nach wenigen Minuten, in denen beide kein Wort mehr gesagt hatten, Hand in Hand einschliefen.

Als Vera am Morgen aufwachte, stand Nathalie gerade am Fenster und öffnete die Vorhänge, so dass sie hinter einem Wasserspeicher die Sonne hervorkriechen sah, unter der die Skyline sich erstreckte. Nathalie drehte sich, als hätte sie ihren Blick gespürt, zu Vera um und zog ihren Pyjama mit einer schnellen Bewegung aus, die ihren Busen etwas nachhüpfen liess; und Vera merkte, wie der weibliche Körper plötzlich seine Normalität, die er bisher in der Sauna oder in öffentlichen Duschen gehabt hatte, verlor. Wie etwas Neues, Fremdes betrachtete sie ihn, auch wenn Nathalie nur für zwei, drei Sekunden so im orangefarbenen Licht stand – viel zu früh waren sie aufgewacht wegen der Zeitverschiebung –, bevor sie zu ihr ins Bett und langsam von den Beinen an über ihren Körper glitt, bis ihr Gesicht dicht vor Veras stoppte und sie sich ganz auf sie legte.

Leicht war sie, dachte Vera, so leicht, dass sie ihren schwangeren Bauch vergass, und ein Schauder fuhr ihr von innen durch den Körper. Und als Nathalie ihr, nachdem sie sich lange geküsst hatten, das Nachthemd auszog und ihrem Körper entlang runterrutschte, vergrub sie ihre Hände in Nathalies Haare, machte aber keine Anstalten, sie anders zu berühren, als mit ihrem Geschlecht Nathalies Zunge zu liebkosen. Öffnete sogar die Augen dabei, und als ob damit auch ihre Ohren aufgingen, ertappte sie sich, wie sie weniger stöhnte als keuchte, wie ihr Denken immer wieder so sehr aussetzte, dass sie, obwohl sie sich das gewünscht hatte, über sich selbst erschrak. Das hatte sie nicht gekannt, darin war sie immer gut gewesen, in jeder Situation noch denken zu können; Panik war ihr immer fremd gewesen, und doch war das nun ein ähnlicher Zustand, eine bewusstlose, anhaltende Panik – und wie sie die genoss.

Veras Unterleib zitterte noch ein wenig nach, da drückte Nathalie ihre Klitoris mit aller Kraft und Lust gegen Veras Finger, bis sie selbst kam, während Vera ihren Körper so fest gegen Nathalies presste, als wollte sie, dass Nathalies Zucken in ihren Körper überging. Und als die Spannung nachliess, musste Nathalie sich zusammenreissen, nicht zu weinen, so erleichtert war sie, dass sie es die Wochen zuvor nicht geschafft hatte, Vera von sich wegzustossen. Und wie nicht nur ihre Körper in dem Moment sich kaum näher hätten sein können, auch sie waren sich nah wie nie zuvor, dachte Nathalie und wurde plötzlich sehr müde, als könne sie dieses Gefühl nur im Schlaf noch ein wenig konservieren – küsste Vera noch einmal –, und schaffte es gerade noch, die Decke über sie beide zu ziehen, bevor sie wegdämmerte.

Vera hatte schon eine Weile am Fenster gesessen und rausgeschaut, wo sich erstaunlich wenig bewegte, als sie

Nathalie gähnen hörte, die sich langsam, sehr langsam zu ihr drehte. Auch die Bettdecke schlug sie nicht mit einem Ruck zurück, sondern rollte sich langsam aus und blieb dann noch eine Weile liegen, so dass sich ihre Silhouette wie eine zweite Skyline der Stadt vom Bett abhob – obwohl sie so dünn war, ging eine Sinnlichkeit von ihr aus, gepaart mit einer Konzentriertheit, die alles um sie herum wichtig machte.

Und als hätte Nathalie ihre Gedanken gehört, lächelte sie sie an, und Vera überlegte, sie zu fragen, wie sie ihr Geschlecht nenne, weil ihr jetzt nicht nur das Wort für ihr eigenes, sondern auch ein passendes für Nathalies Geschlecht fehlte. An die *Vagina-Monologe* dachte sie; aber all die Wörter, die darin aufgezählt wurden: entweder sie hatte sie vergessen, oder sie schienen ihr unpassend, und darüber war sie froh. Die Lust, die sie empfand, wenn Nathalie auf ihr lag und sich alles berührte – alles! –, so war ihr Gefühl, machte sie so viel wehrloser, als wenn Gregor in sie eindrang. Und wie sie Nathalie zum Orgasmus gebracht hatte – gebracht, nicht wie bei Gregor, dem es sowieso passierte, ganz gleich, was sie tat und was nicht.

Es war nicht so, dass es ihr nicht gefallen hatte, aber Gregors Vorsichtigkeit, mit seiner Lust gepaart, das wollte oft nicht zusammenpassen; und ihre Lust, die eher seine Befriedigung gewesen war. Sein Gesicht, wie er auf die Zähne biss, wenn er kam, und die Töne, die er machte – er, der sonst genauso kontrolliert war wie sie selbst –, er gefiel ihr dann besonders, und immer wollte sie ihn deshalb küssen. Er wollte das in dem Moment genau nicht. Manchmal leckte er sie, aber meist nur, wenn sie gerade geduscht hatte, und nicht selten versteifte sie sich dabei – warum, wusste sie nicht. Und zog ihn deshalb dann oft auf sich, damit er in sie eindrang und dabei vor Erleichterung seufzte, was sie nicht als Triumph auffasste, so einfach war es nicht, sondern eher mit Freude zur Kenntnis nahm.

Und erst jetzt verstand sie, während sie die nackte Nathalie in ihrem Bett betrachtete, deren bleiche Haut im Sonnenlicht schimmerte, dass sie Gregor unrecht getan hatte, dass auch er vielleicht gern anderen Sex gehabt hätte.

Und ging dann langsam zum Bett. Sogar zwei Meter von Nathalie entfernt sehnte Vera sich bereits nach ihrem Körper – so sehr sehnte sie sich, es machte ihr ein wenig Angst. Und liess sich gegen diese Angst zurück ins Bett und in Nathalies Arme fallen. Wollte aber, statt sie zu küssen, plötzlich über all das sprechen, auch weil sie bei Nathalie nicht mehr fürchtete, etwas Falsches zu sagen, sich zu verraten – und musste dann plötzlich daran denken, wie sie mit Gregor einmal in einem Sexshop gewesen war. Für Verklemmte wie sie beide war er an ein Sexmuseum angegliedert, in das man sich leichter traute. Aber da hatte es nichts gegeben, was sie interessiert hätte. Sie hatte sich nicht unwohl gefühlt, sie hatte nur die ganze Zeit überlegt, ob Gregor all die Bilder von nackten Frauen und ein paar wenigen Männern erregten. Sie selbst hatte sich die nackten Frauen nicht genauer angeschaut, oder wenn, nur die falschen Brüste, die hatten sie fasziniert; sie hatten etwas Brutales an sich, hart und übergross, wie sie waren, als ob sie sich gegen diese Männer wehren müssten, hatte sie gedacht, als sie ein Paar auf einem Bildschirm kopulieren sah.

Sie hatte damals all ihren Mut zusammengenommen und Gregor gefragt, ob er auch manchmal Pornos schaue. »Das tun alle Männer.« Sie hatte nicht nachgefragt – wie konnte man bei so einer Antwort nicht nachfragen, dachte sie nun.

Und wie sie darüber nachdachte, während Nathalie wieder ein wenig weggedöst war, und ihr Blick auf den Fernseher an der Wand fiel, fragte sie leise, ob man hier wohl auch Pornos schauen könne. Und als Nathalie nicht reagierte, etwas lauter: »Und, hast du schon mal einen Pornofilm geschaut?«

Nathalie öffnete die Augen und schaute Vera an. Nach einer Weile sagte sie: »Das erste Mal vor ein paar Wochen«, und lachte und rollte sich zu Vera und küsste sie.

»Und?«, fragte Vera.

»Ich wollte wissen, wie es Frauen tun, ich wollte etwas lernen.«

»Und, hat es dich erregt?«, fragte Vera.

»Die rubbeln sich nur ihre Klitoris wund.«

»Kann dich ja trotzdem erregen?«

»Dann hab ich einen Hetero-Porno geschaut, weil ich hatte ja schon so lange keinen Sex mehr.«

»Ein gutes halbes Jahr«, sagte Vera, »mit diesem Romanistikassistenten.«

»Den hatte ich vergessen.«

»Und hat es dich erregt?«

»Das ist nicht das richtige Wort.«

»Was ist das richtige Wort?«, fragte Vera.

»Gelernt habe ich jedenfalls nichts.«

Vera nickte und erzählte, dass auch sie unsicher gewesen sei und deshalb in der Buchhandlung Bücher angeschaut habe. Gelernt hatte sie aber kaum was, ausser dass sie die Fingernägel geschnitten hatte, um Nathalie nicht zu verletzen, obwohl ihre nie wirklich lang waren – leider –, aber das erzählte sie ihr nicht.

Und Nathalie sagte nur: »Bücher, das war ja klar«, und strich Vera die Fransen aus dem Gesicht.

Und Vera nahm Nathalies Hand, küsste sie und fragte sich: Bin ich jetzt lesbisch oder nur verliebt? Und dass sie nicht gedacht hätte, dass sie es einmal zur Lesbe schaffe, wie eine Auszeichnung kam es ihr vor. Natürlich war das albern, aber auch das war neu, dass sie sich mochte, wenn sie sich albern fand. Und gleichzeitig wusste, dass es jetzt kein Zurück mehr gab. Und stellte sich kurz vor, dass sie wirklich nicht mehr zurückgehen würden, einfach hierbleiben; in dieser Metropole der Gestrandeten genauso wie Ambitionierten.

Sie hatten den ganzen Tag im Zimmer verbracht, zweimal den Roomservice bestellt – Vera mochte das: draussen die berühmteste Stadt der Welt, aber nicht halb so spannend wie das, was in diesem kleinen Zimmer geschah. Im Bett und ums Bett herum. Nicht immer so gierig wie beim ersten Mal, oft mehr ein Miteinandersein, zielloser und integrierter und trotzdem leidenschaftlich. Und es war nicht so wie bei Gregor, erst Küssen und dann mehr, die Steigerung gab es zwar, Vera hätte es aber nicht festmachen können an bestimmten Handlungen, nur dass es ein Gefühl war, wie sie es lange nicht oder gar nie gekannt hatte.

Und vielleicht weil sie danach immer wieder eingeschlafen waren, vielleicht weil sie noch immer nicht mit der Zeitverschiebung klarkamen – vielleicht aber auch einfach weil alles neu und wunderbar aufregend war, lagen sie, nachdem sie um acht Uhr abends beide eingeschlafen waren, mitten in der Nacht schon eine Weile schlaflos nebeneinander, als Nathalie sagte: »Lass uns rausgehen!«

»Es ist zwei Uhr morgens«, sagte Vera.

»Es ist New York City.«

Die Stadt wirkte dunkler als Berlin, die Strassenbeleuchtung seltener und dämmriger. Sie gingen eng aneinandergeschmiegt, Vera hatte ein wenig Angst um ihren Bauch, der sie gleichzeitig beschützte. Und als einmal die Angst überhandzunehmen drohte, blieb sie stehen und küsste Nathalie. Wobei es weniger ein Küssen als fast schon ein Knutschen war – etwas, das Vera seit Jahren nicht mehr und noch gar nie in der Öffentlichkeit getan hatte –, und zwar so lange, bis sie Wadenkrämpfe bekam, weil sie sich dabei immer leicht auf die Zehenspitzen stellen musste. Dann gingen sie hoch zur Fifth Avenue, wo es heller wurde und nach Frühling roch, obwohl in den billigeren Geschäften in den Seitenstrassen noch blinkende Valentinsherzen zum halben Preis hingen.

»Wo sollen wir hin?«, fragte Nathalie.

Aber Vera fragte zurück, als hätte sie nicht zugehört: »Hast du es dir so vorgestellt?«

»Was?«, Nathalie schaute sie an.

»Wir zwei. Hier.«

»Ich hab es mir gar nicht vorstellen können.«

»Ja.«

»Aber ich find, es ist noch schöner, als ich es mir nicht hab vorstellen können.«

Es war so kalt, dass sie im fahlen Licht der Laternen ihren Atem sehen konnten, und alles erinnerte an eine Filmszene, eine Songzeile, jede Leuchtschrift an ein berühmtes Foto, als wäre ganz New York weniger eine Stadt als ein Zitat einer Stadt. Alles war mit Bedeutung aufgeladen. Sogar ihre Körper – dabei hatte Nathalie noch im Flugzeug ein wenig Angst gehabt, dass ihre Körper sich nicht finden würden.

Sie hatte ja schon einmal, wenn auch vor über fünfzehn Jahren, mit einer Frau geschlafen, mehr ein Experiment als eine Anziehung, vielleicht war es deshalb nicht sehr schön gewesen. Aber das hatte sie Vera nicht erzählen können, Vera hätte es vielleicht als Verrat empfunden, sicher würde es der Einzigartigkeit etwas nehmen, die aber doch auch für Nathalie da war. Und es war ja nicht nur der Sex – hier so durch die dunklen Häuserschluchten spazieren zu können, mit Vera eng neben ihr, das gab Nathalie ein Gefühl, wie sie es lange nicht oder gar nie gekannt hatte.

»Ich liebe die Sonne«, sagte Nathalie, »aber die Nacht als Ganzes ist mir irgendwie lieber. Verstehst du?«

»Nicht wirklich«, sagte Vera und drückte sich, als ihnen ein Mann entgegenkam, noch näher an sie.

»Ja, ich auch nicht«, sagte Nathalie, und beide verfielen in ein albernes Kichern, und New York verwandelte sich das erste Mal seit ihrer Ankunft in ihren eigenen Film.

Aus dem Dunkel bogen sie in einen hell erleuchteten Deli; und während Vera kurz verschwand, weil sie schon wieder aufs Klo musste, kaufte Nathalie mit einem zerknüllten Fünfdollarschein zwei Kaffees. Als Vera zurück war, setzten sie sich an ein improvisiertes Tischchen in einer Art Zelt, das über den Ausgang gespannt war, umgeben von leicht welken Schnittblumen, und fanden, während sie ihren Kaffee schlürften, der irgendwie nach bitterem Red Bull schmeckte, in ein Sprechen, das, seit sie sich zum ersten Mal geküsst hatten, nicht mehr möglich gewesen war.

Es war nicht, worüber sie sprachen, vielmehr dass sie es taten, fast ohne Pausen, ein Gedanke auf den anderen folgte; bis sie allmählich doch bei den Themen landeten, die sie beide beschäftigten. Und das war in dieser Nacht, in der sich sogar ein paar Sterne zwischen den Wolken hervorstahlen, nicht die Zukunft, nicht die Frage, was aus ihnen werde sollte, sondern es reichte weit zurück in die Vergangenheit.

Von ihrer Kindheit kam Vera irgendwann sogar auf ihre Mutter zu sprechen, die sie bis anhin kaum erwähnt hatte, und wenn, immer behauptete, sie hätten ein ganz normales Verhältnis. Sie erzählte, dass ihre Mutter sie alle zwei Wochen auf die Minute pünktlich eine Viertelstunde vor dem *Tatort* anrief, aber noch nie den Anfang verpasst hatte. Und wie sie war, als Vera noch ein Kind gewesen war; nichts Aufregendes und tatsächlich wenig Aussergewöhnliches, wenn man davon absah, mit welcher Kühle Vera davon erzählte. »Ich weiss nicht, warum, sie hat nichts falsch gemacht, aber ich möchte nie so werden wie sie«, sagte Vera schliesslich und schüttelte heftig den Kopf, als ob ihr die Worte nicht zu reichen schienen.

»Du bist nicht so«, sagte Nathalie und versuchte zu lächeln. Im Hintergrund hörte man das Klingeln der alten Registrierkasse.

»Ich kann es wirklich nicht sagen. Wie beziehungsweise wer sie ist. Das ist es ja. Ich kann es beim besten Willen nicht sagen.«

»Vielleicht lerne ich sie ja mal kennen. Vielleicht verstehe ich es dann«, sagte Nathalie.

Vera schüttelte wieder den Kopf, nahm aber gleichzeitig Nathalies Hand.

Nathalie wollte noch einmal nachfragen, merkte aber an Veras zusammengepressten Lippen, dass das keine gute Idee war, und fragte stattdessen: »Denkst du manchmal darüber nach, was für eine Mutter du sein willst?«

»Lange habe ich nur darüber nachgedacht. Aber jetzt, ja. Ich will –. Ich will –. Ich weiss nicht, es ist schwierig in Worte zu fassen. Ich möchte auf eine andere Art für mein Kind da sein. Auf die Art, wie es das Kind will. Dass ich das kann, das wünsch ich mir.«

Nathalie nickte wieder nur, weil sie genau wusste, was Vera meinte, aber nicht, was sie sagen sollte.

Vera nickte ebenfalls und sagte: »Ich frage mich oft, wie es aussieht. Nicht dass das wichtig wäre, aber ich kann es mir so gar nicht vorstellen. Dass es mir gleichen könnte.«

Sie schauten sich an, schwiegen aber beide, nicht wegen des Kindes, sondern weil damit eine Zukunft in den Raum trat, mit der sie nicht umzugehen wussten. Aus einem schlechten Lautsprecher drang eine Stimme, die von einer Lucille in Toledo sang. Und nach einer Weile, nachdem sie sich einen zweiten Kaffee geholt und einen Erdnussbutterriegel geteilt hatten, begann auch Nathalie plötzlich von ihrer Mutter zu erzählen, an die sie oft dachte, aber von der sie statt einer Erinnerung bloss noch Erinnerungen an Fotos hatte.

»Elf, ich war elf Jahre alt, als sie gestorben ist – es ging schnell«, sagte sie. »Und dann hat mein Vater ihr auf eine Art nachgeweint, die mich und Marion noch trauriger und einsamer machte als die Tatsache, dass Mama tot war. Und als er kurz darauf auch noch mit dem Trinken aufgehört hat und nur noch zu Hause vor dem Fernseher sass und knapp und traurig daran vorbeistarrte, war ich es, die begann, mit Marion über Mama zu sprechen, die damals acht war, also Marion.« Machte dann eine Pause, als müsste sie nachrechnen, ob das wirklich stimmen konnte. »Aber meistens wusste ich ja auch nicht, was sagen. Meistens weinten wir einfach. Zusammen. Immerhin.«

»Und heute?«, fragte Vera.

Nathalie schüttelte den Kopf. »Wir sprechen über alles, aber –«, sie machte eine kurze Pause, »von uns habe ich nichts erzählt. Ich dachte, das würdest du nicht wollen«, sie schaute zu Vera, die jedoch darauf zu warten schien, dass Nathalie weitersprach, »aber über Mama reden wir nicht mehr. – Dass ich sie drei Jahre länger kannte, ich weiss nicht, ob das was ausmacht. Marion war noch so klein. Fast so alt wie Flo jetzt.« Sie hielt inne. »Wie Flo jetzt.«

Und erzählte dann in einem einzigen langen Satz, so kam es ihr vor, wie sie nach dem Tod ihrer Mutter auch kaum mehr mit Marion gestritten hatte; erst mit ihrem Umzug nach Berlin hätten sie etwas hinter sich lassen können. Als hätte ihre tote Mutter ihr dahin nicht folgen können. Dass aber nicht nur sie für Marion immer da gewesen sei, sondern auch umgekehrt. Und so weiter und so fort, als würde sie erst über die Beziehung mit ihrer Schwester ihr eigenes Leben begreifen und mitteilen können.

So hatte das Nathalie noch niemandem erzählt – vielleicht war es für ihr jetziges Leben auch gar nicht mehr so wichtig –, aber dass sie es erzählte, war wichtig, das spürte sie. Wie sie sich auf eine Weise öffnete, die bei ihr schon immer nur mit körperlicher Nähe einhergegangen war. Und sie sah an Veras Augen, die zwar müde, aber gleichzeitig konzentriert schauten, dass Vera das wusste.

Und erzählte weiter, während sie immer wieder mit der Zunge gegen ein Stückchen Erdnussbutterriegel zwischen ihren Zähnen stiess, das noch etwas Süssigkeit abgab, auch davon, wie Marion die Schule geschmissen und zu ihr nach Berlin gezogen war, weil sie es allein bei ihrem Vater nicht mehr ausgehalten hatte – und vermisste Marion plötzlich, auf eine schöne Art.

Vielleicht der erste kleine Verrat, dass sie Marion nicht von Vera erzählt hatte, dachte Nathalie, ohne wirklich ein schlechtes Gewissen deswegen zu haben, während immer wieder Menschen an ihnen vorbei in den Deli gingen, die auch nicht anders aussahen als die Leute in den Spätis zu Hause. Nur dass viele sie kurz anschauten, wie zum Gruss, als würde sie diese Nacht auf eine Art verbinden, die niemand benennen konnte, aber alle spüren.

Sicher über eine Stunde sassen sie da und redeten; und erst als sie die Kälte gar nicht mehr aushielten, standen sie auf und gingen zurück ins Hotel.

Auf den Treppenstufen blieben sie noch einmal kurz stehen, küssten sich, als wollten sie noch immer nicht schlafen gehen, obwohl sie beide inzwischen müde waren, und hörten die Vögel so laut wie nie in Berlin, ohne in der Dunkelheit einen Baum zu sehen, und auch die Wolkenkratzer schienen grösstenteils erloschen.

Fremd in der Sprache, Sprachen des Fremdseins – das war das Thema des Kongresses.

Wo in der Wissenschaft Poesie versucht wird, ist es meist Ungenauigkeit. Differenzierung sei das Einzige, was gegen die unnötige Emotionalisierung (und damit einhergehend eigentlich immer: Manipulation) helfe, hatte Professor Gutmeier am Telefon gesagt, als Vera vor einer Woche noch mit ihm telefoniert hatte, und dass er das Thema nicht ausgesucht habe. Vera hatte ihm zugestimmt, obwohl ihr das Thema gefiel. Dafür hatte er versprochen, ihr seine Bronx zu zeigen; und in einer Ausführlichkeit, die sich nur sehr alte oder erfolgreiche Menschen erlauben, seinen Arbeitsweg geschildert: mit der U-Bahn jeden Tag durch ganz Manhattan nach Downtown. Er war mit seinen Eltern nach dem Zweiten Weltkrieg hergekommen. Sein Deutsch hatte jetzt einen amerikanischen Akzent. Das Treffen mit Professor Gutmeier war vielleicht der einzige Termin, auf den Vera sich gefreut hatte.

Sie waren nach dem Frühstück mit der U-Bahn Richtung Downtown gefahren. Nathalie wollte dort in einem Café warten, als Vera plötzlich ihr Handy aus der Tasche zog – Nathalie schaute sie fragend an – und bei Professor Gutmeier anrief, um den Termin abzusagen. Er hatte vollstes Verständnis, wie es nur Amerikaner haben konnten, wünschte ihr gute Besserung und fragte noch dreimal nach, ob er ihr behilflich sein könne, einen Arzt empfehlen. Und als sie schon aufhängen wollte, sagte er noch: »Ich hoff, das ist nicht das Ende Ihrer career«, und Vera schaute Nathalie, die neben ihr ging, verdutzt an; es war ihr noch gar nie in den Sinn gekommen, wegen des Kindes aufzuhören. Sie verneinte. Dann legte sie auf.

»Du hast jetzt nicht gerade abgesagt?«, fragte Nathalie.

Aber Vera hob den Finger an die Lippen und wählte die Nummer von Gutmeiers Assistentin.

In der Schule hatte sie nie geschwänzt, sie hatte das Konzept gar nicht verstanden, sie war ja gern hingegangen. In die Bibliothek ging sie, auch wenn sie krank war, die Arbeit müsste sie ja sonst nur später nachholen; und vielleicht weil ihr das alles fremd war, hatte sie nun kein schlechtes Gewissen. Sie hustete auch nicht absichtlich, als die Assistentin abnahm, verstellte nicht einmal die Stimme, sprach vielleicht sogar mit einem leichten Befehlston, anstatt wie sonst alles zu tun, um das Hierarchiegefühl zu mindern. Sie sagte nicht nur den Kongress und ihren Vortrag ab, sondern auch die Bibliotheksführungen, um die sie aus Pflichtgefühl gebeten hatte, worauf Professor Gutmeiers Assistentin etwas weniger verständnisvoll als ihr Chef, aber genauso freundlich reagierte.

Die Spesen, die sie beim DAAD beantragt hatte, würde sie zurückerstatten, wenn das nicht zu auffällig wäre, dachte sie, während sie auflegte und zu Nathalie schaute. Diese sagte nur: »Du!«, auf eine Art, dass sich Vera noch verwegener vorkam.

Erst später an diesem Tag würde sie sich überlegen, ob ihre Absage Folgen haben könnte, und sich, während sie immer noch in der Stadt umhergingen, ab und zu umdrehen, ob sie jemandem vom Kongress begegneten. Denn obwohl die Stadt so gross war, gab es doch ein paar Orte um die Universität, wo die Wahrscheinlichkeit stieg, jemanden anzutreffen, den sie möglicherweise von früheren Konferenzen kannte. Und Vera dachte auch daran, wie sie ihren Vortrag kurz vor dem Abflug noch einmal mit Gregor durchgegangen war, nicht weil sie unsicher gewesen war, vielmehr weil sie das immer so gemacht hatten.

Welche Fragen er wohl stellen würde, ob sie ihn wirklich anlügen würde, statt nur wie bisher nicht alles zu erzählen – daran dachte sie da noch nicht. Nein, ihr erster Gedanke war gewesen, sofort zurück ins Hotelzimmer – Vera hatte noch während des Auflegens gespürt, wie ihre Lust wuchs, wie sie die Atemwölkchen, die aus Nathalies Mund strömten, am liebsten eingesogen hätte. Aber dann drückte plötzlich die Sonne hinter einer Wolke hervor, und sie spazierten durch die Häuserschluchten zum Hudson, kauften sich einen Hot Dog an einem Stand und machten spontan eine Fahrt mit der Staten Island Ferry.

Doch anstatt auf Staten Island ein Museum oder etwas anderes anzuschauen, wie sie es mit Gregor getan hätte, fuhren sie gleich wieder zurück. Lehnten sich aneinander und schauten auf der Seite aus dem Fenster, wo das Wasser unruhig zur Seite gedrängt wurde und in der Ferne die Freiheitsstatue ihre Fackel in die Luft streckte und hinter ihr Frachtkräne sich erhoben, als wären sie dabei, das Meer Stück für Stück abzutragen.

Drei Tage waren sie inzwischen schon in der Stadt. Statt zum Kongress zu gehen, hatten sie getan, was ganz normale Touristinnen taten; waren in Museen gegangen, zum Ground Zero, wo einzig die Sicherheitskontrollen noch ein Gefühl von Andacht vermittelten, und natürlich überquerten sie die Brooklyn Bridge, wo Nathalie Vera sogar zu einem Selfie überreden konnte. Sie sprachen darüber, was sie sahen, was sie dachten, und manchmal gingen sie auch nur schweigend nebeneinanderher, und Nathalie stellte sich vor, wie sie beide lächelten, ohne es zu merken. Sie mochte die vielen Ampeln, an denen sie stehen bleiben mussten und sich schnell küssen konnten, wie Vera ihren Arm um sie legte, und umgekehrt, und dass sie nur einmal angestarrt wurden. Und genauso genoss sie es – während sie sonst nur die Kinder fragte, was sie anziehen wollten, und selbst überzog, was zuoberst lag –, auf ihre Kleiderauswahl zu achten und sich für Vera schönzumachen. Nur zusammen shoppen, das ging aus irgendeinem Grund nicht.

Doch als sie sich an einem Abend in eine Bar hoch über der Stadt setzten, kam es zu ihrer ersten kleinen Auseinandersetzung.

Vera nahm Nathalie die Jacke ab und küsste sie dabei auf den Nacken – schnell und so, dass es niemand sah. Dann ging sie aufs Klo, wo neben dem Waschbecken ein Fernseher hing, in dem Hillary Clinton energisch den Kopf schüttelte. Vera wusste nicht, ob sie Hillary oder ihre Politik mochte, aber die Aussicht, dass im nächsten Jahr eine Frau, das erste Mal in der Geschichte der Menschheit, der offiziell mächtigste Mensch auf diesem Planeten sein sollte, machte sie hoffnungsfroh. Wie überhaupt der

Optimismus dieser Stadt auf sie übergriff. Alle hier waren jünger und schöner, fand Vera, und trotzdem schüchterte es sie nicht ein. Auf eine Art hatte sie sogar das Gefühl dazuzugehören, zu allem, was hier ständig am Entstehen zu sein schien. Es war, als ob sie das Denken hinter sich gelassen hätte und weniger in etwas Neues gefunden als gestürzt wäre. Als fehlte der Stadt die Schwerkraft. Und anstatt durch die Stadt zu hetzen, wie oft gesagt wurde, fand Vera, schwebten die Leute hier vielmehr zwischen den Häuserblöcken hindurch. Sie hätte es nicht gedacht, aber sogar ihr Bauch, der sie in Berlin immer wieder wie eine zusätzliche Schwerkraft an die Realität, wenn auch nicht gebunden, so doch erinnert hatte, schien hier auch seine Schwere und Ernsthaftigkeit verloren zu haben.

Und als sie wieder in die Bar trat, hatte sie, noch einige Meter von Nathalie entfernt, das Gefühl, sie bereits riechen zu können – weich wie ihre Haut und frisch. Überhaupt roch Vera seit einiger Zeit Dinge schon von weitem. Und auch das Baby spürte sie immer mehr, nicht nur die Tritte, auch das Drehen, manchmal den Schluckauf und, wenn sie es nicht besser wüsste, seinen Atem.

Und vielleicht deshalb bestellte sie, als die Kellnerin, wie auch schon der Kellner am Mittag, sofort mit Nathalie zu flirten begann, ein Glas Chardonnay.

»Du trinkst doch sonst kaum was«, sagte Nathalie, als die Kellnerin verschwunden war.

Vera nickte freudig. Sonst mochte sie ihre Nüchternheit, aber in dieser Stimmung hier wollte sie sich verändern oder vielleicht eher ihrer Veränderung Ausdruck verleihen.

»Das Kind«, sagte Nathalie nur, und Vera erinnerte sich, wie Nathalie während ihrer Schwangerschaften gar nichts getan hatte, was dem Kind hätte schaden können.

Doch Vera, die öfter krank war und von der man schon als kleines Mädchen gesagt hatte, sie habe eine schwache Konstitution, fühlte sich in dem Moment unverwundbar und wollte sich auch nicht von Nathalie reinreden lassen und sagte: »*Mein* Kind!« Und dachte, dass Nathalie sie kontrollierte und dass Gregor das nie tat; oder als ob sie mit ihr in einen Wettbewerb geraten könnte: Wer ist die bessere Mutter, wer hat die besseren Kinder – und dachte nochmals: mein Kind. Und dann plötzlich an dieses Memo, welches sie eigentlich noch diese Woche hatte verfassen wollen. Über die alten DDR-Bände mit den billigen Einbänden, die zwar sehr stabil waren, dafür aber Säure enthielten, was die Bücher langfristig angriff – und dass sie für die Restaurierung zusätzliches Geld beantragen musste –, und es kam ihr plötzlich seltsam vor, dieses Bewahren, aber auch dieses ständige Abarbeiten gegen den Zerfall, auf den alles zustrebte.

Nathalie nickte, drehte sich aber von Vera weg und schaute aus dem Fenster; in der Glasfassade gegenüber spiegelte sich der Mond, die Wolken zogen so dicht über die Dächer, als wollten sie sie abschleifen – unten die Taxis, die viel zu gemächlich für diese Stadt um die Häuserblöcke kurvten. Und dann dachte Nathalie plötzlich ans Runterfallen. Dass einem hier nie jemand auf den Kopf springt; all die Hochhäuser, und sie nehmen die Pistole, die Rasierklinge und Schlaftabletten – dabei, dieser Flug, dachte Nathalie. Und an die Zeit, als es ihr nicht gutgegangen war. Und gerade jetzt, in diesem grossen Glück, welches sie trotz der Kränkung empfand, war ihr das Fallen nah. Sterben hatte sie damals nie gewollt, dafür hatte ihr die Kraft gefehlt, stattdessen hatte sie sich immerzu gefragt, warum sie lebte, und versucht, das nächste Windelwechseln hinauszuzögern, welches sie jeweils in solche Panik versetzte, dass ihre Kleider danach nassgeschwitzt waren.

»Enjoy!«, sagte die Kellnerin, als sie die Gläser hinstellte, und Vera sagte: »Stoss lieber mit mir an«, und lachte.

Und Nathalie tat es.

»Auf deinen Abschluss!«, sagte Vera.

Nathalie wollte etwas über die Prüfungen sagen, die erst noch zu bestehen waren und die sie hier so erfolgreich verdrängt hatte wie ihr ganzes Leben in Berlin, ihr irgendwie widersprechen. Aber dann sagte sie nur: »Auf uns!«

Und Vera liess das Glas, nachdem sie ein paarmal daran genippt hatte, sowieso stehen.

Natürlich wusste Nathalie, es gab Schlimmeres für den Fötus. Trotzdem konnte sie es nicht lassen: »Als Freundin, also früher, hätte ich es dir doch auch gesagt, wahrscheinlich wäre ich noch heftiger gewesen.«

Doch Vera lachte nur: »Aber wir sind ja keine Freundinnen mehr.«

»Ein bisschen aber doch schon noch.«

»Ach so«, sagte Vera und rückte nach vorne, um Nathalie zu küssen, »aber wirklich sehr gute Freundinnen.«

Und Nathalie merkte erst jetzt, was sie alles zu verlieren hatte; dann küsste auch sie Vera. Viel zu heftig, das bemerkte sie erst, als Vera zurückwich und sie ihren Blick sah; es war ihr peinlich. »Tut mir leid«, sagte Nathalie.

»Mir auch«, sagte Vera und küsste sie noch einmal, wenn auch nur flüchtig.

Und dann sagte Nathalie, ohne dass sie selbst wusste, weshalb: Sie habe sie ja ehrlich gesagt eher für den Typ gehalten, der auf maskulinere Frauen stehe, solche mit einem Hund oder zumindest mit vielen Tattoos und kurzen Haaren.

Vera schaute sie verdutzt an, antwortete dann aber, wohl selbst froh, dass sie das Thema wechselten: »Was soll das heissen, maskulin? Und – weshalb?«

»Ich weiss nicht, ich habe dieses Bild von Lesben im Kopf. Stammt aber noch aus der Zeit, bevor ich mich in dich verliebt hab.«

Schockiert schien nicht Vera, die lächelte, nur lange lächelte, sondern Nathalie selbst, die das ausgerechnet jetzt ausgesprochen hatte – »verliebt«, hatte sie gesagt, sie hatte sich selbst zuhören können, »verliebt«. Und konnte es nicht mehr zurücknehmen und wollte es auch gar nicht – viel zu lange hatte sie sich seit Christof auf diese Art verschlossen, die man immer erst Monate oder gar Jahre später begreift, wenn einen die vertane Zeit reut.

Aber Vera sagte nur: »Und ich hab dich mir immer mit einem Mann vorgestellt.«

Nathalie nickte, dachte nochmals an den Streit, der nicht wirklich einer war, und an diese Leichtigkeit und Grosszügigkeit, mit der sie Vera bereits verziehen hatte – und an Versöhnungssex.

Als die Rechnung kam – das halbvolle Weinglas war längst abgeräumt, und Vera hatte dreimal Nüsse nachbestellt –, griffen sie beide gleichzeitig danach. Und Nathalie überlegte, ob sie bereits mit dem Mitreisen, weil Veras Arbeitgeber das Hotel bezahlte, in eine gewisse Rolle geraten war, quasi die weibliche; dabei hatte sie die Zuschreibung von Eigenschaften nach Geschlecht immer schon für den ersten Schritt in ungerechte Strukturen gehalten. Und dachte an die Frauenfigur in Hustvedts *The Blindfold,* die als Mann durch die Bars von Lower Manhattan zog – und griff dann in ihre Handtasche. Immer war sie vollgestopft gewesen: Getränkeflaschen, trockene Kindersocken, Taschentücher, Feuchttücher, das gehörte zur Ausrüstung einer Mutter, meist noch irgendeine kleine Puppe von Alma, etwas zu essen, Schminksachen, weil sie zu Hause doch nie in Ruhe dazu kam oder weil Flo ihr unterwegs das Make-up aus den Augen wischte – und nun war sie leer. Bis auf das Portemonnaie.

Sie steckte es wieder ein – für einmal wollte sie in der Schuld sein.

Vera stand auf und zog sich an – während Nathalie noch immer, vier Tage waren sie nun schon in der Stadt, den Jetlag zu spüren schien und tief schlief –, schminkte sich, was sie sonst nur abends tat, und nahm sich vor, Nathalie die Bibliothek der NYU zu zeigen. Sie war vor Jahren schon einmal hier gewesen, als sie noch als Assistentin an der Uni gearbeitet hatte; und erinnerte sich, wie sogar sie, die sonst nichts von der Arbeit abbringen konnte, als die Sonne hinter dem Washington Square Park über den New Yorker Häusern den Himmel rot färbte, die Arbeit weggelegt, durch die Glasfront der Bibliothek geschaut und gedacht hatte, dass es erstaunlich war, wie eine Stadt, die so sehr für Party und Sex und Drogen stand, gleichzeitig für ihr Gegenteil stehen konnte, und plötzlich deren Grossartigkeit verstanden hatte; während sie ihr in den Tagen zuvor immer nur veraltet vorkam, mit ihrer Architektur, ihrer Grosskotzigkeit und mit ihren immergelben Taxis. Und als die Sonne untergegangen war, war sie sogar nicht umhingekommen, Frischs *Montauk* aus dem Gestell zu ziehen, über den sie bei einem Auslandsemester in Zürich geforscht hatte, obwohl dessen Hommage an die Stadt ihrer eigenen Verklemmtheit zu nah war, als dass sie sie hätte mögen können. Damals in Zürich war sie, wenn die Bibliothek geschlossen hatte, regelmässig ins Café Uetli gegangen und hatte sich einige Male mit einer Frau unterhalten, die früher dort gearbeitet hatte und dann als Gast täglich dort war – und sie erinnerte sich nun, wie ihr mit der Lebensgeschichte dieser Frau die Liebe grundsätzlich, wenn auch nur ein wenig, nähergekommen war.

Doch dann zog Vera ihre Kleider einfach wieder aus und schlüpfte zu Nathalie unter die Bettdecke, deren warmer Körper seltsamerweise ganz leicht nach Karamell roch. Nathalie hatte die Augen noch nicht geöffnet, auch kein Wort gesagt, nur ein paar zufriedene, fast summende Geräusche von sich gegeben.

Und plötzlich, als sie miteinander schliefen, war ihr nicht mehr so klar, um wessen Lust es ihr ging, als liesse sich das gar nicht mehr unterscheiden, als ginge Nathalies Atem, von hohen Seufzern begleitet, in sie über. Und als Nathalie auf ihr lag, hatte Vera auch keine Angst um das Kind, es war Nathalie, die plötzlich fragte: »Bin ich zu schwer?« Worauf Vera sich noch enger gegen Nathalie presste, die bald darauf kam. Und dabei das erste Mal an diesem Morgen ihre von verschmierter Schminke umrandeten hellen Augen weit öffnete, dann eine kurze Pause brauchte, während bei Vera die Übergänge fliessend waren und die Orgasmen in immer kürzeren Abständen ihren Körper durchschüttelten.

Das erste Mal seit Jahren hatte Nathalie das Bedürfnis, sich eine Zigarette anzustecken. Nach dem Sex. Diese Zigarette, um dem Glück noch ein wenig nachzuspüren und dabei aus dem Fenster zu schauen, dachte Nathalie, als Vera das Bett verliess. Ihr Po fast etwas zu klein für eine Frau – da drehte sich Vera vor dem Bad noch einmal um, als hätte sie Nathalies Blick erwartet, und lächelte verlegen. Dass Vera die Beine inzwischen regelmässig rasierte, dachte Nathalie, dass sie zu Beginn stoppelig gewesen waren, wenn sie sich richtig erinnerte. Und als Vera im Bad verschwunden war, schaute Nathalie sich selbst im Spiegel an, nackt, was sie sich lange nicht mehr getraut hatte. Ihre eigenen Beine, die ihr als Mädchen oft so staksig und ungelenk vorgekommen waren – erst durch andere hatte sie begriffen, dass sie etwas Begehrenswertes sein konnten –, sie waren noch immer die gleichen. Vera hatte bis jetzt nie etwas zu Nathalies Körper gesagt – aber wie sie ihn berührte! Und wie sie sich selbst hingab. Auch wenn Nathalie manchmal das Gefühl hatte, dass Vera nicht wusste, was sie tat, aber gerade deshalb mehr richtig machte. Richtig?, ein seltsamer Gedanke. Dass sie beim Sex selbst jedenfalls kaum sprach und im Verlauf dieser Tage immer lauter geworden war, als wäre ihr das eigene Stöhnen, ihre Lust zu Beginn noch ein wenig unheimlich gewesen.

Dass ihre Lust inzwischen fast nicht mehr abebbte, dachte Vera. Auch an diesem Morgen: Kaum war sie zurück ins Bett gekrochen, wussten ihre Körper von alleine, was tun. Es waren Nathalies lange, schmale Hände, zehn Finger, die überallhin kamen – ihre Zungen ineinander, Busen aufeinander. Ihre Münder, die sich festsaugten. Wie auch Veras Finger Nathalies Körper überall berührten. Wie ihre Körper sich rieben, Nathalies dunkle Haare über ihren Körper fielen, und diese Überempfindlichkeit für Momente, als könne sie jedes einzelne Haar spüren. Veras dunklere Brustwarzen, die auf Nathalies fast etwas kratzten, mit ganz wenig Schorf, als würden sie sich schon aufs Milchgeben vorbereiten. Und – und das war neu für Vera – der Sex war nicht mehr ans Bett gebunden; was bisher immer horizontal geblieben war, kam in Bewegung. Wie sie plötzlich zusammen am Fenster standen. Und dann das Zittern in den Beinen, das Zucken und das Vorschieben des Beckens, die Anspannung im Bauch und das Gefühl von Ausfliessen. Und ihr Atem, der sich einander anglich, wenn sie sich wieder hinlegten.

Vielleicht dösten sie sogar noch einmal kurz, dann stand Nathalie plötzlich auf, Vera schaute auf die Uhr und sagte: »Es ist ja schon Mittag!«

»Eben«, sagte Nathalie nur und zog sich ein T-Shirt über.

»Wir haben noch nicht einmal gefrühstückt.«

»Später«, sagte Nathalie, bereits abwesend, und stieg in ihre Hose, als wäre es nicht angebracht, halbnackt zu telefonieren; da klingelte auch schon das Hoteltelefon.

Gregor fragte, ob sie schon Termine gehabt und was sie heute Morgen schon gesehen habe, und Vera hörte, wie Nathalie hinter ihr ins Bad ging, um Marion und die Kinder anzurufen.

»Vera?«

»Ja«, sagte Vera erschrocken, in ihrem Mund immer noch der salzige Geschmack von Nathalies Geschlecht. »Nein. Nein, die Führung musste ich auch absagen.«

»Ich dachte, dir geht es besser?«

Bis auf die paar Minuten, wenn sie jeweils miteinander telefonierten, hatte sie noch nicht einmal ein schlechtes Gewissen. Und auch jetzt war es weniger das als die Anstrengung, ihre Lügen aufrechtzuerhalten beziehungsweise das Gespräch so zu lenken, dass sie möglichst wenig lügen musste. Und darum sagte sie nur: »Ich bin nur nochmals im Bett geblieben.«

»Das Kurze? Ist alles in Ordnung?«

»Alles gut«, sagte Vera und ging zur Minibar.

»Warst du denn jetzt wenigstens beim Arzt?«

Und Vera wiederholte: »Alles gut. Wirklich.« Vertrau mir, wollte sie hinzufügen, konnte sich aber gerade noch zurückhalten.

»Bist du sicher?«

»Und wie geht es dir?«, fragte sie.

»Aber es geht doch auch ums Kind«, sagte er mit ungewohnter Strenge.

»Das weiss ich selbst«, antwortete sie und ordnete die Minibar um, stellte die kleine Whiskeyflasche und die Schokoriegel vor die Sodadosen und packte einen Reese's-Riegel aus.

»Nicht *nur* ums Kind«, sagte Gregor, »aber magst du nicht mir zuliebe doch noch zum Arzt gehen?«

Und als sie nicht antwortete, hatte sie das Gefühl, zu hören, wie sein Widerstand langsam nachliess. Und tatsächlich sagte er nach einer kurzen Pause, wenn auch sehr leise: »Pass einfach gut auf dich auf.«

Und das war das erste Mal, dass sie dachte, er wusste doch mehr – sonst würde er doch insistieren, schliesslich hatte er all die Schwangerschaftsbücher gelesen, die sie nur gekauft hatte, und wusste, welche Folgen eine Grippe haben konnte, da ihr Immunsystem doch schon geschwächt war. Gleichzeitig war sie dankbar, dass er ihre Entscheidung respektierte. Und dann erzählte er tatsächlich einfach von seinem Arbeitstag – schliesslich waren sie am Telefon, und das Schweigen hatte schon lange genug gedauert – und wie er gerade auch ein bisschen bei ihr sei oder genauer gesagt beim Fellverkauf aus dem sechzehnten

Jahrhundert, welcher in den damals noch nicht derart vereinigten Staaten vor allem von Frauen betrieben worden war, und das nicht aus Not oder weil die Männer nicht wollten, sondern ganz einfach und eigentlich selbstverständlich, weil die Frauen es besser konnten.

Vera schloss die Minibar und hörte zu, während sie aus dem Fenster schaute. Dass sie die Unterhose wechseln musste, fiel ihr ein, sie war klebrig, weil sie die Hygieneeinlagen weggelassen hatte. Sie wusste nicht, weshalb, aber sie dachte, dass Nathalie sich an denen stören würde. Und dann unterbrach sie Gregor einfach: »Du, ich mag nicht mehr«, worauf er sich sofort entschuldigte. »Nein«, wimmelte Vera ihn ab, »ich bin nur müde.«

»Soll ich zu dir kommen, soll ich dich abholen kommen?«, schoss es aus ihm heraus, als hätte er Angst, Vera würde ihn nicht aussprechen lassen.

Sie musste einen Moment überlegen, bis sie begriff, er würde wirklich extra zu ihr fliegen, oder zu ihr und dem Kind, und sagte: »Das ist wirklich nicht nötig.«

»Nein?«

»Nein.«

»Aber ich wär jetzt gern bei dir«, sagte er und fügte dann hinzu: »Aber gut, ist wenigstens Nathalie bei dir.«

Vera nickte.

Am liebsten hätte sie ihn jetzt doch noch absichtlich angelogen, einfach um sich zu beweisen, dass sie es konnte, aber Gregor verabschiedete sich bereits.

Und so ging Vera stattdessen zur Badezimmertür, hinter der Nathalie telefonierte, um zu horchen; verstand aber die Worte nicht, hörte nur Nathalies Stimme in einem beruhigenden Singsang sprechen. Seltsamerweise war es Vera, die manchmal eifersüchtig war, wenn sie diese ganz andere, nur Nathalies Kindern vorbehaltene Stimme hörte, während Nathalie nie eifersüchtig war, wenn Vera mit Gregor sprach.

Dann klingelte ihr Telefon wieder.

Es war wieder eines dieser Telefongespräche, die nicht vom Fleck kamen, als wären die Kinder noch nicht bereit, diese Absurdität – mit jemandem zu sprechen, den man nicht berühren konnte – zu akzeptieren. Zwar erzählte Marion, die Kinder würden dauernd fragen, was Nathalie jetzt mache, und Flo überlege ständig, ob es jetzt bei ihr in New York bereits hell sei und, wenn er aufstehe, schon dunkel; die Zeitverschiebung faszinierte ihn. Aber am Telefon waren Nathalie und er meist überfordert, und über das Wetter zu reden, hatten die Kinder noch nicht gelernt. Und als Nathalie Alma fragte, was sie denn so mache, antwortete diese: »Aber ich telefonier doch. Mit dir.«

Und auf Nathalies Lachen fragte sie nur irritiert: »Was ist lustig?«

Und Nathalie erinnerte sich, wie Alma damals, als sie gerade auf der Welt war, sie angeschaut hatte wie jemand völlig Unbekannten und wie Nathalie eine Fremdheit überkommen hatte, ihrer eigenen Tochter gegenüber, die sie so erschreckt hatte, dass sie sich die Innenseite ihrer Wangen blutig biss und nie jemandem davon erzählt hatte – und es auch nie tun würde.

Und dann war auch schon wieder Flo dran, der wie jeden Tag wissen wollte, was sie ihnen denn mitbringen werde; das war er von Christof gewöhnt, der immer, wenn er auf eine Baustelle ins Ausland fuhr, schöne Dinge für die Kinder mitbrachte – das musste man ihm lassen.

»Du glaubst wohl, dass ich mich irgendwann verplappere, wenn du oft genug fragst«, sagte Nathalie.

»Warum sagst du es nicht?«

»Dann ist es doch keine Überraschung mehr.«

Flo entfuhr ein seltsames Glucksen vor Freude – er konnte sich gar nicht vorstellen, dass sie ihn enttäuschen würde, dachte Nathalie. Am liebsten hätte sie ihm einen der riesigen Kräne mitgebracht, die in Downtown rumstanden und denen er in Berlin stundenlang zuschauen konnte. Aber sie fragte bloss, ob sie noch einmal mit Marion sprechen könne, die dann, bevor er noch etwas sagte, wieder am Hörer war.

»Alles klar bei dir, Marion?«, fragte Nathalie.

»Wie schaffst du das nur jeden Tag?«

»Ohne dich würde ich es nicht schaffen«, sagte Nathalie, die plötzlich eine Dankbarkeit durchflutete, nicht nur für diese Woche, sondern für all die Jahre – dass sie sich nie ganz allein gefühlt hatte.

»Alles in Ordnung bei dir?«, fragte Marion.

»I mean it!«

»Schon gut«, sagte Marion nur, die wohl schon wieder mit Alma beschäftigt war und deshalb bald auflegte.

Durch die Tür drang Veras Stimme, die einen weichen Klang hatte; dass das nur Veras schlechtes Gewissen sei, redete Nathalie sich ein. Und öffnete den Wasserhahn, wenn auch nicht zu stark, weil sie Vera ja auch nicht stören wollte und trotzdem noch vieles hörte, aber nicht mehr alles verstand, was sie noch schlimmer fand.

Nathalie war auch schon früher eifersüchtig gewesen – aber Vera war ja die ganze Zeit bei ihr. Manchmal hatte sie noch das Bedürfnis, Christof zu fragen, wann die Affäre begonnen hatte. Noch vor der Geburt? Sie würde ihm gern die Schuld für ihre Depression geben und hatte es auch oft getan. Aber noch öfter war da der Gedanke: wenn er wenigstens Kraft aus der Affäre gezogen und sich um die Kinder gekümmert hätte. Und dachte, dass sie Vera nie gefragt hatte, was nach New York sein würde, weil sie merkte, wie sehr sie bei ihr war. Und das wollte sie so lange als möglich geniessen. Sie liebte ihre Kinder über alles, und wie gern sie mit ihnen zusammen war; aber so glücklich, wie sie es hier war, war sie schon lange nicht mehr gewesen – bei dem Gedanken legte sich eine nachträgliche Einsamkeit über sie. Und im gleichen Moment konnte sie hören, wie Vera auflegte, die Badezimmertür öffnete und sagte: »Gregor hat mich vermisst. Er hat einfach nochmals angerufen.«

»Verstehe«, sagte Nathalie, die nicht verstand, warum Vera ihr das erzählte.

Und dann kam der letzte Abend, und es war, als sei alles darauf zugelaufen, als würde nun automatisch eine Entscheidung fallen, weil ja eine fallen musste, weil sie anderntags schon wieder im Flugzeug nach Berlin sässen, wo Vera fast den ganzen Flug über ihre Hand halten würde.

Jedenfalls gingen sie durch den Nebel, in dem die Hochhäuser einfach verschwanden, als fände darüber noch ein anderes Leben statt, zu diesem Lokal in Greenwich Village. Es war klein und für amerikanische Verhältnisse gemütlich, aber auch hier das leise Summen der Klimaanlage, als ob die Stadt immer ein wenig unter Sauerstoffmangel litte.

Nathalie hätte sich gern betrunken, aber so allein kam es ihr schäbig vor, und so bestellte sie nach dem Mojito zwar noch ein Glas Wein, trank aber vor allem Wasser, um nicht zu gefühlsduselig zu werden, und dachte trotzdem: Vera hat ihre Hormone und ich den Alkohol; obwohl Vera in der ganzen Schwangerschaft bisher kaum Stimmungsschwankungen gezeigt hatte. Die ganze Woche hatte es keine Zukunft gegeben, im besten Sinne, dachte Nathalie. Und merkte dann, wie es ihr schwerfiel, sich die Zukunft mit Vera vorzustellen – aber noch schwerer fiel es ihr, sich eine Zukunft ohne Vera vorzustellen. Das wollte sie ihr sagen, aber sie wollte auch die Stimmung nicht kaputtmachen, als Vera etwas unwirsch die Kellnerin anhielt, weil sie noch eine Cola bestellen wollte; und Nathalie dachte nicht zum ersten Mal, dass man merkte, dass sie eine Chefin war.

Aus den Boxen Jazz, zu melodiös für Gregor, dachte Vera; und wie schön draussen der Nebel die Hochhäuser und ihre Lichter einhüllte. Und dann war es zu ihrem eigenen Erstaunen sie selbst, die sagte: »Was passiert denn jetzt, wenn wir zurück sind?«

Nathalie schaute sie an, sagte aber nichts, weshalb Vera sich mit den Händen auf den Tisch aufstützte und sich zu Nathalie rüberlehnte, um sie zu küssen, – nicht schnell – lange, innig. Und als sie sich zurück in ihren Stuhl fallen liess und sich umschaute: Das interessiert hier niemand, New York, New York, dachte sie, und Nathalie schaute sie noch immer an, verwundert jetzt, zärtlich vielleicht.

Dann kam auch schon Veras Steak – sie schwiegen noch immer –, es war riesig, aber die Portionen hier erschreckten sie bereits nicht mehr; Nathalie bekam einen Edelburger. Vera schnitt ein Stück ab, doch bevor sie es zum Mund führen konnte, fragte Nathalie: »Wirst du es Gregor sagen?«

Vera schaute sich im Lokal um, als wäre da irgendwo eine Antwort zu finden. »Ich weiss nicht, was er dazu sagen wird«, und liess ihre Gabel auf den Teller sinken.

»Du wirst es ihm also sagen.«

»Die ganze Zeit hier, ich hab versucht, nicht daran zu denken. Dass das derart gut gelungen ist, macht mir fast ein wenig Angst.«

Nathalie nickte.

»Ich weiss nicht, Nathalie.«

Und wieder nickte Nathalie, eine Träne tropfte ihr von der Wimper direkt auf den Tisch, nur diese eine, während hinter ihr jemand Besteck fallen liess.

Jetzt nickte Vera. Nahm dann Nathalies Hand. An das Kind dachte sie, nicht an den Bauch, an das Kind.

»Weisst du«, versuchte es Vera nochmals, »ich denk erst mal: mein Kind.«

»Ja.«

»Aber er ist der Vater. Das schon.«

»Ich weiss.«

»Ach, lass uns nicht dran denken.«

»Bisschen spät dafür«, sagte Nathalie trotzig.

»Nicht jetzt wenigstens.«

»Macht es dir Angst?«

»Wir zwei?«, fragte Vera. »Es macht mich glücklich!«

Nathalie nickte, als wollte sie sagen: Ich dich auch. Nickte aber nur noch einmal. Und sagte dann: »Lass uns gleich noch eine Nachspeise bestellen.«

»Die teuerste«, sagte Vera und schaute auf ihre Gabel, auf der immer noch das Stück Fleisch steckte.

Wie ein heisser Sonnentag kam Vera alles vor, nur dass man dem klaren Licht bereits ansah, dass es bald kühler würde. Und wie aus dem Nichts fragte sie, ob Nathalie denn mit ihr zusammenziehen wollen würde. Und erschrak nicht nur über die Frage, sondern auch über den Gedanken, dass Nathalie dann ja auch auf ihr Kind aufpassen könnte. Und fragte sich fast gleichzeitig, ob sie selbst mit drei Kindern zurechtkäme. Mit einem schon? Sie schaute auf ihren Bauch. Und war froh, als Nathalie antwortete: »Wenn du das willst.«

»Ja«, sagte Vera und schaute Nathalie direkt in die Augen.

»Am besten gleich in eine Fabrikhalle. Mit all unseren Kindern«, sagte Nathalie übermütig.

»Mit Stuck«, sagte Vera.

»Draussen grün!«

»Aber nicht zu weit weg von der Arbeit!«

Nathalie nickte.

Und Vera griff über den Tisch hinweg nach Nathalies Händen und begann zu ihrer beider Überraschung plötzlich Kindernamen aufzuzählen, als wäre es ihr gemeinsames Kind.

Und während Vera nicht mehr aufhörte – »Veronika, aber vielleicht auch Alison, Berta, Clementine« –, fragte sich Nathalie, ob sie ihre Kinder heute wieder gleich nennen würde. Schliesslich war sie es gewesen, welche, mit Christofs Einverständnis, die Namen ausgesucht hatte; und dachte nun, vielleicht dürften sie etwas länger sein, und schämte sich fast ein bisschen für den Gedanken. Und sie sagte: »June! Oder August. Ich mochte immer diese sprechenden Namen, aber im Deutschen geht das nicht.«

»Was geht nicht?«

»Nur die Namen, mein ich.«

»Dann bleiben wir eben hier«, sagte Vera entschlossen.

Und in dem Moment begann es draussen vor dem grossen Fenster plötzlich und nur für ungefähr drei Minuten leicht zu schneien, auch wenn die Flocken auf dem Asphalt gleich dahinschmolzen.

»Wie im Märchen«, sagte Nathalie und dachte an einen Essay, in dem jemand argumentiert hatte, dass nur Abbildung der Natur Kitsch sein kann, nicht aber die Natur selbst.

In der Nacht hatten sie sich lange geliebt, zärtlich, vielleicht vorsichtiger, nicht so überwältigend, und waren danach sofort eingeschlafen. Daran dachte Vera am folgenden Nachmittag auf der Fahrt zum Flughafen, als sie Nathalies Hand suchte und trotzdem beide auf ihrer Seite zum Fenster rausschauten. Und als der Taxifahrer fragte, wann denn *due day* sei, antwortete Vera nur: »Soon«, und schaute zu, wie die Häuser und gelben Autos, nachdem sie unter dem Hudson durch waren, langsam kleiner und weniger wurden.

Was Vera damals nicht gesehen hatte: wie Nathalie weinte, als Vera auf das Gepäck wartete. Gregor und Marion und die beiden Kinder standen auf der anderen Seite der milchigen Scheibe, jedenfalls meinte Nathalie ihre Umrisse zu erkennen und rannte dann aufs Klo. Warum sie so sehr weinen musste, konnte sie selbst nicht genau sagen; sie hatte ihre Kinder vermisst und sich auf sie gefreut. Am Flughafen Newark hatte Vera noch Postkarten geschrieben, eine auch an ihren kleinen Bruder, und Nathalie in einer wilden Albernheit genötigt, einen Kussmund draufzudrücken.

Jetzt schminkte sich Nathalie im grellbeleuchteten Klo des Flughafens die Lippen, nahm die zerzausten Haare zusammen, wischte sich die Tränen weg und schminkte auch ihre Augen wieder, dann ging sie zur Tür raus.

Vera stand bereits mit beiden Koffern in den Händen da, ihr Bauch, schien es, war in der Woche noch grösser geworden, und sie lächelte müde: »Jetzt sind wir zurück.« Und als sie im Zollbereich zwischen milchigen Scheiben gingen, nahm Vera ganz kurz Nathalies Hand und drückte sie so stark, dass es Nathalie weh tat.

Was, wenn sie einfach Veras Hand nicht mehr loslassen und sie, wenn sie rauskämen, auf den Mund küssen würde? Dann wäre es raus, durch, fertig, dachte Nathalie; aber Vera würde es ihr nie verzeihen. Dass Vera Loyalität vor Liebe ging oder zumindest Liebe ohne Loyalität nicht denkbar war, dachte sie, als sie aus der Zollschleuse traten und Flo auf sie zurannte.

Sofort sprang ein Sicherheitsbeamter ihm nach und hielt ihn am Arm zurück: »Nicht so stürmisch, junger

Mann!« Und natürlich begann Flo zu weinen, in den Händen eine geknickte rote Rose.

Nathalie rannte ihm entgegen, entriss ihn dem Mann und schloss den zitternden Flo in ihre Arme. Dann kam Alma dazu, die selbst zu weinen begonnen hatte, ebenfalls mit einer roten Rose in der Hand.

Oft in letzter Zeit hatte sie die Nachrichten nicht schauen können, weil sie es nicht ertrug, wenn Kinder von ihren Eltern getrennt wurden. Und sich gefragt: Die Kinder allein losschicken oder übergeben für die Flucht in ein mutmasslich besseres Leben und Land, ob sie das auch könnte; war das absolute Elternliebe, oder war die Entscheidung dafür zu rational? Natürlich würde sie ihre Kinder, ohne Rücksicht auf ihr eigenes Leben, aus einem brennenden Haus retten – zumindest hoffte sie, dass sie dann so geistesgegenwärtig wäre, aber was war es in ihrem ganz normalen Leben, das sie für sie tun konnte?

»Und was ist mit mir?«, fragte Marion.

Nathalie blickte erschrocken auf und begann ebenfalls leise zu weinen, so dass die beiden Kinder aufhörten und sie verdutzt anschauten.

Und Marion sagte: »Na, so schlimm ist es jetzt auch nicht, mich wiederzusehen.«

Nathalie drückte auch sie viel zu fest an sich und versuchte mit Gewalt die Tränen zurückzudrängen, während sie an Almas Rose roch. Dann begrüsste sie Gregor mit zwei Küsschen, der Vera – das hatte sie aus den Augenwinkeln noch gesehen – so vorsichtig umarmt hatte, als könnte er das Baby erdrücken; und Nathalie dachte daran, wie sie vor nicht einmal vierundzwanzig Stunden noch auf Vera gelegen hatte.

Vera versuchte Nathalie nicht mehr zu oft anzuschauen; sie hatte Angst, man würde ihrem Blick ansehen, was los war – obwohl Gregor es sich vielleicht genauso wenig vorstellen konnte wie sie früher. Und begann schon jetzt, als Nathalie noch neben ihr stand, sie zu vermissen, weil sie wusste, gleich würden sie in unterschiedliche Autos steigen. Und malte sich aus, wie sie Hand in Hand durch die Stadt spazierten; jetzt, da der Frühling bald kommen und die Krokusse, die paar wenigen Kirschblütenbäume, aber vor allem der Spreewald erblühen würde, so dass die Farbe Grün plötzlich zu einem Überbegriff für all die verschiedenen Farben wurde. Wusste aber nicht, was tun. Und also tat sie nichts. Und Nathalie stand neben ihr, und hinter Nathalie ein paar Männer, welche Schilder mit Namen hochhielten – als wäre die Zeit angehalten worden, dachte sie, und nur Nathalie und sie konnten sich darin bewegen; als Gregor plötzlich begann, Nathalie zum Abschied zu umarmen, und dabei ganz unverbindlich sagte, sie sehe gut aus, die Ferien hätten ihr wohl gutgetan, so dass Nathalie schon wieder die Tränen zurückzuhalten schien. Und Vera, die das vielleicht als Einzige bemerkte, sagte, ihr sei ein wenig übel, worauf Gregor alle entschuldigend anlächelte und dann, Vera ein wenig stützend, mit ihr davonging.

»Das war jetzt aber ein schneller Abgang – ging es Vera die ganze Zeit so schlecht?«, fragte Marion.

Aber Nathalie antwortete nicht, kniete sich stattdessen wieder zu ihren Kindern, schloss ihre Jacken, was diese einfach geschehen liessen, hielt sie dann ein wenig von sich weg und schaute sie genau an: »Ich bin froh, dass ihr noch gleich ausseht, ich bin wirklich froh«, dann machten sie sich auf den Weg zum Parkhaus.

Und als sie zur ersten Kreuzung kamen, sagte Marion: »Und ich bin froh, dass du wieder hier bist.«

»Wart ihr nicht brav?!«, fragte Nathalie und schaute in den Rückspiegel zu Alma und Flo, die aber gerade mit einem kleinen Gerangel beschäftigt waren.

»Nicht wegen der Kinder. Ich habe dich vermisst«, sagte Marion, ohne ihren Blick von der Strasse zu wenden.

»Ich dich auch«, sagte Nathalie und lachte.

»Ich meine es ernst. Sonst geh immer ich weg. Ich bin das gar nicht gewöhnt. Wenn das so weitergeht, muss ich mir doch noch einen Freund suchen. Apropos, vor ein paar Tagen habe ich mich endlich bei dieser Datingplattform angemeldet. Du musst mir dann noch helfen, ein paar gute Fotos auszusuchen. Am besten meldest du dich auch gleich an.«

Wahrscheinlich würde Marion wieder alle wegklicken, die es wagten, ihr eine Nachricht zu schicken, dachte Nathalie für sich, während draussen die viel zu niedrigen Häuser vorbeizogen, sagte aber nur: »Klar!« Und erinnerte sich daran, wie Marion nach ihrer wilden Partyzeit früh in einer Beziehung gelandet war, von der alle dachten, sie würde in eine Ehe übergehen, bis ihr Freund betrunken einen One-Night-Stand hatte und Marion nach sechs Jahren nicht einen Moment zögerte, einen Möbelwagen bestellte, der seine Sachen zu seinen Eltern brachte, ihm die Rechnung schickte und sonst nie mehr was von sich hören liess. Es hatte sie auf eine Art hart gemacht, die ihr nicht gerecht wurde.

Mit einem schlechten Gewissen – nicht gegenüber Gregor, sondern wegen der Arbeit – war sie in Berlin angekommen, ohne sich deswegen auf die Arbeit konzentrieren zu können. Und als es an der Bürotür klopfte, hoffte Vera, es wäre Nathalie, obwohl sie wusste, dass Alma krank war; sie hatte noch in der Nacht ihrer Rückkehr aus New York einen Fieberschub erlitten.

Bevor Vera etwas rufen konnte, kam Gregor herein und sagte lachend: »Hab ich mir gedacht, du hast doch den Termin bei Frau Doktor Lerzer wieder vergessen. Komm!«, und hielt ihr seine Hand hin.

Sie stand auf. Er würde ein guter Vater sein, dachte sie – und hasste ihn in diesem Moment genau dafür. Und dass ihr nicht nur Nathalie fehlte, sondern auch die Freundin, mit der sie darüber lästern und dann vielleicht sogar lachen konnte. Und dann, dass sie es ihm jetzt einfach sagen könnte, und es wäre vorbei.

Aber sie konnte es ihm nicht sagen. Wie sie es schon seit fast einer Woche nicht konnte. So wie sie ihm, als Frau Lerzer jetzt mit der Ultraschallsonde über ihren Bauch fuhr, nicht sagen konnte, er solle aufhören, ihre Hand so fest zu halten, als würde die Sonde auf ihrem Bauch weh tun. Wenn das Kind nicht wäre, das jetzt auf dem Bildschirm in seinen Konturen klar zu erkennen war, wenn nur das Kind nicht wäre, dachte Vera zum ersten Mal – und begann zu weinen.

Gregor fasste ihre Hand noch fester; wahrscheinlich dachte er, es sei das Glück, weil sie den pulsierenden Schwarzweissbildschirm so anstarrte. Oder die Hormone. Vera zog ihre Hand aus seiner. Dass er nichts dafür konnte, machte sie noch einsamer; das T-Shirt zur Brust hochgeschoben, Frau Lerzer, die immerzu lächelte und gleichzeitig sehr ernst alle Organe aufzählte und dazu Normgrössen und Abweichungen runterleierte, und Gregor, der dazu nickte. Und als Frau Lerzer die Sonde zurück in die Halterung legte, sagte er mit viel zu tiefer Stimme zu Vera: »Geschafft!«

Dabei, gerade seine Stimme, die hatte sie doch immer so gemocht, dachte sie, als sie in der darauffolgenden Nacht wach lag. Es war ja keine Vernunftehe gewesen, ihre Verliebtheit war nur eine andere als die, welche sie Nathalie gegenüber empfand. Sie hatte ihn immer für seine Arbeitsethik bewundert, dafür, dass er nie nachliess. Dass in Diskussionen sogar häufiger sie es war, die ihre Argumente mit ihren Geschichten vermischte. Und dass er sein Denken in den Dienst der Sache stellte und nicht in seinen eigenen. Und trotz allem jeden Abend ein paar Minuten lang betete, mit ebendieser Stimme, die tief aus der Brust zu kommen schien und ganz leicht und warm vibrierte. Ja, und manchmal beneidete sie ihn gar darum, sie, die mit vierzehn noch Ministrantin gewesen war und sich für die weibliche Form im Pfarrblatt eingesetzt hatte, und dann plötzlich war es ihr nicht nur suspekt gewesen, es war regelrecht ein Hass gewachsen gegen die Kirche und ihr altes Selbst; ein Hass, der später in eine Gleichgültigkeit überging. Aber darüber nachgedacht hatte sie kaum noch, bis sie Gregor kennengelernt und gemerkt hatte, dass sie etwas vermisste, was ihr der Glauben damals gegeben hatte. Und doch, auch seither war sie Gott nie mehr nähergekommen, als wenn sie zusah, wie Gregor nach dem Zähneputzen betete.

Und jetzt lag sie neben ihm, und jedes Geräusch, das er machte, war das falsche. Sie war von Doktor Lerzers Praxis einfach mit ihm nach Hause gegangen, obwohl noch lange nicht Feierabend war, und hatte sich ins Bett gelegt – als sie aufwachte, bemerkte sie ein Glas Wasser und einen aufgeschnittenen und bereits leicht bräunlichen Apfel auf dem Nachttisch. Von der anderen Bettseite hörte sie Gregors Atem, er lag auf derselben Seite, auf der auch Nathalie immer neben ihr geschlafen hatte. Vera überlegte, ihn zu bitten, die Seite zu tauschen. Sie könnte sagen, es sei besser wegen des Bauchs – Frau Lerzer habe ihr empfohlen, wenn möglich nicht mehr auf dem Rücken und eher auf der linken Seite zu schlafen. Sie müsste gar nichts erklären, er würde es sowieso tun. Aber sie drehte sich nur hin und her, und vor dem Fenster hörte man Regen, und jemand rief: »Helmut!« Und sie wünschte sich, das Baby würde sich bewegen, aber auch das schien zu schlafen.

Und dann, als wäre ihr Schweigen mit einem Mal aufgebraucht, rüttelte sie einfach an Gregor, der sich sogleich erschrocken aufsetzte: »Was ist? Ist was mit dem Kurzen? Geht's dir gut?«

Und jetzt war es Vera, die ihn erschrocken anstarrte und kein Wort herausbrachte.

»Soll ich den Notarzt anrufen?«

Vera schaffte es, den Kopf zu schütteln.

»Ich hol dir ein Glas Wasser. Soll ich dir ein Glas Wasser holen?«

Sie nickte. Und während er aufstand, suchte sie nach Anfangssätzen: Ich habe mit Nathalie – aber was? – geschlafen, gelebt, geliebt? Ich will – sie wusste nicht, was sie wollte. Sie wollte nichts wollen müssen.

Da kam Gregor auch schon mit dem Wasser zurück. Ihm zuliebe trank sie einen Schluck und sagte, dass er sich wieder hinlegen solle, es gehe ihr schon besser. »Ich hab nur schlecht geträumt.«

Er nickte, legte sich aber nicht hin, sondern seinen Arm um sie.

Ob er sich schon einmal verliebt habe, überlegte sie ihn zu fragen. Und ihr fiel ein, sie hatte sich als Teenager auch schon in Mädchen verknallt, aber immer nur in welche, die sie gleichzeitig für ein bisschen blöd oder zumindest für oberflächlich gehalten hatte. Später fand sie Frauen zwar immer noch schöner, aber verliebt hatte sie sich nie mehr. Ausserdem ging es ihr nie wirklich um den Körper, ihr hatten es schon immer Gesichter angetan. Deshalb hatte ihr auch Gregor gleich gefallen; seine Augen, darin hatte sie sich gleich zu Hause gefühlt, und die feinen Augenbrauen.

Und sie würde es ihm auch nicht übelnehmen, wenn er antwortete, er habe sich ebenfalls schon mal verliebt, wahrscheinlich würde es sie sogar erleichtern. Aber dann müsste sie ihm auch von Nathalie erzählen. Und gleichzeitig wusste sie, sogar wenn sie es tun würde und nicht ganz eindeutig sagen, was sie wollte, würde er es einfach als Affäre abtun, er würde es mit Hormonen erklären oder schweigen, aber trennen würde er sich nicht – das musste sie, wenn sie es denn wollte, schon selbst tun.

»Vera?!«

»Alles in Ordnung«, sagte sie mehr zu sich als zu Gregor.

»Ich bin jetzt wach. Willst du mir nicht sagen, was los ist?«

Sie löste sich aus seinem Arm und suchte im Halbdunkel seine Augen, sagte aber nichts.

»Wenn es körperlich ist, musst du es mir sagen – dann fahren wir ins Krankenhaus.«

»Es geht schon wieder.«

»Sicher?«

»Ja.«

»Ja«, wiederholte Gregor, fuhr aber ein paar Sekunden später fort: »Wir sind jetzt eine Familie. Ich spür doch, dass was ist. Du kannst jetzt nicht mehr alles allein mit dir abmachen.«

»Es tut mir leid«, sagte Vera.

So vergingen zwei, vielleicht drei Minuten, dann stand sie – ohne nachzudenken oder sich nach Gregor umzudrehen – einfach auf. Ging ins Wohnzimmer, wo sie ihr Handy zum Aufladen gelassen hatte, fast als hoffte sie, Gregor würde fragen, ob sie auf etwas warte. Sie könnte ihm sagen, dass sie Angst habe, Nathalie würde sich wieder zurückziehen, denn seit New York schrieb sie nur noch ab und zu eine SMS.

Und nicht zum ersten Mal fragte sich Vera, warum Nathalie sie überhaupt geküsst hatte. An ihrer Schönheit konnte es nicht liegen, dachte sie. Nicht dass Vera unzufrieden mit sich gewesen wäre, aber hübsch war keine Kategorie, in die sie gehörte. Sie wusste, das war nicht die einzige Kategorie, sicher nicht für Nathalie, und objektiv war sie natürlich auch nicht. Trotzdem hatte sie noch immer das Gefühl, es liege ein Missverständnis vor, das sich schon noch aufklären werde.

Aber anstatt Zorn breitete sich plötzlich und zu ihrer eigenen Überraschung ein Gefühl in ihr aus, das noch viel stärker war als die Furcht, das sie aber nicht benennen wollte. Ausgerechnet ihr, dachte Vera, geschah dies, ihr, die so lange gebraucht hatte, sich damit abzufinden, dass die Liebe in erster Linie ein Entschluss ist – und die dann sogar stolz darauf gewesen war.

Sie machte das Handy aus. Und während sie versuchte, das Gefühl wieder loszuwerden, ging sie im Wohnzimmer im Kreis, öffnete das Fenster – die Kälte tat ihr gut –, bis sie irgendwann ins Schlafzimmer zurückkehrte, ohne müde oder speziell leise zu sein.

Gregor aber rührte sich nicht, als sie zurück ins Bett stieg. Dass jetzt auch er ihr noch Druck machte, dachte sie und schüttelte sich. Und plötzlich bewegte sich auch das Kind; es schien sich zu drehen, dazu kamen Tritte, es verschlug Vera fast den Atem. Sie legte ihre Hand auf den Bauch, und, ganz seltsam, im Kopf hörte sie plötzlich dieses Lied: *Der Mond ist aufgegangen;* und sie summte leise mit und wurde tatsächlich müde, und auch die Tritte des Kindes wurden sanfter. Larissa, dachte sie plötzlich, sie würde sie Larissa nennen – so sicher war sie, dass es ein Mädchen war, auch wenn man es beim Ultraschall nie mit Bestimmtheit hatte erkennen können. Und schlief dann tatsächlich ein.

Am Morgen rief sie, nachdem Gregor das Haus verlassen hatte, gleich Nathalie an, die sofort abnahm, so dass Vera ein lautes »Schön!« ausstiess. Und dann, weil Nathalie nichts entgegnete, fragte sie: »Wie geht es dir?«

Dass Alma immer noch mit Fieber glühe, sagte Nathalie.

Vera wusste nicht, was sagen. Für einen Moment dachte sie an Larissa. Krankheit würde dazugehören, nicht zur Arbeit zu gehen – sie konnte es sich noch immer nicht vorstellen. Dann fragte sie: »Kann ich vorbeikommen? Soll ich etwas mitbringen?«

»Marion hat schon eingekauft«, antwortete Nathalie leise.

»Ich möchte dich sehen. Ich bring Alma was mit.«

Ob sie denn mit Gregor gesprochen habe, fragte Nathalie.

»Ich habe es versucht.«

»Und?«

»Es ging nicht.«

»Wie hast du es denn versucht?«

»Ich lag wieder die ganze Nacht wach«, sagte Vera und machte sich Sorgen um Larissa, wollte sie aber nicht als Ausrede benutzen, stattdessen fügte sie hinzu: »Du fehlst mir.«

»Ja.«

»Wie schön das war, in New York. Nur wir zwei.«

Für mehr fehlte Vera die Sprache. In der Leitung blieb es still. Sie schaute auf die Uhr, es war schon nach acht, und sie war noch nicht angezogen, sie wusste nicht einmal, ob sie schon für eine Sitzung auf der Arbeit sein müsste. Dafür fiel ihr ein, dass sie Susanne schon gestern SAP-Zugänge erteilen und erklären hatte wollen. Und fast etwas wütend sagte sie: »Aber ich muss jetzt wirklich zur Arbeit.«

»Du hast doch angerufen.«

»Ja«, sagte Vera, und nach einer kurzen Pause: »Aber ich würd dich wirklich gern sehen. Bald!«

»Wenn es Alma bessergeht, komm ich bei dir vorbei«, sagte Nathalie entschlossen.

»Zu mir?« Eine kurze Pause entstand.

»Ich war lange nicht bei dir.«

»Ja. Gut.«

Nathalie legte das Telefon auf die Anrichte und hielt sich an ihr fest, als sie plötzlich die kleinen Kinderhände von Alma an ihrem Hosenbein spürte, die ihr Kranksein kaum aushielt, schon gar nicht, wenn Nathalie nicht bei ihr war – und nun doch nur darauf wartete, dass sie zurück ins Bett getragen wurde; wo sie dann auch sogleich wegdöste.

Anstatt wieder aus dem Zimmer zu gehen und aufzuräumen, wie Nathalie es vorgehabt hatte, legte sie sich zu Alma ins Bett, die sich im Halbschlaf an sie kuschelte. Sogar wenn sie krank war, roch Alma noch irgendwie frisch, so wie nur Kinder riechen können, dachte Nathalie und spürte plötzlich eine Erschöpfung, die mehr war als die Anstrengung von all dem, was sie tagtäglich tat – und schloss die Augen.

Als Marion aus dem Kinderzimmer kam und sich ein Glas Wasser einschenkte, war Nathalie gerade mit dem Abwaschen fertig geworden und stand etwas unentschlossen in der Mitte des Wohnzimmers.

»Sie schläft schon«, sagte Marion. »Sie ist noch nicht ganz gesund. Aber jetzt schläft sie, und sie sieht so süss aus. Dabei ist sie ein Monster, das weiss ich jetzt. Hoffentlich geht es ihr bald besser.«

Nathalie lachte – »Sie tyrannisiert uns alle« –, nahm Marion das Glas aus der Hand und leerte es aus. Dabei reagierte sie nicht auf Marions Frage, was sie denn mache, füllte es mit dem Glenfiddich, den sie extra für Marion gekauft hatte, reichte es ihr und sagte: »Ich hab mich verliebt.«

Marion drehte das Glas in der Hand und lächelte sie auf eine Art an, die Nathalie nicht deuten konnte.

»Freust du dich nicht?«, fragte Nathalie.

»Und ob ich mich freue.«

»Gut.«

»Aber du siehst nicht aus, als ob du dich wirklich freust«, sagte Marion und zog eine Augenbraue hoch.

»In Vera«, versuchte Nathalie so beiläufig wie möglich zu sagen.

»In Vera?«

»Sag ich doch!«

»Schön!«, sagte Marion.

»Schön?«, fragte Nathalie.

»Sag ich doch«, sagte Marion und lachte dazu. Worauf Nathalie ihr in die Arme fiel, so dass Marion ein wenig Whisky über ihren Arm schüttete.

War das jetzt ihr Coming-out?, fragte sich Nathalie. Und wem würde Vera es erzählen, wenn sie es nicht Gregor erzählte? Ihrem kleinen Bruder? Der würde wahrscheinlich anerkennend pfeifen und grinsen, dachte Nathalie, und ihr Stolz darauf war ihr ein wenig peinlich.

»Du grinst und weinst ja gleichzeitig«, sagte Marion, die ihr Glas abgestellt und Nathalies Gesicht zwischen ihre Hände genommen hatte. »Ist es, weil sie verheiratet ist?«, fragte Marion, und Nathalie drückte sie wieder an sich und strich ihr über den Rücken. »War sie deshalb so komisch am Flughafen?«

»Weil sie es Gregor nicht sagt«, flüsterte Nathalie zwischen Tränen.

»Ihr seid zusammen?«

Nathalie nickte.

»Und ich hab es nicht gemerkt.«

»Eben«, sagte Nathalie und liess sich auf das Sofa sinken.

Marion setzte sich neben sie, legte ihren Arm um Nathalie, und während sie ihre Schwester zu sich heranzog, sagte sie: »Seltsam warst du ja schon.«

»Das sagst gerade du«, sagte Nathalie, und die Tränen liessen langsam nach.

Und dann erzählte sie von New York, von den Nächten und Tagen, dem Licht und dem Glück. Und Nathalie konnte sehen, wie Marion ihr nicht nur glaubte, sondern selbst zu strahlen begann, als würde sie sich dabei auch ein wenig verlieben. Trotzdem musste Nathalie auch immer wieder weinen, ohne wirklich traurig zu sein. Was half: der Whisky, den sie jetzt beide tranken, auch wenn er Nathalie nicht schmeckte. Ausserdem war Marion, weil es eine

Frau war, auf eine Art neugierig, die sie sich selbst nicht gestattet hätte. Und immer wieder umarmte Marion ihre Schwester, die plötzlich sagte: »Du hast recht, sie muss sich entscheiden«, in einem Ton, so kategorisch, wie sie zu den Kindern manchmal sprach.

Nathalie schüttelte den Kopf, wusste aber nicht genau, weshalb.

»Worauf wartet sie denn?«, fragte Marion.

Und Nathalie zuckte mit den Schultern.

»Soll ich mal mit ihr reden?«

Nathalie lachte, merkte aber an Marions Gesichtsausdruck, dass sie es ernst meinte, und sagte entsetzt: »Wehe!«

»Ist ja nur, weil manchmal kommt sie Montag auch ins Yoga. Sie hat eigentlich eine gute Figur, aber gross ist sie nicht gerade. Ist das jetzt sexistisch?«

»Was meinst du mit *eigentlich?*«

»Und einen schönen Busen. Das ist sogar mir aufgefallen. Und ihre Stupsnase.«

Nathalie zog eine Augenbraue hoch.

»Du darfst dir aber nichts gefallen lassen!«

»Ich lass mir nichts gefallen. Sie braucht nur Zeit.«

»Wie lange? Ich habe sie schon eine Weile nicht mehr gesehen im Yoga, aber wenn du willst, sprech ich –«

»Marion!«

»Ist ja schon gut«, sagte Marion und richtete sich plötzlich auf: »Und das Kind? Vera ist ja schwanger!«

»Das ist mir gar nicht aufgefallen.«

»Ihr wollt zusammen das Kind aufziehen?«

Vergessen hatte Nathalie das Kind nie, dafür war Veras Bauch zu sichtbar und zu schön; aber es war noch nicht wirklich da, kein Alltag, schon gar keine Nächte, die über den Haufen geworfen wurden. Dass sie das nochmals würde mitmachen müssen. Und sie fragte sich zum ersten Mal, was für eine Mutter Vera wäre – was für eine Mutter für Flo und Alma – und ob sie das überhaupt wollte. Sagte dann aber trotzig zu Marion: »Wieso nicht?!«

Und Marion sagte: »Und was, wenn das Kind nur Gregor gleicht?«

»Das ist doch egal«, antwortete Nathalie und rückte ein bisschen von ihrer Schwester weg.

»Will sich denn Vera überhaupt trennen?«

»Dass sie es ihm sagt – weiter haben wir eigentlich gar nicht gesprochen. Er soll auf jeden Fall eine Vaterrolle behalten«, sagte Nathalie und nickte, als fände sie das insgesamt in Ordnung so.

»Das verstehe ich ja, aber wieso will sie sich nicht trennen?«, fragte Marion.

»Nein, das hab ich nicht gesagt – ich weiss es nur nicht. Wann. Ich habe es immer für logisch gehalten. Vielleicht will sie eine offene Beziehung. Was weiss ich.«

»Was soll daran offen sein«, fragte Marion, »oder willst du, dass Vera nicht nur mit Gregor, sondern auch noch mit anderen ins Bett geht?«

»Hör auf!«

»Ich will nur nicht, dass – dass du verletzt wirst.«

»Das will ich auch nicht.«

»Ich hab nur Angst, dass –«, dann sprach Marion nicht mehr weiter.

»Was? Wovor?«

»Dass es dir wieder schlechtgeht.«

»Wie soll es mir denn sonst gehen, wenn ich verletzt werde?«

»Du weisst schon, was ich meine.«

Aber tatsächlich begriff Nathalie erst in dem Moment, was ihre Schwester meinte, und wusste nicht, ob sie beleidigt sein sollte oder gerührt. Ausgerechnet Marion, die immer darauf bestanden hatte, dass eine postnatale Depression eben keine normale Depression sei und, wenn einmal überstanden, für immer weg – zumindest solange Nathalie nicht wieder schwanger wurde, und die Gefahr bestand ja mit Vera nicht –, ausgerechnet sie machte ihr jetzt Angst damit.

Während Nathalie selbst ja schon kurz danach gespürt hatte: Es konnte wieder passieren. Zwar wusste sie noch immer nicht, wie und wieso es begonnen hatte damals, aber dass das jetzt in ihr drin war und blieb und jederzeit aufwachen konnte – aber eben nicht einfach so. Was es allerdings weckte, ob zu viel Vorsicht oder zu viel Leben, das wusste sie nicht. Ob sie gerade die Vorsicht, wenn sie der Liebe nicht nachgab und sich vor Verletzungen schützte, wieder in die Depression führen würde. Oder ob das alles sowieso nur hormonell bedingt war. Und sie musste daran denken, wie Marion ihr damals, als es ihr wieder besserging, die Kinder erst gar nicht wieder hatte anvertrauen wollen. Aber Nathalie war so bestimmt gewesen, dass Marion sich dann sehr plötzlich, wenn auch nur für zwei Wochen, zurückgezogen hatte – nie zuvor hatten sie sich so lange nicht gehört. Nathalie sagte nur: »Mir geht es gut.«

»Ja, jetzt«, liess Marion nicht locker.

»Es ist eh zu spät. Ich glaub, ich –«, da brach sie ab und stand auf, wusste aber nicht, wohin, und drehte sich wieder zu ihrer Schwester, »ich bin verliebt«, und strahlte plötzlich wieder.

»Ja«, sagte Marion fast ein wenig resigniert, »ich verstehe.«

»Du kannst dir nicht vorstellen, wie schön wir es in New York hatten«, sagte Nathalie und ging vor Marion in die Hocke und nahm ihre Hände.

»Wieso kann ich mir das nicht vorstellen?«, fragte Marion und zog ihre Hände zurück.

Nathalie richtete sich wieder auf: »Nein, ich mein nur, es war so schön. Es hat alles gepasst. Ich war lang nicht so glücklich. Ich bin glücklich!« Und holte die Chips, welche sie ganz oben beim Mixer versteckt hatte, damit Flo nicht dran kam, und fragte sich – im gleichen Moment, wie Marion es sagte –: »Und Flo?«

Einen Moment dachte Nathalie nach, dann sagte sie: »Wahrscheinlich interessiert es ihn gar nicht, solange sich für ihn nicht allzu viel ändert. Mein Leben hat ihn noch nie interessiert, auch Alma nicht, solange ich für die beiden da bin«, und schüttete die Chips in eine Schüssel.

»Flo schaut doch schon verzweifelt, wenn dich in der Nacht eine Mücke gestochen hat.«

»Meine Stimmungen, ja. Mein Leben nicht. Mit Veränderung können die beiden viel besser umgehen als wir, nur mit Verunsicherung nicht.«

»Seit wann ist das denn so? Mit Vera?«, fragte Marion.

»Ich hatte Angst, du würdest es mir vielleicht ausreden.«

»Verstehe.«

»Wirklich?«, fragte Nathalie.

Marion nickte.

»Seit Anfang des Jahres.«

Und Marion nickte wieder und stopfte gleichzeitig Chips in sich rein, als wollte sie sich das Sprechen verunmöglichen, um dann doch mit vollem Mund zu sagen: »Wart einfach nicht zu lang, ja?«

»Lass uns noch mal anstossen!«

Und sie nahmen beide ihr Glas. »Auf dich! Auf dich und Vera«, sagte Marion und umarmte Nathalie, dass diese wieder etwas verschüttete und gleichzeitig feststellte, Marion roch noch immer ein wenig wie ihre Mutter.

Es gab Momente, in denen Vera sich vorstellte, einfach ihre Sachen zu packen und mit Nathalie in ein Häuschen zu ziehen. Dass sie im Garten arbeiten könnte, stellte sie sich vor und musste über sich selbst lachen. Sie hatte nie gelernt, anders zu arbeiten als mit dem Kopf. Hatte zuvor auch nie Fluchtphantasien entwickelt, sie war nicht begabt dafür. Sie konnte erforschen, organisieren, reden, denken, aber nicht erfinden – ihr Leben war so sehr ihr Leben, dass sie sich weder eine Alternative hatte vorstellen müssen noch können. Aber sie wusste, dass sie jetzt eine Entscheidung treffen musste, als sie auf dem Weg zu Nathalie war.

Dass an diesem Tag der Internationale Frauentag war, fiel ihr erst auf, als sie am Rosa-Luxemburg-Platz die Demonstration sah, und plötzlich war da diese Überlegung, nun nicht mehr nur strukturell benachteiligt zu sein, sondern auch noch einer Minderheit anzugehören – bisexuell oder doch einfach lesbisch. Als junge Frau wäre sie manchmal froh gewesen, das zu wissen, einer Minderheit anzugehören, die einen Namen hat. Ja, es hätte ihrer Unsicherheit einen Namen, vielleicht sogar eine Gemeinschaft gegeben. Und wie falsch das war. Und ob sie sich jetzt irgendwie engagieren sollte.

Aber dieser ganze Diskurs über Gender, der anscheinend nur auf Englisch geführt werden konnte, als ob man sich nicht zutraute, bekannte Wörter umzuwerten oder neue zu erfinden, war ihr immer fremd geblieben. Vielleicht deshalb hatte sie immer noch das Gefühl, es gehe sie nichts an – oder aber dass sie sich jetzt nicht auch noch damit beschäftigen konnte. Andererseits war es für sie als Frau in einer Führungsposition, umgeben von Männern, trotzdem immer irgendwie da, auch wenn sie nie speziell politisch gewesen war. Sie überlegte, was ihre Kolleginnen und Kollegen dazu sagen würden, drehte sich noch einmal zur Demo um, und trotz allem war da ein leises Gefühl von Stolz – und ein schlechtes Gewissen, als sie sich davon entfernte.

Sie ging vorbei am Wasserspeicher, der für sie zum Zeichen für Heimat geworden war, und erinnerte sich, wie sie damals, als sie hergezogen war, gedacht hatte, dass es in diesem Kiez überhaupt keine Jugendlichen gab. Und dass sie bis heute irgendwie fehlten. Inzwischen waren auch noch die meisten Seniorinnen und Senioren gestorben, die ihr, am Anfang noch gefragt und immer häufiger ungefragt, ihre Geschichten erzählt hatten, die immer tragisch geklungen hatten, egal ob sie froh über das Ende der DDR waren oder nicht. Und ertappte sich dabei, wie sie, nicht verständlich, aber auch nicht ganz stumm, mit ihrem Bauch sprach. Irgendwann musste sie ja damit beginnen, auch wenn es ihr lächerlich vorkam. Die Kontrolle abgeben, dachte sie, auch deshalb hatte sie doch ein Kind gewollt – verstummte dann aber und nahm ihr Handy hervor. Und dass sie bis jetzt immer erreicht hatte, was sie sich zum Ziel gesetzt hatte. Dass sie jetzt aber vergessen hatte, sich ein Ziel zu setzen, einfach nur Nathalie sehen wollte. Spüren!

Christof wohnte inzwischen mit seiner Trulla zusammen. So nannte Nathalie seine neue Frau, die sie sogar einmal getroffen hatte; damals war sie fast ein bisschen erschrocken, wie nett und emanzipiert sie war. Weshalb sie seither, wenn sie einen Termin für die Kinder ausmachte, immer an seine Trulla schrieb, was Christof zuerst auf die Palme brachte, bis er es irgendwann wortlos hinnahm. Das war eines der Mätzchen, die Nathalie sich nicht hatte verkneifen können. Doch nach New York hatte sie noch im Auto vom Flughafen nach Hause den Entschluss gefasst, ihn mehr einzubinden. Dass es nicht an ihr liegen sollte, wenn die Kinder einmal nicht mit ihm können würden, hatte sie gedacht und ihm eine SMS geschickt, dass die Kinder sich freuen würden, ihn wieder mal zu sehen, wann er Zeit habe? Nicht sich Zeit nehmen wolle, wie sonst immer. Sie war ziemlich stolz auf sich gewesen und dann wütend, als er nach einer Stunde noch immer nicht geantwortet hatte, und beruhigt, als er, zwei Stunden später, sehr freundlich vorschlug, die Kinder am Wochenende zu nehmen.

Doch dann war Alma krank geworden. Nathalie hatte ihm eine SMS gesendet: *Aufgeschoben ist nicht aufgehoben.* Christof hatte ein Smiley zurückgeschickt. Und deshalb hatte sie noch gestern Abend, nachdem Marion das Haus verlassen hatte, Christof gefragt, ob er die Kinder morgen nehmen wolle, Lehrerweiterbildung, Alma sei fast wieder gesund. Sie brauchte Zeit für sich selbst, hatte sie gedacht – und an Vera. Zwei Minuten später schrieb Christof zurück, er hole die Kinder um acht Uhr ab und freue sich darauf. Und wieder ein Smiley dazu.

Und da stand er, auf die Minute pünktlich. Marion hatte ihn am Anfang immer nur *deinen Schuss* genannt; daran musste Nathalie denken, als sie die Haustür öffnete, und dass er älter und noch immer sehr gut aussah. Und während sie Flo half, seinen Rucksack zu packen, kam

Alma vom Klo und sprang auf ihren Vater zu; von der Grippe war ihr nichts mehr anzumerken. Überhaupt keine Fremdheit, dachte Nathalie und war froh für Alma und gleichzeitig erleichtert, dass Flo sich nicht so schnell an die neuen Verhältnisse gewöhnte und ein wenig rumdruckste.

»Und was machst du jetzt, ganz allein?«, fragte Christof.

»Du meinst ohne die Kinder.«

»Tut mir leid«, sagte er leise, wie Nathalie zufrieden feststellte, die die Kinder zum Abschied umarmte und küsste. Wie sie sich von Christof verabschieden sollte, wusste sie noch immer nicht; und auch er hob bloss die Hand, ohne etwas zu sagen. Nathalie nickte ihm zu – das war mehr als sonst.

Höchstens drei Minuten nachdem sie die Tür hinter sich geschlossen hatte und sich überlegte, ob sie wirklich allein sei, klingelte es wieder.

»Schon überfordert?!«, sagte Nathalie beim Öffnen der Tür, doch es war Vera, die vor ihr stand. In frisch gebügelten Leinenhosen und Bluse lächelte sie Nathalie an und sah trotzdem so mitgenommen aus, dass Nathalie sich sofort Sorgen machte. Sie zog Vera – wie beim ersten Mal, als Vera sie besuchen kam – an der Hand rein.

»Ich konnte nicht warten. Ich hab Alma einen Schokoladenfrosch mitgebracht, wie geht es ihr? Ich wollte dich sehen – tut mir leid.«

»Hast du Christof nicht gesehen? Er hat sie eben abgeholt.«

»Sie ist gesund?« Vera liess Nathalies Hand los und schaute sich um, als ob sie sich setzen müsste.

»Nicht mehr ganz so krank.«

»Ich dachte. Ich dachte – ist es dir nicht recht, dass ich hier bin?«

Nathalie wollte sie umarmen, hielt sich aber zurück. Sie erinnerte sich daran, wie sie selbst während der Schwangerschaft manchmal Lust gehabt hatte, aber wie wenig hatte geschehen müssen, dass die Lust wieder verschwand, und drückte Vera dann doch an sich. Ihr Haar roch nach Seife. Sie konnte gar nichts in Veras Gesicht ablesen, gar nichts, und dann küssten sie sich plötzlich. Heftig. Verzweifelt, würde Nathalie später denken. Immer wieder klackerten ihre Zähne aufeinander, sie pressten ihre Körper gegeneinander, dass Nathalie sich wieder für einen Moment Sorgen um das Kind machte. Als ob das Kind von mir wäre, als ob es mein Kind wäre, dachte Nathalie und schüttelte sich; für Vera, das wusste sie aus eigener Erfahrung, war es einfach ihr Körper.

Und wie schön Veras Körper im Morgenlicht aussah, dachte Nathalie, als Vera ohne ein Wort ihre Bluse auszog.

»Du hast die BH-Grösse gewechselt«, sagte Nathalie, als sie am Verschluss nestelte und merkte, dass sie selbst etwas unsicher war.

Vera nickte nur und schob ihre Haare zur Seite. Aber es waren nicht Veras glatte Haare oder ihr Gesicht, ihr Körper – es war ihre Haltung, dachte Nathalie, als sich Vera zu ihr umdrehte, die auf eine normale Art aufrecht war, und es waren ihre Augen, die keine wirkliche Farbe hatten oder keine, die man hätte benennen können, etwas Helles, das sich ständig änderte. Als ob sie sich alles noch einmal genau hatte einprägen wollen, kam es Nathalie im Nachhinein vor. Und dass sie hätten reden sollen – aber auch, dass sie das Warten, seit sie Marion von Vera erzählt hatte, besser aushielt.

Nathalie legte sich im Schlafzimmer aufs Bett und schaute Vera an, wartete, was sie tun würde. Vera setzte sich auf sie, Nathalies dunkle Schamhaare berührten die hellen, lockigen von Vera, und sie spürte, wie ihre Vagina sich langsam öffnete, ohne dass sie berührt worden wäre. Und auch Vera blieb so, streckte aber ihre Hand hinter sich und schob einen Finger zwischen Nathalies Schamlippen, langsam nur, Veras Atem wurde lauter und ihr eigenes Atmen zu einem Stöhnen.

Und dann lagen sie da, nebeneinander, ganz nah, und doch kam es Nathalie wie eine Art Streit vor – ähnlich wie in der Bar –, den sie nicht wirklich austrugen. Einer, wie man ihn verschiebt, wenn man schon lange zusammen ist, weil alles schon gesagt scheint. Dabei hätte sie gern über Marions Reaktion gesprochen; wie ihre Schwester das Wort »lesbisch« gesagt hatte, als wäre damit irgendwas geklärt. Sie selbst hatte es schon früher nicht verstanden: lesbisch, hetero, bi – als ob ihre Liebe einem voraussagbaren Muster folgte, als ob sie wüsste, wie das jetzt weiterging, wo sie doch einfach nur für immer mit Vera zusammenbleiben wollte, ob das jetzt realistisch war oder nicht. Denn so wie für Vera hatte sie noch nie empfunden. Christof hatte sie auch geliebt. Sex war dafür nicht unwichtig gewesen, aber die Haarfarbe auch nicht. Es würde sie auch nicht stören, wenn zukünftig jemand sagen würde: Jetzt bist du also lesbisch. Die Kinder würden es wahrscheinlich leicht verstehen: Man hat jemanden gern. So einfach war das für Flo und Alma.

Aber Vera und sie sprachen nicht. Sie setzten sich an den Tisch, Nathalie brühte Tee auf und setzte sich dann zu Vera. Sie blieben nackt und hielten sich über den Tisch weg an den Händen. Draussen stand die Sonne schon hoch am Himmel, ein Schweisstropfen rann zwischen Veras Brüsten runter. Irgendwann stand Nathalie auf und machte Musik an, irgendwas von Chopin, setzte sich wieder, als Vera plötzlich sagte: »Gib mir Zeit.«

»Noch mehr?«

»Ich weiss nicht«, sagte Vera, »ich weiss nicht, wie ich es ihm sagen soll. Wie wir leben dann. Ich weiss es nicht. Weisst du es?«

»Zusammen«, sagte Nathalie.

Sie hatte es sich in den letzten Tagen zwar nicht oft erlaubt, aber ab und zu hatte sie sich eben doch ausgemalt, wie sie, wenn die Kinder im Bett sein würden, noch zusammensassen. Natürlich bei Kerzenlicht. Oder zusammen badeten. Oder würde Vera immer arbeiten wollen? Und was für einen Job würde sie dann haben, wenn die Prüfungen endlich vorbei waren? Und was war mit Veras Kind? Und wenn sie ehrlich war, sie würde nicht unbedingt zusammenziehen wollen. Aber wenn Vera es wollen würde, schon. Nathalie hatte sich sogar schon überlegt, ob sie den Kindern was sagen sollte. Aber sie hatten sich eben doch verändert, seit sie zurück war. Flo hatte ihr vorgerechnet, wie schlimm das für die Umwelt gewesen war, ihr Flug. Eine neue Phase, und sie war stolz auf ihn, dass er sich nicht nur sorgte, sondern auch engagierte, aber gleichzeitig wäre sie auch froh, er würde sie jetzt damit in Ruhe lassen.

»Zieh ich bei dir ein?«, fragte Vera nach einer Pause, in der sie sich vielleicht selbst vorgestellt hatte, wie es sein könnte.

»Oder du suchst dir eine Wohnung. Und bist oft bei mir.«

»Alleinerziehend?«

Nathalie musste lachen.

»Ist doch aber wahr«, sagte Vera.

Und Nathalie schüttelte immer noch lachend den Kopf: »Wir schaffen das.«

»Du klingst wie die Kanzlerin.«

»Ist das ein Kompliment?«

»Du musst ja auch nichts aufgeben.«

Nathalie zog ihre Hand zurück.

»Ich mein – ich weiss nicht, wie ich es ihm sagen soll.« Und nach einer kurzen Pause fügte sie hinzu: »Tut mir leid.«

Und Nathalie, die eh nicht wusste, wohin mit ihrer Hand, schob sie zurück in Veras und sagte: »Du sollst ja nicht alles aufgeben.« Und sah, wie Vera langsam, aber bestimmt nickte; merkte aber gleichzeitig, dass sie verletzlicher war als bei einem Mann – und dachte, Vera müsste das doch wissen.

Vergass es aber gleich wieder, als Vera ihre andere Hand von ihrem Bauch nahm und Nathalie über den Tisch hinweg unter das Haar griff, übers Ohr und ihren Hals strich und sagte: »Manchmal habe ich Angst, dass du mich wieder verlässt.«

»Ich verlass dich nicht«, sagte Nathalie, ohne nachzudenken.

Und wieder nickte Vera. Dann stand sie plötzlich auf, kniff die Augen zusammen, als müsste sie sich sehr konzentrieren, und während sie langsam, fast vorsichtig ihre Kleider anzog, sagte sie: »Also gut. Ich muss jetzt zur Arbeit, aber ich werde es Gregor sagen, ich versprech's«, und ging dann, ohne Nathalie noch einmal zu küssen, aus der Tür.

Als Gregor am nächsten Morgen anrief, war sich Nathalie sicher, dass er es wusste, gleich als er fragte: »Nathalie?«

Aber er sagte bloss, Vera sei im Krankenhaus, sie habe die ganze Nacht geblutet.

Dass er ihr die Schuld gab, dachte Nathalie, aber er fuhr fort, Vera müsse jetzt im *Maria Heimsuchung* bleiben und liegen. Das wolle er ihr nur sagen und dass Vera schon nach ihr gefragt habe.

Ob sie etwas falsch gemacht hat, als sie gestern miteinander geschlafen haben, fragte sich Nathalie. Und erinnerte sich plötzlich, und fast mit Widerwillen, wie sie noch wenige Tage vor Flos Geburt Sex gehabt hatte. Träge hatte sie auf Christof gesessen, es hatte sie abgelenkt damals und war mehr eine Mutprobe als schön gewesen. Auch für Christof. Dass sie da noch miteinander hatten lachen können, mittendrin, und er seine Hand auf ihre gelegt hatte. Und wie er dann alles kaputtgemacht hatte mit diesem Scherz, dass das ein bisschen wie Inzest sei.

»Bist du noch da, Nathalie?«, hörte sie wieder Gregors Stimme.

»Ich gehe bald vorbei.«

»Ja.«

»Vielleicht schon heute.«

»Ich kann dich ja zu ihr bringen«, sagte Gregor.

»Ich muss aber noch wegen den Kindern schauen.«

So verhandelten sie noch kurz, aber Gregor liess sich nicht davon abbringen, dabei zu sein, wenn Nathalie komme. Er beharrte sogar darauf, sie vor dem Krankenhauseingang abzuholen, damit sie den Weg auch gleich finde, und hängte auf.

Sofort wählte Nathalie Veras Handynummer, aber niemand nahm ab. Sie überlegte, gleich ins Krankenhaus zu gehen und Vera zu fragen, ob sie etwas gesagt hatte. Aber wenn Gregor schon dort war und doch nichts wusste, würde er nur Verdacht schöpfen. Marion war bei der Arbeit. In die Bibliothek mochte sie nicht gehen, wenn Vera nicht dort war, also versuchte sie zu Hause für die Prüfungen zu lesen, ging aber vor allem in der Wohnung auf und ab, nahm dies und jenes in die Hand – mit Kindern gab es wenigstens immer etwas aufzuräumen –, schaute zu oft auf ihr Handy, und kurz bevor sie losging, fiel ihr noch ein, dass sie ein Geschenk mitbringen könnte. Packte dann aber doch nur ihr abgegriffenes Exemplar von Sarah Kirschs Gedichten ein und erschien am Nachmittag zwanzig Minuten zu früh vor der Klinik.

Vor dem Eingang standen ein paar Raucherinnen und einige Schritte weiter ein paar Frauen, die ihr Gesicht der Sonne entgegenstreckten, als hätten sie es lange nicht mehr nach draussen geschafft. *Maria Heimsuchung* – sie staunte noch immer über den Namen des Krankenhauses.

Als Flo hier zur Welt kam, gab es noch einen Raucherraum, dachte sie, und nach einer Weile, dass sich etwas verändert hatte. Sie schaute sich um, aber es fiel ihr nicht auf. Dann merkte sie: Es war zu still. Der Fluglärm war es, der fehlte – doch genau in dem Augenblick donnerte auch schon eine Maschine über ihre Köpfe hinweg. Und mit dem Lärm kam die Erinnerung, wie Christof immer, wenn sie sich darüber beschwerte, ihr über den Bauch strich und Grönemeyers *Flugzeuge im Bauch* anstimmte. Einmal hatte er gesagt: »Du hast dich in meine schlechten

Witze verliebt.« Aber wenn, dann hatte sie sich in seine Freude über seine schlechten Witze verliebt.

Jetzt hatte sie schon zum zweiten Mal Lust, wieder mal eine zu rauchen; doch da kam bereits Gregor, auch er eine Viertelstunde zu früh, auf sie zu.

Sie erkannte ihn von weitem an seinem etwas verlorenen Gang. Sie fand ihn als Mann attraktiv, wenn er auch nicht ihr Typ war, aber noch an Veras Hochzeit hatte sie gefunden, die beiden passen gut zusammen. Und die wenigen Male, als sie Gregor getroffen hatte, war er immer sehr zuvorkommend und gleichzeitig zerstreut gewesen – und sie erinnerte sich, wie Vera ihm zugehört hatte, als ob jedes Wort wichtig sein könnte, und wie sie sich gleichzeitig über seine Tollpatschigkeit lustig gemacht hatte, als er das von ihm allein gekochte Essen auftrug. Und obwohl sie ohne Begleitung bei den beiden zu Besuch gewesen war, hatte sie sich wohl gefühlt, was selten vorkam. Ausserdem hatte ihr gefallen, wie er Vera oft widersprochen hatte, als sie zu dritt, warum, wusste sie nicht mehr, über das Bildungssystem diskutiert hatten, in Kleinigkeiten nur, und es war eher ein Zeichen von genauem Zuhören und Mitdenken, aber es war immerhin das; etwas, was ihr selbst Vera gegenüber oft schwerfiel.

Und als sie ihm jetzt zwei Küsschen aufdrückte, merkte sie sofort, dass die Sorge um Vera sie verband – und war trotzdem noch immer nicht sicher, was Gregor wusste.

Auf dem Weg durch die Krankenhausgänge mit den niedrigen Decken sagte er: »Vera hat schon mehrmals nach dir gefragt«, in einem Ton, den Nathalie nicht interpretieren konnte.

»Geht es ihr gut?«

»Sicher fünfmal.«

»Wie geht es ihr denn?«

»Sie muss halt liegen.«

»Ja«, sagte Nathalie.

»Sie sieht schon noch bleich aus.«

»Ja«, sagte Nathalie.

»Aber dem Baby geht's gut«, sagte Gregor, dann trat er – nicht ohne vorher anzuklopfen – ins Zimmer, und zu Vera sagte er: »Schau!«

Und Vera schaute und lächelte – dass er das doch sehen musste, allein wie sie lächelte, dachte Nathalie und umarmte Vera kurz, vorsichtig und vermisste sie im gleichen Moment. – Da wussten sie beide noch nicht, dass er tatsächlich etwas gesehen hatte, auch wenn er es noch nicht hatte deuten können. Als Nathalie ihm viel später noch einmal begegnete, sagte er: »Das Schlimmste war nicht, wie sie dich ansah. Sondern dass sie mich noch nie so angeschaut hatte.«

Jetzt sagte er nur: »Sie sieht schon viel besser aus.«

Darauf Vera: »Das sagt er schon den ganzen Morgen.«

Nathalie schaute von Vera zu Gregor und fragte sich, ob die beiden auch noch Sex miteinander hatten – als ob sie sich diesen Gedanken erst jetzt, da Vera im Krankenhaus lag, erlaubte –, und zog dann ohne ein Wort ihr Geschenk aus der Tasche und überreichte es Vera.

Vera hielt es ein paar Sekunden in den Händen, schaute sie dabei nur an und sagte dann: »Ich hatte so Angst um das Kind, das kannst du dir gar nicht vorstellen.«

»Aber es ist doch alles gut?«

»Jetzt, ja«, sagte Vera und schaute sie wieder so an, dass Nathalie sich fragte, ob sie ihr damit mehr sagen wollte; dann legte Vera das Geschenk auf das Tischchen neben dem Bett und sagte: »Das heb ich mir für später auf.«

Wie ein Wal, der gestrandet war und bewässert wurde, als wollte man ihn zu einer Insel umerziehen, so fühlte Vera sich in den folgenden Wochen, in denen sie gerade mal aufs Klo durfte, sonst nur liegen. Und damit haderte – all die Arbeit, die sie noch hatte machen wollen; Aufgaben verteilen, Deadlines erstellen, das eine oder andere nochmals erklären oder sich zumindest versichern, dass alles in guten Händen war. Aber Gregor weigerte sich, ihr den Computer ins Krankenhaus zu bringen. Dem Kind immerhin ging es gut; auf das sie sich jetzt, wo sie so viel Zeit hatte, darüber nachzudenken, plötzlich mehr freute als je zuvor.

Dann wieder kam sie sich vor wie am Sterbebett: Alle kamen, als ob es galt, Abschied von ihr zu nehmen. Gregor besuchte sie zweimal am Tag. Manchmal nahm er ihre Hand; als wolle er sie festhalten, dachte sie, damit sie nicht aus dem Krankenhaus stürmte. Denn Fluchtphantasien hatte sie tatsächlich noch immer, vor allem wenn Nathalie sie besuchen kam. Und war doch froh, dass Nathalie wusste, sie durfte sich nicht aufregen, auch nur ihre Hand hielt und dabei aus dem Fenster schaute, vor dem die Vögel sich vor den Flugzeugen ein wenig wegzuducken schienen.

Vera begriff, dass sie Nathalie noch immer begehrte, sogar hier im Krankenhaus und in diesem Körper, der mit ihrer Lust gar nicht mehr mithalten würde; das war neu, unheimlich war es ihr, dieses sinnlose Begehren. Dazu diese Stille, wenn nicht gerade ein Flugzeug übers Krankenhaus donnerte, wie eine Feuerpause kam sie ihr vor: Als müsste man erst ein neues Sprechen dagegen erfinden, und es dauerte zwei, drei Tage, bis sie sich daran gewöhnt hatten, aber auch dann noch schienen sie beide darauf bedacht, keine Fragen zu stellen – erst recht keine, auf die sie keine Antworten wussten.

Zu Veras Überraschung entspannte sich nach einiger Zeit nicht nur ihr Körper, sondern auch ihr Verhältnis zu Gregor. Erst nach ein paar Tagen – die Angst um das Kind hatte nachgelassen, und sie konnte nur noch auf die Geburt warten –, war ihr aufgefallen: Sie hatte Gregor in den letzten Monaten wenig gesehen. Ohne es zu merken, war sie ihm aus dem Weg gegangen, hatte noch mehr gearbeitet und war dann immer früh zu Bett und am Morgen früh raus; oder aber sie hatte gewartet, bis Gregor schon weg war, und stand erst dann auf. An den Wochenenden hatte sie Organisatorisches erledigt, das Kinderzimmer eingerichtet, Gregor hatte selbst ein Bettchen gezimmert, und über Erziehung hatten sie nicht gesprochen, wie sie sich das vorgenommen hatten, weil sie erst wissen wollten, mit wem sie es zu tun haben würden.

Jetzt aber sass er jeden Morgen und jeden Abend dort, wo Nathalie an den Nachmittagen gesessen hatte, es gab nichts mehr zu besprechen und zu organisieren, nur das Surren der Apparaturen war zu hören. Aber mit der Zeit fanden sie zu ihren alten Gesprächen zurück – nicht nur über ihre Arbeit, sondern über die Welt; so dass Vera sich auf jeden seiner Besuche zu freuen begann. Es erinnerte sie an die langen Spaziergänge, als sie sich kennengelernt hatten. Wie sie manchmal vor der Haustür noch einmal umgedreht und eine Runde gedreht hatten, nur um weiterreden zu können, einen Gedanken zu Ende zu bringen. Oder auch nur, um den Mut aufzubringen, dem anderen zu sagen, wie lieb man ihn hat.

Und dann, drei Wochen war Vera im Krankenhaus gewesen, war es plötzlich so weit, vier Wochen zu früh.

Nicht Larissa, sondern ein namenloser Bub von zwei Kilogramm und 437 Gramm – sie trank mehr Wasser pro Tag, dachte sie, als sie die Zahl hörte – kam zur Welt. Irgendwann mitten am Tag des 30. März.

Eine blutige, zähe Angelegenheit war es; so wütend war Vera dabei, sie stiess nur noch seltsame Geräusche Richtung Gregor und Hebamme aus und begann mittelhochdeutsche Gedichte zu rezitieren, weshalb die Schwester, die sie nicht verstand, sich bekreuzigte, während Gregor mit ruhiger Stimme die möglichen Namen für das Kind aufzählte, die er anscheinend auswendig gelernt hatte, und sich dabei das Handgelenk von Vera blutig kratzen liess.

Und als das kleine Geschöpf draussen war, dachte Vera nur: Jetzt kann ich endlich sterben. Und als sie den Bub sah, weinte sie – nicht vor Glück, oder wenn, dann nur vor Glück, dass es vorbei war. Es kam ihr ungehörig vor, dass sie diesem kleinen Geschöpf einen Namen geben sollte, das da in ihren Armen ständig das Gesicht rümpfte, als müsse es sich selbst noch daran gewöhnen, eines zu haben.

Glück sei alles, was er empfunden habe, als er seinen Sohn erblickt habe, schleimig und schön und an eine Nabelschnur gefesselt, die gleich darauf abgeschnitten wurde: und dann habe er ihn in die Hand gedrückt bekommen wie ein Fussballer den WM-Pokal; das würde Gregor später zu seinen alten Freunden sagen, die ihn für einmal verstanden, man merkte es an ihrem Lachen. Nur dass es ein Junge war – ein wenig war er schon enttäuscht, ohne dass er erklären konnte, weshalb, und ohne zu verstehen, wie die Ärzte das nicht hatten sehen können.

Albert, so nannten sie ihn. Das war Gregors Idee gewesen.

Und Nathalie war zufällig genau dann in das leere Krankenhauszimmer getreten, als Vera ein Stockwerk weiter unten in den Geburtsraum geschoben wurde. Immer hatte sie das Gefühl gehabt, mit der Geburt würde es sich dann entscheiden, würde sich Vera entscheiden. Das Warten hatte an ihr gezehrt, und jetzt kam ihr das Warten auf dem Flur vor der Geburtsstation fast endlos vor, bis Gregor endlich rauskam, sie einfach umarmte, aber auf eine zögerliche Art, dass sie wieder dachte, er weiss es, hat aber wohl beschlossen, statt Vera oder Nathalie zu konfrontieren, sich noch mehr um die Gunst seiner Frau zu bemühen. Vielleicht aber war sie auch bloss zu misstrauisch, vielleicht war er einfach ein so toller Gefährte – und plötzlich überkam sie ein schlechtes Gewissen. Nathalie wusste, sie selbst war ungeduldiger, launischer. Leidenschaftlicher, um es positiv auszudrücken. Aber war es das, was Vera jetzt in ihrem Leben brauchte? Andererseits, wer war sie, das für Vera zu entscheiden – das musste sie sich immer wieder sagen, und dass sie es wollte: Ich will mit Vera sein, dachte Nathalie, als Gregor mit der einen Hand die Tür öffnete und sie mit der anderen zu Vera führte – und wie der Anblick des kleinen Albert sie für einen Moment mit allem versöhnte.

Während Vera das Gefühl hatte, erst durch Nathalies Blick, wie sie Albert anschaute, setzte auch bei ihr die Liebe für Albert ein. Erst da, als ob sie die Stunde nach der Geburt – Albert lag in einem Bettchen neben ihr, dauernd kam eine Schwester und untersuchte etwas an ihm – darauf gewartet hätte, dass ihr jemand das Kind wegnehmen und sagen würde: *Good job! Well done!*

Gregor hatte wohl gedacht, das sei die Geburt, eine Art Schock, oder er hatte es nicht gesehen, weil er selbst so verliebt seinen Albert anschaute, dass sie hätte eifersüchtig werden können; aber Vera war nur froh gewesen, dass es wenigstens bei ihm zu funktionieren schien. Das mit der Liebe. Und hatte es fast normal gefunden, dass es bei ihr nicht so war, als hätte sie erwartet, dass sie eben anders war.

Und dann schaute Nathalie den Kleinen so an, und Vera sah ihr dabei zu, und sie wusste nicht, wieso, aber von da an konnte sie ihn auch so anschauen, und es hatte nichts mehr mit Nathalie zu tun; und Vera nahm ihn in die Arme, und Nathalie strich erst dem Kleinen, dann Vera über die Stirn, und Gregor stand daneben und lächelte. Die verschwitzten Haare fielen Vera zurück in die Stirn, Gregor strich sie ihr hinter die Ohren, und dann musste Vera kurz eingeschlafen sein, nur wenige Minuten. Aber als sie aufwachte, war Nathalie gegangen, und Gregor lächelte immer noch, Albert auf dem Arm hin und her wiegend.

War Gregor anfangs auch noch ungeschickt mit Albert und schaute oft unsicher zu Vera, die meist nur lachte und mit den Schultern zuckte, weil sie es natürlich auch nicht besser wusste, hatte sie das Gefühl, dass er schon nach wenigen Tagen eine Selbstverständlichkeit entwickelt hatte, die sich bei ihr nicht einstellen wollte. Nie, wenn er den kleinen Albert hochnahm, kippte der Kopf zurück, wie es bei ihr, obwohl sie darauf achtete, manchmal noch geschah. Er wickelte Albert, als würde er nicht seit Jahren Studentinnen und Studenten in diskontinuierliche Geschichtsschreibung einweisen, sondern tagtäglich Windeln wechseln, die nie zu eng oder zu locker sassen. Aber vor allem war Albert bei Gregor ruhig, während Vera, wenn er einmal zu schreien begonnen und schon getrunken hatte, nichts tun konnte, ausser das kleine, lärmende Bündel an Gregor zu übergeben, der mit unsicherer Stimme die Lieder sang, die ihm seine Grossmutter beigebracht hatte.

Und sie schaute Gregor gern dabei zu, wie er mit Albert auf den Armen im Unterhemd durch die Wohnung ging, so dass sein Traktortattoo zum Vorschein kam, das ihm an der Uni immer ironisch ausgelegt wurde. Aber Vera wusste, dass Gregor schon als Knirps beim Grossvater und nach dessen Tod bei der Grossmutter auf dem Traktor hatte mitfahren dürfen, und er hatte Vera auch erzählt, wie er schon früh bei der Kartoffelernte und beim Heuen selbst fahren durfte; Gregor romantisierte diese Erlebnisse auf eine Art, die Vera immer gefallen hatte, ohne rückwärtsgewandte Sehnsucht, mehr als Teil seiner selbst.

Und sie erinnerte sich daran, wie Gregor ihr damals gleich aufgefallen war; nicht wegen seines Aussehens, eher weil er eben nicht so ganz an die Uni passte, auch weil er, wenn er eine Antwort wusste – und er wusste eigentlich immer eine –, sie in suchenden Worten formulierte. Sogar den Punkt am Ende einer Aussage setzte er damals grundsätzlich mit einem kurzen Zögern.

Literatur als Frage der Zeit hatte das Seminar geheissen, in dem sie sich kennengelernt hatten. Und etwas vom wenigen, das Vera behalten hatte – abgesehen von Gregor –, waren die drei Sabines, die mit ihnen im Kurs gesessen hatten. Gregor hatte damals zu ihr gesagt, dass man wohl in jedem Seminar oder überhaupt im Leben fast immer extrem unwahrscheinliche Gegebenheiten antreffen würde, wenn man die richtigen Kriterien nähme. Dies werde uns aber nur dann bewusst, wenn die Kriterien so offensichtlich seien wie der Name, weshalb wir in solchen Fällen gern von Schicksal sprechen würden, obwohl uns solche Dinge stündlich begegneten.

Rückblickend wusste Vera, das hatte er nicht gesagt, weil er sie ärgern oder beeindrucken wollte; dass er nie seine Meinung aus Opportunismus anpasste, höchstens seine Worte vorsichtiger wählte. Fix war für Gregor nichts, jedenfalls nicht im Denken – dafür hielt er sein Leben erstaunlich stabil. Wobei auch das ja nur stimmte, wenn man die offensichtlichen Kriterien nahm. Würde man feststellen, dass er an einem Tag schwarze Socken trug, am nächsten schon blaue, gestern Salat gegessen hatte und heute schon wieder, wo man ja auch sagen könnte, dass doch das Normale wäre, jeden Tag ein bisschen Abwechslung zu haben – wie aussergewöhnlich dann alles schiene und das Leben also mache. Dass es deswegen nicht unbedingt Schicksal war, dass er bei ihr war, sich aber doch ein bisschen so anfühlte – das alles dachte Vera, um sich ein wenig zu beruhigen, nachdem Gregors Eltern bei ihnen zu Besuch gewesen waren.

Während sie nun vor Alberts Bettchen standen, Hand in Hand, in ihrem Zuhause, dabei dem Heben und Senken des kleinen und ganz leicht eingefallenen Brustkastens zuschauten und vom Küchenradio Gershwin zu ihnen drang; da wusste Vera, was sie trotz oder gerade weil der Besuch so schräg, um nicht zu sagen schrecklich gewesen war, in dem Moment beide dachten: Was für ein Glück!

Gregors Mutter hatte lange Haare, die noch immer ziemlich blond waren, sie trug sie streng nach hinten gebunden, als sie in die Wohnung trat. In den Händen Blumen, hinter ihr der Vater, mit einem Teddybären, den schon Gregor als Kind gehabt hatte – frisch gewaschen natürlich, betonte die Mutter, und bevor sie die beiden begrüsste, stellte sie die Blumen ins Wasser. Erst als Vera ihr Albert in die Hände drückte, lächelte sie und schaute ihm so lange in die Augen, bis er erst zu blinzeln und dann zu weinen begann.

Gregor stand stolz daneben, doch als er ihr Albert abnehmen wollte, gab sie ihn zurück in Veras Arme und sagte zu Gregor: »Das ist kein Buch!«

Gregor schluckte. Vera überlegte, Albert demonstrativ in Gregors Arme zu legen, aber sie wusste, er würde das nicht wollen. Doch wäre da nicht der Vater gewesen, der sagte: »Ich hab Gregor auch ein paarmal fallen gelassen, aber auf den Kopf gefallen ist er ja trotzdem nicht«, und dazu selbst am lautesten lachte, sie hätte es nicht lassen können.

Bald nachdem sie zusammengekommen waren, hatte Gregor an einem Sonntag ein Auto gemietet und war mit ihr seine Eltern besuchen gegangen. Sie wohnten einige Kilometer östlich von Hannover in einem Kaff mit kaum tausend Einwohnern. Ihr Bauernhof zwischen einer Autobahn und dem Wietzegraben. Vera hatte sofort gemerkt, wie sehr Gregor seine Eltern noch immer liebte oder zumindest verehrte. Was er nicht merkte beziehungsweise nicht merken wollte, wie er ihnen fremd geworden war, wahrscheinlich waren sie noch immer leicht enttäuscht, dass er Historiker statt Bauer geworden war. Und wenn er sie besuchte, half er immer den ganzen Tag auf dem Hof und den Feldern mit, um ihnen zu beweisen, dass er sich nicht gegen sie, nur für etwas anderes entschieden hatte.

Daran dachte sie, während sie, natürlich im Nebenzimmer, Albert etwas früher als nach Plan stillte, damit er aufhörte zu weinen, während Gregor und der Vater schwiegen und die Mutter ununterbrochen über moderne Kindererziehung, oder was sie sich darunter vorstellte, herzog. Vera starrte dabei auf diesen seltsamen Mutterpass auf dem Schlafzimmertisch, in dem der Arzt oder die Ärztin Lebendgeburt oder Totgeburt ankreuzen musste, daneben die Glückwunschkarte ihres kleinen Bruders.

Draussen begann es zu regnen, was Albert, zusammen mit der Milch, zu beruhigen schien. Als er an ihrer Brust wieder eingeschlafen war, ging sie zurück ins Wohnzimmer, legte ihn in die Wiege und servierte den Kuchen, den Gregor selbst gebacken hatte, was sie aber nicht verraten durfte. Dann sprachen sie noch eine halbe Stunde über das Wetter. Wobei, das hatte Gregor ihr jedenfalls so erklärt, jeder Bauer und jede Bäuerin Wissenschaftler beziehungsweise Wissenschaftlerin war, was das Wetter betraf, weil es kaum Wichtigeres gab. Sie hatte selbst schon begonnen, mehr darauf zu achten, obwohl es wenig Einfluss auf ihr Leben hatte. Und auch Gregor fachsimpelte über Böen, seltene Tiefdruckgebiete und Frontregen, während er sonst im Gespräch mit seinen Eltern um eine einfache Wortwahl bemüht war, dachte Vera, und wie sehr seine Gesichtszüge der seiner Mutter glichen.

Solche Dinge fielen Vera erst auf, seit Albert da war. Und dass die Mutter einen schönen Mund hatte, voller, als sie ihn in Erinnerung hatte, und dass Alberts Mund ihrem ein wenig glich.

Dann stand Gregors Vater plötzlich auf, strich Albert einmal mit seinen schwieligen Händen über das Köpfchen – Albert verzog im Schlaf den Mund zu einer Art Lächeln – und sagte dann, dass sie vor dem Feierabendverkehr wieder aus der Stadt rauswollten, in der er sich offensichtlich nicht wohl fühlte.

Und als sie gegangen waren, war es Gregor, der Vera stoppen musste, weil sie zu sehr auf seine Mutter schimpfte, den wieder wachen Albert auf den Armen, der ihre laute Stimme zu mögen schien und mit seinen Ärmchen durch die Luft ruderte. Als sie aufhörte, liess sich Gregor in den Stuhl sinken und sagte: »Jetzt sind wir unsere eigene kleine Familie«, und Vera dachte, dass nicht nur Albert sie brauchte.

Und als Gregor an diesem Abend sich vors Bett niederkniete und betete, überlegte Vera, sich neben ihn zu knien. Es waren nicht seine Eltern gewesen, die religiös gewesen waren, sondern seine Grossmutter, von der Gregor erzählte, sie sei so dick gewesen, dass sie beim Gehen immer leicht geschwankt habe und jeden Moment umzukippen drohte, was aber nie geschehen war. Sie hatte mit dem kleinen Gregor gebetet, bevor er zu Bett ging, für den Tag gedankt, und sie war es auch, der er die ersten Fragen gestellt hatte, auf die es keine Antwort gab, wofür sie ihn nicht ausschimpfte, sondern lobte – als ob er seine Grossmutter nicht verraten wollte, so kam es Vera manchmal vor, als ob er deshalb noch immer zu dem von ihm angezweifelten Gott betete. Dass er ihr auch während der Schulzeit jeden Tag frühmorgens im Stall die warmen Eier in ihre Schürze gepackt habe; und dann dieses Lachen, das aus ihr herausbrach, fremd und schön und zusammenhangslos – so hatte er es ihr erzählt, und Vera dachte, wie gern und stolz er ihr wohl Albert in den Rock gelegt hätte.

Nach dem Besuch blätterte sie zum ersten Mal seit der Geburt wieder eine Zeitung durch und war für ein paar Minuten erstaunt, ja fast schockiert, stand da nichts über Alberts Geburt. Stattdessen die übliche Mischung aus Meinung, Meinungsmache und Agenturmeldungen, so dass sie weiter zum Sport blätterte, um zu schauen, wie Gregors geliebter Hannover 96 gespielt hatte. Auch wenn sie sich nur selten dazu durchringen konnte, ein Spiel mit ihm zu schauen, merkte sie, wie es sie ärgerte, dass sie schon wieder verloren hatten; dann dachte sie plötzlich an Nathalie – das geschah ihr immer wieder, auch seit Albert auf der Welt war, meist ohne Zusammenhang –, die sie seit dem Tag, an dem Albert auf die Welt gekommen war, nicht mehr gesehen hatte, was sie mit jedem Tag, der verging, ein wenig erleichterte und trauriger machte.

Albert war gerade wieder eingeschlafen. Inzwischen wusste Vera, wie seine unterschiedlichen Geräusche zu deuten waren, und deshalb auch, dass er in spätestens zwei Stunden wieder aufwachen und nach ihr oder auch nur ihrer Brust schreien würde. Trotzdem wollte sie nicht weiterschlafen – für den anderen Tag hatte sich Nathalie mit Flo angemeldet –, also ging sie in die Küche und schenkte sich ein Glas Milch ein.

Milch, ausgerechnet Milch, dachte sie, als sie sich an den Küchentisch setzte und sich die *Süddeutsche* vom Vortag griff, aber es interessierte sie nicht wirklich, was da draussen geschah. Also stand sie wieder auf, holte sich eine Strickjacke und aus der Handtasche die CD, die sie sich am Nachmittag in einer Laune bei Dussmann gekauft hatte. Als die Anfangsakkorde von Tom Waits' *Jersey Girl* erklangen, setzte sie sich wieder hin. Vera machte sich nicht viel aus Musik, schon gar nicht aus Pop, aber diesen Song hatte ihr Nathalie auf ihrem Handy vorgespielt, nach einem Spaziergang den Hudson entlang; noch immer klang er arg simpel, trotzdem mochte sie ihn, als könnte sie ihn jetzt mit Nathalies Ohren hören oder einfach weil er eine Geschichte hatte, und summte leise mit.

Für einen Moment überlegte sie, das Radio in Alberts Zimmer zu bringen. Aber dann überkam sie plötzlich wieder die Müdigkeit, so stark, sie schaffte es nicht einmal, aufzustehen und ins Bett zu gehen. Schon einschlafen schien ihr zu anstrengend, dachte sie und fand sich plötzlich sehr lustig und wusste, auch das war die Müdigkeit, die jetzt schon seit gut drei Wochen anhielt. So konstant, dass sie jedes Mal, wenn sie Albert stillte, erneut überrascht war, dass sie immer noch funktionierte und dabei sogar noch glücklich, oft geduldiger war, als könnte sie sich den Kraftaufwand von Ärger gar nicht mehr leisten. Und schaffte es dann doch aufzustehen, aber anstatt direkt ins Bett ging sie noch einmal bei Albert vorbei, der wie immer mit den Armen neben dem Kopf – als ob er seinen eigenen Traum bejubeln würde, meinte Gregor – im Bettchen lag und von Zeit zu Zeit das Näschen im Schlaf rümpfte.

Wie sie ihn das erste Mal in den Armen gehalten hatte, daran musste sie denken, wie unbestimmt er da gerochen hatte, dass sie sich gefragt hatte, ob es so in ihrem Bauch roch, ob er nun nach ihr roch oder ob das schon sein eigner Geruch war; wie eine erste Trennung war es gewesen. Und jetzt hatte er in die Windeln gemacht, es stank nicht nach Kot, aber sie erkannte es doch. Wecken wollte sie ihn trotzdem nicht, wollte ihn vor allem nicht wieder eine halbe Stunde in den Schlaf wiegen müssen – eine halbe Stunde, wenn sie Glück hatte.

Ausserdem, sicher würde Gregor dann aufstehen und ihr helfen wollen. Immer war das so; wenn sie nicht mehr weiterwusste, übernahm er oder sagte zumindest, dass er auch nicht weiterwusste. Und sie fragte sich zum ersten Mal, ob Gregor damals, als sie ins Krankenhaus musste, nicht auf ihr Handy geschaut und die SMS von Nathalie gesehen hatte oder, noch schlimmer, ihre eigenen – ein Passwort hatte sie nie gehabt. Schaute wieder zu Albert, als könnte er ihr helfen, und dachte, dass im Anschauen fast noch mehr Glück lag als im Anfassen des kleinen, weichen Körpers, und fragte sich, wie Nathalie es dabei hatte schlechtgehen können – wusste aber, das hatte sich Nathalie auch jeden Tag gefragt.

In Erinnerung geblieben war Vera aber weniger ihr Besuch, kurz nachdem es Nathalie wieder besserging, als vielmehr, wie Nathalie von dieser Zeit erzählt hatte. Wie spürbar auch für sie die Angst gewesen war, die beim Erzählen in Nathalies Stimme mitgeschwungen hatte. Und wie Nathalie dabei einfach ihre Hand auf ihre gelegt hatte – das hatte Vera vergessen oder verdrängt – und Vera sich schon damals verkrampft hatte, aber gleichzeitig verstanden: Es ging darum, dass jemand da war. Irgendwer, hatte sie damals noch gedacht; froh, dass Nathalie nicht zu weinen begonnen hatte.

Ob Nathalie damals wirklich noch nichts gewusst hatte, fragte sich Vera, und wenn doch, warum sie dann nichts gesagt hatte. Sie hätte sich nicht schwängern lassen, dachte sie plötzlich wütend – und dann an Albert – und war mit einem Mal beleidigt, dass Nathalie nicht wenigstens ihn längst hatte wiedersehen wollen.

Überhaupt, obwohl Albert schon fast einen Monat auf der Welt war, waren bis auf ihren kleinen Bruder, der sie zusammen mit ihrer Mutter schon zweimal besucht hatte, kaum andere gekommen. Nicht einmal von der Arbeit, worüber sie froh und gleichzeitig auch ein wenig enttäuscht war. Weniger, weil ihr jemand von denen fehlte, als vielmehr, weil sie wissen wollte, wie es im Grimm lief, aber zu stolz war, um nachzufragen. Dass alles den Bach runterging, was sie aufgebaut hatte, stellte sie sich manchmal vor; oder noch schlimmer, dass alles glattlief – dass sie ersetzbar war. Und spürte plötzlich leichte Krämpfe im

Unterleib, der sowieso noch immer ein wenig von der Geburt schmerzte, und die Kilos, die seit der Geburt nicht weggegangen waren, sondern schlaff an ihrem Bauch zu hängen schienen.

Dass Nathalie ihr vielleicht nur hatte Zeit lassen wollen, dachte sie, oder Zeit brauchte und wahrscheinlich noch immer darauf wartete, dass Vera ihr Versprechen einlöste, es Gregor zu sagen.

Es war Flo gewesen, der darauf beharrt hatte, das Baby anschauen zu gehen. Nathalie hatte in den Wochen nach Alberts Geburt, während sie wieder so etwas wie einen Alltag zu etablieren versuchte, viel zu oft irgendwas von Vera und Albert erzählt, weil sie noch viel öfter an die beiden gedacht hatte. Marion verschwieg sie den geplanten Besuch, aber als sie am Abend zuvor bei ihnen war, verplapperte sich Flo. »Mama will Veras Baby sehen. Und ich auch«, sagte er in seiner Unschuld, als ob er für das Glück seiner Mutter verantwortlich wäre und das jetzt mal in die Hand genommen hätte.

Und später an diesem Abend, als die Kinder schon im Bett waren, fragte Marion: »Warum hast du mir nichts davon erzählt? Ist es denn nicht vorbei?«

»Du hast nie gefragt.«

»Und?«

Aber Nathalie wusste nicht, was antworten.

»Und?«, wiederholte Marion ein wenig ungeduldig.

»Es kommt mir alles so weit weg vor. Und auch wieder nicht. Ich war stolz, dass ich mich nicht bei ihr gemeldet hab. Aber –«, dann brach sie ab. Sie wollte Marion nicht erzählen, wie oft sie auf ihr Handy geschaut hatte in den letzten Tagen, Wochen. Manchmal hatte sie sich vorgestellt, wie Vera plötzlich mit einem gepackten Koffer und dem kleinen Baby in den Armen vor ihrer Tür stand. Sie sagte jedoch nur: »Aber Flo hat es sich so gewünscht«, und Marion schüttelte den Kopf.

Dass sie Vera Zeit lassen wollte, hatte sie immer gedacht, weil sie ja selbst wusste, wie sehr eine Geburt einen mitnehmen konnte, und war dann überrascht, fast ein wenig enttäuscht, wie gesund und schön Vera aussah, als diese ihr die Tür öffnete. Und dann misslang auch schon die Begrüssung: Alle drei standen sie nur da, bis Flo endlich sagte: »Wo ist es denn jetzt? Wo ist Albert?«, und erst dann umarmten sich die beiden, liessen sich aber nicht mehr los, bis Flo wieder sagte: »Wo ist denn jetzt das Baby Albert?!«

Es war das erste Mal, seit es begonnen hatte, dass Nathalie zu Vera in die Wohnung ging, die gar nicht wie eine Kinderwohnung aussah und bis auf den Windeleimer im Bad genauso aufgeräumt war wie immer, so dass Flo, der das nicht gewohnt war, nicht wie sonst einfach vorausging.

Zu dritt standen sie dann vor Alberts Wiege, die mitten im Raum etwas verloren wirkte, über ihnen staubsaugte der Nachbar und sang dazu Verdi, nur gewisse Stellen, als müsste er sich zwischendurch an den Text erinnern, doch Albert schlief tief und fest, und Flo fragte: »Hab ich auch mal so ausgesehen?«

»Wie, so?«, fragte Nathalie und legte ihm eine Hand auf den Kopf.

»So kleinstlich?«

»Er ist schon fünf Zentimeter gewachsen«, sagte Vera und zeigte mit beiden Händen die Länge. Flo schaute zu Nathalie hoch, als ob er nicht wüsste, ob Vera scherzte.

»Ich weiss das aber nicht mehr«, sagte Flo, und dann lachten beide, und Flo schien nicht mal wie sonst verärgert, fasste stattdessen ganz langsam und vorsichtig zu Albert rein, wollte ihm über die Wange streichen, aber vor lauter Vorsichtigkeit berührte er ihn gar nicht und zog die Hand schnell wieder zurück.

»Erinnerst du dich auch nicht mehr an Alma, als sie so klein war?«, fragte Nathalie, noch immer die Hand auf Flos Kopf.

»Ein bisschen nur«, antwortete Flo und bückte sich nun unter der Hand weg.

»Ging ja auch so schnell«, sagte Nathalie und schaute zu Vera, die unbestimmt nickte, und zerrte dann aus ihrer Handtasche das Geschenk für Vera. Ein Fotoalbum mit ein paar Handyschnappschüssen aus New York, welches sie zusammengestellt hatte; und obwohl die Auswahl nicht so gross war und viele der Fotos verschwommen waren, hatte sie ein paar Nächte zuvor über zwei Stunden vor dem Computer gesessen und sich mehr als einmal zurückhalten müssen, nicht über Veras Gesicht auf dem Bildschirm zu fahren. Und musste sich auch an diesem Nachmittag zurückhalten, Vera nicht zu berühren, als diese einen kurzen Begeisterungslaut von sich gab und dann zu überlegen schien, wohin mit dem Album – wahrscheinlich wollte sie nicht, dass Gregor es sah, obwohl die Fotos unverfänglich waren und das Verstecken wohl die verdächtigste Variante.

Wie geschissen, wie rausgeschissen sei ihr die Geburt vorgekommen, sagte Vera plötzlich, nachdem sie Tee und für Flo eine heisse Schokolade gemacht hatte, so habe es sich angefühlt, als Albert aus ihr herausgekommen sei, und kein Gedanke an Glück oder Muttersein, nur: Mach weiter, nur nicht aufhören, pressen, pressen, pressen!

Flo kicherte.

Und Gregor habe neben ihr gestanden – kurz stockte Vera, als sie das erzählte, fuhr aber fort –, Gregor habe dagestanden, neben ihr, und ihr immer wieder gesagt, wie gut sie das mache. »Und ich hab ihn angeschnauzt, und er hat meine Hand gehalten«, erzählte Vera und wusste nicht recht, wieso sie das erzählte. Und dachte gleichzeitig an ihren versehrten Körper – und dass nur Nathalie das verstehen konnte und wie sie das Gregor nicht sagen konnte, der von der Geburt wie von einer Heldentat sprach, dabei war sie noch nie so wütend gewesen in ihrem Leben. Und ihr wurde heiss.

Und für einen kurzen Moment musste Vera dem Bedürfnis widerstehen, sich einfach nackt auszuziehen; erst später am Abend, als sie wirklich nackt vor dem Badezimmerspiegel stand und noch einmal an den Nachmittag dachte, traurig, nichts Bestimmtes, war da ein Wissen, dass etwas nicht sein kann. Während andere glauben, etwas geschieht oder etwas wird passieren, auch ganz unmögliche Sachen, so hatte Vera immer Dinge gehabt, von denen sie wusste, die werden nicht passieren.

Und dann gab Albert ein Geräusch von sich, eine Art Schnarchen, und Flo rief laut: »Jetzt ist er wach, jetzt darf ich ihn halten. Darf ich?!«, so dass Albert wirklich aufwachte. Und Vera beugte sich über das Bettchen und hob den zerknautschten Albert hoch, hielt dann aber plötzlich inne. »Mach ich das auch richtig?«

Nathalie schaute Vera erstaunt an: »Du kannst gar nichts falsch machen.«

»Ja. Tut mir leid«, sagte Vera und fragte sich, ob Nathalie nur wegen Albert gekommen war. In dem Moment streckte Flo seine Hände nach Albert aus.

»Warte, setz dich auf den Stuhl«, sagte Nathalie, und zu Vera: »Ich war auch bei Alma immer noch nervös. Das ist normal.«

»Hast du mich auch einmal fallen gelassen, Mama«, fragte Flo, den die Vorstellung zu begeistern schien, »bin ich einmal von so hoch runtergeflogen?«

Nathalie lachte: »Aber nur ein paarmal.«

Und Flo schaute sie stolz an.

Und Vera sagte: »Bei der Arbeit hatte ich das nie.«

Und Nathalie nickte.

»Aber er ist so klein – zerbrechlich. So kleinstlich«, fuhr Vera fort und freute sich, dass sie Nathalie noch zum Lachen bringen konnte. »Gregor macht sich da glaub keine Gedanken.«

»Ja«, sagte Nathalie.

»Er ist ein guter Vater.«

»Daran hab ich nie gezweifelt.«

»Nein.«

Dann schwiegen sie eine Weile.

Und Vera sagte: »Ist schön, dass du da bist.«

Darauf Flo: »Darf ich jetzt endlich?«

»Setz dich hin«, sagte Nathalie, »dann gibt Vera ihn dir.«

Und Flo setzte sich, und Vera legte Albert vorsichtig in Flos Schoss, der das Köpfchen stützte und auch sonst alles richtig machte.

»Ich kann das allein«, sagte Flo, als Vera Albert die kleine Mütze aus dem Gesicht zog.

»Tatsächlich«, sagte Vera, eher erstaunt als zustimmend.

Und dann erzählte Vera erneut und ohne Unterbruch, als müsse sie ihre eigenen Gedanken vertreiben, vom Krankenhaus, dass Albert ausgerechnet als Erstes diesen steril ausgeleuchteten und veralteten Kreisssaal gesehen habe, und hörte nicht mehr auf zu reden, wobei ihre Hände mit etwas Abstand in einer Aufgeregtheit folgten und Nathalie sich fragte, warum sie so viel sprach, und gleichzeitig merkte, wie sehr sie Vera vermisst hatte. Sogar ihr Ungestümsein, ihre Unsicherheit; während Flo, der nie spezielle Zuneigung zu Vera gezeigt hatte, Albert über das Köpfchen strich, so sanft und ausdauernd, dass Vera doch irgendwann verstummte und sie und Nathalie nur noch dasassen und ihren zufriedenen Kindern zuschauten.

Nathalie erinnerte sich, dass es genau so ein friedlicher Moment gewesen war, als damals ihre Depression begonnen hatte. Absurderweise in der Nacht, als Alma das erste Mal durchgeschlafen hatte und Nathalie aufgewacht war, wie immer zwischen drei und vier Uhr in der Früh, und sich Sorgen gemacht hatte, warum Alma nicht auch aufwachte. Aber anstatt wieder einzuschlafen, hatte sie Alma über eine Stunde beim Schlafen zugeschaut. In der zweiten Nacht erst war ihr dann aufgefallen, dass Alma diese Mahlzeit wohl nicht mehr brauchte, aber wach gelegen hatte sie trotzdem wieder. Eine Woche ging das so. Da hatte sie es gemerkt, nicht nur die Erschöpfung, mehr noch, als wäre ihr mit dem Schlaf auch das Selbstvertrauen und die Bindung zu Alma entglitten. Mit der Zeit hatten beim Wickeln sowohl sie als auch Alma nur noch geweint, und Alma hatte sich fast immer auch noch eingenässt.

Davon wusste Vera zum Glück nichts, die immer noch Flo zuschaute, über eine Stunde lang, dazwischen ein paar hilflose Versuche eines Gesprächs. Einmal fragte Vera sie, wie sie mit dem Lernen vorankam und was sie nachher machen wolle. Nathalie antwortete, dass sie vielleicht in einer Buchhandlung arbeiten wolle.

»Aber du hast doch dann einen Abschluss.«

»Ich möchte einfach nur um Bücher sein.«

»Dann mach doch wenigstens ein Praktikum bei einem Verlag.«

»Dafür bin ich zu alt«, antworte Nathalie. Und fügte nach einer kurzen Pause hinzu: »Es ist seltsam in der Bibliothek. Wenn du nicht da bist.«

»Aber das ist deine Karriere. Jetzt wo du endlich den Master hast.«

»Mein Leben, meinst du.«

»Ja«, sagte Vera, aber es klang nicht überzeugt.

»Seit ich von der Schule weg bin, hab ich immer mein eigenes Geld verdient. Auch mit Christof«, sagte Nathalie und erinnerte sich, wie das manchmal zu Streit geführt hatte, weil sie nicht auswärts essen gehen wollte, obwohl Christof sie eingeladen hätte; sie hatte das nur an ihrem und an seinem Geburtstag zugelassen.

Dann schwiegen sie wieder. Und wenn sie nicht Flo

und Albert anschauten, dann sahen sie sich gegenseitig in die Augen, aber immer nur ganz kurz, als wollten sie verhindern, dass etwas ausgelöst wurde, was dann wieder Folgen hätte – als wären sie bemüht, diesen Besuch eigentlich gar nicht geschehen zu lassen.

Und als Nathalie Veras Wohnung verliess und Flo in der Strassenbahn einfach einschlief, obwohl es nicht viele Stationen waren, fühlte sie so etwas wie Erleichterung – das jetzt hinter sich zu haben; wie ein Besuch bei lästigen Verwandten kam es ihr vor, dazu nun ein schwerer Regen, der vor dem Strassenbahnfenster niederging. Am liebsten wäre sie wieder umgekehrt und hätte zu Vera gesagt: Verdammt, wir können das besser! Lass es uns noch einmal versuchen.

Und erst jetzt wurde ihr bewusst, dass sie selbst Albert nur einmal kurz in den Armen gehalten hatte, zwar nicht absichtlich, aber es war wohl auch kein Zufall gewesen. Weil gerade wenn sie so klein waren, ging das fast von allein: einmal gehalten, einmal an den Körper gedrückt, für immer ans Herz gewachsen. Sogar seinen Namen hatte Nathalie oft in Gedanken vermieden, dachte sie und noch einmal an Veras Versprechen – ob Vera sich überhaupt noch daran erinnerte?

Am liebsten würde sie sie anrufen und erzählen, dass sie Flo doch bloss als Vorwand mitgenommen hatte; und dachte an Veras nackte Unterschenkel, die unter dem Morgenmantel hervorgelugt hatten, schmal, aber nicht dünn, die Haut hell, nicht bleich. An Veras Lachfalten, die weniger vom Lachen als vom Zukneifen der Augen gegen zu helles Licht stammten. Und erinnerte sich an Veras

Sinn für Romantik, wie sie den Sonnenuntergang über der Skyline von New York kaum beachtet hatte, um sich dann aber doch, erst im Dunkeln, daran zu erinnern, ihn zu beschreiben und sich dabei an Nathalie zu schmiegen – sie wollte das alles nicht vergessen.

Sie hatte ja auch Christof nicht ganz vergessen.

Siebenundzwanzig waren sie beide gewesen, in ihrem Freundeskreis hatte noch niemand Kinder gehabt, als sie beschlossen, sie könnten es ja mal versuchen. Es war nicht einmal Nathalies Idee gewesen; Christof hatte aber, so glaubte Nathalie im Nachhinein, mehr die Idee, jung Eltern zu werden, spannend gefunden als die Kinder selbst. Als ob diese Idee absoluter Ausdruck ihrer Verliebtheit wäre. Und sie erinnerte sich, während die Strassenbahn durch den Regen die Bernauer Strasse entlangfuhr, überraschenderweise an ihren ersten Orgasmus mit Christof; sie waren schon ein paar Monate zusammen gewesen, der Orgasmus kam plötzlich, und es war mehr ein Gefühl, dass ihr vorher die Erfahrung oder das Vertrauen oder beides gefehlt hatte mit ihm, und wie dann plötzlich beides da gewesen war und sich in diesem Gefühl in ihrem Unterleib, das sich über den ganzen Körper ausbreitete, Raum verschafft hatte. Und wie es danach zwar auch sie selbst gewesen war, die das Gefühl wieder gesucht hatte, aber nicht mit dieser Unerbittlichkeit wie Christof, der, so schien es, fast süchtig danach wurde und kaum je einmal kam, bevor sie nicht auch gekommen war.

Alma hingegen war ein Akt der Verzweiflung gewesen, der Sex schnell und leidenschaftlich; während sie bei Flo noch mehr das Probieren toll gefunden und nicht so sehr ans Kinderkriegen gedacht hatten, liessen sie bei Almas Zeugung das erste Mal nach einer langen Zeit das Kondom wieder weg.

Nathalie hatte es nie bereut. Auch wenn sie nur zwei Jahre danach die Scheidungspapiere unterzeichnet hatten. Sie waren bei ihr zu Hause gewesen, die Kinder bei Marion, da hatte sie plötzlich das Gefühl, zu fallen, nicht in eine Depression, kürzer, verzweifelter. Sie konnte Christof noch vor sich sehen, am kleinen Tisch beim Eingang vor dem Scheidungsvertrag verharrend, die Wohnung durchflutet von einer milden Nachmittagssonne. Dort hatte er oft gestanden, wenn er nach Hause kam, und einen Moment gewartet, als ob er hätte überlegen müssen, ob er sich das wieder antun wollte, bevor er dann in die Küche kam und erst sie und dann die Kinder küsste. Immer erst sie, das hatte sie ihm in einem ihrer letzten Streite vorgeworfen – sie hätte ihm auch das Gegenteil vorgeworfen, das war ihr jetzt klar. Er hatte nicht einmal mehr etwas darauf erwidert, so dass sie einen Teller nach ihm geworfen hatte.

An jenem Nachmittag aber, als er die Papiere durchlas, wäre sie am liebsten zu ihm gegangen und hätte ihn um Verzeihung gebeten. Sie wollte ihn nicht zurück, nicht zurückhalten in dem Moment, aber als er unterschrieb, wurde ihr plötzlich klar, dass nicht er allein an allem schuld war. Und auch wenn die Kämpfe um die Kinder später anhielten, weil er mal wieder irgendwas vergass, was er nicht hätte vergessen dürfen, dieses Wissen war ihr geblieben: Es hatte auch an ihr gelegen.

Dann, kurz bevor sie aussteigen mussten, weckte sie den an ihrer Schulter schlafenden Flo, der die letzte Viertelstunde bei Vera nichts mehr gesagt hatte, nur stumm zugehört mit grossen Augen und sogar manchmal genickt, wie es sonst nur Erwachsene tun beim Zuhören. Und der, als sie nun zu Hause ankamen, plötzlich wieder wach wurde und noch zum Spielen in den Hof wollte und glücklich schien. Und Nathalie war froh darüber, dass er, bei aller Feinfühligkeit und Abhängigkeit, inzwischen doch auch sein eigenes Leben lebte. Und sie umarmte ihn kurz – während er einen Doppelknoten in die Schnürsenkel seiner Fussballschuhe machte –, was ihn für einen Moment zu verwirren schien, bis er dann aber wohl etwas dachte wie: Die Mama wieder!, und auch den anderen Knoten machte und dann ohne ein Wort rausging.

Früher hatte Vera sich, wenn überhaupt, vorgestellt, dass Gregor es sein würde, der irgendwann eine Liebhaberin hätte, eine, die aufregender wäre oder schöner, zumindest fleischiger als sie. Daran dachte Vera, während Nathalie sich vor ihr sitzend mit dem Rücken an sie lehnte. Mit den Händen fuhr sie an der Innenseite von Nathalies Schenkel entlang – langsam beruhigte sich ihr beider Atem, Nathalies ganzer Körper zuckte noch einmal. Vera schaute zum Kinderwagen, aber Albert schien Nathalies Stöhnen nicht gehört zu haben. »Schön, dass du gekommen bist«, fiel Vera einer von den albernen Sätzen ein, wie sie ihr nur einfielen, wenn sie nicht ganz bei sich war; dabei war sie es wieder gewesen, die zu Nathalie gegangen war. Mit einer eigenartigen Angst – sie hatte sich verwundbar gefühlt, unten, obwohl der Ausfluss gestoppt und sie keine Schmerzen mehr hatte, aber sich gefragt, ob sie jetzt wohl anders roch.

Diese Angst war nun weg, nur ihre Brüste spannten noch, und wie schön es war, dass Nathalie an diesem Morgen noch genauso zärtlich über ihren Bauch strich, auch ohne Kind darin, er ging immer mehr zurück, kam ihr nun aber manchmal seltsam leer und schlaff vor.

Gestern Nacht, nachdem Nathalie und Flo sie besucht hatten, war Vera, weil sie nicht einschlafen konnte, aufgestanden, obwohl kein Geräusch aus dem Babyphone zu hören war, und hatte Albert zuerst eine Weile angeschaut und ihn dann, obwohl sie wusste, er würde aufwachen, aus dem Bettchen gehoben und an sich gedrückt, bis er zu schreien begann – für einmal war Gregor nicht aufgewacht. Hatte ihm dann über das Köpfchen gestrichen und ihn mit Geräuschen zu beruhigen versucht und, als das nicht half, zu reden begonnen, irgendwas, leise, ins Dunkel und in die Nacht hinein, und dann, ohne es zu wollen, aber wie meistens, war sie bei irgendwas gelandet, was mit Nathalie zu tun hatte.

Und tatsächlich hatte sich Albert in der Nacht langsam wieder beruhigt, lag warm an Veras Brust und stiess leise Seufzer und Schmatzer aus, während sie weiter im Zimmer umherging und dann ans Fenster trat. Der Himmel war voller Sterne, und weil Albert den Kopf von der einen Seite zur anderen zu drehen begann und immer wieder, wenn auch nur für Augenblicke seine Augen öffnete, die so blau waren, dass sie sogar im Dunkeln ganz leicht zu leuchten schienen, zählte sie ihm die Namen der Sternbilder auf, die sie schon immer viel aufregender gefunden hatte als die Sternbilder selbst. Und versicherte ihm, dass sie bei ihm bleiben würde und dass sie ihn liebte, während Albert weiter quengelte, der überhaupt, wenn er nicht schlief, so gar nichts Stilles und Zärtliches an sich hatte. Oft genug kam sich Vera wie seine Dienerin vor, die seine Gesten, Bewegungen und Töne zu deuten, zu befriedigen versuchte, die lächelte, wenn er lächelte, glücklich über diesen Zustand, der ihr eine Art von Sinn erfand und zugestand, die sie längst verloren zu haben glaubte. Und dass das nicht gut war, das dachte sie auch, dass niemand anders dafür zuständig sein sollte. Und vielleicht auch deshalb war sie dann am Morgen mit Albert in einem Taxi zu Nathalie gefahren, die sich gerade auf den Weg zur Bibliothek hatte machen wollen, und hatte ihr einfach die Kleider ausgezogen.

Nathalie sammelte die Kleider zusammen, die von Vera und ihre eigenen, die in der ganzen Wohnung verteilt lagen. Wie im Film, dachte sie und wusste nicht recht, was sie davon halten sollte, schaffte es aber nicht, darüber zu sprechen, griff stattdessen nach den Stilleinlagen, die aus Veras BH gefallen sein mussten. Und dachte, dass sie es einfach geniessen wollte und dass sie das Vera gar nicht zugetraut hätte, mit dem Taxi vorzufahren, obwohl es ja nicht das erste Mal war. Und wie Vera sie genommen hatte – in sie gegriffen hatte sie, mit zitternder, nein bebender Hand. Und ihren Namen dabei ausgestossen – Nathalie! –, mit tiefer Stimme und wie mit letzter Kraft. Und auch Nathalie hatte trotz ihres leichten Katers so geschrien, dass ihre Stimme jetzt heiser war und sie sich überhaupt wie krank fühlte, fiebrig und schwach, dazu ein Brennen in ihrer Vagina, als ob die Lust sich langsam in einen Schmerz gewandelt hätte.

Und schaute trotzdem glücklich zu Vera, die nackt vor Alberts Wagen stand, auf ihren schönen Po, der ein wenig runder geworden war und da und dort ein paar kleine Einbuchtungen zeigte. Orangenhaut – das Wort war völlig aus den Modemagazinen verschwunden, dachte Nathalie, oder hatte sie nur schon lange keine mehr gelesen? Und hatte das Gefühl, dass sie in Veras Körper zum ersten Mal ihr eigenes Alter sehen konnte – und konnte sich in diesem Moment sogar vorstellen, mit Vera alt zu werden; als Vera sich zu ihr umdrehte, die Augen glänzend, den Mund öffnete und ihn wieder schloss. Nathalie liess ihre Kleider wieder fallen, ging auf Vera zu und drückte sie an sich – warm auf warm unsere Körper, dachte Nathalie, und: schön.

Dann begann Albert zu schreien.

Als ob erst Alberts Geschrei die Berührungen mit Nathalie zu etwas Unmoralischem gemacht hätten, kam es Vera vor, während sie gleichzeitig noch immer die Erregung spürte. Sie hob ihn aus dem Wagen und fragte sich, ob Flo und Alma Nathalie auch und noch immer so glücklich machten oder ob das mit den Worten, seit sie reden konnten, komplizierter geworden war. Und hatte dann plötzlich das Gefühl, als Albert zu ihr hochblinzelte, dass er sie verächtlich anschaute. Oder als würde er sagen, das erzähl ich alles Papa, obwohl Vera wusste, dass er wohl noch kaum etwas dachte und schon gar nicht wertete, nur haben oder weghaben wollte. Und spürte dann nochmals Nathalies Hand auf ihrem Körper nach und wie sie in dieser Berührung eine Klarheit empfand, die sie so nicht mal mit Albert kannte, weil mit Nathalie das Vergessen und der Moment so gross waren, dass sie das Gefühl hatte, keinen Körper mehr zu haben, noch viel mehr, als sie es gehabt hatte, als Albert in ihrem Bauch war.

Dann nahm sie Albert an die Brust, der tatsächlich schon wieder Hunger zu haben schien, und sie merkte, dass sie selbst ebenfalls gut was essen könnte – wie verschämt Nathalie wegschaute, dachte Vera, als sie ihn stillte.

Albert saugte mit der gleichen Gier, die Nathalie von Flo kannte, und auch Alma war so gewesen – was sie zu Beginn beruhigt, nach ein paar Tagen aber nur noch erschöpft hatte –, doch kaum hatte er genug, zog sich Vera an, und wenige Minuten später war sie bereits wieder verschwunden.

»Schön war's«, war alles, was Vera gesagt hatte, als sie sich kurz geküsst hatten. Fast wie eine Erscheinung, dachte Nathalie, aber mit einer Wut. Öffnete alle Fenster der Wohnung, holte frische Kleider aus dem Schrank, sogar die Socken wechselte sie, bevor sie zum Institut für deutsche Literatur losging, noch immer etwas weich in den Knien.

Und während sie zu Beginn Angst vor den Prüfungen hatte, hatte sie jetzt Angst vor dem, was danach kommen würde – oder eben nicht, dachte sie auf dem Weg. Und dass es jetzt wieder begonnen hatte, mit Vera, dabei hatte sie doch schon abgeschlossen; und wie froh sie war, als Vera, fünf Minuten nachdem sie am Institut angekommen war, eine SMS schickte: *Wie sehr ich dich vermisst hab, wurd mir erst bewusst, als ich heut in deinen Armen lag.*

An diesem lauen Maiabend lagen ein paar losgelöste Pflastersteine auf der Strasse, ein Haufen Scherben, aber vor allem Flugblätter mit 1.-Mai-Parolen, die sich nicht von denen vor fünfzig Jahren unterschieden – ob das mit ihrer Wirkungslosigkeit, der Einfallslosigkeit oder der ungebrochenen Dringlichkeit des Anliegens zu tun hatte, konnte Vera nicht entscheiden. Das würde Albert dann von Gregor erklärt bekommen, zu dem sie unterwegs war, um ihn von der Arbeit abzuholen – schon den ganzen Tag hatte sie überlegt, ihn zu fragen, ob er Nathalies BH gesehen habe, der bei ihnen im Schlafzimmer gelegen hatte. Dreimal hatte sie mit ihm telefoniert, aber jedes Mal gemerkt, sie musste ihm in die Augen schauen, wenn sie ihn fragte.

Als sie ankam, stand er wie oft bereits vor dem Eingang des Instituts für Geschichtswissenschaften, küsste erst Albert, der sich kaum rührte, dann sie – küsste sie wie immer, dachte sie. Und deshalb liess auch sie sich nichts anmerken, als sie in eine kleine Bar gingen, in der es ein kleines Antipasti-Buffet gab und alte neapolitanische Schnulzen gespielt wurden, während Gregor von einer Studentin erzählte, von einem Studentenvortrag zur Theorie der praxeologischen Geschichtsschreibung erzählte, der die These vertrat, dass man Praktiken in Erzählungen übersetzen könne, wobei Gregor sich das nicht vorstellen konnte, weil Praktiken zwar ohne Zusammenhang existieren könnten, Geschichten aber nicht.

Vera nickte, merkte aber, dass sie plötzlich an die Studentinnen dachte, die sie einmal bei ihrem Besuch in einer von Gregors Vorlesungen gesehen hatte. Sie hatten ihm danach noch tausend Fragen gestellt, auf eine Art, dass klar war, sie wollten ihm eigentlich etwas ganz anderes sagen. Damals hatte sie das stolz gemacht, aber jetzt spürte sie plötzlich eine Eifersucht, die neu war. Und sie fragte sich, ob Nathalie ihren BH absichtlich zurückgelassen hatte und warum sie selbst ihn nicht früher gesehen hatte. Wusste aber nur noch, dass, als sie aufstand und sich anziehen wollte, Nathalie von hinten an sie herangetreten war und ihr ihren eigenen BH umgelegt hatte. Das wusste sie noch so genau, weil sie so irritiert gewesen war: Gregor hatte schon oft ihren BH geöffnet und ausgezogen, aber er hatte ihn ihr nie angezogen. Trotzdem streckte sie, als sie begriff, was Nathalie vorhatte, automatisch ihre Arme hoch, worauf Nathalie ihn schloss und sie auf den Rücken küsste.

Und als sie dann am Abend, nachdem Nathalie längst gegangen war und Gregor schon schlief, wieder ins Zimmer ging, dachte sie erst, es sei ihr eigener, bis ihr auffiel, dass sie keinen mit Spitze besass – aber dann würde es Gregor auch nicht aufgefallen sein, dachte sie. Und vielleicht war das Verdächtige weniger der BH selbst, als dass er am Boden rumgelegen hatte. Sie war früher nicht so ordentlich gewesen, aber mit Gregor hatte sie sich dran gewöhnt, ihre Dinge immer gleich wegzuräumen; vor allem, weil sie es nicht mochte, wenn er hinter ihr aufräumte – und das hätte er doch getan, wenn er den BH gesehen hätte. Oder hatte er ihn absichtlich liegen gelassen, weil er ihn erkannt hatte? Und war er deshalb in den letzten Tagen, wenn sie es mit der Ordnung auch sonst nicht so genau genommen hatte, auf eine Art laut geworden, für die er sich später fast genauso laut entschuldigt hatte? Darüber dachte sie nach, während Gregor immer noch erzählte.

Als er kurz Luft holte, sagte sie: »Nathalie hat angerufen, sie will Albert einmal besuchen kommen.«

Gregor stockte kurz, weil er wohl noch mitten in einer Geschichte war, sagte aber nur: »Sie hat ihn noch nicht gesehen?«

»Ausser im Krankenhaus –«, dann brachte sie kein Wort mehr heraus und schüttelte den Kopf.

»Hat sie die Prüfungen schon gehabt?«

»Ich glaub, die ist total damit beschäftigt«, hörte sich Vera sagen, »wir haben nur ein- oder zweimal telefoniert« – was für eine dumme Lüge, man weiss doch wohl, ob es einmal oder zweimal gewesen war, dachte sie.

»Und?«, fragte Gregor, ohne dass sie einen Funken Misstrauen in seiner Stimme hätte erkennen können.

»Ich glaub, es geht ihr nicht so gut. Aber sie sagt nicht wirklich was.«

»Liebeskummer?«, fragte Gregor.

Und Vera schaute ihn an. Wieder verzog er keine Miene, und sie dachte: Und wenn er es weiss, ist er genauso feige wie ich selbst, und fragte: »Was soll denn die Frage jetzt?«

»Wie meinst du?«

»Bei einem Mann hättest du das nicht gedacht. Sie steckt mitten im Abschlussstress und hat zwei Kinder.«

»Dann kann ja Christof zu den Kindern schauen«, sagte Gregor.

»Schön wär's.«

»Bist du sicher, dass es nur an ihm liegt?«

Ohne zu zögern, antwortete sie: »Ja! Aber die schafft das schon.«

»Gut«, sagte Gregor.

»Ja, gut«, sagte Vera.

»Aber wieso geht es ihr denn jetzt schlecht?«

»Nicht schlecht. Nicht gut, hab ich gesagt.«

»Wie geht es denn dir?«

»Das weiss ich ja eben nicht. Das sagt sie mir nicht.«

»Dir! Wohl nicht so gut?«, fragte er nach und nahm ihre Hände.

Eine Weile sassen sie so, schweigend, ohne dass Vera Gregor anschauen konnte. Erst als der Kellner den Wein brachte, schaute sie ihn wieder an und antwortete: »Nein, mir geht es gut. Wirklich. Und weisst du, was ich gerade erst neulich gedacht hab? Dass wir das doch ziemlich gut hinkriegen«, und fixierte seinen Blick.

»Mit Albert?«, fragte Gregor.

»Ja.«

»Oder mit uns?«; und auch er wich Veras Blick nicht aus.

Sie nahm seine Hand, spürte aber, wie Gregor seine zurückzog und die Decke hob, unter der Albert im Kinderwagen vor sich hin döste. Worauf dieser plötzlich zu schreien begann. Also nahm er ihn heraus.

Sonst beruhigte das Stimmengewirr in Lokalen Albert meist, aber jetzt brüllte er noch lauter – und vielleicht weil sie es nicht aushielt, jedenfalls ohne nachzudenken, riss sie Gregor den kleinen Albert aus den Händen und drückte ihn sich gegen die Brust und summte leise dazu. Und tatsächlich wurde er langsam ruhig. Doch als sie zu Gregor schaute, sah sie, dass sie zu weit gegangen war und wie Gregor die Lippen aufeinanderpresste, dass sie weiss wurden.

Aber anstatt sich zu entschuldigen, schaute sie wieder zu Albert, und während sie weitersummte, überkam sie plötzlich ein Hochgefühl: Gregor hatte nichts gemerkt. Und wie sie das alles schaffte: Ehefrau und Geliebte zu sein; bald würde sie auch wieder arbeiten gehen, und sie war auch nicht mehr so müde, obwohl sie noch immer viel zu wenig schlief – und vor allem war sie Mutter. Und gar keine so schlechte, wie sie gedacht hatte; was sie immer schon ausgezeichnet hatte, war ihre Lernfähigkeit. Dass sich auch das Muttersein lernen liess, das hätte sie nicht gedacht; aber ja, sie lernte Albert kennen und verstehen, was er brauchte, sie lernte sogar, zu singen, zu spielen und Unfug zu machen mit ihm. Am Anfang war es ihr wie eine Verstellung vorgekommen, aber dann hatte sie gemerkt, dass die eigentliche Verstellung gewesen war, vorher zu denken, dass das nicht zu ihr gehörte.

Doch als sie wieder aufschaute und Gregor sie fordernd fixierte, sagte sie trotzdem: »Tut mir leid«, und er nickte, aber sie sah ihm an, dass sie dieses Mal wirklich zu weit gegangen war. Wiederholte nochmals: »Es tut mir wirklich leid.«

Und dann war es noch am selben Abend, dass Vera und Gregor das erste Mal seit fast einem Jahr wieder miteinander schliefen. Vera erstaunt, dass sie Gregors Körper noch immer mochte, der trotz Stress langsam wieder zugenommen hatte. Dass er sich vielleicht für seinen dünnen Körper geschämt hatte, kam ihr zum ersten Mal überhaupt in den Sinn, dass sie deshalb nicht miteinander geschlafen hatten, dachte sie, während sein Gesicht in der Lust zwischen Unsicherheit und Kontrollverlust hin und her wechselte. Und es störte sie nicht einmal, als er fragte: »Es tut nicht weh, oder? Oder tut es dir weh?«

Und es tat ihr nicht weh. Es fühlte sich gut an. Etwas zu schroff sagte sie: »Hör nicht auf!«, er schaute sie für einen Moment verdutzt an, und Vera überlegte, ihre Klitoris zu streicheln, aber sie tat es nicht, es wäre ihr wie ein Verrat an Nathalie vorgekommen, diese Steigerung der Lust, weil sie das zum ersten Mal mit Nathalie gemacht hatte, sich selbst zu streicheln während des Sex. Und drückte stattdessen Gregor an sich und schloss die Augen.

Als er gekommen war, sank er zurück in die Kissen. »Ob Albert uns gehört hat?«

»Was wäre dann?«

»Nein, ich frag mich nur.«

Vera lachte laut und fragte dann: »Ob er das gehört hat?«

Und Gregor schaute sie lange an und sagte dann: »Du hast mir gefehlt.«

Trotzdem stand Vera, als sie kurz nach Mitternacht noch immer wach lag, leise auf und schlich sich auf den Balkon, rief Nathalie an und freute sich, dass diese sofort abnahm.

»Ich hab hoffentlich die Kinder nicht geweckt.«

»Schön, dass du anrufst.«

Und dann sagte Vera ohne ein weiteres Wort: »Du hast deinen BH bei mir liegenlassen.«

»Rufst du deshalb an?«

»Ich weiss nicht, ob Gregor ihn gesehen hat.«

»Der kann die doch nicht unterscheiden.«

»Ich will nicht, dass er es so herausfindet.«

»Ich auch nicht«, sagte Nathalie, und Vera konnte den verletzten Stolz in ihrer Stimme hören.

Trotzdem hörte sie sich sagen: »Warum tust du es dann?«

»Glaubst du wirklich, ich habe das absichtlich gemacht?«

»Glaubst du wirklich, es ist gut, wenn er es so erfährt?«, liess Vera nicht locker.

»Du hast versprochen, es ihm zu sagen.«

»Das war vor der Geburt.«

»Du hast es versprochen«, sagte Nathalie.

Und dann, fast unheimlich ruhig: »Ich habe es nicht absichtlich gemacht. Aber es tut mir trotzdem leid.« Und nach einer Pause in demselben Ton: »Ich halte das nicht mehr lange aus.«

»Ich weiss«, sagte Vera – und es fiel ihr auf, dass sie keinen Kosenamen für Nathalie hatte – und fragte sich, ob das, was Nathalie gerade gesagt hatte, eine Drohung oder einfach nur Verzweiflung war. Und sagte dann noch einmal: »Ich weiss.«

Auch dieses Mal – als Nathalie zu Vera ging, es musste Mitte Juni gewesen sein, Ende vielleicht sogar schon – schliefen sie sofort miteinander, fielen, anstatt zu sprechen, buchstäblich übereinander her. Es war immer noch sehr schön, aber manchmal knetete Vera Nathalies Busen, als wolle sie Milch herauspressen, so dass Nathalie einmal sogar kurz aufschrie – was Vera vielleicht für Lust hielt, war in dem Moment nur noch Schmerz. Und Nathalie fragte sich zum ersten Mal, ob Vera vielleicht genau das noch mehr Lust bereitete. Und dann war es wieder einmal Albert, der, was er jetzt öfter tat, mittendrin aufwachte und zu brüllen begann.

Ohne zu überlegen, stand Nathalie vor Vera auf und hob ihn hoch, er war sofort ganz aufgedreht und verzog in seiner Zappeligkeit dauernd den Mund, als ob er nach passenden oder vielmehr möglichen Gesichtern suchte.

Inzwischen hatte Nathalie ihre Distanz zu Albert aufgegeben, der jetzt nicht mehr nur schlief und trank, sondern allmählich auch in der Gegend herumlugte – und sie manchmal auch anlächelte, jedenfalls so was in der Art.

Was er auch jetzt tat, als Vera ihn fast aus ihren Armen riss, sich mit dem kleinen Ding auf einen Stuhl setzte und ihm die Brust gab. Das Ganze ohne ein Wort.

Überhaupt sprachen sie wenig, und wenn, waren ihre Gespräche noch fahriger als in den Wochen zuvor. Beide gingen nicht gross auf das ein, was die andere sagte. Immer wieder entstanden seltsame Pausen, weil eine von beiden stockte – sollte sie jetzt sagen, was sie dachte, oder würde das zu weiteren Schwierigkeiten führen –, dann wechselten sie meist einfach das Thema oder fuhren ohne Antwort fort.

Trotzdem, es gab auch schöne Momente, und noch immer freute sich Nathalie, wenn sie sich auf den Weg zu Vera machte. Und auch an diesem Nachmittag, als Albert wieder eingeschlafen war, legten sie sich erneut ins Bett und hielten sich und überlegten gemeinsam, was für eine Arbeit Nathalie nach den Prüfungen suchen könnte, inzwischen ohne Druck von Vera; vielleicht doch in einem Verlag, einer Buchhandlung oder gar in der Bibliothek. Aber es mussten eben nicht nur Bücher da sein, sie musste sie auch lesen können, und dafür wollte kaum jemand anständig zahlen – erst im Nachhinein dachte Nathalie manchmal, dass Vera vielleicht einfach nach einer gemeinsamen Zukunft gesucht hatte. Und als sie aufstehen und gehen wollte, war es Vera, die sie zurückhielt, fast als hoffte sie, Gregor würde doch noch eines Tages reinplatzen, während Nathalie gleichzeitig immer nervöser wurde, je flacher die Sonne durch das Schlafzimmerfenster hereinfiel. Bis Albert wieder aufwachte und sie beide zum Aufstehen zwang und Nathalie sich schnell anzog, als wollte sie es Vera nicht so einfach machen, falls Gregor schon nach Hause kam. Vielleicht auch, weil sie noch mehr Angst davor hatte, dass es ganz vorbei sein könnte, wenn Gregor es herausfand, als davor, dass es einfach so weiterging.

Mit all diesen Gedanken, immer ähnlichen, die sie sich während der Strassenbahnfahrt machte, kam sie zu Hause an, öffnete die Tür und sah Marion in der Küche stehen, die, ohne sich zu ihr umzudrehen, sagte: »Du bist zu spät.«

Und tatsächlich hatte sie gar nicht auf die Uhr geschaut und das Gefühl, alles sei wieder so schnell vorbeigegangen, dass sie sich gar nicht vorstellen konnte, vier Stunden weg gewesen zu sein – sie schaute erst einmal auf die Uhr und fragte dann: »Musst du wohin?«

»Darum geht es nicht«, antwortete Marion, die eigentlich nur Alma aus der Kita hatte abholen und Flo reinlassen sollen, und nahm Nathalie die Tasche ab, als wäre das Gewicht zu viel für sie.

»Lass mich doch erst mal reinkommen«, sagte Nathalie und wehrte Marion ab und fragte: »Wo sind die Kinder?«

»Ich hab schon mit Kochen begonnen. Sie hatten Hunger. Sie schauen fern.«

»Was gibt's?«

»Geht es dir denn gut?«

»Gut?«, fragte Nathalie mehr sich selbst.

»Wie war's?«

»Ich war bei Vera.«

»Das weiss ich auch, aber Alma hat schon gefragt. Und ich wusste nicht, was du ihnen erzählst.«

»Ja, sie fragt oft.«

»Das wusste ich nicht.«

»Du wolltest auch nie mehr darüber sprechen«, sagte Nathalie.

»Mir ja egal, was du machst, aber du siehst wirklich nicht gut aus.«

»Die Prüfungen sind bald. Weisst du doch.«

»Ja.«

»Jetzt erst mal die Prüfungen.«

»Du kannst doch nicht alles vor dir herschieben.«

»Was soll ich denn tun?«, fragte Nathalie und hatte das Bedürfnis, noch etwas auszuziehen, es war warm geworden, holte aber nur ein Glas aus dem Schrank und füllte es mit Wasser.

»Gibst du mir auch eins?«, bat Marion, und Nathalie nickte. »Wann sagt Vera es denn jetzt endlich Gregor?«

»Das hast du mich schon so oft gefragt.«

»Und?«

»Der will auch nichts davon wissen«, antwortete Nathalie.

»Sie hat es ihm gesagt?«

Nathalie schüttelte den Kopf, und Marion machte es ihr nach. Dann fragte Marion: »Bist du denn nicht eifersüchtig?«

»Auf Gregor?«

»Ja. Oder auf Albert?«

»Albert ist so klein.«

»Umso mehr.«

Nathalie zuckte mit den Schultern.

Marion sagte: »Irgendwie tut er mir leid.«

»Wer?«

»Gregor.«

»Ach was, der ist ganz auf Albert konzentriert und ausserdem der Einzige, der einfach nur glücklich ist«, sagte Nathalie und musste daran denken, was Vera gesagt hatte: dass Gregor, auch wenn er es erfahren würde, nicht einfach ginge. Man müsste ihn schon wegschicken.

Dass das klinge, als spreche sie von einem Hund, hatte Nathalie zu Vera gesagt, aber Vera hatte nur mit den Schultern gezuckt – diese Kälte, die hatte sie seltsamerweise getroffen.

»Und Vera?«, fragte Marion.

»Was ist mit ihr?«

»Wie geht es denn ihr? Damit.«

»Mit mir? Meinst du das?«

»Sie muss es ihm doch endlich, endlich sagen!«

»Machst du dir noch immer Sorgen um ihre Ehe?«

»Ich mach mir schon Sorgen. Aber um dich.«

Nathalie schaute ihre Schwester nur an, und die fuhr fort: »Dir geht es doch nicht gut. Frag mal die Kinder.«

»Um die Kinder geht es dir also?«

»Dir etwa nicht?«

»Um meine Kinder?!«

»Und wer muss einspringen, wenn du nicht da bist?«

Nathalie sagte nichts.

Und Marion sagte in weicherem Ton, aber ganz ernst: »Ich versteh das nicht. Warum schafft ihr beide das nicht? Das geht jetzt schon so lange. Warum gehst du nicht zu Gregor, oder ihr geht zusammen, wenn Vera es allein nicht schafft? Oder soll doch ich mit Vera reden?«

»Und was willst du sie fragen? Ob sie ehrliche Absichten hat? Oder ob sie nur deine Schwester vögeln will?«

Marion sagte nichts.

»Freu dich doch für mich«, sagte Nathalie fast schon flehend.

»Wenn du glücklich wärst …«

»Ja.« Nathalie sagte es resigniert.

Dann ging sie einfach aus der Küche und zu den Kindern ins Wohnzimmer und umarmte sie, was sie über sich ergehen liessen, ohne ihre Mutter dabei anzuschauen, im Fernseher führte Pinky gerade einen Tanz auf. Eine Minute, vielleicht länger, schaute sie ebenfalls einfach auf den

Fernseher, bis ein Fluchen von Marion sie aufschreckte. Nathalie ging zurück zu ihr und umarmte sie von hinten: »Danke, dass du dich trotzdem um die Kinder kümmerst.«

»Ich muss ja nirgends hin«, sagte Marion, die Wasser zum Risotto dazugab, und löste sich aus der Umarmung.

»Das ist gut.«

»Ich mach mir halt Sorgen.«

»Weisst du, eigentlich wär es so schön, dass wir jetzt beide Kinder haben. Vera und ich. Jetzt könnten wir darüber reden. Aber wir reden nie darüber. Als würde uns das nicht verbinden, sondern trennen«, dann verstummte Nathalie.

Marion rührte noch etwas Brühe in den Risotto ein, bevor sie sich zu Nathalie umdrehte. Und jetzt war sie es, die ihre Schwester umarmte. Nathalie wünschte, sie könnte wenigstens jetzt weinen, und schmiegte sich noch etwas enger an sie.

Dann kamen die Kinder rein: »Was macht ihr denn da?«

»Kommt her«, rief Nathalie, und dann kamen nach kurzem Zögern tatsächlich beide, und Marion umarmte auch sie. So standen sie für einen Moment zu viert, als Marion plötzlich zu weinen begann – die Kinder sahen es nicht –, fünf, höchstens sechs Tränen liefen ihr die Wange runter, und ihre Schminke floss langsam hinterher. Nathalie dachte an den Typen, den ihre Schwester jetzt doch nicht mehr sah, und dass Marion auch ein Leben führte, ein ganz anderes, ein eigenes. Und dass sie einsam war. Dass wir alle einsam sind, dachte Nathalie, und dann löste sie sich, strich Marion mit der Hand über den Kopf und deckte den Tisch.

Und während die Kinder im Weg rumstanden und den Kühlschrank öffneten und wieder schlossen, stellte sich Marion plötzlich ganz gerade hin und sagte: »Ruf mich nicht mehr an, wenn du zu Vera gehst. Ich will das nicht mehr!«

Die Kinder schauten Marion erschrocken an. Sie kannten zwar diesen Ton, aber sie hatten ja nichts getan. Und Nathalie sagte: »Lass uns nachher darüber reden, ja?« Und ging auf Marion zu.

Aber Marion wich zurück und sagte jetzt zwar leiser, aber immer noch bestimmt: »Es macht dich kaputt.«

»Deshalb brauch ich dich ja«, sagte Nathalie, ohne zu zögern.

»Ich kann nicht zuschauen. Ich kann nicht. Wirklich, Nathalie. Es tut mir leid. Aber es verlängert doch alles nur.«

»Gerade noch wolltest du selbst mit Vera sprechen.«

»Du trägst die gleichen Kleider wie gestern. So hat das damals auch angefangen.«

»Stinke ich etwa?«, versuchte Nathalie es mit einem Scherz.

Aber Marion sagte nur: »Es ist deine Entscheidung. Das weiss ich. Aber ich kann nicht Teil davon sein.«

»Warum?«

»Ich schaffe das nicht noch einmal.«

»Du musst doch nichts tun!«

»Ich weiss noch, wie Flo dich damals angeschaut hat – jetzt hat er es vergessen. Aber er wird sich wieder daran erinnern.«

Nathalie schaute sich nach den Kindern um, aber die waren zum Glück längst wieder vor dem Fernseher verschwunden. »Ich weiss es auch noch«, sagte Nathalie, obwohl sie sich nicht mehr genau erinnerte.

»Wie ich geschaut hab, dass er dich schlafen lässt«, sagte Marion und machte eine undeutliche Geste. »Es tut mir leid. Ich hoff, es ist bald vorbei. – Ich mein es nicht so. Ich mein, dass ihr bald zusammen seid.«

»Ja«, sagte Nathalie, »das hoff ich auch.«

»Dann rufst du mich sofort an, ja?«

»Man kann doch auch in einer Beziehung depressiv sein.«

»Ja«, sagte Marion nur schwach.

»Was ist denn das für eine Logik, du willst für mich da sein, und deshalb kannst du nicht für mich da sein?«, fragte Nathalie, jetzt selbst zu laut.

»Wenn sie sich bis jetzt nicht getrennt hat, wieso sollte sie es jetzt noch tun? Fragst du dich das nie? Das Kind ist doch kein Grund. Sonst wärst du auch noch mit Christof zusammen.« Sie machte eine kurze Pause. »Du weisst doch, ich liebe dich. Du bist meine Schwester. Aber nicht nur deshalb. – Nur, ich kann nicht zuschauen. Ich kann nicht einfach zuschauen, wie du dich fertigmachst. Ich weiss, ich habe immer gesagt, dass es ja nur mit der Geburt und den Hormonen zu tun hat. Deine Episode. Aber schau dich doch mal an. Ich kann dich ja kaum mehr anschauen. Du bist noch dünner. Wenn sie dich liebt, würde sie dir das nicht antun.«

Nathalie stand kurz unter Schock und hörte sich dann plötzlich Vera verteidigen, obwohl sie ihr selbst schon alles, was Marion sagte, zumindest im Kopf, vorgeworfen hatte.

Marion hob verzweifelt, oder wütend, Nathalie konnte den Unterschied nicht mehr ausmachen, die Schultern.

Und als ob ihr Schweigen sie noch mehr provozierte, sagte Nathalie: »Du bist doch nur eifersüchtig.« Das letzte Wort schon leise, weil sie wusste, dass sie jetzt eine Grenze überschritten hatte.

Marion atmete ein paarmal hörbar ein und aus, sagte dann aber mit ruhiger Stimme: »Merkst du nicht, was das mit dir macht?«

»Du hast ja immer auf die Kinder aufgepasst.«

»Damit du zum Lernen kommst, nicht –«

Aber Nathalie schnitt ihr das Wort ab: »Du wüsstest doch ohne die Kinder –«, brach dann aber auch ab, weil sie Marions Blick ansah, dass sie jetzt sofort aufhören musste. Setzte dann aber trotzdem, wenn auch etwas leiser, doch immer noch sehr bestimmt wieder an: »Wenigstens lebe ich. Liebe ich. Versuche es zumindest. Im Gegensatz –«, und brach dann abermals ab.

Marion schüttelte nur den Kopf: »Es tut mir leid. Es tut mir leid. Aber es ist deine Entscheidung. Du musst dir das nicht antun. Nicht antun lassen! – Ruf mich an, wenn sie es ihm gesagt hat. Ich vermiss dich jetzt schon«, und dann drehte sie sich ruckartig um und ging, ihre Tasche von der Garderobe greifend, ohne ein weiteres Wort zur Tür, die sie überraschend vorsichtig hinter sich zuzog.

Nathalie schaute ihr verdutzt nach. Wollte ihr noch ein paar Flüche hinterherrufen, merkte aber, dass es längst zu spät war, und ausserdem war alles, was sie noch zu denken imstande war, dass sie ihre Schwester bewunderte. Sie wusste, wie schwer es Marion fallen würde, sich nicht zu melden – die letzten zwanzig Jahre hatten sie sich bis auf dieses eine Mal während Nathalies Genesung mindestens alle drei Tage gehört –, und wie sehr sie die Kinder vermissen würde.

Trotzdem zweifelte Nathalie keinen Moment daran, dass Marion sich nicht melden würde. Sie sah sie noch ganz genau vor sich, wie sie als Kind, wenn sie wütend war, trotzig ihre speckigen Ärmchen verschränkt und den Atem angehalten hatte; einmal war sie dabei tatsächlich in eine Art kurze Ohnmacht gefallen, hatte aber, als sie wieder zu sich kam, kein bisschen von ihrer Wut verloren. Sie dachte das plötzlich mit einer grossen Zärtlichkeit und wusste, auch wenn das nicht ihr erster Streit war und sie sich schon viel schlimmere Dinge an den Kopf geworfen hatten, etwas zwischen ihnen könnte brechen. Sie würden sich wiedersehen, daran zweifelte sie nicht, aber sie konnte nicht sagen, wie und wann und unter welchen Umständen.

»Wo ist Tante Marion?«, trat Alma in die Küche. Erst da fiel Nathalie auf, dass Marion sich nicht von den Kindern verabschiedet hatte, und eine Traurigkeit überkam sie, wie sie sie gegenüber Vera und ihrer eigenen Situation nie geschafft hatte zu empfinden.

Und mit einem Mal stand ihr ein Bild von sich selbst vor Augen, von damals, als sie zum ersten Mal wieder die Kraft hatte, um den Brei für Alma zuzubereiten und sie zu füttern; Marion hatte sie gefilmt. Erst im Nachhinein hatte sie begriffen, dass Marion das nicht wegen Alma festhalten wollte, sondern ihretwegen und wegen ihrer eigenen Erleichterung.

»Wann gibt es endlich Essen?«, hörte sie plötzlich Flos Stimme, der auch dazugekommen war.

Und in dem Moment roch sie es. »Jetzt brennt auch noch der Scheissrisotto an – warum habt ihr nichts gesagt?!«, schrie sie.

Die beiden schauten sie ungläubig an, zu erschrocken, um zu weinen.

Doch anstatt wegzugehen, in ihr Zimmer, Schutz zu suchen, gingen beide langsam, aber bestimmt auf Nathalie zu und drückten sich gegen sie – erst da kamen ihr die Tränen. Sie legte ihre Arme um die beiden, als sie den dunklen Rauch bemerkte, der aus dem Topf aufstieg, den sie noch immer nicht vom Herd genommen hatte.

Sie versuchte ruhig zu bleiben, machte sich vorsichtig los, strich beiden noch einmal über die Wangen und sich die Tränen aus dem Gesicht. »Ich soll euch tschüss sagen. Tante Marion musste dringend weg. Ins Büro«, sagte sie, während sie den Topf unter lautem Zischen ins Spülbecken stellte.

Und dann liess sie die beiden einfach stehen und holte aus der Disney-Kiste in ihrem Kleiderschrank die *Bambi*-DVD, die sie für Notfälle versteckt hatte. Legte sie ein, holte die Chips und sagte: »Ich besorg uns Pizza. Ja, Pizza. Ich komm gleich wieder. So lange haltet ihr es doch noch aus, ja?« Dabei beobachtete sie die beiden. »Gleich beginnt *Bambi,* ihr wollt doch den Anfang nicht verpassen?« Aber die beiden schauten sie immer noch verwirrt an; Nathalie legte ihnen die Hand auf den Kopf und führte sie sanft zum Sofa, wo sie sich hinsetzten, dann ging sie in den Hausschuhen zur Tür raus.

Draussen war es warm, und ein leichter Schwindel überkam Nathalie, sie riss sich zusammen und ging hoch zur Danziger. Der Verkehrslärm, als die Autos an der Ampel starteten, fuhr ihr in den Körper wie ein zu lauter Wecker. Für einen Moment dachte sie, es sei ein Panikanfall, aber sie hatte nur vergessen zu atmen. Also tat sie es und liess ein paar Grünphasen verstreichen. Nahm ihr Handy hervor, als könne das sie retten, aber bis auf zwei Newsletter war nichts gekommen. Sie las sie beide ganz.

Erst dann schaffte sie es über die Strasse, bestellte bei der kleinen Bude drei Pizzas, Prosciutto für Alma, Margherita für Flo – immerhin das wusste sie noch –, für sich selbst irgendeine. Dazu, wie ein Geistesblitz kam es ihr vor, eine Schachtel Marlboro, während sie sich weiter auf ihren Atem zu konzentrieren versuchte und trotzdem noch wahrnahm, wie der Verkäufer, vielleicht zehn Jahre jünger als sie, mit ihr flirtete, was ihr einfach nur absurd vorkam.

Auf dem Rückweg folgte ihr fast auf gleicher Höhe plötzlich eine schwarze Katze, die das linke Hinterbein nicht richtig belasten konnte und ihre weissen Schnauzhaare über den Asphalt schleifte. Im Nachhinein würde sie das als ein Zeichen sehen, ohne genau sagen zu können, wofür. Aber in diesem Augenblick dachte sie nur, wenn die Katze ihr ins Haus folgen würde, würde sie sie hochheben und zusammen mit den Kindern für sie sorgen. Aber kurz vor dem Eingang huschte die Katze wie aufgeschreckt und plötzlich überraschend behände davon und verschwand unter einem geparkten Auto.

Nachdem sie die Kinder ins Bett gebracht und Christof angerufen und gefragt hatte, ob er die beiden nehmen wolle – sie hatte sich nach der Krankheit geschworen, Hilfe zu suchen, wenn sie es nicht schafft –, ging sie mit den Zigaretten auf den Balkon und schenkte sich ein Glas Wein ein. Erschöpft schälte sie die Schachtel aus der Plastikfolie, dabei erinnerte sie sich, wie sie ungefähr ein Jahr nach Almas Geburt mit Marion zusammen eine kleine private Feier veranstaltet hatte und wie sie den Rest der Medikamente ins Klo geschüttet und gemeinsam die Spülung betätigt hatten – albern hatten sie dazu vor dem Klo herumgetanzt, wie Nathalie es nur mit ihrer Schwester konnte. Ein Gefühl der Erleichterung, endlich wieder allein funktionieren zu können, hatte sie damals überkommen. Beziehungsweise eben mehr als nur funktionieren zu können, dachte Nathalie jetzt. Und dass sie, wenn sie in den letzten Tagen von Vera weggegangen war, manchmal wütend, oft verletzt, manchmal verzweifelt gewesen war. Aber Angst, dass es wiederkommen könnte, so real, dass sie spürte, wie ihr der Schweiss ausbrach, hatte sie erst vorhin gehabt, als Marion die Tür hinter sich zugezogen hatte.

Und erinnerte sich, dass die Depression damals doch nicht ganz aus dem Nichts gekommen war, nicht erst mit der Schlaflosigkeit begonnen hatte, sondern, da war Nathalie im Nachhinein ziemlich sicher, als sie schwanger war und eine Nacht im Krankenhaus hatte verbringen müssen, ohne zu wissen, ob in ihrem Bauch ein totes Kind vor sich hin trieb. Sie war in der Nacht mit Blutungen eingeliefert worden, hatte aber bis am nächsten Mittag beim Ultraschall nicht erfahren, dass das Baby sich drehte, dass alles normal war. Vollkommen normal. Doch da war die Angst, die sie später dauernd hatte, dass sie etwas falsch gemacht hatte, zum ersten Mal da gewesen – mit einer Heftigkeit, die ihr Herz jeweils für zwei, drei Schläge aussetzen liess.

Vielleicht deshalb, würde sie später denken, hatte sie Vera erst recht nicht loslassen können. Und deshalb hatte sie sich auch mit zitternden Fingern an diesem Abend eine Zigarette angezündet. Den ersten Zug inhalierte sie tief, ohne husten zu müssen. Gelernt ist gelernt, dachte sie, als ihr der Schwindel vom Kopf in den Bauch fuhr. Und während sie sich am Balkongeländer festhielt, entspannte sie sich das erste Mal an diesem Abend ein wenig.

Am anderen Morgen klingelte es pünktlich um neun, Nathalie erschrak trotzdem. Und als Alma und Flo schon aus der Tür waren – Christof erkundigte sich nur nochmals, wann er die Kinder genau zurückbringen musste –, fragte Nathalie ihn aus heiterem Himmel: »Woran sind wir eigentlich gescheitert? Du und ich?«

Wahrscheinlich hielt Christof es für eine Falle, dachte Nathalie, aber er schaute sie nur an, als hätte er lange schon auf die Frage gewartet oder zumindest darüber nachgedacht, und sagte: »Du hast die Kinder vor, nicht neben unsere Liebe gestellt.«

Nathalie wollte sofort etwas entgegnen wie: du hinter sie. Aber sie nahm sich zusammen und fragte ruhig: »Wieso du nicht?«

»Wie hätte ich können? Ich hab dich immer noch sehr geliebt. Aber wir hatten uns voneinander entfernt.«

»Deswegen?«, fragte Nathalie.

»Ich weiss es nicht.«

»Manchmal denke ich jetzt wieder daran, wie schön wir es auch hatten.«

»Und lustig. Ja.«

Für einen Moment schauten sie sich an, als ob das alles noch da wäre; dann schüttelten sie sich beide. Und Christof sagte: »Ich bring die Kinder morgen um sechs, ja? Pünktlich.« Und kicherte eigentümlich.

Und Nathalie sagte: »Es tut ihnen gut, dass sie zu dir können.«

»Mir auch.«

»Mich stört auch nicht mehr, dass sie sich freuen.«

»Nicht so sehr wie zurück zu dir.«

Fast wäre sie ihm um den Hals gefallen, aber da hatte er sich schon umgedreht und ging eilig davon, als würde er sich genau davor fürchten.

Der Sommer war in vollem Gange, und Nathalie ging mit den Kindern bei jeder Gelegenheit raus; drinnen waren sie in letzter Zeit noch unruhiger als sonst und – eine Kombination, die Nathalie verwirrte – noch folgsamer. Flo fragte nicht nur nach Marion, sondern immer mal wieder nach dem kleinen Albert; errechnete mit Nathalies Hilfe seine wöchentliche Gewichtszunahme und war beeindruckt, wie schnell ein Mensch sein Gewicht verdoppeln konnte. Nathalie versuchte zuzuhören, auf ihre Kinder einzugehen, statt ständig auf ihr Handy zu starren, aber das Gefühl blieb: Sie war immer nur halb bei der Sache, egal was sie tat und wie sehr sie sich Mühe gab. Und sie gab sich Mühe. So wie sie sich Mühe gab, trotzdem zu lernen.

Und dann war es so weit, an einem Donnerstag, die letzte Prüfung; und dann war es auch schon wieder vorbei und geschafft. Nathalie stieg die paar Stufen vor dem Fakultätsgebäude hinunter, aber statt der Erleichterung, die sie sich all die Monate zuvor ausgemalt hatte, war da nur Einsamkeit. Sie hatte gehofft, dass Marion vielleicht doch da sein würde. Oder Vera. Aber da war niemand ausser ein paar viel zu jungen Studentinnen, die rauchten. Hinzu kam, dass diese letzte Prüfung aus zwei simplen, ziemlich oberflächlichen Fragen bestanden hatte, wodurch all ihr Lernen und die Angst vor der Prüfung nachträglich etwas Lächerliches bekamen.

Und weil Nathalie nichts Besseres zu tun wusste, zündete sie sich ebenfalls eine Zigarette an. Es war, seit sie wieder angefangen hatte, das erste Mal, dass sie tagsüber rauchte. Dass sie sich die verdient hatte, dachte sie und war sogar froh über ihren Husten, der im Hals kratzte, als ob sie damit verhindern könnte, dass sich der Schmerz auf eine andere Weise manifestierte. Sie nahm ihr Handy hervor, aber niemand hatte ihr geschrieben – wie aus Trotz hatte sie Vera nicht Bescheid gesagt und beschloss, jetzt irgendjemanden anzurufen; nur nicht allein sein. Dabei musste sie sich konzentrieren, nicht automatisch Marions Nummer zu wählen, nur um beim Durchscrollen ihrer Kontakte festzustellen, dass die meisten Nummern in ihrem Telefon nicht Freundinnen, sondern Ärztinnen, drei Technikmuseen und Menschen gehörten, die irgendwas mit der Betreuung oder Unterhaltung ihrer Kinder zu tun hatten – und so packte sie das Handy wieder ein.

Sie überlegte, ins Zeughauskino zu gehen, aber wahrscheinlich lief um diese Uhrzeit noch nichts. Ging trotzdem einfach los, so schnell, dass sie kaum noch inhalieren konnte. Zu allem Übel hatte auch noch ein trüber Regen eingesetzt, dabei begannen bald die Sommerferien. Nathalie wusste, dass sie mit den Kindern wegmusste, aber die Organisation hatte sie – wie alles, was nicht mit den Prüfungen zu tun hatte – aufgeschoben. Hatte nicht weiter gedacht als bis genau zu diesem Zeitpunkt – jetzt. Und versuchte sich jetzt zu freuen, hatte sie doch als Erste in ihrer Familie einen Uniabschluss; nur was sollte sie damit anfangen?, fragte sie sich, als sie die Spree überquerte. Trat an der Tucholsky, weil der Regen immer stärker wurde, in ein Café und bestellte, noch immer ausser Atem, ein Glas Sekt.

Es war nicht so, dass sie sich nichts zutraute, sie wusste nur nicht, was sie wollte. Nur was, wenn Christof noch ein Kind kriegte, würde ihr dann weniger Geld zustehen? Als

Korrektorin wollte sie nicht mehr arbeiten, aber vielleicht hier im Café, dachte sie, als die Kellnerin ihr das Glas bis oben gefüllt servierte und sie freundlich anlächelte. Wie achtzehn kam sie sich plötzlich vor: Alles war unsicher und offen. Nur ohne die dazugehörige Euphorie. Und merkte dann, dass sie sich ganz leicht zur Musik hin und her wiegte, die im Café aus den Lautsprechern drang und die sie erst jetzt bewusst erkannte.

Warum, wusste Nathalie selbst nicht, aber wenn Vera in New York einen Raum betreten hatte, in dem sie schon wartete, war ihr immer dieser Tom-Waits-Song eingefallen: *I'm in love with a Jersey girl,* und sie hatte unweigerlich zu summen begonnen, leise – und nun spielten sie ihn im Radio, nur eben Springsteens Coverversion.

Einmal im Hotelzimmer in New York hatte sie den Song für einen Moment laut gesungen, und Nathalie und Vera waren plötzlich stumm durchs Zimmer getanzt – Veras Kopf auf Nathalies Schulter, als wäre sie plötzlich sehr müde –, bis Nathalie ihr vorsichtig die Kleider vom Körper gelöst und sie Richtung Bett getanzt hatte, wo sie sich dann zwischen Veras Beine legte.

Und als sie jetzt das Lied hörte, war es ihr, als ob Veras Kopf auf ihrer Schulter bereits die Traurigkeit vorweggenommen hätte, die sie nun jeden Tag in die Bibliothek trug und nicht abschütteln konnte. Und auch Vera, eindeutig glücklich mit Albert, wirkte in letzter Zeit traurig bei ihren heimlichen Treffen, ihre Bewegungen, als würde sie durch schweren Schnee stapfen. Es war ein schönes Lied, sogar Bruce Springsteens Version, kein Liebeslied, eher ein Sehnsuchtsbild, das begriff Nathalie jetzt. Nur dass Springsteen noch ein Happy End drangehängt hatte; ausgerechnet Springsteen, der, das hatte sie letzthin in einem Interview gelesen, seit Jahren an oder, präziser, unter Depressionen litt.

Nathalie hatte sich gefragt, was das heisst, seit Jahren – ob auch seine Zeit stehengeblieben war und gleichzeitig abwechslungsweise in Sekunden oder eben Jahren vorbeiging, ohne dass es einen Unterschied machte. Und woran würde sie es erkennen, sollte auch ihr die Zeit wieder abhandenkommen? Schlafstörungen und Appetitlosigkeit kamen schon vor, aber wie unterschied man einen gesunden Liebeskummer vom Anfang einer Depression – und sowieso, an Liebeskummer wollte sie nicht denken, es erinnerte sie an Trennung, Abschied. Und im Gegensatz zu damals hatte die Müdigkeit jetzt etwas mit dem Leben, mit Anfang zu tun. Trotzdem fragte sie sich, ob nicht längst der Zeitpunkt gekommen war, von dem die Therapeutin gesprochen hatte, als sie sagte: Natürlich können Sie sich im Notfall jederzeit wieder melden. Und stand dann mit einem Mal auf, obwohl sie noch nicht bezahlt hatte.

Plötzlich stand sie vor Veras Haustür. Sie war zu Fuss gegangen; statt weiterzurauchen, hatte sie Kaugummis gekauft und war selbst erstaunt, dass sie überhaupt noch an solche Dinge wie ihren Atem dachte. Aber als Vera die Tür öffnete, erst überrascht schaute und sie dann umarmen wollte, rauschte Nathalie einfach an ihr vorbei. Weil sie nicht wusste, was sie sonst tun sollte, ging sie zu Albert, hob ihn hoch und murmelte dann mehr zu sich selbst: »Ich hab's geschafft.«

Vera schien sofort zu begreifen, rief viel zu laut: »Gratuliere!«, aber als Vera sich auf sie zubewegte, drehte sie sich wieder weg. Trotzdem redete Vera weiter, etwas von »grossartig« und »Möglichkeiten«, vielleicht auch »stolz«, aber Nathalie hörte nicht recht zu, konzentrierte sich ganz auf Albert, der warm an ihrem Körper lag; in seinem weissen Leintuch eingewickelt sah er aus wie frisches Brot. Schaute in sein kleines, inzwischen glattes Gesicht, an der Stirn Milchschorf und darüber die zerdrückten, feinen Haare. Und als er ein paar Geräusche machte, wiegte sie ihn so kräftig hin und her, als wollte sie sich selbst damit beruhigen, dabei ging sie in der Wohnung herum, als ob sie etwas suchen würde, wusste aber selbst nicht, was es hätte sein können, und Albert schlief dabei wieder ein.

Und als sie ihn zurück in die Wiege legte, schlangen sich Veras Arme von hinten um sie, und dieses Mal wehrte sie sich nicht mehr. Und verhinderte auch nicht, dass Vera und sie gleich darauf miteinander schliefen, auch wenn sie nicht ganz bei der Sache war, als warte sie nur drauf, dass Albert wieder aufwachen und Vera zu ihm gehen würde. Etwas stimmte nicht mehr; als wären ihre Körper plötzlich ins Stocken geraten. Ein Aneinanderreiben nur mehr. Aber mit einer Wut, beide, dachte Nathalie, die das weder von sich selbst noch von Vera gekannt oder einer von beiden zugetraut hätte. Als wollte sie es besorgt haben. Oder Vera besorgen. Als ginge es darum, möglichst schnell zum Orgasmus zu kommen. Nicht mal mehr die Haare hatte Vera geöffnet.

Und als sie Vera fragte, ob sie es denn schön gefunden habe, weil sie das andere nicht sagen konnte – ihre eigene

Lust war nur vor dem Orgasmus kurz aufgeflammt –, erwiderte Vera: »Gekommen bist du doch.« So dass Nathalie sogar innerlich verstummte – weinen würde sie wieder erst zu Hause können – und eine Weile vergehen musste, bis sie wieder denken konnte. Und als die Gedanken gerade wieder einsetzten, schrak sie hoch, weil Vera mit leiser Stimme sagte: »Das hab ich nicht so gemeint. Ich möchte nur auch mal wieder –«, dann brach sie ab.

Ich weiss, wollte Nathalie sagen, aber sie war sich plötzlich nicht mehr sicher, ob das stimmte, und so sagte sie nichts. Und so lagen sie nur still und stumm nebeneinander, ohne sich zu berühren, trotzdem konnte sie Veras Körperwärme spüren. Nach einer Weile schloss Vera sogar die Augen, was Nathalie so wütend machte, dass sie überlegte, einfach zu gehen. Dabei war Vera in letzter Zeit oft eingeschlafen. Seit der Geburt hatte sie sogar zu schnarchen begonnen. Genau genommen war es kein richtiges Schnarchen, mehr ein heftiges Atmen, als wollte sie ihrer neuen Müdigkeit, über die sie jetzt immer klagte, auch noch im Schlaf Ausdruck verleihen.

Aber dann öffnete Vera die Augen wieder, mit Tränen darin, und ihr Atem, der sich gerade erst beruhigt hatte, brach plötzlich in kurze Schluchzer. Erst wollte Nathalie fragen, was los sei, aber dann rückte Vera zu ihr und drückte ihr Gesicht zwischen ihre Schulter und ihren Hals. Nathalie hielt sie, hielt sie fest, nur dass sie seltsamerweise nicht ebenfalls zu weinen begann, sondern noch wütender wurde – dass Vera sich das erlaubte und nichts änderte, dachte sie immer wieder, während aus Veras Mund jämmerliche Laute kamen; als ob Veras Worte auf dem Weg nach draussen schon völlig zerfallen wären, und ihre Nase lief, so dass sich ein grosser Fleck auf dem Leintuch bildete.

Und dann, als hätte Albert Vera gehört, begann er plötzlich auch laut zu weinen. Nathalie hatte ihn in dem Moment mehr vergessen, als ihr das beim Sex gelungen war, und Vera schoss mit ein paar Sekunden Verzögerung plötzlich auf, nackt und etwas unsicher auf den Beinen, und hielt sich dann an der Wiege fest, als würde sie Alberts Anblick gerade nicht ertragen, bevor sie doch reinschaute und ihn hochhob. Und sich dann mit ihm, nackt und die Beine überkreuzt, auf einen Stuhl setzte, ohne zu Nathalie rüberzuschauen, während Albert gierig nach ihrer Brust suchte. Und erst als er sie fand und mit einem Schlag verstummte, blickte Vera auf, zu Nathalie, die Tränen hatte sie sich weggewischt, dann wieder zu Albert: »Wie er einfach weinen kann«, sagte Vera, »einfach weinen und dann trinken, und dann ist alles wieder gut.«

Nathalie nickte.

Und dann begann Vera wieder zu weinen, kein Schluchzen mehr, aber die Tränen tropften eine nach der anderen aus ihren Augen, und sie schaute zwischen den Tränen hindurch Nathalie an, fast ausdruckslos, nur ihr Mund krümmte sich immer ein bisschen mehr, stiess dann aufs Neue einen lauten Schluchzer aus – Albert trank einfach weiter –, dann weinte sie wieder lautlos.

Nathalie schaute ihr vom Bett aus zu. Sie schaffte es nicht, aufzustehen und zu ihr zu gehen. Licht fiel schräg an Vera vorbei ins Zimmer, und Nathalie war froh, als Vera Albert fertig gestillt hatte und er in ihren Armen in einen komatösen Zustand sank und Vera, schniefend jetzt, zu ihr zurück ins Bett stieg, Albert zwischen sie beide legte – etwas, was sie sonst nie gemacht hatte, sie hatte Albert immer im Wagen oder auf dem Sofa gelassen, einmal neben dem Bett auf der Decke, aber nie mit ins Bett genommen – und Nathalie über Albert hinweg in die Arme schloss.

Und dann hatte Gregor Nathalie angerufen – er hatte nicht verstanden, warum Vera nicht selbst anrief, es aber trotzdem übernommen.

Bei aller Angst, was geschehen würde, Vera konnte es kaum erwarten, Nathalie wiederzusehen. Fast wie auf Entzug war sie sich die letzten Tage vorgekommen, auch wenn es erst eine Woche her war, seit Nathalie die Prüfung bestanden hatte und sie sich am Tag darauf, wenn auch nur kurz und draussen in einem Café, getroffen – Nathalie hatte darauf bestanden – und einfach nur geredet hatten. Auf dem Nachhauseweg war Vera fast verrückt geworden vor Angst, nicht weil sie dachte: Was, wenn jemand uns küssen gesehen hat? Sondern: Hoffentlich erfährt Gregor nie, dass ich Albert allein gelassen hab, um Nathalie im Café zu treffen!

Diesen Gedanken hatte sie für sich wiederholt, bis sie zu Hause an seinem Bettchen stand, wo er noch immer in seinem Strampelschlafsack schlief, fast in der gleichen Haltung, wie sie ihn zurückgelassen hatte, ihn aber trotzdem wecken musste und plötzlich zu weinen begann, als er einen quengelnden Laut ausstiess, die Augen blinzelnd öffnete und sie dann wieder schloss und noch eine Stunde weiterschlief. Warum sie ihn nicht einfach zum Treffen mitgenommen hatte, wusste sie nicht – wusste überhaupt nicht mehr, was sie tat.

Und jeden Tag, seit Gregor Nathalie angerufen hatte, hatte sie das Telefon in die Hand genommen, um Nathalie zu sagen, weshalb Gregor sie eingeladen hatte. Sie wusste nicht, warum sie es nicht geschafft hatte; vielleicht hatte sie Angst, er würde Verdacht schöpfen. Dann wieder hoffte sie, wider besseres Wissen, dass sie alle zu einer grossen Familie werden würden. Sie wusste, dieser Gedanke war albern, anderseits war es auch einfach pragmatisch die naheliegendste Lösung. Manchmal stellte sie sich sogar vor, wie sie gleich noch ein Kind bekommen würde, einfach damit es ausgeglichen wäre. Irgendwie.

Vielleicht wollte Gregor Vera sogar einen Gefallen tun, als er Nathalie als Patentante vorgeschlagen hatte. In seinen Augen musste ihr Kontakt zu Nathalie weniger geworden sein. Vera hatte ihm nicht erzählen können, dass sie und Nathalie sich längst wieder sahen – es wäre ihr wie Verrat vorgekommen, es zu erzählen, aber nicht zu sagen, wie sie sich sahen. Wie sie sich manchmal im Türrahmen schon liebten, verzweifelt, fast kühl – ficken war das Wort, das Vera in den Sinn kam. Und dass Nathalie sich immer mehr entzog. Inzwischen war Vera nicht einmal mehr sicher, ob Nathalie überhaupt noch wollte, dass sie Gregor verliess. Aus seiner Sicht sprach nichts gegen Nathalie als Patentante. Vor einem Jahr hätte sie das noch selbst vorgeschlagen, und sogar jetzt war das für sie eine schöne Vorstellung – als ob sie langsam den Verstand verlieren würde und wie froh sie war, dass sie in ein paar Wochen wieder arbeiten gehen durfte. Gleichzeitig fürchtete sie, dass das, was jetzt noch geschehen konnte, nur noch ein Abschied sein würde, der nicht zu schnell gehen durfte, sonst wäre es kein wirklicher Abschied. Darin lag ja der grösste Schmerz und die grösste Notwendigkeit, in dieser Zeit, die vergehen musste, und in der, die nicht vergehen wollte. Das Schlimmste an allem war, dass nämlich nichts einfach verging, auch die Verliebtheit nicht. Dass die Zeit an sich eben noch nichts veränderte, man musste es schon selbst tun.

Nathalie hatte die ganze Nacht nicht schlafen können, den Tag verbrachte sie in der Bibliothek und schrieb Bewerbungen für alles Mögliche; auch wenn sie nicht wusste, welche Stelle sie wollte, wusste sie sehr genau, dass sie so schnell als möglich wieder eine zusätzliche Aufgabe brauchte. Als es vier Uhr war und sie sich endlich erlaubte, einzukaufen und dann zu kochen, freute sie sich sogar auf das Geschrei von Flo und Alma. Statt Marion würde an diesem Abend eine bezahlte Babysitterin auf sie aufpassen, die ihre Sache bis jetzt insgesamt nicht schlecht gemacht hatte, aber halt nicht Marion war.

In der Strassenbahn dann, auf dem Weg zu Vera und Gregor, dachte Nathalie daran, wie sie manchmal, wenn sie bei Vera gewesen war und diese mit dem kleinen Albert rumlief und leise summte, ohne es zu merken, wie sie dann gedacht hatte, dass sie jetzt gehen müsse. Dass sie schon eine Familie kaputtgemacht hatte, ihre eigene. Und hatte gleichzeitig und schon so lange darauf gewartet, dass Vera dem ein Ende setzte, und sich gefragt, ob es das jetzt war, als sie vor ein paar Tagen Gregors Stimme am Telefon gehört hatte, der sagte, Vera und er wollten mit ihr über etwas sprechen.

»Worüber?«, hatte sie gefragt und sich überlegt, ob sie eher die Affäre verteidigen oder gleich in die Offensive gehen wollte.

Aber Gregor hatte nur unbestimmt, aber freundlich gelacht und gesagt: »Siehst du dann. Samstag, sieben Uhr, ja? Gut?«, so locker, dass es ihr verdächtig vorkam.

Kafkas *Prozess* kam Nathalie in den Sinn, auch wenn es eher war, als fahre sie zu ihrer Urteilsverkündung. Noch einmal überlegte sie, Vera anzurufen und zu fragen oder einfach umzukehren. Sie hatte mehrmals umentschieden, was sie anziehen würde. Sie erinnerte sich, wie Christof manchmal seine Kleider auf die von Flo abstimmte und wie lächerlich und eitel sie das fand – jetzt aber irgendwie auch rührend. Bis heute war ihr unklar, was Christof für eine Beziehung zu seinen Kindern hatte. Eine andere als sie, dachte sie; und dann wieder, dass sie vor allem Vera gefallen wollte. Aber nicht auffallen. Sie fühlte sich ausgezehrt vom Warten. Dachte wieder an ihre bestandenen Prüfungen und dass sie am Montag für Flo einen Hamster kaufen würde, er hatte ihn sich schon so lange gewünscht; sie hatte immer gesagt, dass sie keine Zeit habe, dass ein Hamster stinken und nur in der Nacht wach sein würde. Aber jetzt wollte sie ihm einen kaufen, einen Angorahamster. Sie waren bereits ein paarmal bei der kleinen Tierhandlung gewesen und hatten sich Zirri angeschaut, so hatte Flo den Hamster genannt, weil er immer leicht zitterte, wenn er ging, und dabei seinen Hintern hin- und herschwang. Sie freute sich darauf, auf seine Freude – für Alma müsste sie sich auch noch was überlegen.

»Willst du Alberts Patentante werden?«, fragte Gregor und nahm Veras Hand und strahlte Nathalie freudig an.

Nathalie schaute zu Vera, ihrem Gesicht konnte sie ansehen, dass sie richtig gehört hatte. Wie um Zeit zu gewinnen, versuchte sie sich noch einmal alles vorzustellen, was gerade mit ihr passierte. Als ob in all den Ereignissen ein

Fehler versteckt war, den sie bis jetzt übersehen hatte: Also, sie hatte geklingelt, Gregor hatte die Tür mit Schwung geöffnet, so dass Nathalie einen Schritt zurückgetreten war. Gregor hatte gelacht: »Komm nur rein!« Vera war nirgends zu sehen gewesen. »Vera ist grad am Stillen. Was möchtest du trinken? Wir stossen erst einmal auf deinen Master an!«

Dann gingen sie in die Küche, Nathalie hätte gern gesagt, das Stärkste, was ihr habt, sagte aber nur: »Gin Tonic gern«, und fügte hinzu, obwohl sie die Hausbar ziemlich genau kannte: »Wenn ihr so was habt.«

Gregor schnitt extra eine Gurke, mischte Pfeffer rein und lächelte Nathalie an, als er ihr den Drink reichte, und mischte sich dann selbst einen Martini. Sie fragte ihn nach der Uni. Er erzählte etwas von einem Seminar, das er gerade vorbereitete – *Als der Handel zum Welthandel wurde* –, es klang interessant, auch wenn Nathalie nicht richtig zuhörte, was Gregor nicht zu stören schien oder was er sich gewohnt war.

Er sah nicht aus wie ein Wissenschaftler oder ein Professor. Nur an den Schuhen, die etwas zu speziell und etwas zu glänzend waren, hätte man es erkennen können, oder überhaupt daran, dass er welche in der eigenen Wohnung trug. Dass sie ihn noch nie wütend gesehen hatte, dachte Nathalie, noch nie, und was für absurde Formen das bei Menschen annehmen konnte. Eine frühere Arbeitskollegin aus dem Korrektorat hatte immer ganz hoch gelacht, wenn sie wütend war, aus dem Nichts war es immer wieder erklungen, ein hohes, spitzes Lachen, bis sie irgendwann auf dem Klo verschwunden war, ihr Make-up nachgezogen hatte und, wenn sie rauskam, wieder völlig normal war.

Ob sie das überhaupt interessiere, fragte Gregor. Nathalie lächelte ihm zu und nickte, und er erzählte weiter von seinen Studentinnen und Studenten. Es fiel ihr auf, dass er immer die weibliche und die männliche Form benutzte und nie herablassend sprach, aber sein Wissen auch nie verbergend. Und merkte einmal mehr, da war kaum ein Gefühl von Konkurrenz, Nathalie konnte sich selbst nicht erklären, weshalb. Dass er ein Mann war, das war ihr zu einfach.

Nathalie trug einen weiten Rock, sie war sehr stark geschminkt, was gar nicht zu ihr passte, und zur Begrüssung gab sie Vera zwei Küsschen; dabei hatte Vera das Gefühl, ihr Körper erzitterte, auch wenn sie sicher war, dass es nach aussen nicht sichtbar war. Und wie gut Nathalie sogar so aussah, dachte sie – und war plötzlich eifersüchtig.

Ob Nathalie vielleicht sogar schon mit einer anderen Frau geschlafen hatte? Wieso sie sie damals einfach geküsst hatte? Wie Verrat kam ihr das in dem Moment vor. Und gleichzeitig stellte Vera sich vor, dass noch mehr Männer als sonst Nathalie gerade den Hof machten, als ob sie sie davon abhalten wollten, ans andere Ufer zu gelangen, dachte Vera, und warum lesbisch und tot die gleiche Metapher haben, fragte sie sich. Und musste an den Flug denken, wie ihre Füsse in den Strümpfen sich immer aneinander gerieben hatten. Und an Nathalies blaue Ader, die vor Angst hervortrat, zehntausend Meter über dem Boden, Nathalies Hals entlang verlief, so sichtbar und trotzdem fein, dann ihre Schultern, nicht eckig, aber doch knochig; und wie gern Vera das T-Shirt ein wenig zur Seite zog und ihren Hals und ihren Nacken und dann die Schulter küsste. Dass nur sie das durfte, dachte sie, nur sie – und dass ihr das in letzter Zeit oft passierte, dieses Austicken; als ob sie sich von einer netten, vielleicht etwas langweiligen, dafür hoffentlich überdurchschnittlich intelligenten Frau in eine Furie verwandelt hätte und das Ganze mit Erschrecken und manchmal auch ein wenig Stolz betrachtete –, aber sich vor allem vollkommen fremd geworden war.

Vielleicht deshalb drückte sie Albert an sich, der im Tuch endlich eingeschlafen war und den sie nun, so kam es ihr selbst vor, wie einen Schild vor sich hertrug.

»Ich bring ihn mal ins Bett«, sagte Gregor, »dann habt ihr beide ein wenig Zeit füreinander.« Er sagte das ohne Unterton. Er sagte das geradezu freundlich. Er schaute Vera an; Nathalie dachte, dass er Vera liebte und dass sie sich gern einmal von aussen zugeschaut hätte, wie sie Vera ansah. Sie würde jetzt auch gern so hoch und spitz lachen können wie die Kollegin früher. Oder Vera so anschauen können, wie es Gregor tat, voller Liebe und vor allem mit dieser Selbstverständlichkeit, bevor er im Kinderzimmer verschwand.

Und dann sassen sie sich gegenüber, Vera und Nathalie, die Hände beide unter dem Tisch versteckt. Nathalie räusperte sich, und Vera fragte: »Wie geht es dir?«

»Warum bin ich hier?«

»Es ist nichts«, sagte Vera.

Nathalie schüttelte entschieden den Kopf.

»Es ist was Schönes. Es ist nichts Schlimmes. Wirklich.«

Nathalie lachte jetzt tatsächlich hell und spitz – es war schrecklich. Und als sie aufgehört hatte und es still war, fragte sie, als hätte sie die Frage gerade beantwortet: »Und, wie geht es dir?«

Und Vera antwortete, ohne zu zögern: »Gut.« Wartete, nickte – und wiederholte: »Mir geht es gut.«

Und dann kam Gregor auch schon zurück ins Zimmer, und Vera war, und dafür schämte sie sich, froh darüber. »Er schläft schon. Er schläft immer sofort ein nach dem Trinken«, sagte Gregor.

Nathalie schaute auf Veras Busen. Als sie das letzte Mal miteinander geschlafen hatten und sie Veras Busen geküsst hatte, war ein wenig Milch herausgeschossen; als ob sie gekommen sei, hatte Nathalie gesagt, und Vera hatte erst mit ein wenig Verzögerung gelacht.

Gregor schenkte Nathalie Gin und Tonic nach, hatte auch eine neue Gurkenscheibe mitgebracht, die Pfeffermühle stand noch auf dem Tisch. Sogar Vera schenkte er einen winzigen ein, die an die kleine Szene denken musste, die ihr Nathalie in New York gemacht hatte, wegen dem Glas Weisswein. Nathalie sagte verlegen: »Das muss ja was Spezielles sein.«

Gregor lachte laut. Vera schaute Gregor an, der es nicht bemerkte. Dann erhob er das Glas: »Ob du, ob du – nein, Vera, frag du sie. Wir hätten das vorher absprechen sollen«, und drückte Vera an sich und lachte wieder.

Dass Vera wieder schwanger war, dachte Nathalie – sie hatte sich nie zu fragen getraut, ob sie wieder mit Gregor schlafe. Aber dann hätte Gregor ihr bestimmt keinen Gin eingeschenkt. Oder wollten sie einen flotten Dreier?

Wieso eigentlich flott, dachte Nathalie, und dass Vera das noch weniger wollen würde als sie; vielleicht, dass sie Gregor einen Kompromiss hatte vorschlagen müssen. Gregor fragte: »Willst du Alberts Patentante werden?« Er schaute sie strahlend an, nahm Veras Hand. »Willst du?«

Und Nathalie stellte sich vor, wie Vera einst zurückschauen würde. Wie sie, Nathalie, ihr grösster Fehler gewesen wäre, den sie nie wirklich begangen hatte. Aber Nathalie verzweifelte nicht mehr. Es war, als wäre sie damals mit Christof doch irgendwie so weit gegangen, dass sie jetzt nicht mehr kämpfen konnte. An ihre Kinder dachte sie, und erst jetzt, rückblickend, erstaunte es sie, wie lange sie sie mit Vera hatte vergessen können, ganze Stunden – als Albert plötzlich und laut aus dem Babyphone plärrte und dazu hustete.

Gregor sagte: »Ich geh schnell. Bin gleich wieder da. Was gibt es da zu überlegen, Nathalie?«

Und Vera sagte: »Dann hol ich schon mal den Champagner, ich hab einen kühl gestellt«, und auch sie war verschwunden.

Nathalie schaute sich verdutzt im Zimmer um: die vielen Bücher, wahrscheinlich alle gelesen, und all die Orte, wo Vera und sie sich geliebt hatten. Dorothy Bakers *Zwei Schwestern* stand im Gestell, sie hatte den Roman vor einer Weile an einem Wochenende gelesen – sie sah ihn zum ersten Mal bei Vera. Die Tragik, dachte Nathalie und stellte sich selbst als Romanfigur vor, hing nicht davon ab, was man zu verlieren hatte, was auf dem Spiel stand, sondern davon, ob man sich für das Falsche entschied und damit nichts gewinnen würde, auch wenn man nichts dabei verlor – und damit am Ende trotzdem nichts hatte. In der Zukunft. Das Leben war nie einfach fertig wie ein Buch, ausser man brachte sich um – die grösste Tragödie liegt immer im Weiterleben. Mit all dem. Was einem bleibt. Und was einem fehlt. Was man nie mehr bekommen würde – so dachte sie, und dass man es hören würde, wenn sie die Schuhe anziehen und einfach aus der Wohnung zu schleichen versuchte.

Dann kam Vera bereits zurück, drei Gläser Champagner in der Hand, und setzte sich direkt neben Nathalie auf den Stuhl, auf dem vorher noch Gregor gesessen hatte.

Sie schauten sich an. Vera nahm mit ihrer freien Hand Nathalies Hand und sagte, dass es ihr leidtue.

Aus dem Babyphone war zwischen Alberts Geschrei Gregors Stimme zu hören, der immer wieder die gleichen Worte sagte, *ist schon gut, ist ja schon gut, ich bin ja hier, ist schon gut,* und dann allmählich auch im Gang zu hören war und immer noch mit leichter Verzögerung aus dem kleinen Lautsprecher drang. Vera wusste, dass er Albert gleich mitbringen würde; dass Gregor es zwar ertrug, ihn schreien zu hören, ihn aber nicht liegen lassen konnte. Vera versuchte ihre Hand zurückzuziehen, aber Nathalie hielt sie fest. Vera schaute sie an, weniger wütend als verwundert, als hätte sie nicht damit gerechnet, weil Nathalie ja bisher alles mitgemacht hatte, um jeden Verdacht zu zerstreuen oder vielmehr gar nie einen aufkommen zu lassen. Aber jetzt hielt Nathalie sie fest, mit einer Kraft, dass es Vera weh tat und sie ihre andere Hand zu Hilfe nehmen wollte, um die Finger zu lösen. Aber dann sah sie, dass Nathalies Blick ins Leere ging und dass sie weinte; und dass sie Veras Hand nicht festhielt, um sie zu kompromittieren, sondern aus Verzweiflung. Und Vera hörte auf damit, Nathalies Finger von ihrer Hand zu lösen zu versuchen, legte stattdessen ihre andere Hand über Nathalies, dachte gleichzeitig, Gregor wird an Rührung denken, sie würde schon eine Ausrede finden. Und schaute noch einmal Nathalie an, die schluchzte jetzt, lautlos, aber heftig, ihr Mund verzogen; das Gesicht leicht entstellt, dachte Vera, und dass sie gern mit ihrer Hand an Nathalies Gesicht fassen würde, damit Nathalie sich entspannen konnte, überhaupt wahrnehmen, dass sie hier war, bei ihr; dass das aber sogar für Gregor zu viel wäre. Warum kommt er nicht, dachte Vera in dem Moment, als er mit Albert auf dem Arm ins Zimmer trat, ohne auf sie und Nathalie zu achten, die sich immer noch bei den Händen hielten, und ohne zu bemerken, dass Nathalies Gesicht fast gänzlich nass war; und er machte irgendwie dumme Geräusche zu Albert, der aufgehört hatte zu weinen und jetzt ebenfalls irgendwie dumme Geräusche machte.

Und dann, als wisse Gregor, dass auch Vera über Alberts Geräusch lächelte, schaute er auf, lächelnd, direkt in Veras Gesicht – und dann sah er es.

Lena

Freunde sind die bessere Familie – das hatte Lena früher immer gesagt –, ganz einfach, weil Freunde bleiben. Doch seit Lena zwei Kinder und einen Mann hatte, sah Michael sie gerade noch an Geburtstagen, Hochzeiten und ein, zwei anderen Gelegenheiten im Jahr – mehr Zeit füreinander nahmen sie sich nur, wenn es einem von beiden schlechtging.

Der letzte Abend, an dem sie sich ohne besonderen Grund getroffen hatten, lag jetzt schon über zwei Jahre zurück. Draussen gingen der Sommer und der Tag langsam zu Ende, Michael sass im Odeon an der Theke, und als Lena eintrat, drehten sich mehrere Männer und Frauen nach ihr um. Michael hatte die Aufmerksamkeit immer gemocht, die Lena erregte – ihr Gesicht war zwar schmaler geworden, der Stress hatte sie ein wenig ausgezehrt, im fahlen Licht der Bar aber schärfte das ihre Konturen, dachte er, als sie auf ihn zukam und ihn umarmte. Noch mehr aber hatte er ihre Gespräche gemocht – über alles, was ihnen gerade in den Sinn kam. Genauer konnte er es beim besten Willen nicht sagen als: wirklich über alles.

Etwas von dieser Nähe war auch geblieben, seitdem Lena aufgehört hatte, mit ihm um die Häuser zu ziehen, seitdem sie sich zwischen vielen endgültig für Lorenz entschieden hatte und Michael der Patenonkel ihres ersten Kindes geworden war – fast so stolz wie die Mutter; vielleicht weil er da schon geahnt hatte, dass er und Sophie keine Kinder kriegen würden. Dafür lud Lena ihn zu allen Familienanlässen ein, und Michael konnte plötzlich wieder Weihnachten feiern und Lieder singen ohne ironischen Unterton. Und er machte mit Finn all die Dinge, die Lena verboten hatte; zu anderen sagte Michael immer stolz, er sei der, der Finn verderbe. Männersachen, wie Lena es verächtlich nannte und gleichzeitig dankbar war, weil Lorenz für diese Männersachen oft die Zeit fehlte. Als Koryphäe für Functional Genomics reiste er von Konferenz zu Konferenz; wahrscheinlich, so redete sich Lena ein, wenn sie damit haderte, wird er dafür einmal Krebs heilen.

An diesem Abend im Odeon aber, das wie immer gut besucht war, erzählte Lena weder von Lorenz noch von Finn; auch nicht von Polly, die drei Jahre jünger war als Finn und die Männersachen, zu denen man ihn hatte überreden müssen, selbst erfand. Nein, noch während Lena von der Schule erzählt hatte, wo sie zwei Tage die Woche als Deutschlehrerin unterrichtete, unterbrach sie sich selbst; sie habe Isabel in der Stadt gesehen – und schwieg dann, als wäre das eine Neuigkeit, die erst einmal verdaut werden müsse. »Mit einem anderen Mann.« Sie machte nochmals eine dramatische Pause und setzte, als Michael noch immer nicht darauf reagierte, ungeduldig nach: »Du weisst doch, dass ich so etwas sehe!«

»Sah er so gut aus?«

»Wie sie ihn angeschaut hat. Daran hab ich es erkannt«, sagte Lena und legte die Hand aufs Herz, was sie immer tat, wenn ihr wichtig war, dass man ihr glaubte.

»Und, was hat Isabel dazu gesagt?«

»Erinnerst du dich, wie wir damals gewettet haben, welche Beziehung es zuerst erwischt?«, fragte Lena.

»Du hast sie nicht angesprochen?«, fragte Michael. Und als Lena nicht reagierte, fügte er hinzu: »Ihr wart mal beste Freundinnen.«

Lena reagierte noch immer nicht.

»Du hast auf dich selbst gesetzt«, sagte Michael dann. »Damit du wenigstens den Hunderter einstecken kannst.«

»Ja, schon; aber du hast auf Isabel getippt«, sagte Lena. Dabei fiel Michael der erotische Traum wieder ein, den er ein paar Nächte zuvor von Isabel gehabt hatte. Warum es ihn, obwohl er sie ebenfalls nur noch selten sah, verletzte, dass sie eine Affäre hatte, wusste er nicht, und er gab sich Mühe, sich nichts anmerken zu lassen.

Von der angeblichen Affäre kamen sie auf die anderen gemeinsamen Freunde und Freundinnen; wer wen in letzter Zeit noch gesehen hatte, wen sie gern mal wiedersehen würden. Es gehe weniger darum, dass sie jemand Einzelnen von ihnen vermisse, sagte Lena, als um die Selbstverständlichkeit, mit der immer jemand da gewesen und immer etwas passiert sei. Und dann kamen sie vom Allgemeinen auf ihre eigenen Geschichten; die Kinder, die Liebe, das Liebemachen – fast wie früher.

Nie hatten Lena und er ein Hobby geteilt, sie schauten nicht einmal die gleichen Filme oder lasen dieselben Bücher. Michaels Romane hatte Lena allen, die sie kannte, zu Weihnachten geschenkt, doch Michael hatte den Verdacht, dass sie weder den ersten noch den zweiten sonderlich mochte. So wichtig aber war ihm das nicht, viel wichtiger war, dass Lena und er noch immer nichts auslassen mussten, wenn sie einander von ihrem Leben erzählten, und es auch nicht taten. Und wenn es so weiterginge, dachte er an diesem Abend, würde er bald Zigaretten kaufen gehen – nie hatten sie zwei Schachteln gehabt, immer aus derselben geraucht. Und als Lena nach dem dritten

Gin Tonic auf dem Klo verschwand, nahm Michael sich vor, gleich ein nächstes Treffen abzumachen.

All die Jahre, er hatte Lena vermisst; das realisierte er plötzlich, als er sich in der Bar umschaute, die noch voller geworden war – aber das würde er ihr nicht sagen können. Er fürchtete, Lena könnte es falsch verstehen, gegen die Kinder gerichtet. Zeit für sich zu zweit hatten sie in den letzten Jahren meist nur dann gehabt, wenn Lorenz noch bei der Arbeit gewesen war und Finn und Polly, während Lena das Nachtessen zubereitete, fernsehen durften. Dann nahm sich Michael jeweils ein Bier aus dem Kühlschrank, das sie immer für ihn kalt stellte, und stand in der Küche rum, wo sie in dieser halben Stunde versuchten, über all das zu sprechen, wofür die Kinder noch zu klein waren, und an ihre alten Zeiten anzuknüpfen. Manchmal beeilten sie sich dermassen, dass sie schon nach zwanzig Minuten mit allem durch waren und ein Schweigen über sie hereinbrach; dann setzte Michael sich meistens zu den Kindern vor den Fernseher.

Und vielleicht, dachte Michael jetzt, hatte er Lena auch deshalb nie gesagt, dass er sie als seine beste Freundin vermisste, weil er Angst hatte, dieses Schweigen könnte ihnen auch in einer Bar geschehen; schliesslich waren aus den Liebesgeschichten Beziehungsprobleme geworden, die so voraussehbar klassisch waren, dass sie sich beide ein wenig dafür schämten – immerhin erzählten sie sich trotzdem davon.

Und wie froh er war, dass all diese Bedenken an diesem Abend im Odeon wie weggewischt waren. Und deshalb erzählte er Lena nach dem dritten Gin Tonic auch noch den

Traum von Isabel: Es war im Zoo vor irgendeinem Aquarium. Nicht nur Isabel war da, auch ihre Kinder, die Fangen spielten, ein paar Freunde und irgendwo auch ihr Mann. Isabel, die vor Michael gestanden hatte, drehte plötzlich ihren Kopf zu ihm, griff seine Hand, zog sie um ihre Taille und drückte sie dann nach unten gegen ihren Venushügel. In seiner Handfläche spürte Michael ihren schnellen Atem, während gleichzeitig sein Atem lauter wurde. Dann drehte sich Isabel plötzlich um, und ohne ihm dabei in die Augen zu schauen, ging sie an ihm vorbei, nahm seine Hand und zog ihn mit. Er versuchte dicht hinter ihr zu bleiben, damit seine Erektion nicht sichtbar würde, und sie gingen geradewegs aufs nächste WC zu, auf dessen Tür das Piktogramm für rollstuhlgängig prangte. Das alles erzählte Michael viel zu ausführlich, erwähnte sogar den Geruch von Desinfektionsmittel. Und wie Isabel und er sich in seinem Traum ein paar Sekunden in die Augen starrten und dann förmlich gegeneinanderprallten, nur kurz einmal Abstand nahmen, um sich auszuziehen. »Es ging so schnell, wir haben nicht mal gemerkt, dass wir älter geworden sind seit damals, als wir unglücklich ineinander verliebt waren«, sagte er zu Lena. Und dass sie dann im Stehen Sex gehabt hätten, nur kurz, dann sei er aufgewacht, überzeugt davon, wenn er je eine Affäre haben würde, dann mit Isabel.

Lena sagte nur: »Ich hab ja von Anfang an gesagt, ihr würdet ein schönes Paar abgeben.« Sie hatte schon immer die Angewohnheit, alle, die sie mochte, verkuppeln zu wollen. »Aber auf mich hört ja niemand. – Und jetzt treibt sie es mit diesem Schönling.« Und fügte nach einer kurzen Pause ganz unvermittelt hinzu: »Sie fehlt mir.«

Dann schweiften sie erneut ab, und als sie das Odeon verliessen, hakte sich Lena wie früher bei ihm ein und sagte: »Das machen wir bald wieder.«

Viel später, als Michael sich an diesen Abend erinnerte, dachte er: Womöglich war Lena erst durch Isabel auf die Idee gekommen, eine Affäre anzufangen. Es war wie mit Hochzeiten, Revolutionen oder Kindern: Was zuvor nur in der Theorie existierte, wurde plötzlich real oder sogar normal, wenn die Menschen es taten, die einem nahestanden. Dass das auch mit Trennungen und Scheidungen so sein könnte, hatte Michael nicht gedacht.

Trotz ihres Vorsatzes hatten sich Lena und Michael danach monatelang nicht mehr allein gesehen, bis dann Sophie Michael verliess – und er nicht selten nach einer schlaflosen Nacht bei Lena klingelte, sich mit an den Frühstückstisch setzte und, wenn Lorenz und die Kinder gegangen waren, die immer gleiche Trennung in verschiedenen Varianten erzählte, während Lena das Geschirr abräumte, ihm zuhörte und, wenn das nicht reichte, ihn ab und zu festhielt.

Aber auch das war schon fast wieder ein Jahr her.

Inzwischen liess er Lena wieder allein mit ihrer Familie frühstücken, aber sie sahen sich noch immer regelmässig, genauso wie er sich mindestens einmal im Monat mit Finn einen Animationsfilm im Kino anschaute, manchmal brieten sie Hamburger, und zu Finns Geburtstag Anfang Januar hatten sie zusammen einen Bogenschiesskurs besucht. Immer hatte Michael diese Treffen über Lena organisiert und war deshalb erstaunt, als Lorenz ihn an einem Freitagabend im Februar anrief.

Ob er vorbeikommen könne, fragte Lorenz. In seiner Stimme lag eine Dringlichkeit, dass Michael sich nicht zu fragen traute, weshalb; und Lorenz ergänzte nur noch, Polly sei bei Babcia. So nannte Finn seine Grossmutter, die aus Polen in die Schweiz eingewandert war und die Michael immer gemocht hatte, obwohl sie nie viel miteinander zu reden wussten.

Auf die Minute, aber zufällig war Michael damals, als Finn auf die Welt kam, in Lenas leeres Spitalzimmer getreten, wo sie schon zwei Wochen hatte ruhig liegen müssen.

Die Krankenschwester hatte ihn auf die Entbindungsstation geschickt, in deren Korridor er sich auf einen Plastikstuhl neben Lenas Mutter setzte, wo sie gemeinsam und ängstlich auf Nachricht warteten, als die Mutter plötzlich sagte: »Du bist ein guter Freund.« – »Ist bloss Zufall, dass ich genau jetzt hier bin«, antwortete Michael. Aber Lenas Mutter liess sich nicht beirren und wiederholte mit ihrem starken Akzent: »Du bist ein guter Freund«, und betonte dabei jede Silbe. Und er nickte, und dann warteten sie wieder stumm, bis fünf Minuten später Lorenz rauskam und Michael aufstand und ihn umarmte, zum ersten und für eine lange Zeit letzten Mal.

Dann war Michael hinter Lenas Mutter und Lorenz ins Zimmer gegangen. Lena war noch ganz benommen, aber in den Armen hielt sie ein kleines Bündel, aus dem oben ein Schopf schwarz glänzendes Haar und ein Gesicht rausguckte, das rückblickend dem Finn von heute so gar nicht glich, wie eigentlich Babys zwar oft den Eltern, aber nicht wirklich sich selbst glichen. Michael trat etwas zurück und sah zum ersten Mal Lenas nackten Busen, den das verrutschte Patientenhemd kaum zudeckte – als sie ihm plötzlich das Bündel entgegenstreckte. Und als Michael dem winzigen Finn über den Kopf strich, war er auf eine Weise gerührt, die ihm ungebührlich erschien, so dass er seine Hand rasch wieder zurückzog – neben ihm stand Lenas Mutter und lachte aus der ganzen Fülle ihres Körpers und strich dann Michael über den Kopf.

Eine halbe Stunde später stand Lorenz triefend, aber mit wie immer tadellos sitzendem Anzug vor Michaels Tür.

Auf eine nicht unattraktive Weise sah er normal aus, so schien es Michael immer, aber an diesem Abend wirkte er erschöpft und grüsste kaum.

Auf dem kurzen Weg zu einem der neuen Lokale im umgebauten Viadukt sprach Lorenz kein Wort, erst als die Bedienung kam und Michael ein Bier orderte, bestellte Lorenz ebenfalls eins, dazu zwei Shots.

»So schlimm?«, fragte Michael.

Lorenz wartete, bis die Bedienung weg war; nie hatte Michael ihn die Beherrschung verlieren gesehen, und auch als er nun sagte: »Lena ist weg. Sie hat einen Freund. Liebhaber. Arschloch«, flüsterte er das letzte Wort beinahe.

»Wie? Weg?«, fragte Michael.

»Ja!«

Sie hat mir aber gar nichts gesagt, war alles, was Michael dachte, und er nahm sich vor, sich in ein paar Minuten zu entschuldigen und sie vom Klo aus anzurufen. Lorenz fragte er: »Was hat Lena gesagt?«

»Dass sie erst in zwei Wochen wiederkommt.«

»Und die Kinder?«

»Dass ich ihnen nichts sagen soll.«

»Und was hast du ihnen gesagt?«

»Finn ist ja schon im Skilager.«

»Sportferien«, sagte Michael abwesend, und dann: »Es tut mir leid.«

Früher, bevor die Kinder da waren, hatte Michael sich manchmal vorgestellt, dass Lena einfach abhauen würde. Sie war keine Dramaqueen, sie nahm kaum Drogen, aber sie hatte auf jeder Party getanzt. Doch nach ihrer Heirat war sie zu dieser überfürsorglichen Ehefrau geworden, die von jeder Einladung, die sie zusammen mit ihrem Mann aussprach und allein organisierte, überfordert war, weil plötzlich alles perfekt sein musste. Es war nicht so, dass Lorenz das verlangt hätte, sie tat es einfach, und Michael hatte es nie geschafft, sie zu fragen, wieso; das Einzige, was er manchmal sagte, wenn sie von ihrem Stress klagte, war, dass das alles doch nicht so wichtig sei – worauf Lena meistens gar nichts mehr sagte.

Das grosse Herz, das Lena immer gehabt hatte, war ihr geblieben, aber anscheinend nicht mehr gegenüber sich selbst. Ihm gegenüber hatte sich nichts geändert. Er hätte ihr immer noch sagen können, Kinder interessierten ihn nicht, Menschen grundsätzlich, oder gar, er habe jemanden umgebracht – Michael hatte das Gefühl, Lena würde sogar dafür Verständnis aufbringen, und wenn nicht, würde sie ihn trotzdem verstecken. Er kannte auch andere Menschen, von denen er dasselbe behaupten würde, aber das waren unangepasste Outlaws, die sofort aufflögen, wenn sie jemanden verstecken müssten, oder die gar damit prahlen würden. Lena aber gehörte zu den Secondas, die sich schweizerischer verhielten als jede Schweizerin und die Werte, welche andere mit übertrieben grosser Gestik hochhielten, leise umsetzten. – Warum ihre Eltern damals Polen verlassen hatten, wusste Michael nicht. Er wusste nur, dass Lena sich in dem Kaff in der Nähe von Grenchen, in das ihre Eltern gezogen waren, nie wohl gefühlt hatte, aber zu anpassungsfähig und wahrscheinlich auch zu hübsch gewesen war, um nicht dazuzugehören. Erst in Zürich – und vielleicht auch durch ihre Freundschaft, wie er sich gern einbildete – war sie im Land angekommen. Sie hatten sich in einer Phonetikvorlesung kennengelernt, und schon in der dritten Woche hatte Michael ihr erzählt, dass sie in einem seiner Träume geweint und Elvis ein Lied dazu komponiert habe. Zufälligerweise hatte Lena sich in der Nacht zuvor von ihrem Freund, der noch immer in diesem Kaff bei Grenchen lebte, getrennt und sich deshalb auf eine Art ertappt gefühlt, dass sie ihm ausführlich davon erzählte.

So war sie seine beste Freundin geworden – das hatte Michael oft gesagt, wenn er Lena vorgestellt hatte. Er mochte das, dass er ihre Beziehung so genau benennen konnte, es gab ihm eine Sicherheit, und damit verbunden war auch der Entscheid, dass er diese Freundschaft nicht einfach so aufgeben würde. – Und jetzt war Lena einfach abgehauen, ohne ihm etwas zu sagen.

Und Lorenz sass ihm immer noch gegenüber und wartete drauf, dass Michael irgendwas sagen würde, was ihm half. Überhaupt noch irgendwie reagieren würde, eine Idee hatte. Michael dachte nochmals kurz nach und fragte dann, wie lange Lena schon weg sei.

»Seit gestern.«

»Und wann hat sie es dir gesagt?«

»Als sie über der Grenze war, hat sie angerufen. Hat sie jedenfalls behauptet. Natürlich habe ich überlegt, ihr sofort hinterherzufahren. Aber die Grosseltern kommen ja erst übermorgen zurück aus Łódź, dann wollten sie Polly nehmen. Dass ich den Kindern nichts sagen solle, hat Lena eben gesagt.« Dass das doch ein gutes Zeichen sei.

Und dass er nächste Woche eigentlich nach Chicago hätte fliegen sollen.

Michael hob die Schultern: »Dann sag ihnen erst mal nichts.«

Und Lorenz hob ebenfalls die Schultern und liess sie wieder fallen, ohne etwas hinzuzufügen.

Wo sie denn hin seien, fragte Michael und ärgerte sich über seinen Plural.

»Neapel.«

»Neapel?« Und als Lorenz nichts antwortete, sondern nur auf seine Hände schaute, die er flach vor sich auf den Tisch gedrückt hielt, fragte Michael: »Kann ich was tun?«

»Sie hat dir nichts erzählt?«

Michael schüttelte den Kopf. »Soll ich sie anrufen? Oder sie suchen gehen? Hast du mich deshalb angerufen?«

»Meinst du, das wäre gut?«

Dass Lorenz einfach nur einen Freund gebraucht hatte, dachte Michael in dem Moment und sagte: »Was meinst du?«

»Vielleicht braucht sie ja nur Zeit?«

»Vielleicht solltest du ihr hinterher.«

Lorenz sagte, er habe es sich gut überlegt. Aber Polly spreche seit Wochen über nichts anderes, als dass sie morgen nach Rapperswil auf dem Elefanten reiten gehe und dass es übermorgen vielleicht schon zu spät sei. »Elefantencowgirl sagt sie immer, Elefantencowgirl. Es ist nichts Spezielles, ich weiss, aber Lena wollte, dass ich das mit ihr mache, und vorher ist immer was von der Arbeit dazwischengekommen. Und ich freu mich ja selbst. Aber vor allem habe ich Angst, dass Lena, wenn sie mich sieht, gleich ganz Schluss macht.«

Michael hatte Lorenz immer gemocht, auch wenn es nun vielleicht das erste Mal war, dass sie ein Gespräch führten, das länger als fünf Minuten anhielt – es schien bisher nie nötig gewesen zu sein, es gab keine Missverständnisse zwischen ihnen. Allerdings hatte es bis zu diesem Tag auch nichts gegeben, was einfach nur sie beide erlebt hatten – das war es, was für eine richtige Freundschaft fehlte.

Und als Michael dann doch noch einmal anbot, Lena nachzureisen, war ihm klar, dass er es wegen Lena tat, und Lorenz fragte nur, ob er Geld brauche. Michael schüttelte beleidigt den Kopf, doch als er aufschaute, sah er, dass Lorenz Tränen in den Augen hatte. Einen Moment überlegte er, sich über den Tisch zu lehnen und ihn zu umarmen oder ihm auch nur unbeholfen auf die Schulter zu klopfen, aber da hatte Lorenz sich schon wieder gefangen und sagte, er müsse nun gehen. Polly abholen. Sie sei bei einer Freundin von Lena, und die wisse von nichts, und er wolle ihr auch nichts sagen, das würde ihm Lena nicht verzeihen. So gut kenne er sie dann doch, sagte er und schüttelte den Kopf.

Und als er gleich darauf zahlen wollte, nahm er einen Hunderter aus dem Portemonnaie, hielt der Kellnerin aber statt des Scheins die andere Hand mit seinem ganzen Portemonnaie hin. Als er es bemerkte, konnte er nicht einmal darüber lachen. Michael zahlte dann für beide, während Lorenz ohne ein weiteres Wort in seinen noch immer nassen Mantel schlüpfte und mit einem kaum sichtbaren Nicken davonging.

Als Michael in Neapel aus dem Bahnhof trat, bedrängten ihn, neben der überraschenden Wärme und dem Lärm, sofort etwa zehn Leute und wollten ihm einzelne Feuerzeuge, Socken oder sonst etwas verkaufen, hinter ihnen eine grosse Baustelle, und dann noch mehr Leute, die ihm noch mehr verkaufen wollten. Er ignorierte alle – Lena hatte er nicht Bescheid gegeben, dass er kommen würde. Er hatte gehofft, im Zug endlich wieder ein wenig schreiben zu können, das Unterwegssein hatte ihm früher immer geholfen; aber er hatte nur aus dem Fenster gestarrt, später dann auf dem Handy nach einem Hotel gesucht. Sie waren alle viel zu billig, er nahm das billigste, gleich beim Bahnhof.

Als er an dem grossen Holztor klingelte, summte es, er trat durch eine kleine Tür im Tor in einen Hof, meldete sich bei der Rezeption an, bekam einen Schlüssel, so gross wie eine Karotte, und nahm den Lift, wo er zehn Cent in einen Kasten einwerfen musste, damit er sich bewegte. Über eine Minute später kam er damit im zweiten Stock an.

Das Zimmer war sauber, Teppichboden, an der Wand ein Fernseher, und die geschlossenen Vorhänge flatterten im Wind. Früher hatte er, wenn er in einem Hotel eingecheckt hatte, immer erst einmal Sophie angerufen, um ihr zu sagen, dass er gut angekommen war. Er nahm sein Handy hervor: nichts.

Michael legte sich hin und dachte darüber nach, wie er einen Roman über die glückliche Liebe hatte schreiben wollen – und Sophie sich dann getrennt hatte. Es war nicht einmal, dass er das Buch nicht mehr schreiben wollte, aber es wusste nicht, ob er es noch konnte; trotzdem nahm er sein Notizbuch hervor. Etwas von dem festhalten, dachte er, was auch schön gewesen war, aber jetzt, im Schatten der Trennung, allzu oft nur noch als Umriss erkennbar: wie er sie angeschaut und ein Glücksgefühl empfunden hatte, so ohne Ursache, dass es Verliebtheit sein musste. Sophies bleiche Haut, die Cowboystiefel und die schwarzen Haare, die grossen Augen, die traurig aussahen, wenn sie nicht lachte oder wenigstens lächelte. Wie sie nie ruhig sitzen konnte, ausser wenn sie durch den Sucher ihrer Kamera schaute; und Michael wusste nicht sicher, war die Kamera dazu da, um wenigstens ein bisschen Abstand zu halten oder gerade um Nähe festzuhalten. Und die Kamera war immer da, eine alte *Pentacon Six*.

Dass ihm nicht nur Sophie fehlte, dachte er, sondern auch, wie er sich allein dadurch, wie sie ihn angeschaut hatte und zuhören konnte, mit dieser Intensität, spezieller gefühlt hatte. Ja, er versuchte etwas zu finden, das all die Streitereien der letzten Jahre, die wie ein grosser Fleck auf dem Bild ihrer Geschichte lagen, entfernen konnte. Weil er insgeheim noch immer hoffte, durch sein Schreiben sein Leben zu verstehen und, im besten Fall, auch zu verändern. Und weil er schliesslich Schriftsteller war und nicht wusste, was er sonst tun sollte. All dieses erfundene, überdramatisierte Leben, als ob in der Tragik gleichzeitig Wichtigkeit läge – das kam ihm plötzlich sinnlos vor.

Aber anstatt etwas zu notieren, ging er zum Fenster und zog die Vorhänge mit einem Ruck zurück, so dass er die Augen wegen des grellen Lichts zukneifen musste. Er dachte daran, dass er Sophie, wenn er im Ausland eine Lesung gegeben hatte, nie gesagt hatte, er vermisse sie, immer nur, dass er schön an sie denke und sich freue, sie wiederzusehen – jetzt vermisste er sie. Und wenn er an Lena dachte, war es, als ob sie ein Stück weit auch ihn verlassen hätte.

Irgendwann war er weggedöst. Und als er aufwachte, fühlte er sich erschöpft, aber auch klarer, und rief dann endlich Lena an.

»Schön, dich zu hören«, sagte sie, obwohl er noch keinen Ton von sich gegeben hatte.

»Ja«, sagte er – er hatte sich gar nicht überlegt, was er ihr sagen wollte.

»Wo bist du?«, fragte sie.

»Neapel.«

Lena lachte laut heraus. Michael fragte verstört, ob es ihr denn so gut gehe.

»Schön ist es hier, nicht?!«

»Ich bin eben erst grad angekommen«, sagte Michael absichtlich etwas mürrisch.

»Ich find, das ging ziemlich flott. Hat Lorenz dich also geschickt.«

»Warum hast du mir nichts gesagt?«

»Ich hatte Angst, du würdest es mir ausreden.«

»Hätte ich können?«

»Sollen wir uns treffen?«, fragte Lena.

»Wir?«

»Mit Carlos.«

»Ist der auch jetzt bei dir?«

»Nackt und schön.« Michael hörte ein Lachen im Hintergrund. »Morgen Mittag?«, fragte Lena und nannte ihm die Adresse einer Osteria. »Da wird's dir gefallen.«

»Was soll ich Lorenz sagen?«

»Wenn ich das wüsste, wärst du nicht hier«, antwortete Lena seufzend und fügte hinzu: »Sag ihm einen Gruss.« Und wieder lachte jemand im Hintergrund, brach dieses Mal aber abrupt ab, als ob Lena ihn böse angeschaut hätte.

Und als Lena schon fast aufgelegt hatte, schrie Michael beinahe ins Telefon: »Lena!«

Es dauerte einige Sekunden, man hörte das Rascheln, wie sie das Handy wieder ans Ohr drückte. »Was ist? Hast du morgen schon was vor?« Jetzt war es wieder sie, die lachte.

»Moment«, war alles, was Michael herausbrachte.

»Schon gut. Ich bin ja noch dran.«

»Ja«, sagte Michael, »ja, das ist gut. Aber – was tust du überhaupt hier?« Er atmete ein. »Du bist einfach abgehauen.«

»Ich bin nur in die Ferien gefahren.«

»Was ist mit diesem Carlos?«

»Was soll mit ihm sein?«

»Und Finn und Polly, was ist mit ihnen?«

Es blieb stumm in der Leitung. Dann hörte er Schritte, dann plötzlich Strassenverkehr. »Es ist so schön warm hier. Ich bin jetzt auf dem Balkon«, sagte sie.

»Ich war noch gar nicht draussen.«

»Du musst zum Meer, Michael.«

»Wart ihr da schon?«

»Am Meer – ma certo!«, sagte sie, und er konnte sehen, wie sie ihre Hände dazu verwarf. Dann fügte sie leiser hinzu: »Weisst du, Michael, es ist schön, dass du hier bist. Aber es macht die Dinge so real. Wenn du hier bist, dann muss es echt sein.«

»Ausgerechnet zu einem Schriftsteller sagst du das.«

»Es ist nicht, weil ich es zu Hause nicht mehr ausgehalten hätte. Ich weiss nicht mal, ob es schlecht war. Das ist es ja, ich konnte es einfach nicht mehr sagen. Wie es war«, sagte Lena, und Michael trat ebenfalls ans Fenster – für einen Moment verwirrt, dass er nicht die alte Fichte sah, die in Zürich vor seinem Fenster bedächtig im Wind wankte, stattdessen zerrte der Wind an der Wäsche, die zwischen den Hauswänden an Wäscheleinen flatterte.

»Es ging so schnell, ich habe die ganzen Tage gar nicht denken können. Obwohl ich natürlich die ganze Zeit darüber nachgedacht hab, ob ich das Richtige tue. Was ich da überhaupt tue. Und trotzdem, ohne dass ich eine Antwort gefunden hätte, war ich plötzlich in Napoli.«

»Fast wie ich«, und dann lachten sie beide.

»Ich bin froh, bist du hier. Wirklich«, sagte Lena. »Aber warum eigentlich – versteh mich nicht falsch, aber was willst du hier?«

Er wollte sagen, Lorenz habe ihn geschickt, aber er zuckte nur mit den Schultern. Vielleicht war er einfach froh, etwas zu tun zu haben. Weil man beim Schreiben eigentlich nie eine Aufgabe hat, eher einem Gefühl hinterherläuft, das sich nie ganz fassen lässt, und jede Klarheit das Ende bedeutet. Dass es hier aber nicht ums Schreiben ging, dachte er noch; doch bevor er antworten konnte, hörte er wieder Carlos' Stimme im Hintergrund, und dann sagte Lena: »Ich muss jetzt los. Wir sehen uns morgen, ja?! Um eins.«

»Gut«, war alles, was Michael noch sagen konnte, dann hatte sie aufgelegt.

Er überlegte, sofort Lorenz anzurufen. Schrieb ihm aber nur eine SMS, dass er Lena morgen treffen werde, und wartete dann auf seinen Anruf, aber es geschah nichts. Und er erinnerte sich, wie Lena ihm erzählt hatte, dass Lorenz selbst beim hitzigsten Streit immer logisch argumentiere. Es habe sie rasend gemacht, gerade weil er immer ruhig geblieben sei, doch das habe er nie verstanden; einmal habe er sie sogar hysterisch genannt – »dabei, wenn er nur einmal aus sich herausgekommen wäre!«

Dass Lorenz vielleicht so eingeschüchtert sei, dass er dann gar nichts mehr sagen könne, weil er sie nicht noch wütender machen wolle, hatte Michael gemeint.

Lena hatte sich – Michael sah sie noch genau vor sich, wie sie in der Küche stand und im Wasserdampf schwitzte – an die Stirn getippt und gesagt: »Aber das ist zum Glück vorbei. Heute sind alle unsere Streitereien praktischer Natur und handeln in neun von zehn Fällen von den Kindern, und am Schluss gibt es, wenn auch keinen Gewinner, so doch eine Entscheidung.« Und Michael hatte damals gedacht: Vielleicht hat sie ja nur ihre Erwartungen runtergeschraubt.

Trotzdem, nach ihren ersten Jahren hatte Michael nie mehr geglaubt, dass die beiden sich trennen würden, jedenfalls nicht, bevor die Kinder aus dem Haus wären. Dass Lorenz Lena verlassen könnte, hatte er noch weniger für möglich gehalten. Sein Familienbild war viel zu traditionell. Lorenz war ein liebender, wenn auch, wie das bei Vätern mit wenig Zeit oft vorkam, ein bisschen überstrenger Vater – und Finn war der Einzige, der ihn wirklich auf die Palme bringen konnte, gerade weil er zu seinem Vater aufschaute und meistens so folgsam war. Aber wenn Finn sich ungerecht behandelt fühlte, konnte er so viel Widerstand leisten, dass Lorenz daran verzweifelte. Und nie liebte Lena Lorenz so sehr, wie wenn er vor dem eigenen Achtjährigen kapitulierte.

Das alles wusste Michael von Lena, die ihm immer alles erzählt hatte. – Bisher!, dachte er, und dass Lorenz vielleicht Lena direkt geschrieben hatte, und ging dann, es war inzwischen dunkel, endlich raus.

Die Gassen, in denen sich eben noch Massen von Menschen getummelt hatten, in denen sie verkauft und geschwatzt und geschwitzt hatten, fast als wäre es bereits Sommer, waren jetzt leer – als hätten sich die Menschen in die hunderttausend Papier- und Abfallschnipsel aufgelöst, die nun den Boden überzogen. Immer wieder blieben sie an den Stilettos der Prostituierten stecken, die als Einzige noch durch das Dunkel stolzierten. Dass er nun ohne schlechtes Gewissen zu einer gehen könnte, dachte Michael, wusste aber nicht, wieso er das wollen sollte. Ging durch ein paar Gassen, kaufte sich eine Flasche Rotwein und Chips in einem der wenigen Geschäfte, die noch geöffnet waren, und ging mit der Tüte unter dem Arm zurück ins Hotel. Seine Zehncentstücke hatte er dem einzigen Bettler gegeben, den er an der Strasse getroffen und dessen Anwesenheit ihm ein Gefühl von Sicherheit vermittelt hatte, weshalb er nun die Treppe benutzen musste. Im Fernsehen redeten sie auf allen Kanälen, Michael verstand nur Fetzen, fand dann einen Sportkanal und schlief über einer regionalen Fussballpartie ein.

Als er mitten in der Nacht aufwachte, schaltete er den Fernseher aus – in der angestaubten Mattscheibe spiegelte sich sein Gesicht, und Michael dachte, dass er morgen vor dem Treffen noch zum Friseur gehen sollte.

Am nächsten Morgen spazierte Michael Richtung Meer durch Gassen, in die um diese Uhrzeit noch kaum Sonne gelangte, so dass es ziemlich kühl war, und bog bei einem rostigen Schild, auf das in altmodischer Schnörkelschrift *BARBIERE* graviert war, in einen Innenhof. Drei magere Katzen flüchteten unter ein geparktes Auto, und als er den Friseursalon betrat, richteten sich sofort alle Augen auf ihn. Auf den massiven Friseursesseln sassen zwei dicke Männer mit Hosenträgern, denen von zwei anderen Männern, offensichtlich Vater und Sohn, mit einem scharfen Rasiermesser der Schaum vom Kinn gekratzt wurde. Michael versuchte mit seinem Ferienitalienisch zu erklären, wie er die Haare geschnitten haben wollte. Worauf der jüngere Mann, ohne ein Zeichen zu geben, dass er ihn verstanden hatte, mit dem Rasiermesser in der Hand stumm auf die Holzbank hinter den Sesseln deutete; Michael setzte sich darauf. Dann drehte sich der Mann wieder zu seinem Kunden, und wie auf Kommando redeten alle vier mit Mund und Händen drauflos, aber die einzigen Worte, die Michael zu erkennen glaubte, waren: Baloteu und Berlusco, also Balotelli und Berlusconi.

Als Michael den Friseursalon verliess, in dem ihm der Mann für acht Euro sorgfältig eine Frisur verpasst hatte, die so altbacken ausschaute, dass sie schon wieder modisch wirkte, beschloss er, sich erst einmal einen Aperol Spritz in der kleinen Bar gegenüber zu genehmigen. Fast hätte er noch einen zweiten bestellt, aber dann fiel ihm ein, dass es hier nicht um ihn ging; und nahm ein Taxi, welches der Küste entlang einen Hügel hochfuhr. Beim Eingang über die Terrasse stand die Fischkarte auf einer Staffelei, dahinter freier Blick aufs Meer, die Sonne brach gerade durch eine Wolke, so dass man die Strahlen zählen konnte, als ein Kellner kam und Michael einen Tisch anwies – Lena hatte ihren Doppelnamen benutzt für die Reservation.

Glücklich hatte sie ausgesehen, damals, in ihrem lachsfarbenen Hochzeitskleid aus Seide, und elegant; Lorenz vor allem stolz und dadurch noch grösser, als er sowieso schon war. Und nun kam Lena ihm mit diesem eher kleinen Mann an der Hand entgegen, der nicht ein Bäuchlein, sondern einen Bauch vor sich hertrug, eine Jeansjacke anhatte, aber Michael ausnehmend höflich grüsste, als wüsste er, man kann es sich zwar mit dem Ehemann verderben, nicht aber mit dem besten Freund. Dann drückte Lena Michael an sich, als wäre er es, der abgehauen war, so dass er ihren leicht säuerlichen Schweiss riechen konnte.

Als Carlos nach ein paar Minuten, in denen sie alle drei sehr konzentriert die Speisekarte studiert und bestellt hatten, auf der Toilette verschwand, fragte Michael: »Was hast du vor?«, seine Stimme geriet ein wenig panisch.

»Findest du so schlimm, was ich tue?«

»Ich verstehe es nur nicht.«

»Dann sind wir immerhin zwei.«

»Bist du denn verliebt?«

Lena kicherte albern, zuckte dann mit den Schultern und sagte endlich: »Ich versuche nicht an Polly und Finn zu denken. Ich weiss auch nicht, warum das plötzlich gelingt. Aber es geht mir gut, weisst du, es geht mir wirklich gut.«

Michael nickte. Er sah es ihr an. Es machte ihn auf eine wunderliche Art traurig. Und er lehnte sich zu ihr rüber, umarmte sie kurz und sagte: »Das nächste Mal sagst du mir Bescheid, ja?«

»Das nächste Mal?«, fragte sie und grinste.

»Wann hast du ihn denn kennengelernt?«

»Aber das ist doch Carlos, erinnerst du dich nicht?«

Michael schüttelte den Kopf.

»Der schöne Carlos. Der River Phoenix so ähnlich sieht.«

»Der?!«, schoss es aus Michael heraus.

»Ähnlich gesehen hat«, korrigierte sich Lena und lachte.

Und damit kehrte auch Michaels Erinnerung zurück. Dass dieser Carlos, der Carlos von damals, nicht einfach einer von den vielen gewesen war, dachte er jetzt; aber entweder hatte Lena ihm die Geschichte nie ganz erzählt, oder er hatte sie tatsächlich vergessen. Woran er sich erinnerte: dass Lena ihm damals erzählt hatte, Carlos sei auf ihn eifersüchtig, und wie ihn das noch eine Weile beschäftigt oder ihm auch nur geschmeichelt hatte. Und der Ton, in dem Lena jeweils von Carlos gesprochen hatte, der war ihm auch geblieben – eine Mischung aus Bewunderung und Angst hatte darin gelegen. Und dass das Ende sich lange hinausgezögert hatte und Lena weniger Liebeskummer als vielmehr Wut geblieben war; eine Wut, die er vorher nicht an ihr gekannt hatte.

Und weil Lena nichts mehr sagte, fragte Michael: »Hat er mich auch nicht wiedererkannt? Hast du ihm nichts von mir erzählt?«

Lena zuckte nur mit den Schultern und begann dann zu erzählen: Sie und Carlos hätten sich die Woche zuvor zufällig getroffen, er habe nur von seinem Projekt gesprochen – aber mit einer Begeisterung! Es passiere ja nicht mehr oft, dass einem Menschen mit Visionen begegneten, »in unserem Alter« – das sagte Lena wirklich –, und wenn welche davon sprächen, würden sie es meistens mit einem Geschäftsmodell verwechseln. Und dann habe Carlos sie einfach gefragt, ob sie mit nach Neapel komme. »Es war, als wäre einfach wieder Luft an die Glut gekommen, die immer geschwelt hatte, all die Jahre. Ach, das klingt jetzt bisschen pathetisch. Oder romantisch. Ich kann es dir wirklich nicht sagen. Er hat mich gefragt, ob ich nach Napoli mitkomme. Es erstaunt mich selbst immer noch. Aber hier bin ich nun.«

»Und du bist einfach mitgegangen?«

»Nicht einfach so!«, sagte Lena und verstummte dann.

Michael schaute aus dem Fenster aufs Meer. »Jetzt geht schon wieder eine Fähre.«

Lena sagte: »Weisst du, das Schlimme war, dass ich mir nicht einmal vorstellen konnte, meine Kinder zu verlassen. Nicht dass ich es gewollt hätte. Aber ich wollte es mir vorstellen können.«

»Und jetzt bist du hier«, sagte Michael, und Lena nickte. Sie schauten sich in die Augen, wahrscheinlich versuchten sie beide, zu erraten, was der andere dachte, bis Carlos zurückkehrte.

Als er sich gesetzt hatte, bot er Lena und dann Michael eine Zigarette an. Michael nahm seine eigenen hervor, er hatte nach der Trennung wieder begonnen, und dachte, Lena, die mit ihrer ersten Schwangerschaft aufgehört hatte, würde sich jetzt eine ziehen; sie schaute aber nur kurz zu ihm, dann schüttelte sie den Kopf.

Carlos zündete Michaels Zigarette an, dann seine eigene und lehnte sich zufrieden zurück. Michael erkannte sein Gesicht noch immer nicht. Carlos trug einen Bart, der unregelmässig wuchs, die obersten Knöpfe seines Hemds waren offen, und zwischen zwei Knöpfen sah man ein Stück behaarten Bauch bleich hervorglänzen. Er sah fast ein wenig ungepflegt aus, nur seine Zähne waren makellos aneinandergereiht wie sonst nichts an ihm. Und die ganze Zeit sprach er von einer Filminstallation, die er hier verwirklichen wollte. »Vom Leben«, wiederholte er, als Michael immer entnervter nachfragte, wovon sie denn konkret handele, »von Diktatur und Anarchie, von der Mafia und vom Nichts«, und warf dabei die Hände herum, als wäre er in Neapel aufgewachsen; sackte dann urplötzlich in seinem Stuhl zusammen, ganz erschöpft von all dem Reden, nahm seine Brille ab und fuhr sich mit dem Ärmel übers Gesicht. Um dann wieder nach vorne zu schnellen, mit einem neuen Gedanken, einer anderen Idee, von der er sprach, als sei die Weltkarte nach wie vor voller weisser Flecken und man würde, egal wohin man gehe, Neuland betreten. Während Michael überlegte, wie er Lena begreiflich machen könnte, dass dieser Typ ein Hochstapler war.

Nach dem Essen – vor allem die Antipasti waren so gut und zahlreich, dass Michael eine Weile alles vergass –, als sie alle ihren Limoncello ausgetrunken hatten und aufgestanden waren, umarmte Lena Michael ein wenig zu lange, und ihr Lächeln war ein tapferes; so zumindest kam es ihm vor. Er hätte gerne noch einmal mit ihr allein gesprochen, aber sie schien genau das vermeiden zu wollen, wiederholte stattdessen: »Es ist gut, dass du auch hier bist«, als ob sie sich die Tage zuvor allein gefühlt hätte.

Als Carlos ihn ebenfalls umarmen wollte, wich Michael, ohne es gleich zu merken, einen Schritt zurück; Carlos grinste und klopfte ihm mit ausgestrecktem Arm auf die Schulter.

Nach dem Mittagessen war Michael ins Hotelzimmer zurückgekehrt und sofort eingeschlafen; als er wieder aufwachte, dämmerte es bereits. Vor dem Fenster räumten Menschen ihre Verkaufsstände zusammen. Michael zog sich langsam an, Hunger hatte er keinen, ging aber trotzdem raus. Die Strassen waren bereits wieder fast leer, jemand hatte Müllsäcke in einem Container angezündet, das T eines Tabakladens flackerte nervös, und Michael ging einfach immer weiter. Lorenz hatte noch immer nicht geschrieben. Michael kaufte eine Ansichtskarte für Finn, welche Pompeji zeigte; von all seinen Reisen hatte er Finn bisher eine Karte geschrieben, jetzt aber wusste er nicht, was schreiben und wohin die Karte schicken, wahrscheinlich würde sie erst in zwei oder drei Wochen ankommen, und so warf er sie in den nächsten Mülleimer. Dann wählte er endlich Lorenz' Nummer, aber der nahm nicht ab.

Was Pate zu sein ursprünglich bedeutet hat, daran musste Michael denken: Wenn den Eltern etwas zustösst, kümmert man sich um das Kind – und wie leichtfertig er in diesem Sinn zugesagt hatte. Und ob Lorenz bereit wäre, einen anderen Job anzunehmen? Aber Lena würde die Kinder sowieso nicht bei ihm lassen, dachte Michael, war sich aber plötzlich unsicher, wie gut er Lena wirklich kannte. Und daran, dass Sophie und er keine Kinder hatten kriegen wollen und doch plötzlich nicht mehr verhütet hatten, als hätten sie nicht die ganze Verantwortung für diese Entscheidung – ohne Kinder zu sterben, dachte Michael manchmal traurig – übernehmen wollen.

Dann rief Lorenz zurück – die Abstände der Laternen waren grösser geworden, das Meer roch man nie, obwohl es der Karte nach so nah war.

»Hallo, ich habe sie getroffen. Es geht ihr gut. Ich meine. Nein. Leider doch. Nein. Jedenfalls, es geht ihr gut«, sagte Michael.

In der Leitung blieb es still. Um die Stille zu füllen, fragte Michael, ob Lorenz noch bei der Arbeit und wie es wohl im Kinderzoo gewesen sei.

»Und Neapel, wie ist es da?«, fragte Lorenz, ohne auf Michaels Frage einzugehen. Doch während Michael von der Taxifahrt und den Burgen erzählte, fragte Lorenz dazwischen und viel zu laut: »Soll ich doch runterkommen?«

Michael machte ein Geräusch, das er selbst nicht deuten konnte.

Lorenz sagte: »Chicago hab ich abgesagt.«

»Du liebst sie, nicht wahr?« Warum Michael das fragte, fragte er sich selbst.

»Das ist für mich nicht das Wichtigste, wir sind eine Familie, wir haben ja gesagt – aber doch, ich liebe sie«, antwortete er und dann leiser: »Sehr sogar.«

»Das weiss sie?«

»Aber ich glaube, sie liebt mich schon lange nicht mehr.«

Da fiel Michael auf, dass er das auch nicht wusste, obwohl er im letzten Sommer so viele Tage bei Lena im Garten verbracht hatte. Aber er hatte ja immer nur geweint oder von sich beziehungsweise Sophie erzählt. Was er wusste: Lena hatte sich damals in Lorenz' ruhige Art verliebt, er war zurückhaltend, wusste aber genau, was er wollte. Und weil er es so genau wusste, wich er nie davon ab. Was sie damals für Charakterstärke gehalten hatte, warf sie ihm später manchmal als Sturheit vor. Aber sonst sprach sie fast nur gut über ihn, immer hätten sie darauf geachtet, auch mal unter der Woche noch auszugehen, und Lena hatte gesagt, dass sie auch noch Sex hätten, regelmässig. Aber was hatte das mit Liebe zu tun?

Michael hätte Lorenz gesagt, was auch immer er wusste, auch wenn er ihm hätte recht geben müssen, aber er wusste nichts. Stattdessen sagte er nur, dass Lorenz nicht kommen solle.

»Nein?«, sagte Lorenz, klang aber erleichtert.

Michael war sicher, dass sich Lorenz sofort in ein Flugzeug setzen würde, wenn er nur wüsste, wie er Lena überzeugen konnte, zu ihm zurückzukehren. Aber er schien nicht zu wissen, was er ihr bieten könnte, das er ihr nicht schon immer geboten hatte: seine Liebe, die Kinder, die Familie, das Geld, das ihr immer egal gewesen war, seine Treue, neu vielleicht seine Verzweiflung, oder war es bereits Trauer – das war viel, dachte Michael, aber es reichte nicht.

Und stellte dann zu seiner eigenen Überraschung fest, dass auch er erleichtert war, dass Lorenz nicht kam, als dieser plötzlich fragte: »Wie war das denn bei dir? Bei deiner Trennung, hast du was gemerkt? Vorher?«

»Ja«, war alles, was Michael rausbrachte.

»An Sophie?«

»Ja«, wiederholte Michael.

»Ich nichts.«

»Ich weiss nicht, ob das für oder gegen die Beziehung spricht.«

»Ich habe Lena oft gefragt, was ich für sie tun kann.«

»Ja«, sagte Michael wieder.

»Ich wollte sie auch glücklich machen, wenn sie nicht unglücklich war.«

»Du hast alles getan, was du konntest«, sagte Michael und versuchte tröstend, nicht resigniert zu klingen.

»Weisst du, ich hatte nie den Anspruch, Lena ganz zu verstehen. Jetzt denk ich manchmal, dass das ein Fehler war.«

Und dann begann Michael plötzlich doch noch von der Trennung zu erzählen. »Wir telefonieren noch immer manchmal«, aber der Preis für Nähe sei immer Streit, und dass ihm zunehmend die Kraft dazu fehle; die Trauer habe sie beide ausgezehrt. »Als Sophie ausgezogen ist, wollt ich immer jemandem davon erzählen, wie sich das anfühlte. Aber immer kam mir nur Sophie dafür in den Sinn.«

Dass Michael stattdessen oft Lena angerufen hatte, wusste Lorenz selbst, und Michael fragte sich zum ersten Mal, ob Lenas Verschwinden etwas mit Sophie zu tun hatte; erzählte dann aber weiter: »Sie hat ja ihre Möbel nur wenige Tage nach der Trennung geholt. Dagelassen hat sie mir fast ausschliesslich Fotos, auf den meisten bin ich drauf – als hätte sie mein Gesicht nicht mehr ertragen. Ich mein, du weisst ja, wie wir uns kennengelernt haben? Sie hat auf dieser Party von einem Freund fotografiert, und ich wollte nicht fotografiert werden. – Und jetzt stell ich mir manchmal so absurde Fragen, ob sie sich zum Beispiel an Menschen immer nur als Freeze Frame erinnert. Viele verschiedene natürlich, aber doch unbeweglich. Also auch an mich. Gibt es ja, solche Déformation professionnelle.

So wie du sicher immer gleich an mathematische Modellierungen denkst, wenn du von genetischen Andersartigkeiten oder Abweichungen hörst. Aber solche Dinge kann ich sie nicht mehr fragen. Alles bedeutet nun immer auch was anderes. Früher war das mal schön, als ob es mehr aus den Dingen gemacht hätte; jetzt ist das immer nur schwierig. Und auch dass mir heute noch immer Fragen einfallen zu Sophie. Eigentlich möchte ich sie noch immer besser kennenlernen«, sagte Michael, stutzte dann, »als ob ich sie eben auch gar nie so gut gekannt hätte.«

Dann war ihm sein Ausschweifen plötzlich sehr unangenehm, und er sagte zu Lorenz – der zwar aufmerksam zugehört hatte, das glaubte Michael jedenfalls, aber dem diese plötzliche Nähe vielleicht selbst ein wenig unangenehm war –, dass er nun aufhängen müsse. Er wollte noch sagen, weil es teuer sei, aber dann hätte Lorenz ihm wieder Geld angeboten – und er war ja nicht wegen Lorenz in Neapel. Das wurde ihm nochmals deutlich. Und auch nicht nur, weil er froh gewesen war, aus Zürich wegzukommen und sein Schreiben, vor allem sein Nichtschreiben-Können, hinter sich zu lassen. Aber auch das sagte er Lorenz nicht, der nur antwortete: »Gut. Ja, dann, gut Nacht.«

»Gut Nacht.«

Und als Michael das Handy schon nicht mehr am Ohr hatte, hörte er Lorenz noch sagen: »Danke. Ich bin froh, dass jemand bei ihr ist.«

Aber Michael legte einfach auf, als hätte er das nicht gehört.

Er war weit gegangen, hier gab es keine Palazzi mehr, stattdessen für immer verriegelte Kirchen, er fand sich plötzlich in einem neuen Stadtteil wieder, und seine Beine waren müde. Vergeblich suchte er ein Taxi. Merkte dann, dass hier vor den kleinen Bars nur noch Männer standen, die Gesichter wie die Fassaden eingefallen. Michael ging schneller und gab sich Mühe, dass man das nicht sah. Als eine SMS kam, war er froh, auch wenn er wusste, dass sie ihn nicht beschützen konnte. Lena schrieb: *Ich vermisse Finn und Polly, auch wenn ich versuche, nicht an sie zu denken. Vielleicht weil ich nicht weiss, ob sie mich auch vermissen. Dich vermisse ich auch schon wieder ein wenig. Ich denke hier oft an Sophie – und das tut mir leid. Sag nochmals, wozu machen wir Fehler? Küsse, L.*

Und Michael fühlte sich noch fremder, so dass er nicht mehr wusste, wie sich verhalten, als ob jede Bewegung ihn verraten würde, mehr noch als seine bleiche Hautfarbe und seine für die hiesigen Verhältnisse zu modischen Kleider; allein schon wie er das Handy hielt – das neue Handy.

Und er dachte wieder an die Streite mit Sophie, weil ihm die Wut, die ihn dabei überkam, jetzt half. Das Seltsame an der Wut von damals war, dass sie zwar heftig gewesen war, aber so gar nichts in Frage gestellt hatte – er wollte noch immer einfach mit ihr zusammen sein. Aufhören zu streiten hatte aber auch er nicht gekonnt. Worüber sie überhaupt gestritten hatten, fragte er sich jetzt manchmal, und wenn es ihm einfiel, waren es lächerlich kleine Dinge – welchen Film sie schauen wollten, zum Beispiel –, für die er sich heute schämte. Aber damals schafften sie es einfach nicht mehr, einander nahezukommen, obwohl sie es beide wollten; was sie beide nicht mehr gewollt oder gekonnt hatten, war: den ersten Schritt zu tun. Und wie sie sich, nach einem dieser erbitterten Streite – oft kam es ihnen vor, als wäre es zum fünften oder siebten Mal der gleiche – an drei aufeinanderfolgenden Abenden, als sie sich eigentlich hatten versöhnen wollen, aufs Neue über die Entschuldigungen gestritten hatten. Und als Sophie dann endgültig gegangen war, wie er da keine Kraft mehr gehabt hatte, sie zurückzuhalten.

Die SMS kam ein paar Tage später mitten in der Nacht; ob Michael sie morgen auf Capri besuchen wolle. Dazu ein Foto: hinten die blaue Bucht, vorne Lena. Sophie hatte einige Fotos von Lena gemacht, sie hatten sich gemocht, wahrscheinlich hatten sie auch noch Kontakt, aber Lena sprach nicht darüber. Auf Sophies Fotos schaute Lena meist die Kinder an oder etwas, das nicht auf dem Foto war; sogar wenn sie den Kopf nicht wegdrehte, hatte man das Gefühl, sie sei irgendwo anders. Auf diesem schaute sie direkt in die Kamera, und obwohl sie nicht lächelte, sah sie glücklich aus.

Michael hatte mitten in der Nacht zurückgeschrieben, und nun – die Sonne stand bereits ziemlich hoch, eingeschlafen war er erst, als sie aufgegangen war – befand er sich an Bord des Schiffes, das langsam aus dem Hafen manövrierte, die Bucht verliess und aufs offene Meer hinaussteuerte. Er stellte sich hinten aufs Deck, es war kühl, auch wenn die Wolken über dem Festland zurückgeblieben waren.

Als das Schiff den Hafen von Capri erreichte, war Michael enttäuscht; es war eine normale Insel, so schien ihm, kein Glamour, das Meer zwar klar, aber eher dunkelgrün, kein Blau. Lena wartete am Landesteg, sie war allein, sie war schön, als ob man ihr die neue Freiheit ansehen könnte – seine Anspannung löste sich, als sie ihn umarmte.

»Carlos dreht irgendwas. Der stösst später dazu«, sagte sie und ging auch schon los, »komm, die Seilbahn wird renoviert!«, und nahm ihn bei der Hand. Als es durch die engen Gassen bergauf ging, liess sie seine Hand wieder los.

Ob sie schon länger hier sei, fragte Michael, als sie zum Überqueren der Strasse kurz stehen bleiben mussten. »Zwei Tage«, sagte sie und ging dann noch schneller – er hatte die letzten Tage mehrheitlich im Hotelzimmer verbracht, ab und zu mit Lorenz telefoniert. Doch davon erzählte er Lena nichts, und so kamen sie zwanzig Minuten später keuchend auf dem Grat an, von wo aus sie auf die andere Seite der Insel sehen konnten; da war es wieder, das Meer. Und tatsächlich, hier war es so klar und blau wie auf all den Ansichtskarten, die sie auf dem Festland verkauften. Michael merkte, wie er, ohne es zu wollen, lächelte. Auch Lena hielt an. Er hatte plötzlich das Gefühl, dass auch ihre Freundschaft auf dem Spiel stand. Er konnte nicht sagen, warum, und er wusste, Freundschaften zerbrachen nicht an einem Tag, aber das Gefühl blieb.

Als sie sich weiter unten auf die fast leere Terrasse des einzigen offenen Lokals setzten, zündete er sich eine Zigarette an. In der blauen Bucht reflektierte das Meer die Sonne. Endlich begann Lena zu sprechen, erzählte von den letzten Tagen, fragte Michael, was er alles gesehen habe, begann, ohne auf seine Antwort zu warten, Burgen und Ruinen, Museen, Gassen und Pizzerien auf dem Festland wie auf der Insel aufzuzählen, und wenn er noch nicht dort gewesen war, schwärmte sie davon, und wenn er sie schon gesehen hatte, auch.

»Da warst du schon überall?«, fragte er sie – und sich selbst, ob sie eine Linie gezogen hatte, so aufgedreht war sie. Ausgerechnet Lena, die kaum einmal gekifft hatte; dass sie nun vielleicht all das nachholen wollte, dachte er, aber ein Blick auf ihre Pupillen reichte, um den Verdacht auszuräumen. In der Sonne wirkten ihre Augen noch heller und grüner als sonst.

»Oder ich stell es mir einfach vor«, sagte sie, und als der Kellner kam, fiel Michael wieder auf, dass sie akzentfrei Italienisch sprach und mit dem Kellner flirtete.

Für einen Moment dachte er, sie sollte sich doch jetzt auf ihn konzentrieren, wenn Carlos schon nicht da war, sagte aber nur: »Ich wusste gar nicht, wie gut du Italienisch sprichst.«

»Valerio, mit fünfzehn, auf Klassenfahrt in Rom.« Ihr Lachen danach war hell und endete so plötzlich, wie es gekommen war; dann rutschte es Michael einfach raus: »Und wenn du zurückkommst?«

»Wer sagt, dass ich zurückkomm?«

»Und was ist –«

»Noch bin ich hier.«

»Hast du wenigstens mal angerufen?«, er versuchte, nicht streng zu klingen.

»Das übernimmst doch du für mich«, antwortete Lena gereizt.

»Du weisst, dass ich auf deiner Seite stehe, auch wenn ich nicht genau weiss, welche das ist.«

Lena nickte.

Und dann sprach er doch aus, worüber sie wohl schon die ganze Zeit nachgedacht hatte: »Und die Kinder?«, seine Stimme jetzt beinahe sanft.

»Ich hab Lorenz gesimst, er soll ihnen sagen, mein Handy funktioniere nicht.«

»Jetzt muss er sie für dich anlügen.«

»Er muss sich mit ihnen beschäftigen! Er wird später

einmal sagen, das hätte die Beziehung zu seinen Kindern verändert, und mir dankbar sein. Er wird ja wieder heiraten, es wird nicht lange dauern. Er ist nicht gern allein.«

Michael schaute sie an.

Lena fügte hinzu: »Ich weiss doch auch nicht«, und schüttelte sich.

Dann schaute sie sich um. Das Meer. Es glitzerte so hell, dass sie die Augen zusammenkneifen musste. Eine Träne wischte sie so beiläufig wie möglich weg. Da sagte Michael: »Wenn du willst, dann komm erst mal zu mir.«

»Zu dir?«

»Sophies Zimmer ist viel zu leer. Die Kinder haben da auch noch Platz.«

»Die Kinder«, wiederholte Lena nur.

»Also nur, falls du nicht zu Carlos ziehen willst. Oder gleich eine Wohnung mieten.« Er hatte zuvor nicht darüber nachgedacht, und dann war es schon gesagt; aber mit jedem Wort, das er hinzufügte, fühlte es sich richtiger an.

Lena antwortete nichts.

Michael setzte nach: »Kannst es dir ja noch überlegen.«

»Nein«, sagte Lena entschieden.

»Wie?«

»Nein, ich komme. Solange du mich dann auch nachdenken lässt.«

»Und woran erkenn ich das?«

»Hast du ja gesehen – an den Tränen.«

»Du kommst einfach, wann du willst. Wenn du zurück bist.«

»Ja.«

»Gut«, nickte Michael zufrieden.

»Um Carlos herum kann ich nicht nachdenken. Das ist auch das Schöne. Aber es ist gut, dass ich zu dir kommen kann.«

»Schon okay«, wieder nickte Michael dazu.

Und Lena sagte: »Wir haben vergessen, Prosecco zu bestellen«, und schüttelte sich nochmals unkontrolliert.

Kurz nach dem Prosecco kam Carlos dazu. Er näherte sich Lena von hinten und küsste sie auf den Hals; Michael konnte, obwohl es deutlich abgekühlt hatte, über den Tisch weg seinen Schweiss riechen; Lena schien es nichts auszumachen. Sie zog ihn sogar noch an sich, während Michael daran dachte, wie er, wenn er bei Lena und Lorenz zum Essen gewesen war, sogar von den Kindern aufgefordert wurde, vorher die Hände zu waschen.

Erst später in Zürich erfuhr Michael, dass Carlos selbst Kinder hatte, und im Nachhinein war er überzeugt, dass sich Lena nie auf ihn eingelassen hätte, wenn es anders gewesen wäre.

Nach dem Essen – Carlos hatte von den Menschen gesprochen, die er getroffen hatte – gingen sie an den Strand. Carlos hatte seine Kamera dabei und filmte vor allem Lena, der das nichts auszumachen schien.

Später würde Michael eine Rohfassung des Films sehen. Interviews mit allen möglichen Leuten, die den Zerfall und das Meer priesen – Michael hatte mehr erwartet, auch wenn die Bilder zugegebenermassen sehr schön waren. Ausserdem, wenn man sich achtete, war in vielen Sequenzen ein Schatten auszumachen. Immer nur ein Teil, mal Haare, mal ein Fuss, erst mit der Zeit erkannte Michael, dass es sich um Lenas Umrisse handeln musste, als ob sie es immer gerade noch aus dem Bild geschafft hätte, aber als Preis dafür einen Teil ihres Schattens hatte zurücklassen müssen.

An diesem Tag am Strand auf der Rückseite von Capri ging sie direkt auf Carlos zu, nahm ihm die Kamera aus der Hand und schlang ihre Arme um ihn. Dann versteckte sie die Kamera in der Handtasche und diese, nachdem sie sich mit schnellen Bewegungen ausgezogen hatte, unter ihren Kleidern und rief Michael zu: »Komm, wir gehen rein!«

Sie waren die Einzigen im Wasser; eine Frau und ein Mann, die auf den Felsen hockten, schüttelten den Kopf. Aber das Meer war wärmer als die Luft. Und trotzdem musste Michael sich einen Ruck geben, bevor er ganz eintauchte und sofort ein paar Züge machte. Und während Lena und Carlos sich im Wasser küssten, schwamm er immer weiter raus. Als er sich umdrehte, konnte er die ganze Bucht überblicken mit den Villen im Fels. Dass Sophie das gefallen würde, in so einer Villa mit Weitsicht zu wohnen – immer wieder fielen ihm solche Dinge ein.

Auf der Rückfahrt schlief Lena an Carlos' Schulter ein, so erschöpft war sie, oder vielleicht war ihr auch nur schlecht, und Michael ging, obwohl er immer noch leicht von innen zitterte, raus und rief Lorenz an.

Der fragte tatsächlich zuerst, wie es ihm gehe.

»Ich hab Lena wieder getroffen«, antwortete Michael.

»Geht es ihr noch immer gut?«

»Also, sie kommt zurück, aber –«

»Sie kommt zurück«, Lorenz wiederholte es fast tonlos.

»Nach Zürich.«

»Ja? Ja?«

»Zu mir. Erst mal.«

»Kann ich sie dann anrufen?«

»Warum tust du das jetzt nicht?«

»Ich hab gedacht, ich lass ihr Raum?«

»Ich weiss echt nicht, was ich dir sagen soll.«

»Und Zeit.«

»Ich weiss es wirklich nicht.«

»Ich weiss schon.«

»Was?«

»Sie kommt nicht zu mir zurück.«

»Nein, ich weiss es wirklich nicht«, sagte Michael und schaute dabei durch die Scheibe zu den beiden. Carlos strich Lena übers Haar und starrte in die Leere, ohne Michael draussen zu sehen. Er wusste nicht, was Lena in Carlos sah, und erinnerte sich, was ihm zu Lorenz eingefallen war, als er ihn kennengelernt hatte: *marriage material;* eine Bezeichnung, die er aus Hollywoodfilmen kannte. Lorenz sagte nichts. Dass er nun doch bald mit den Kindern darüber sprechen musste, dachte Michael, und was wohl ihre Fragen sein würden, jetzt, aber auch später, auch an Lena, wenn sie erwachsen waren.

»Du musst mit ihr reden«, sagte Michael.

»Warum eigentlich zu dir?«, fragte Lorenz eher verzweifelt als eifersüchtig.

»Fändest du es besser, sie zöge zu Carlos?«

»Ich möchte doch nur, dass sie nach Hause kommt. Zu mir. Zu Polly und Finn und mir.«

»Ja«, war alles, was Michael sagte.

»Warum nimmt sie sich nicht eine eigene Wohnung?«

»In Zürich? Und ich bin doch ihr Freund.«

»Ja«, sagte Lorenz, und nach einem kurzen Zögern fügte er hinzu: »Das ist gut.« Dann verabschiedete er sich mit gebrochener Stimme.

Als sie in den Hafen von Neapel einliefen – Russ stieg aus dem Schiffsschornstein und biss in der Nase –, umarmte Lena Michael und sagte: »Ich darf noch immer zu dir kommen?«

»Wann immer du willst.«

»In vier, fünf Tagen. Ich meld mich noch.«

Michael streckte Carlos die Hand hin, der sie nahm und sagte, es sei schön gewesen, ihn wiederzusehen; und Michael nickte noch einmal Lena zu.

Er blieb noch zwei Tage in Neapel und hoffte, den beiden nicht mehr zu begegnen. Abends telefonierte er mit Lorenz, ohne ihm etwas Neues berichten zu können, stattdessen erzählte er von Sehenswürdigkeiten, die er zum Teil nur aus Lenas Erzählungen kannte. Immerhin auf dem Vesuv war er gewesen, der von oben unspektakulär war, aber die Sicht auf die Stadt runter wunderbar. Eine Stadt, die so tat, als würde sie jeden Moment in sich zusammenfallen, aber nur zum Schein, um alle Fremden davon abzuhalten, sich ihr zu nähern – so kam es ihm manchmal vor.

Seit der Trennung vor fast einem Jahr hatte er keinen Urlaub mehr gemacht, nach Lesungen war er immer gleich wieder zurückgefahren. Doch in Neapel hatte er sich allmählich ans Alleinsein im Ausland gewöhnt, das Fremde schützte ihn auf eine eigentümliche Art vor der Einsamkeit. All die Urlaube mit Sophie, sie breiteten sich als Erstes wieder in ihm aus, wenn er nach etwas Schönem in seinen Erinnerungen mit ihr suchte: die Tage in der Dordogne oder im Burgund. Lange Spaziergänge über endlose Felder, Rehe zwischendurch, Hasen und die riesigen Raubvögel, die über ihnen kreisten, dass es Sophie und ihm manchmal unheimlich zumute gewesen war. Oft waren sie Hand in Hand gegangen, auch wenn es warm war und sie schwitzten. Und wie Sophie sich, obwohl ihre gemeinsamen Ferien immer sehr schön gewesen waren, geweigert hatte, den Urlaub früher als allerhöchstens einen Monat im Voraus zu planen, während er manchmal gern ein paar Dinge fest gehabt hatte. Und erst jetzt – ohne Job, ohne Sophie, aber auch wegen Lena –, in dieser Haltlosigkeit, verstand er zum ersten Mal, weshalb Sophie Ungebundenheit gesucht hatte. Und fand sie, vielleicht auch zum ersten Mal, feige: weil sie sich trotzdem so lange an ihm festgehalten hatte.

Nach seiner Rückkehr aus Neapel musste er im Café Uetli wieder drinnen sitzen, draussen war es kalt und nass, und der Kaffee schmeckte so wässrig wie in Italien das Bier. Trotzdem trank Michael drei hintereinander und suchte dabei in der Zeitung vergeblich nach Nachrichten über das Verfahren gegen einen Camorra-Capo, welches in Neapel sämtliche Fernsehkanäle beschäftigt hatte. Plauderte ein wenig mit der ehemaligen Kellnerin, die jetzt genauso regelmässig als Gast hier war und ihm auch heute wieder nicht ihre grosse Liebesgeschichte erzählen wollte, obwohl sie es ihm schon so oft versprochen hatte.

Zurück in seiner Wohnung, versuchte er zu schreiben, konnte sich aber nicht konzentrieren. Trotzdem blieb er am kleinen Tisch, den er im Schlafzimmer aus der Wand kippen konnte, sitzen; seit er seinen Job aufgegeben hatte, bestand er sich selbst gegenüber darauf, diese Regelmässigkeit einzuhalten. Sein erstes Buch war ein Buch über einen Vater, der die Welt nicht aufgegeben hatte, die Welt aber ihn; seither hatte er praktisch keinen Kontakt mehr mit seinem eigenen Vater. Das Buch war von ihm und vielen anderen autobiographisch gelesen worden, obwohl Michael seinetwegen so viel zurückgehalten hatte, dass ihm das Buch, trotz all der Anerkennung, manchmal fürchterlich misslungen erschien. Seine Mutter, die im Buch nie aufgibt und trotzdem sterben muss, weigerte sich bis heute, es zu lesen. Auch er selbst hatte, seit es erschienen war, nicht mehr reingeschaut – jetzt blätterte er darin, dachte aber bloss darüber nach, was er um diese Zeit bei seiner alten Arbeit hatte tun müssen. Als Erstes, wenn er am Morgen auf dem kleinen Gelände mitten in Albisrieden angekommen war, hatte er die Esel und Ziegen rauslassen müssen, bevor er im Büro die Buchhaltung erledigte; wahrscheinlich würde er jetzt gerade mit der Chefin und dem Hauswart Kaffee trinken. Dass er schon lange mal wieder hinwollte, dachte Michael, und an das Heulen der Esel, das jeweils schon angefangen hatte, wenn er noch über fünfzig Meter vom Gelände entfernt gewesen war, es hatte geklungen wie ungeölte Schiffsketten, die im Wind schlingern. Schaute dann auf sein Handy; Lena war noch in Neapel und schickte ihm ab und zu eine nette, aber nichtssagende Nachricht. Wahrscheinlich schlief sie um die Zeit noch. Dafür war da eine SMS von Isabel, die fragte, ob er spontan Zeit zum Mittagessen habe. Michael sagte zu.

Alle paar Monate, wenn Isabel bei der Werbeagentur nicht viel zu tun hatte oder ein Kunde kurzfristig absagte, trafen sie sich und machten eine Stunde Small Talk, trotzdem fühlte er sich ihr noch immer nah. Wenn er über Isabel schreiben würde – in seiner Einfallslosigkeit überlegte er einfach, über alle zu schreiben, die er kannte (*Alle, die ich kenne* würde dann auch das Buch heissen) –, könnte er mit dem Traum beginnen, an den er sich noch immer überraschend lebhaft erinnerte. Wie überhaupt an das meiste im Zusammenhang mit Isabel, besonders an ihre erste Zeit, die mit einer Art Unschuld verbunden gewesen war – zumindest in seiner Erinnerung –, die ihn noch immer rührte.

Dass sie genau wisse, was sie in den letzten zweiundneunzig Minuten ihres Lebens tun würde, hatte Isabel ihm damals in einem Brief geschrieben – sie bezog sich auf den Film, den sie zusammen geschaut hatten. *The 92 minutes of Mr. Baum* handelte von einem Mann, dem jede Eindeutigkeit immer schon fremd gewesen war, der auch sich selbst fremd war und dem dann, so prognostiziert es sein Arzt, exakt zweiundneunzig Minuten blieben, bevor er sterben würde. Was im Film in den zweiundneunzig Minuten geschah, daran erinnerte sich Michael nicht mehr. Sicher kam eine Frau vor – immer kommt in solchen Filmen eine Frau vor. Wobei er bei Isabels Brief zuerst nicht sicher gewesen war, ob sie gemeint hatte, sie würde in den zweiundneunzig Minuten mit ihm schlafen wollen oder ihm endlich gestehen, dass sie ihn liebte. So wie sie es auf der zweiten Seite des Briefes dann getan hatte, den sie ihm, wohl eher aus Verzweiflung, dass es nichts mehr werden würde, auf seine Reise nach London mitgegeben hatte. Wobei er heute unsicher war: Hatte sie wirklich das Wort Liebe benutzt – zurückgeschrieben hatte er ihr erst in Paris, bereits wieder auf dem Rückweg, in diesem Zimmer, wo immer Nacht zu sein schien, auf einem kleinen hölzernen Schreibtisch. Das wusste er noch, aber nicht mehr, was er geschrieben hatte. Den Brief müsste er noch irgendwo haben, er hatte ihn zweimal geschrieben, ohne ein Wort zu ändern beim Abschreiben, nicht mal schöner geschrieben hatte er.

Er fragte sich, während er im Restaurant sass und zur Tür schaute, durch die Isabel kommen sollte – wie immer zu spät –, was sie heute tun würde, hätte sie nur noch zweiundneunzig Minuten zu leben. Und beneidete sie darum, wie klar sie die Frage damals hatte beantworten können.

Jetzt würde sie die Zeit wohl mit ihren Kindern verbringen – oder dachte er das nur, weil er keine hatte? Was würde sie in den zweiundneunzig Minuten mit den Kindern machen? Ihr Lieblingsspiel spielen, nur ihnen zuliebe? Würde sie ihnen sagen, dass sie bald sterben würde, und sie die restlichen neunzig Minuten trösten? Als er sie letztes Jahr am Geburtstag anrief, hatte sie ihm erzählt, wie ihr Kleinster ihr am Abend zuvor gesagt habe, er werde heute ganz lieb sein. Und wie gerührt sie gewesen sei. Er habe aber am anderen Tag beim Frühstück sein Happy-Birthday-Singen plötzlich unterbrochen, das Brot seines älteren Bruders von dessen Teller geschnappt und reingebissen, dass ihm Erdbeermarmelade wie Blut um den Mund klebte, und dann einfach wieder eingesetzt: to youuuu.

Dann betrat Isabel endlich das Lokal, gross und schwer, und sie ging noch immer, als wüsste sie nicht, wie schön sie war. Sie war auf die Art fleischig, als wäre über Nacht eine Menge Schnee auf sie gefallen – dieser Satz fiel Michael ein, aber nicht mehr, wer ihn geschrieben hatte. Isabels Mann, und auch deswegen hatte sie sich wohl in ihn verliebt, war vielleicht der Erste gewesen, der ihrer Schönheit nicht nur verfallen war, sondern sie auch zu preisen wusste, inklusive Pathos. Michael hatte ihren Körper ebenfalls immer gemocht, für den sie sich viel zu lange geschämt hatte, aber mindestens so sehr mochte er – damals und jetzt – ihre Locken, in die sich immer mehr Silber reinmischte, das sie seltsamerweise nicht älter aussehen liess. Ihr Mund, das stellte er regelmässig, mehr verwundert als bewundernd, fest, war perfekt geschwungen. Das alles hatte er ihr nie gesagt, seine Komplimente waren allgemein etwas zu intim, so dass er sie nur selten aussprach und nur wenn sonst niemand dabei war – und bei Isabel hielt er sich seit damals sowieso zurück.

Aber an diesem Mittag im Lokal, zwischen all den lockeren Menschen mit steifen Kragen und sehr farbig und sehr gleichmässig gemusterten Socken, sagte er: »Gut siehst du aus.«

Sie kicherte: »Früher hättest du dich für ein solches Kompliment geschämt.«

»Stört es dich?«

»Damals hätte es mich mehr gefreut, aber – it still does the trick«, sie drückte ihm einen Kuss auf die Wange und fügte an: »Du dafür siehst müde aus.«

Michael setzte sich, nahm die Karte, er konnte spüren, wie Isabel ihn noch immer musterte, und sagte: »Es ist wegen Lena. Hast du's schon gehört?«

»Was?«, fragte Isabel.

»Sie ist in Neapel.«

»Du warst bei ihr. – Geht es ihr gut?«

Michael nickte – früher wären solche Dinge in ihrem Freundeskreis nie länger als vierundzwanzig Stunden geheim geblieben. »Lorenz hat mich hingeschickt. Sie ist dort mit Carlos.«

»Mit! *Dem!* Carlos?!«

»Du erinnerst dich?«

»River Phoenix-Lookalike-Carlos?«

Und dann erzählte er Isabel die ganze Geschichte; schon bei den ersten Worten merkte er, wie es ihn erleichterte, mit einer Person darüber sprechen zu können, die Lena so gut kannte wie er, und wie er sich mit jedem Satz mehr entspannte.

Kennengelernt hatten Isabel und Lena sich am ersten Tag des Studiums, und schon ein paar Monate später hatten sie gemeinsam eine Wohnung gesucht. Bald fanden sie in Wiedikon eine kleine Zweizimmerwohnung mit einer grossen Küche, wo sie oft spätabends noch zusammensassen, wenn Lena von einer Party nach Hause kam – und Isabel vom Konservatorium, wo sie nach der Uni noch bis spätnachts Tonleitern auf dem Cello übte, bis sie es ein halbes Jahr später für immer auf den Dachboden stellte. Nicht dass sie dadurch gleich beste Freundinnen geworden waren, dafür waren sie zu verschieden, aber sie waren füreinander da, einfach weil es sonst niemanden gab, der ihre Veränderung stillschweigend akzeptierte. Und gerade weil ihre Welten abseits der Uni so weit voneinander entfernt waren, konnten sie sich gefahrlos alles erzählen, ohne Eifersucht oder Tratsch zu verursachen.

Als sie dann zwei Jahre später die gemeinsame Wohnung auflösten, weil Isabel für ein Jahr zum Studieren nach Wien zog, vermissten sie sich fürchterlich. Und als sich Isabel, nochmals ein paar Jahre später, als Letzte ihrer Clique fast zufällig in einer festen Beziehung wiederfand und nur ein Jahr nach Lena schwanger wurde, hatten alle, vor allem Lena und Isabel selbst, gedacht, dass ihre Kinder von Anfang an beste Freunde würden. Doch dann waren beide Frauen so beschäftigt, dass sie sich noch seltener trafen als nach Finns Geburt. Sie beklagten sich ab und zu bei Michael darüber, ohne Gründe nennen zu können, und Michael sagte zu beiden immer dasselbe: »Dann ruf sie doch an!«

Auch Michael und Isabel hatten sich nach Isabels Brief nur ein paarmal noch gesehen, ohne darüber sprechen zu können, und die Intensität hatte langsam nachgelassen. Bis sie sich irgendwann nur noch auf Partys begegneten und dabei meistens aus dem Weg gingen. Später näherten sie sich wieder an, sahen sich ab und zu zum Mittagessen, das leider oft eher einem Businesslunch glich.

Das war auch an diesem Mittag nicht viel anders, nur dass Isabel nach dem Espresso, statt wie gewohnt gleich zurück in die Agentur zu eilen, mit Michael vor der Tür eine rauchte.

Dass er an diesem Nachmittag noch mit Isabel geschlafen hatte, hatte er Lena auch später nie erzählt und Isabel ihr anscheinend auch nicht. Vielleicht hatte sie Angst, Lena würde sich darüber freuen – vielleicht war es ihr aber auch einfach nur unangenehm. Schliesslich waren sie so nüchtern gewesen, wie es nur ging, und trotzdem wusste Michael im Nachhinein nicht mehr, weshalb sie nach dem Essen noch zu ihm nach Hause mitgekommen war – vielleicht ein Buch, das sie sich hatte leihen wollen, ausserdem hatte ein Kunde abgesagt.

Sie sassen auf dem Balkon, obwohl ein kühler Wind blies, Isabel rauchte noch eine zweite von ihren seltenen Mary Long, so dass Michael schon wusste, etwas war los, und als sie die ausgedrückt hatte, küsste er sie. Vielleicht hatte auch sie ihn geküsst, genau konnte er das später nicht mehr sagen; nach all den Jahren, in denen es immer möglich erschienen war, geschah es trotzdem wie aus dem Nichts.

Im Nachhinein kam es ihm so vor, als ob sie sich nur gegenseitig hatten beweisen wollen, dass sie damals keinen Fehler begangen hatten, dass sowieso nichts aus ihnen geworden wäre. Ihre Körper hatten sich nicht gefunden. Isabel war auf eine Art schüchtern geblieben, die Michael ihr nicht zugetraut hatte und die ihn hemmte. Dazu kam sein schlechtes Gewissen, nicht ihrem Mann gegenüber, aber wegen der Kinder, die im Skiurlaub bei ihren Grosseltern waren und bald darauf glücklich und mit weissen Skibrillenabdrücken im Gesicht zurückkehren würden. Und sie hatten dann auch nicht im Stehen von hinten miteinander geschlafen, wie in seinem Traum, sondern es ganz ruhig bis aufs Bett geschafft und einander nicht beim Ausziehen geholfen.

Danach lagen sie noch eine Weile nebeneinander, ohne sich zu berühren, aber trotzdem so nah, dass sie es, würden sie nur ganz tief einatmen, doch täten. Es erinnerte Michael an die Zeit ganz am Anfang ihres Studiums, als sie nach der letzten Vorstellung des Kinos, in dem sie beide arbeiteten, manche Nacht auf dem Gartenvorplatz ihrer Eltern auf Liegestühlen nebeneinanderlagen, so nah, dass sich ihre Hände hätten berühren können, was sie aber nie taten, und sie irgendwie ungeschickt in den Nachthimmel schauten.

Davon erzählte er Isabel, die fragte: »Und weisst du noch, wie abwechslungsweise meine Mutter oder mein Vater nach uns geschaut haben, aber beide nie etwas Richtiges gesagt haben?«

»Sicher«, antwortete Michael.

Und dann sagten beide gleichzeitig: »Ich habe sie gehasst«, und prusteten laut los.

Als Isabel sich beruhigt hatte, fragte sie: »Ob mich meine Kinder auch mal hassen werden?«

»Tun sie es denn noch nicht?«

»Als meine Mama das letzte Mal auf den Kleinen aufpasste und ich zu früh zurückkam, da war tatsächlich mein Vater bei ihr.«

»Ich hab gedacht, die sprechen nicht mehr miteinander.«

»Dacht ich auch.«

»Sie sind wieder zusammen?«, fragte Michael.

»Sie standen da, wie sie früher dagestanden haben, wenn ich in ein Ferienlager gefahren bin. Nur dass sie mich damals anschauten, als liesse ich sie allein zurück – jetzt sahen sie glücklich aus. Vielleicht das erste Mal, dass ich ihnen ihr Glück angesehen habe.«

»Schön«, sagte Michael.

»Du weisst, wie schlimm sie zusammen waren und wie froh ich war, als sie sich endlich trennten. Am liebsten hätte ich ihnen jetzt gesagt: Wenn das – was immer das sein soll – nicht sofort aufhört, seht ihr eure Enkelkinder nie wieder! Ich kam mir lächerlich vor, noch lächerlicher als sie. Und dann behaupteten sie auch noch, da sei nichts – wie zwei Teenager!«

Michael lachte auf, aber Isabel schaute ihn an, als wollte sie sagen, er solle das jetzt nicht auch noch kaputtmachen, und er brach abrupt ab. Dann stand sie plötzlich auf. »Ja, eben«, sagte sie, »so ist das«, während sie hastig in ihre Kleider schlüpfte.

Für einen Moment hielt er es für möglich, dass Isabel nur mit ihm geschlafen hatte, um ihm davon erzählen zu können, weil er ihre Eltern noch als Paar gekannt hatte. Und gleichzeitig hatte er das Gefühl, dass das für sie nicht so etwas Besonderes war, dass sie ab und zu Sex über Mittag hatte. Mit wem?, fragte er sich und dachte an den Mann, mit dem Lena sie gesehen haben wollte. Und merkte gleichzeitig, dass es ihm egal war. Und fragte dann etwas abwesend: »Meinst du, Lena macht einen Fehler?«

Isabel schaute ihn abschätzig an und sagte nur: »Die weiss selbst, was für sie am besten ist.«

Als Isabel dann ging, gaben sie sich tatsächlich drei Küsschen auf die Wangen und konnten nicht einmal darüber Witze machen. Vor dem Haus zündete sich Isabel noch eine Zigarette an – er schaute ihr vom Fenster aus zu, sie drehte sich nicht um –, und Michael hätte gern geweint. Stattdessen liess er sich ein Bad ein und blieb so lange darin liegen, bis seine Finger weiss und schrumpelig wurden.

Als er aus der Wanne stieg, nahm er auch sein zweites Buch hervor, das er auf Anraten seiner Verlegerin unter einem weiblichen Pseudonym veröffentlicht hatte. *Andrea Dietsche* war das Pseudonym, weil die Protagonistinnen Frauen waren, verliebt, schwanger und lesbisch. Er wusste bis heute nicht, ob es daran gelegen hatte, dass seine Verlegerin kurz zuvor zum ersten Mal Mutter geworden war – und dann einer kam, der so tat, als würde er verstehen, was das bedeutete; und die Schmerzen, die Schwangerschaftsstreifen, das Stillen einfach für den Effekt einsetzte. Oder ob sie das Manuskript einfach für misslungen, aber dennoch gut verkäuflich hielt und seinen Namen schützen wollte.

Ihm war es recht gewesen, nachdem schon sein erstes Buch von der Kritik immer im Hinblick auf seine Person gelesen worden war, obwohl er bei sich dachte, andere schreiben aus der Perspektive eines Käfers, sind allwissend, tot oder schlüpfen in die Haut eines Massenmörders, aber die Perspektive des anderen Geschlechtes, dem man tagtäglich begegnet, mit dem man sich austauscht und das noch nicht mal so klar definiert ist, das soll eine Anmassung sein?

Für sein erstes Buch hatte er einige Krebsbücher gelesen, Erfahrungsberichte, die im Selbstverlag erschienen waren: Praktisch alle wirkten frei erfunden und deklinierten bloss die üblichen Klischees der Krankheit durch, dabei gab es keinen Zweifel, dass die Verfasserinnen, es waren ausschliesslich Frauen, gelitten hatten und – so dachten sie bestimmt – es auch genauso erlebt hatten. Aber jeder, der einmal versucht hat, nur schon sein Frühstück zu beschreiben, nicht nur die Zutaten aufzuzählen, hat spätestens nach fünfzig Versuchen aufgegeben, weil keine Variante der Wirklichkeit nah genug kam.

Wichtig war für Michael nur, dass er seine Bücher nicht auf Wirkung geschrieben hatte, sondern weil da etwas war, das – er wusste nicht, was das Kriterium war. Nähe? So nah, dass er die Handlung nach Berlin transferieren musste. War es etwas, das rausmusste? Das er untersuchen wollte? Sicher war es etwas, das mit ihm zu tun hatte, ansonsten hätte er die Jahre, welche das Schreiben des Buches gedauert hatte, auch gar nicht durchgehalten.

Er legte auch dieses Buch wieder weg, ohne darin gelesen zu haben, und erinnerte sich stattdessen daran, wie Sophie das Gefühl gemocht hatte, als das Buch herauskam, nun auch ein bisschen mit einer Frau zusammen zu sein. Die Seele hat sowieso kein Geschlecht, sagte sie einmal und feierte von da an ihre Geburtstage ausschliesslich im Herrenanzug. Und er erinnerte sich, wie er bei der Lektüre eines Romans von Siri Hustvedt, der aus einer Männerperspektive erzählt war, oft gedacht hatte, er spüre die Frau dahinter (ohne zu wissen, was oder wer die Frau dahinter sein sollte), wie aber gerade das die Perspektive für ihn seltsamerweise glaubwürdiger gemacht hatte.

»Das ist alles?«, fragte Michael, als Lena mit nichts als einer kleinen Sporttasche und einem nicht viel grösseren Koffer eintrat – er hatte gestaubsaugt, sein ganzes Besteck, auch das saubere, noch einmal abgewaschen. Nun führte er sie in das Zimmer, in dem Sophie früher ihre Fotosachen aufbewahrt hatte und das er, seit sie ausgezogen war, kaum mehr benutzte. Die Matratze hatte er allein vom Estrich nach unten geschleppt; Lorenz hatte angeboten, Möbel für Lena vorbeizubringen, aber Michael hatte, ohne Lena zu fragen, abgelehnt.

Als Erstes öffnete Lena das Fenster, die letzten Sonnenstrahlen fielen schräg ein, und sie sagte: »So.« Dann standen sie da, Michael schaute sich im Zimmer um, als ob er es wäre, der neu einzog, bis Lena sagte: »Dann koch ich mal was.« Aber die Bolognese köchelte schon seit Stunden vor sich hin, und das Salzwasser für die Spaghetti hatte gerade zu brodeln begonnen.

Beim Essen sprachen sie wenig; Michael schöpfte nach, obwohl er keinen Hunger hatte, Lena ass kaum und sagte dann aus dem Nichts: »Keine Angst, ich werde nicht bleiben.«

»Wohin willst du?«

»Nicht bleiben«, wiederholte sie, »aber nächstes Wochenende kommen die Kinder. Ist das in Ordnung?«

Michael nickte. Dann wechselte er das Thema. Dann wieder. Und noch einmal. Bis Lena einfach aufstand und abzuräumen begann.

Er wollte ebenfalls aufstehen und ihr helfen, aber sie legte ihre Hand auf seine Schulter und sagte mit Nachdruck: »Ich mach das schon.«

Als sie fertig war, ging sie in ihr Zimmer, sie werde mal ihre Sachen auspacken.

»Kannst deine Tür ruhig schliessen«, rief Michael ihr nach, aber Lena liess sie offen. Ein paar Momente wartete er noch im Wohnzimmer, das zur Küche hin offen war, und ging dann in sein Zimmer. Machte sein Bett nochmals, schaltete den Computer ein, setzte die Kopfhörer auf und schaute sich eine Folge *Sopranos* an – er hatte damit begonnen, als Gandolfini gestorben war.

Es war schon nach elf, als es an seiner Zimmertür klopfte. Leise, fast hätte er es durch die Kopfhörer nicht gehört, und nur zweimal. Die Tür war bloss angelehnt, aber es geschah nichts, also öffnete er sie. Lena war schon wieder auf dem Weg zurück in ihr Zimmer. Er sagte nichts. Sie drehte sich im Gang um. »So ohne Fernseher – ich bin das nicht gewohnt.«

»Du kannst doch auf dem Computer einen Film schauen«, sagte er.

»So allein.«

Er nickte.

»Kann ich bei dir mitschauen?«, fragte sie.

»Sopranos?«

Sie nickte. Noch eine Pause. »Oder was anderes.«

Sie einigten sich auf *Grey's Anatomy,* und er brachte den Computer ins Wohnzimmer.

Es war nach zwei, als sie den Computer ausschalteten. Sie putzten im Badezimmer zusammen die Zähne, und als Lena fertig war, zögerte sie für einen Moment und klopfte Michael dann etwas hilflos auf die Schulter, worauf sie sich anschauten und laut loslachten; dann ging sie ohne ein weiteres Wort in ihr Zimmer, und nun schloss sie auch die Tür.

Michael konnte lange nicht einschlafen; er erinnerte sich, einmal hatten Lena und er nach einer Party irgendwo in den Bergen im gleichen Bett geschlafen, und als er mitten in der Nacht aufwachte, hatte sie ihren Arm um ihn gelegt – sie hatte ihn bereits vorgewarnt –, und als sie ebenfalls die Augen öffnete, zog sie ihren Arm seelenruhig zurück und sagte: »Ich bin's halt so gewohnt.« Er hatte nur genickt und war ohne einen weiteren Gedanken wieder eingeschlafen.

In den folgenden Tagen entwickelten Lena und Michael ein Ritual. Jeden Abend schauten sie zwei oder drei Folgen; sassen am Tisch in der offenen Küche, vor ihnen der Computer und erst nur zwei Gläser Wasser, bald auch irgendwelche Drinks, die sie aus Michaels Bar, ausschliesslich Duty-free-Ware, mixten. Wie zwei Teenager kicherten sie an den gleichen Stellen, Michael verdrehte die Augen, wenn wieder jemand starb, bloss weil der Darsteller zu viel Lohn gefordert hatte, und machte grundsätzlich alle paar Minuten einen dummen Spruch, woraufhin Lena die Augen verdrehte. Nur bei Sex- oder sonst sehr intimen Szenen schwiegen sie und brauchten danach noch ein, zwei Minuten, bis sie ihre Lockerheit wiederfanden. Das war alles gut, nur dass sie jetzt, obwohl das doch früher ihre Freundschaft ausgemacht hatte, kaum über Persönliches sprachen, schon gar nicht über Neapel oder die Kinder – das war seltsam; aber Michael wollte Lena Zeit lassen.

Montag und Dienstag unterrichtete sie wie immer an der Kantonsschule Enge, aber die nächsten drei Tage waren, auch wenn Michael sie nicht vom Putzen abhalten konnte, plötzlich so lang, dass er froh war, als Lena am Freitagmorgen die Wohnung verliess und zum ersten Mal seit vielen Jahren wieder die Zentralbibliothek betrat und acht Stunden am Stück die Klassiker las, die sie im Studium hatte interpretieren müssen, jetzt ohne eine einzige Notiz dazu zu machen, wie sie am Abend mit Genugtuung erzählte.

Und als Michael an diesem Freitagabend den Computer auf den Tisch stellte und die Untertitel zu *Grey's Anatomy* runterladen wollte, begann Lena plötzlich zu weinen; wahrscheinlich dachte sie, wie schon mehrmals in den letzten Tagen, daran, dass morgen die Kinder kommen würden, die bereits wieder eine Woche in der Schule gewesen waren. Wischte sich dann eher wütend als traurig die Tränen weg und sagte: »Ich bin nervös wie vor einem Vorstellungsgespräch. Als wollte ich sie adoptieren. Dabei – sie sind doch meine Kinder. Sind sie doch!«

Und dann stand am nächsten Morgen Lorenz mit ihnen vor der Tür – sie waren angezogen, als gingen sie zur Messe –, und Lorenz war sichtlich enttäuscht, als Michael die Tür öffnete und ihm auf Englisch erklärte, damit die Kinder es nicht verstanden, dass Lena ihn jetzt nicht sehen wolle. Finn und Polly schauten zu Michael hoch, ein wenig verstört, weil sie ihn nicht verstanden und weil ihre Mutter nicht da war. Aber als ob sie sich schon ein wenig dran gewöhnt hätten, dass alles anders war als gewohnt, fragte Finn zu Michael hoch nur: »Kochen wir Hamburger?«

Lorenz schaute verärgert drein, doch als er es merkte, versuchte er Michael anzulächeln, beugte sich zu den Kindern runter und umarmte sie beide zusammen; dann nickte er Michael zu und war schon ein paar Schritte aus der Tür, als er sich noch einmal umdrehte. »Wir hören uns«, ohne dass Michael am Tonfall erkennen konnte, war das jetzt eine Drohung oder ein Hilferuf. Vielleicht hatte Lorenz auch einfach noch etwas sagen wollen. Michael nickte nur, dann fiel die Tür auch schon ins Schloss.

Erst da kam Lena aus ihrem Zimmer, sie weinte wieder, und die Kinder starrten sie ungläubig an. Lena versuchte zu lachen, aber es gelang nicht, mit gebrochener Stimme sagte sie: »Hamburger zum Frühstück?«, und schüttelte theatralisch den Kopf. Dann erst ging sie auf die beiden zu und schloss sie in die Arme. Sie zitterte. Finn wand sich ein wenig und schaute Michael fragend an, als ob er sagen wollte: Was will die Alte?!, und dass er über all dem stehe. Dann wischte er mit dem Ärmel rasch über seine feuchten Augen.

Eine Weile standen alle unschlüssig herum, Lena fast, als schämte sie sich. Und als Pollys kleine Hand plötzlich auch noch nach Michaels griff, wie wenn sie beschützt werden müsste, lachte Lena mit einem harten Gesicht laut auf. Noch bevor die Kinder ihre Jacken ablegen konnten, packte sie die beiden an den Händen: »Noch jemand aufs Klo?«, und als niemand reagierte, zerrte sie die Kinder zur Wohnung raus.

Michael ging gleich nach ihrem Abgang in sein Schreibzimmer – die ganze Woche hatte er Lenas Schritten im Gang gelauscht, die so leise waren, weil sie ihn nicht stören wollte, dass er sich erst recht nicht hatte konzentrieren können. Nun horchte er zur Haustür, und nachdem er drei Sätze hingeschrieben und eine halbe Stunde später wieder, Buchstabe für Buchstabe, gelöscht hatte, putzte er die Wohnung, obwohl noch alles von Lenas Arbeit glänzte. Manchmal schien ihm, schon eine Katze zu erfinden ging zu weit; dass er gern eine hätte, reichte als Rechtfertigung nicht.

Und als Finn, Polly und Lena am Abend wiederkamen – er hatte, als ihm gar nichts mehr einfiel und es dunkel wurde, zu trinken begonnen, war aber zum Glück erst beim dritten Bier angelangt und las wieder im *Schimmelreiter,* von dem Lena ihm erzählt hatte –, blieb Michael in seinem Zimmer und setzte die Kopfhörer auf. Gegessen hatten sie wohl auch schon, jedenfalls hörte er durch die Musik hindurch kein Klappern.

Dann stand plötzlich Polly, ohne angeklopft zu haben, in seinem Zimmer – ihre blonden Locken standen ihr schief vom Kopf, als ob sie einen Helm getragen hätte – und wollte Michael an der Hand ins Wohnzimmer ziehen und zeigte kein Verständnis, als er sich erst weigerte. »Du machst jetzt mit uns Kino!«, sagte sie.

Und während Michael den Beamer installierte, sagte Lena: »Das bleibt aber eine Ausnahme.«

Doch die Kinder schienen vor Aufregung gar nicht zuzuhören.

»Das machen wir jetzt nicht jeden Abend. Kino«, sagte Lena, dieses Mal lauter, so dass Polly sich zu ihr umdrehte.

»Schaust du denn jetzt nicht mehr gerne Film, Mami?«

Darauf sagte Lena nichts mehr und verschwand im Bad.

Kurze Zeit später sassen sie zu viert auf dem Sofa und schauten Disneys *Up,* einen anderen Kinderfilm besass Michael nicht, und den bloss auf Englisch, was die Kinder aber nicht zu stören schien. Nur manchmal fragte Finn, was jetzt gesagt worden sei, eher bei Witzen, wenn Lena und Michael lachten, als wenn es um die Handlung ging; während Polly gar nichts sagte und nur die ganze Zeit über die Sommersprossen auf ihrer Nase rieb, als wollte sie sie abwischen. Doch am meisten Spass hatten die beiden, als sie nach dem Film mit ihren Händen im Beamerlicht Fledermaus- und Hasenschatten an die weisse Wand warfen. *Familie spielen,* dachte Michael, und er verstand jetzt besser, dass Lena lange nicht mehr gebraucht hatte, um glücklich oder zufrieden zu sein.

Dann stand Michael auf und ging zum Rauchen auf den Balkon. Für Sophie war er nie rausgegangen, als er zu Beginn ihrer Beziehung noch geraucht hatte; sie hatte es aber auch nie verlangt, dachte er wehmütig, und wie sehr sie über diesen Film geschimpft hätte: eine Kultur, die ihren Kindern nur noch Happy Ends zutraut, weil sie denkt, jedes Weinen müsse vermieden oder gerade noch als Katharsis geduldet werden. Sie sagte gern solche Sätze, und sie lachte gern über sich selbst, wenn sie sie sagte. Manchmal verwunderte es Michael, wie gut sie mit Lena ausgekommen war, obwohl Sophie solche Leben wie das von Lena gerne in Frage stellte – und überlegte, was Sophie wohl von Lenas Aktion halten würde und ob sie gar schon davon wusste.

Nachdem die Kinder ihre Zähne geputzt und Michael gute Nacht gesagt hatten, hörte er, wie Lena ihnen ein polnisches Schlummerlied vorsang und dann sogar mit ihnen betete. Sie dankte Gott für die schönen Dinge, die sie erlebt hatten, und fragte die Kinder, was das Schönste gewesen sei am heutigen Tag und wofür sie danken wollten. Was sie antworteten, konnte Michael nicht verstehen, stattdessen überlegte er sich, ob die beiden, wenn sie erwachsen waren, sich daran erinnern würden. Nochmals das Glück vor dem Einschlafen; ob es automatisch zu ihnen käme. Oder ob das nicht eher der Anfang ihrer Schlaflosigkeit werden würde.

Erst später fiel Michael auf, dass auch ihm, wenn Lorenz täglich um siebzehn Uhr anrief, der ganze Tag nochmals bewusst wurde, weil er überlegte, was er berichten durfte, damit er Lena nicht zu glücklich, aber auch nicht zu unglücklich darstellte. Und dass – und das war ihm in all den Jahren nie aufgefallen – Lorenz nicht nur eine angenehme, sondern eine schöne Stimme hatte. Es war nicht so, dass sie sich wirklich näherkamen durch die Gespräche, aber die Verlassenheit verband sie auf eine Art, die sich auch auf den Alltag übertrug.

Und als Lena die Kinder am Sonntagabend zu Lorenz zurückbrachte – ohne, so erzählte sie es Michael, gewartet zu haben, bis Lorenz zur Tür kam –, fragte Michael sich, was Lorenz ohne die Kinder getan hatte. Michael erinnerte sich, wie er am ersten Tag nach der Trennung so sehr mit seiner Wut auf Sophie beschäftigt gewesen war, dass er es gar nicht so schlimm gefunden hatte; erst als er sich hingelegt hatte, mit der Ruhe – wie er dann zu weinen begonnen, noch ehe er gewusst hatte, was er dachte. Und stellte sich Lorenz vor, wie er das Wochenende in der abgedunkelten Wohnung zugebracht hatte, am Boden noch Spielsachen, wie er vor dem tonlosen Fernseher sass und sich sehr langsam Chips um Chips in den Mund schob und kein Bier trank.

Später erst fand er heraus, dass Lorenz die meiste Zeit im Garten verbrachte. Die Wohnung in der Nähe des Schindlerguts hatte einen direkten Ausgang zum Garten, der eigentlich dem ganzen Haus zur Verfügung stand, aber Lena hatte ihn all die Jahre so liebevoll und schön bepflanzt, dass er auf eine einvernehmliche, aber unausgesprochene Weise in ihren Besitz übergegangen war. Sophie, die weder kochen konnte noch wollte, kein Bügeleisen besass und alles, was nach Geranien und roten Rosen roch, zum Kotzen fand, hatte Lena oft beim Jäten und Pflanzen der Setzlinge geholfen – so waren sie sich nähergekommen. Und auch wenn Lena es in dieser Zeit, als sie bei Michael wohnte, vermied, von zu Hause zu sprechen, den Garten erwähnte sie doch immer wieder. Erst, was man jetzt pflanzen müsste, später, was jetzt blühen würde.

Lorenz, der wusste, dass Lena den Garten vermissen würde, tat alles, dass er schön blieb, ohne viel zu verändern, und machte jeden Tag ein Panoramafoto, das er in ein Album klebte, um es ihr – egal ob sie zurückkomme oder nicht, wie er am Telefon betonte – für den Winter, zu Weihnachten zu schenken.

Als Michael nach Hause kam, trat Lena gerade mit nassen Haaren aus dem Badezimmer, sie hatte nur ein Top und einen Slip an, und grüsste ihn flüchtig – sie umarmten und küssten sich längst nicht mehr jedes Mal, aber kaum je kam jemand nach Hause, ohne beim anderen anzuklopfen und zu schauen, ob alles in Ordnung war. Jetzt sagte sie nur: »Hallo«, schaute ihm kurz in die Augen und verschwand dann in ihrem Zimmer.

Michael war mit Axi auf ein Bier gewesen. Zwar waren es seine Freunde gewohnt, dass er sich manchmal länger nicht meldete; das Schreiben hatte keinen Rhythmus wie andere Jobs, es verschlang einen für Wochen und spuckte einen dann plötzlich mit viel zu viel Zeit und Zweifeln wieder aus. Aber fast zwei Monate waren auch für ihn lang. Und deshalb hatte Axi als Erstes wissen wollen, welche Frau ihm jetzt – endlich wieder! – den Kopf verdreht habe; und war sichtlich enttäuscht, dass es nur Lena war.

Trotzdem hatte das Treffen fast ausschliesslich daraus bestanden, Axi klarzumachen, dass wirklich nichts lief und auch nichts laufen sollte, so dass Michael sich die meiste Zeit während des Gesprächs ärgerte; und das Einzige, was dagegen half, war die Vorstellung, wie er danach Lena davon erzählen und sie sich gemeinsam darüber lustig machen würden.

Dass Lena dann ausgerechnet an diesem Abend in Unterwäsche durch die Wohnung lief – es war nicht einmal, dass er Angst hätte, ihre Freundschaft könnte Schaden nehmen, wenn sie etwas miteinander hätten, vielmehr fehlte ihm jegliche Phantasie, wenn es um Lena ging. Später fand er das befremdlich, aber damals hatte er nicht oft darüber nachgedacht; und er wusste auch, so etwas konnte sich schnell ändern. Zog dann die Jacke aus und setzte sich mit einem Glas Wasser an den Küchentisch. Aus Lenas Zimmer drang leise Musik, schlechte Qualität, wahrscheinlich direkt aus dem Computer. Es war ein alter Song von Neil Young. Und zu Michaels Überraschung dazu Lenas leise Stimme, die tiefer war als die von Young und nie höher oder stärker wurde, aber immer hörbar blieb.

Als das Lied zu Ende war, kam sie aus dem Zimmer, angezogen nun, die Haare in einem Turban eingewickelt, und fragte, wo er gewesen sei.

»Auf ein Bier mit Axi«, sagte Michael, »und du?«

»Schön.«

»Ja«, sagte Michael und dachte, dass Lena tatsächlich sehr schön war. Dass sie einen Schlafzimmerblick habe, hatte Axi behauptet, und ihre Augen waren wirklich, vor allem wenn sie lachte, fast geschlossen. Nun schienen sie im Neonlicht der Küche so hell, als könnte man beinahe durch sie hindurchschauen.

»Ausser dir habe ich nur Freundinnen, und alle haben Kinder«, sagte sie, »und die kann ich im Moment nicht treffen, ob sie geschieden sind oder nicht, es geht nicht. Manche melden sich eh schon nicht mehr.«

»Wo warst du?«, wiederholte Michael, weil er nun doch nicht alles nacherzählen mochte.

Lena schaute ihn erst verwirrt und dann so an, als ob er ihr eine schwer zu beantwortende Frage gestellt hätte, und sagte schliesslich: »Hast du die Tür abgeschlossen?«

»Wozu?«

»Das mit Carlos – es ist vorbei.«

»Hast du Angst vor ihm?«

Sie schüttelte den Kopf: »Nein.«

Michael versuchte rauszuhören, ob sie es war, die Schluss gemacht hatte, ob das etwas mit Lorenz zu tun hatte, sagte aber nichts mehr, sondern wartete, bis sie weitersprach.

Aber auch Lena sagte nichts mehr, schaute ihn nur lange an, dann begann sie zu lächeln und ging in die Küche – Michael blieb verdutzt zurück, bis sie mit zwei Gin Tonics zurückkam.

Während ihres Studiums hatte sie in einer kleinen Bar gekellnert, er war manchmal am frühen Samstagabend, wenn noch kaum jemand da war, hingegangen und hatte mit ihr gequatscht, während sie Gläser spülte oder sonst etwas hantierte.

Jetzt sagte sie, während sie ihm das Glas reichte: »Carlos hat sich nur auf seine Arbeit konzentriert, auf seine Filme.«

»Aber das macht Lorenz doch auch.«

»Ich bin ja auch nicht mehr mit ihm zusammen.«

»Hm.«

»Ausserdem nimmt Lorenz sich nicht so wichtig dabei.«

»Und das ist besser?«

»Ach, was weiss ich; Carlos ist nicht mal mehr hübsch.«

»Und?«

»Ich werde ihn ja in guter Erinnerung behalten.«

»Schon abgeschlossen?«, fragte Michael und überlegte einen Moment, von Isabel zu erzählen.

»Nach fünfzehn Jahren. Plötzlich«, lachte sie, den Mund weit offen, den Kopf in den Nacken geworfen. Michael lachte mit und dachte, dass er es kaum erwarten konnte, Lorenz am nächsten Tag davon zu erzählen.

»Weisst du, all seine Reden. Und plötzlich hatten sie so nichts Verheissungsvolles mehr, sie klangen noch nicht mal mehr verrückt. Er hat immer gesagt, dass ich mit meiner ewigen Logik alles im Keim ersticke, weil ich nicht die richtigen Zusammenhänge mache. Ich mein, er wollte die Welt verändern, das schon, aber wenn ich ihn jetzt anschau – ich hoff, meine Kinder lernen ihn nie kennen, wenn sie älter sind, sie würden es nicht verstehen«, sagte Lena und installierte dann ungefragt den Computer im Wohnzimmer und startete eine Folge *Grey's Anatomy*.

Manchmal fragte Lena ihn, wie Lorenz das denn jetzt mache mit den Kindern, fast etwas beleidigt, dass er es noch immer ohne Zwischenfälle schaffte. Michael antwortete immer, sie solle ihn doch selbst fragen, aber dann schaute sie ihn an – so: Auf welcher Seite stehst du eigentlich? Trotzdem konnte er ihr nichts Genaueres sagen. Bloss dass Lorenz die Kinder immer und überall abholen ging, dass er dafür am Wochenende mehr arbeitete und seine eigene Mutter nicht helfen liess, weil Lena nie gemocht hatte, wie sie mit den Kindern umging.

Michael dachte, sie würde sich freuen, aber Lena sagte bloss schnippisch, dass Lorenz nie ein schlechter Vater gewesen sei. Und nach einer Pause: »Ich vermisse sie. Ich erfahr ja nicht einmal mehr, wenn es einen Elternabend gibt. Wahrscheinlich tut Lorenz alles, dass niemand etwas mitkriegt. Ich weiss nicht, wie lange ich das noch aushalte.«

»Was genau meinst du?«, fragte Michael.

»Vielleicht sollte ich noch eine Stellvertretung annehmen. Auch wegen dem Geld. Aber weisst du, früher war ich immer so froh, wegzukommen von zu Hause. Doch als ich heut die Kinder in meiner Klasse, während sie einen Aufsatz schrieben, angeschaut habe, hab ich überlegt, wie es wohl ihren Eltern geht. Dabei, die Kids haben ja schon selbst Beziehungen. Und werden verlassen. Und dann reden wir über Kleist – und du merkst, manche trifft es bis ins Mark. Die lesen alles auf sich gemünzt.«

»Das klingt doch schön.«

»Aber plötzlich weiss ich nicht mehr, was ich ihnen eigentlich beibringen soll – ausser noch ein bisschen Grammatik.« Und nach einer weiteren Pause: »Es ist gut, muss Lorenz das jetzt mal alleine machen.«

»Wovon sprichst du jetzt?«

»Dass er sieht, wie das ist. Nicht dass er mir nicht geglaubt hat, wie streng das ist. Aber wahrscheinlich konnte er es sich trotzdem nicht vorstellen.«

Daran musste Michael denken, während sie fernsahen. Und als die Folge zu Ende war, holte Lena nochmals zwei Gin Tonics und erzählte dann, fast ohne Punkt und Komma, dass Carlos schon damals eine Freundin gehabt habe, nicht dieselbe wie heute, und dass nie etwas zwischen Carlos und ihr gelaufen sei, dass er aber einmal spätnachts vorbeigekommen sei, wirklich spät, und sich zu ihr ins Bett gelegt und gezittert habe. »Das war alles. Verstehst du, Michael, da war nix. Das ist mir vorher, und eigentlich auch nachher, nie passiert. Am Morgen ist er gegangen, richtig rausgeschlichen ist er. Ich sag dir, ich war so was von wütend. Ja. Und leid tat er mir auch.«

Dann startete Lena ungefragt die nächste Folge, dabei kuschelte sie sich an Michael, was sie oft tat, wenn sie fernsahen, aber nie hatte er das Gefühl, sie meinte speziell ihn, es war einfach gemütlich – bis Lena plötzlich auf Pause drückte, als wäre das Gespräch nur durch ein Luftholen unterbrochen gewesen, und sagte: »Und dann in dieser Nacht, nachdem mich Carlos wegen Napoli gefragt hatte … – ich lag schlaflos neben Lorenz. Wenn er wenigstens geschnarcht hätte! Aber er lag nur da und atmete leise und regelmässig.«

Dann weinte sie. Nicht fest, aber doch so, dass ihr Gesicht von den Tränen glänzte. Michael sass daneben, und das Einzige, was er zu tun wusste, war, aufzustehen und ihr noch einen Gin Tonic zu mixen. Und als er damit zurückkehrte, hatte Lena sich die Tränen mit ihrem Turban abgetrocknet, sagte aber kein Wort mehr.

Bis Michael irgendwann fragte: »Aber getrennt, warum hast du dich jetzt von Carlos getrennt?«

»Ach, diese Treffen zweimal die Woche im Novotel – allein das Hotel«, sagte sie und schüttelte sich, »immer lief der Fernseher im Zimmer schon, wenn man reinkam. Einmal hat er mir ein Foto seiner Freundin gezeigt. Sie ist blond und schön und sehr zierlich. Aber mit Seele, das konnte man sehen. Nur, leidgetan hat nicht sie mir. Oder ich mir. Nein, er hat mir leidgetan, irgendwie. Verstehst du?«

»Eigentlich nicht«, sagte Michael.

Aber Lena schwieg wieder, und Michael liess es gut sein und schlug vor, die Folge zu Ende zu schauen, aber sie schüttelte den Kopf, kippte ihren Drink, ohne zu zögern, in den Ausguss und sagte: »Morgen früh kommen die Kinder.«

Als Michael in seinem Zimmer war, stand er erst unschlüssig eine Weile herum, dann zog er sich aus und legte sich ins Bett. Wie er das morgen alles Lorenz erzählen würde, dachte er wieder, und ob er nicht aufstehen und ihn jetzt gleich anrufen sollte. Aber er würde dabei die Kinder wecken, und er hatte erlebt, wie das war.

Schon nach dem dritten Wochenende, an dem die Kinder bei Michael zu Hause gewesen waren, hatten er und Lorenz bei ihren täglichen Telefonaten begonnen, über sie zu sprechen – beide vorsichtig, als wären sie unsicher, ob das nicht zu intim war für ihre Art von Freundschaft.

Aber es war erst ein oder zwei Tage her, dass Lorenz am Telefon gesagt hatte: »Man sagt ja immer, man lerne so viel von Kindern. Und das mag stimmen. Aber ich wünschte manchmal, ich könnte mich noch mehr verändern, so wie eben die Kinder. Ich mein, niemand kennt sie so gut wie Lena und ich, aber ich kann trotzdem nicht voraussagen, wie Finn reagiert. Klar, manchmal – ich weiss zum Beispiel, wann er gleich wütend wird, wie sein Gesicht dann aussieht. Aber heute mag er Salat und morgen nicht mehr. Und ich glaube, er mag es selbst gar nicht, sich zu verändern, aber oft merkt er es auch gar nicht. Weisst du, ich hab mich immer auf die Zeit gefreut, wenn die Kinder mal aus dem Haus sind, ich hatte nie Angst, nicht zu wissen, was mit Lena reden. Manchmal aber, dass ich nichts mehr zu erzählen hab –«, dann brach er ab, als würde ihm erst jetzt klar, mit wem er sprach.

Es war das erste Mal, dass Michael bewusst dachte, er könnte Lorenz' Anrufe einmal vermissen, wenn alles vorbei war. Vielleicht erzählte er auch deshalb selbst von Polly und Finn – wie es gewesen war am Wochenende. Aber schon nach zwei Minuten wurde es ihm unangenehm. So wie er manchmal plötzlich zurückwich, wenn die Kinder gegen Abend immer anhänglicher wurden, als stünde ihm das nicht zu – so unterbrach er sich selbst am Telefon. Und ohne es wirklich zu wollen, begann er Lorenz stattdessen zu erklären, warum er und Sophie keine Kinder gewollt hatten – obwohl er immer gefunden hatte, man sollte sich dafür nicht rechtfertigen. Und konnte dann auch nicht viel mehr sagen, als dass ihn die Kinderlosigkeit doch traurig gemacht habe, als er noch mit Sophie zusammen war, und Sophie auch. Dass sie sich aber trotzdem seltsam einig gewesen seien – und dass ihn das heute fast am traurigsten mache.

Und dann – das mit Carlos war vielleicht zwei Wochen her, draussen waren endlich der Frühling und die Ferien angebrochen – wurde Lena plötzlich krank. Lorenz nahm kurzfristig wieder die Woche Urlaub, welche er schon abgesagt hatte, und fuhr anstelle von Lena mit den Kindern nach Marokko. Die Reise war nicht nur Lenas Idee gewesen, sondern auch ihr Wunsch, den sie noch vor der Trennung gegen Lorenz' Bedenken durchgebracht hatte; und jetzt fuhr er allein mit ihnen von Marrakesch ins Atlasgebirge. Lena rief trotz neununddreissig Grad Fieber jeden Tag auf Finns Handy an, welches sie ihm extra für diesen Urlaub gekauft hatte und das Lorenz, wie er Michael am Telefon sagte, tolerierte. Aber er sagte auch, dass es ihm langsam reiche – »Warum ist sie nicht einfach mitgekommen? Scheissfieber!«, sagte er, weniger verzweifelt als endlich einmal wütend. »Das mit Carlos, irgendwie konnte ich das noch verstehen. Und ich weiss, sie kann ja nichts dafür, dass sie jetzt krank ist. Und ich freue mich, dass ich Zeit mit den Kindern hab. Aber wenn sie glaubt, dass ich ewig warte –«, dann gab es ein Geräusch, als hielte er eine Hand vor die Muschel. Michael sagte nichts, und als Lorenz sich wieder meldete, war seine Stimme bereits wieder gefasst, und bald drauf verabschiedete er sich ruhig und nachdenklich wie immer.

Es war das erste Mal, so behauptete Lena, dass sie wirklich krank war, seit sie Kinder hatte. Zwar ärgerte sie sich sehr darüber, liess sich aber, die Decke bis zum Kinn hochgezogen, bereitwillig von Michael pflegen, der ihr kalte Handtücher um die Waden wickelte, Tee kochte und sie nervte, wenn der Krug nicht bis zum Mittag ausgetrunken war.

Sophie war regelmässig krank gewesen, aber sie hatte sich dem nie ergeben, immer noch wenigstens Fotos sortiert oder Rechnungen geschrieben, und wenn Michael ihr hatte helfen wollen, ihn weggescheucht, sie wolle ihn nicht anstecken. Jetzt merkte Michael, dass er, seit Lena bei ihm wohnte, nichts mehr von Sophie gehört hatte – auch wenn jedes Telefonat schwierig gewesen war, mehr als ein Monat war sonst zwischen zwei Anrufen nie verstrichen.

Als ihm das auffiel, war da weniger Erstaunen als Gekränktsein: dass also nicht nur er, sondern auch Sophie sich nie gemeldet hatte. Dass er ihr das gerne sagen würde, dachte er. – Gleich nach der Trennung hatte er oft das Gefühl gehabt, dass die Dinge, weil er sie ihr nicht erzählen konnte, gar nicht existierten – das hatte auch was für sich, der Schmerz war dadurch wie gedämpft. Und als das langsam nachliess und er sich manchmal fühlte, als ob er sich selbst genug wäre, hatte ihn das erst recht einsam gemacht.

Nun merkte er durch das Zusammenleben mit Lena, es konnte nicht nur an ihm gelegen haben, dass er und Sophie dauernd aneinandergeraten waren. Klar, noch war es eine Ausnahmesituation mit Lena, aber die gut zwei Monate, die sie inzwischen bei ihm wohnte, waren einfach gewesen. Diese Unruhe, die er zu Hause mit Sophie immer empfunden hatte, gab es nicht. Auch wenn er immer einverstanden gewesen war mit Sophies Wunsch, kein ganz normales Leben zu führen, hätte er doch gern mehr Regelmässigkeiten gehabt; während ihr alles, was mehr als einmal geschah, grundsätzlich jede Wiederholung, verdächtig gewesen war.

Dann kamen die Kinder in der zweiten Ferienwoche zu ihnen. Lorenz brachte sie, beide mit einem Köfferchen voll frisch gewaschener Kleider – Lena beeindruckte das. »Die sind doch erst gestern Abend gelandet«, sagte sie später.

Sie selbst war an diesem Sonntag viel zu früh aufgestanden und trotz der achtunddreissig Grad Fieber, die sie noch immer schwächten, in der Wohnung herumgetigert. Und als es dann um Punkt neun Uhr klingelte, war Lena dermassen aufgeregt, dass sie Michael zuvorkam und, ohne nachzudenken, die Tür mit einem Ruck öffnete, so dass Lorenz und sie sich das erste Mal seit über zwei Monaten wieder direkt gegenüberstanden, reglos beide.

Die Kinder schienen nichts davon zu merken, bestürmten Lena und begannen, noch während Lena sie abküsste und in die Arme schloss, von Marokko zu erzählen, von den Bergstrassen, dass sie die schnellsten gewesen seien und gar nie geschlafen hätten; und es war Lorenz, der als Erster die Fassung wiedererlangte und sagte: »Schön, dich zu sehen«, in einem Ton, dass klar war, das war keine Floskel.

Lena lächelte: »Sagt tschüss«, dann zögerte sie kurz, »sagt tschüss zu Papa.«

Die Kinder sagten tschüss, ohne Lorenz gross zu beachten, aber ihn schien es nicht zu kümmern, er strich ihnen kurz über den Kopf – Polly duckte sich weg und kicherte, Lorenz schaute dabei nur Lena an – und ging dann ohne ein weiteres Wort zur Tür raus. Dass der Urlaub ihm gutgetan habe, dachte Michael, braun war er und sah irgendwie verändert aus – einen Moment fragte er sich, ob Lorenz eine Affäre gehabt haben könnte. Obwohl er allein gewesen war mit den zwei Kindern? Und merkte dann, falls ja, er würde es auf keinen Fall wissen wollen.

Die folgende Woche ging so schnell vorbei wie lange keine mehr. Michael und Lena machten mehrere Ausflüge mit den Kindern, auch zum Flughafen wollten sie, obwohl sie gerade geflogen waren, um die Flugzeuge starten zu sehen – Polly wollte neuerdings Fluglotsin werden: »Und dann sag ich allen, wo sie hinfliegen müssen!«

Den Kinderzoo besuchten sie ebenfalls wieder, gingen einmal alle zusammen Bogen schiessen, wobei Polly noch keine Bogen spannen konnte, so dass ihr Michael und dann auch Finn halfen. Dieser war, so hatte man das Gefühl, erst seit der Trennung in die Rolle des grossen Bruders reingewachsen. Machten einen Ausflug auf die Kyburg und ins Hallenbad. Lena kam jeden Tag mit, obwohl sie noch immer nicht ganz gesund war, und war dann zu Hause so erschöpft, dass Michael sich um den Haushalt und das Nachtessen und die Kinder kümmern musste.

Inzwischen kam es auch vor, dass Michael streng oder gar genervt reagierte, wenn die Kinder Dinge taten, die er gerade nicht gebrauchen konnte, und dass er – etwas, das ihm sonst nie passiert war – sogar laut wurde. Doch weder Polly noch Finn schienen es ihm übelzunehmen; das war vielleicht das Überraschendste daran. Und er begann sogar darauf zu achten, dass sie vor dem Essen die Hände wuschen und natürlich vor dem Schlafengehen die Zähne putzten.

Überhaupt hatte Michael das Gefühl, die Kinder hätten sich ebenfalls verändert – ihnen gefiel es, dass dauernd spezielle Dinge unternommen wurden, egal ob Ferien, ob mit Lorenz oder Lena. Und vor allem Polly spielte die beiden auch gegeneinander aus; einmal sagte sie zum Beispiel: »Darf ich jetzt wenigstens bei dir ein Glacé, Mami? Papa ist immer so streng!« Und nur Michael wusste, dass das glatt gelogen war, weil Lorenz ihm einige Tage zuvor am Telefon gesagt hatte, dass er jetzt halt schon nachgiebiger sei, dass sie zum Beispiel, wenn er die Kinder abholen gehe, immer erst Glacé essen würden. Aber Michael verriet nichts. Er schaute Polly nur lange an, und als sie es bemerkte, schaute sie nicht etwa weg, sondern trotzig zurück, als wollte sie sagen, dass er unrecht habe, egal was er denke, weil sie grundsätzlich und immer recht habe. Wahrscheinlich merkte Lena es ebenfalls, aber vielleicht weil sie sich schuldig fühlte, vielleicht weil sie grosszügiger war oder selbst nichts verpassen wollte, gab sie, was sonst nicht ihre Art war, nach.

Aber es war auch Polly, die manchmal – vor allem wenn sie müde war – traurig wurde und einmal zu ihm hochschaute und fragte, ob sie denn jetzt den Kindergarten wechseln müsse, wenn sie öfter hier sein wolle. Weil sie wusste, dass es gleich neben Michaels Wohnung einen gab. Und Michael traute sich nicht, Lena davon zu erzählen.

Finn dagegen hatte bis dahin nie etwas zu der neuen Situation gesagt. Und während er am Anfang noch dankbar schien, dass wenigstens mit Michael alles beim Alten geblieben war, schien er ihn jetzt manchmal als Bedrohung wahrzunehmen. Gleichzeitig wuchs Pollys Zutrauen. Vielleicht fehlte ihr Lorenz mehr als Finn, jedenfalls war sie es, die Michael dazuholte, wenn er sich ins Zimmer zurückzog, und sich dann zwischen ihn und Lena setzte, als genügte ihr Lena zum Ankuscheln nicht. Und wenn Michael morgens seine Zeitung kaufen ging, wie sie ihn dann begleitete und mit ihrer kleinen Hand in seine schlüpfte und an ihm zerrte und irgendwas plapperte, mit ihrer leicht fiepsigen Stimme, die oft so leise war, dass er sich näher zu ihr beugen musste. Und dann bei seinem Zeitungskiosk eine halbe Stunde Zeitschriften anschaute und schliesslich die pinkste von allen aussuchte – und sie waren alle sehr pink – oder auch, und das erstaunte ihn sehr, einige Male dann gar keine wollte und die Kioskfrau so charmant mit ihren schrägen Locken und den zwei hervorstehenden Schaufelzähnen anlächelte, dass die ihr meist etwas schenkte, als hätte sie sich das verdient. Einen Kaugummi oder Chupa Chups – und Polly griff immer nur sehr vorsichtig danach, drehte und wendete ihn und schaute ihn lange an, bevor sie sich schliesslich bedankte, ohne dass Michael sie je daran hätte erinnern müssen.

Trotz der Vertrautheit bekam er mit Polly regelmässig Streit. Mit Finn, der seit Lenas Auszug noch ruhiger und ernsthafter wurde, als er eh schon war, gab es nur eine einzige wirkliche Auseinandersetzung.

Es war an einem Nachmittag, als Lena mit einem kleinen Rückfall im Bett lag und Polly neben ihr eingeschlafen war, da hatte Finn zu Michael gesagt – weil er ihn gebeten hatte, den Fernseher leiser zu drehen –: »Du bist nicht mein Vater!« Aus dem Nichts.

»Ich weiss«, antwortete Michael nur, so dass Finn die Lippen zusammenpresste, dann auch die Augen und vor Wut das Atmen völlig vergass – für einen Moment dachte

Michael, als Finn plötzlich aufsprang, jetzt würde er ihn schlagen, stattdessen blieb er für einen Moment nur wie angewurzelt stehen und stürmte dann aus dem Wohnzimmer. Als Michael kurz darauf nach ihm schauen ging, sass Finn auf dem geschlossenen Klodeckel, die Hände aufgestützt, seine Wangen trocken, und Michael legte ihm nach einer Weile eine Hand auf den Kopf. Finn wehrte sich nicht dagegen, rührte sich überhaupt nicht. Und mit einem Mal überkam Michael eine Dankbarkeit Lena gegenüber. Was ihn früher wütend gemacht hatte, dass Lena nur noch selten, und wenn, immer mitsamt den Kindern bei ihm vorbeikam – diese Bindung, die dadurch entstanden war, die fühlte sich jetzt so an, als wären da doch irgendwie Kinder in seinem Leben, wären da schon immer gewesen, auch wenn er es erst jetzt richtig wahrnahm, seit Lena zu ihm gezogen war.

Und als Michael am Abend darauf – die Kinder schliefen schon – sah, wie Lena in der Zeitung die Wohnungsinserate durchschaute, stiess ihm plötzlich die Tomatensauce vom Nachtessen auf, so dass er sie im Mund wieder runterschlucken musste.

Nach den Ferien wurde alles normaler, auch wenn Lena immer wieder kleine Krisen hatte, manchmal weinte, manchmal auch nur traurig darüber war, dass sie nichts mit ihrer neugewonnenen Freiheit anstellte. Michael hingegen ging es gut, und das, obwohl er wusste, allzu lange würde sein Geld nicht mehr reichen, wenn er nicht bald wieder etwas publizierte. Trotzdem wollte er, als sie das anbot, keine Miete von Lena annehmen – die sich jetzt, wohl das erste Mal seit vielen Jahren, Gedanken über Geld machte –, dann würde er lieber im Sommer wieder als Badmeister jobben, wie er es auch schon getan hatte.

»Vielleicht ist es ja gut, wenn ich mehr arbeite«, sagte Lena. »Lorenz hat immer gesagt, von Steuer und Krippe her gesehen spiele es keine Rolle, ob ich arbeite.« Und nach einer Pause: »Ich kann mir das aber alles noch gar nicht richtig vorstellen. Die Zukunft.« Dann holte sie tief Luft. »Und weisst du was, gestern, als ich von der Ärztin kam, hatte ich plötzlich Angst, Finn oder Polly auf der Strasse beim Schindlergut zu begegnen. Es ist mir einmal vor einem halben Jahr oder so passiert. Damals war es lustig, als Finn von der Schule kam und ich auf dem Weg zum Einkaufen war. Aber wir wussten beide nicht recht, was machen, es war so ungewohnt. Ich weiss noch, wie ich ihm nachgeschaut und gedacht hab, er geht da ganz allein, und das ist normal. Ich mein, das ist doch absurd – Angst vor den eigenen Kindern, wegen dem eigenen Mann.« Sie seufzte. »Jedenfalls habe ich Lorenz geschrieben, er solle mir die Post nachsenden. Und bald kommt Polly in den Kindergarten, und Lorenz ist völlig egal, zu wem. Er sagt, er habe halt Vertrauen.«

Doch Michael wusste von einem Telefonat, dass Lorenz sich durchaus darüber Gedanken machte. Zum Beispiel, ob er die Kinder zum Mittagstisch auch noch für Donnerstag und Freitag anmelden sollte, jetzt ging er ja immer mittags nach Hause, auch wenn er das fertige Essen unterwegs kaufte.

»Weisst du«, hatte Lorenz gesagt, »ich habe letzthin mit Polly und Finn über den zusätzlichen Mittagstisch gesprochen. Ich fand, sie sollten es wissen. Aber die beiden haben sich einfach nur gefreut, weil ihre Freunde auch alle dahin gehen. Ich kam mir so überflüssig vor. Fast als würden sie ausziehen«, und dann musste er lachen.

Und plötzlich war es Michael unangenehm, dass Lorenz ihm so viel erzählte und er es nicht einfach weitererzählen konnte. Und fragte sich, weshalb Lorenz nicht eifersüchtig war auf ihn. Oder zeigte er es nur nicht – waren die Telefonate jeden Abend um fünf seine Art von Kontrolle? Aber warum sollte ihn das kümmern, dachte Michael, und dass es ihn auch gar nicht störte, wenn er bald wieder eine Arbeit suchen müsste. Und es kam ihm vor, als ob Familie – sogar diese Art von Familie – ihn davon befreite, Erfolg zu haben und Abenteuer erleben zu müssen; und mit Erstaunen stellte er fest, mit welcher Beiläufigkeit man das Leben an die Ereignislosigkeit anpassen und dabei glücklich sein konnte.

Es brachte ihn nicht einmal aus dem Tritt, als er eine Einladung zu Sophies Vernissage aus dem Briefkasten fischte, eine Karte, auf der mit Schreibmaschine eine Zeit und eine Adresse geschrieben standen, ohne Foto. Sophie hatte ihm bei ihrem letzten Treffen von der Vernissage erzählt, und jetzt sah er auch, dass ihre Adresse handgeschrieben war – aufgegeben in Berlin, wo sie inzwischen wieder die meiste Zeit wohnte –, und fragte sich, ob sie das für alle gemacht hatte oder nur für ihn.

Die Ausstellung war in einer dieser Galerien, die am Limmatquai nach den verscheuchten Prostituierten das Quartier in Beschlag nahmen und deren Beleuchtung schon im Vorhof auf Kunst machte. Bevor Michael eintrat, atmete er einmal tief durch. Sophies Vernissagen waren auch deshalb immer spannend gewesen, weil oft die Menschen, die sie fotografiert hatte, anwesend waren; viele mit Familie und Freunden, und manche stellten sich sogar unauffällig neben das Bild, das Sophie von ihnen gemacht hatte, andere warfen nur verstohlen und von weitem einen Blick darauf.

Als Letztes hatte Sophie eine Frau im Altersheim begleitet – nie sagte sie, sie gehe fotografieren –; und es war auch nicht das Letzte, was sie gemacht hatte, sondern das Letzte, als Michael noch mit ihr zusammen gewesen war. Sophie nannte sie nur Madame Elke, einst eine berühmte Schauspielerin, die bis heute noch ab und zu auf der Bühne stand, nun halt im Rollstuhl. »Sie altert nicht. Wirklich«, hatte Sophie einmal gesagt, er konnte sich noch genau erinnern. »Sie war seit den frühen 1920ern wieder einer der ersten weiblichen Hamlets. Sie ist für immer dieser junge dänische Prinz geblieben. Aber sie kann nicht nur diesen Monolog noch auswendig, sie kann Beckett, sie kann sogar Sarah Kane. Sie vergisst mitunter, wo sie wohnt, ihren Namen, aber sie kann noch immer den ganzen *Hamlet* auswendig. Nicht nachsprechen, sie muss ihn spielen; und während sie sonst oft mehr nuschelt als spricht, wird ihre Stimme dann zu einem reissenden Fluss, ihre Beine, die sie meist kaum mehr zwei Schritte tragen, beginnen im Rollstuhl zu zucken, und sie legt die eine Hand auf die Brust – ach, Schmerz! – und die andere umgekehrt an die Stirn. Michael, du kannst dir nicht vorstellen, wie schön sie ist. Wie schön sie sich selbst als dänischer Prinz noch heute fühlt, wie sehr sie Ophelia noch immer begehrt, weil sie noch Method-Acting gelernt hat, für die Bühne, trotz aller Tricks, sie war nie nur Aussendarstellung oder nur Haut, sie musste es fühlen. Und wie sie es gefühlt hat – und noch immer tut. Als ob die Rollen in sie reingewachsen sind, tiefer als ihr eigener Name, viel näher als ihre Freunde im Altersheim. Beziehungsweise, eigentlich sind ihre Freunde die Figuren aus den Stücken, und sie wirkt erstaunt, wenn die Angestellten nicht in Versform antworten, wie es im Textbuch steht, sondern nur sagen: ›Kommen Sie, Frau Elke, es ist Zeit für die Zähne.‹ Und wie sie das einfach ignoriert, aber sich auch nicht wehrt, wenn sie dann zum Lavabo geschoben wird und ihr jemand mit der Zahnbürste ungeduldig im Mund rumschrubbt. Bis Madame Elke sie der Betreuerin schliesslich wegnimmt und selbst ihre Zähne reinigt und sogar das mit einer Grazie tut, die ich so noch nie gesehen hab. Und natürlich posiert sie, sobald ich die Kamera hervornehm – und du weisst, wie ich das hasse. Aber bei ihr ist die Pose sie selbst. Ich glaub, ich bin ein bisschen verknallt.« – »Ein bisschen ist gut«, war Michaels Antwort gewesen, und Sophie hatte ihn umarmt, als wäre die Verliebtheit ansteckend; und er erinnerte sich plötzlich daran, wie sie eigentlich von Anfang an eine offene Beziehung hatte führen wollen. Beziehungsweise schon diese Bezeichnung als Einschränkung empfunden hatte, während Michael zu viel Angst gehabt hatte, es würde ihre Beziehung zerstören.

Und am Schluss, als man hätte sagen können, es kommt auch nicht mehr drauf an, war es unwichtig geworden; so sehr waren sie mit Streiten beschäftigt gewesen, dass sie beide keine Augen für jemand anders hatten. Und er erinnerte sich auch daran, wie sehr er sich darauf gefreut hatte, Madame Elke einmal kennenzulernen. Nun fürchtete er sich davor, als käme er damit Sophie wieder zu nah; dass Sophie ja auch mit einem anderen Mann oder einer anderen Frau hier sein könnte, daran hatte er zum Glück noch nicht mal gedacht. Und bevor er das tun konnte, trat er ein.

In einem überdimensionierten Raum mit hoher Decke und einem dieser Weisstöne mit eigenem Namen hingen Sophies Bilder, Portraits in Schwarzweiss – früher war ihr das immer zu künstlich vorgekommen. Bei ihrer letzten Ausstellung hatte Sophie extra Leerstellen an den Wänden gelassen für Fotos, die ihr misslungen waren, zwei Nägel in der Wand, wie eine Hommage ans Scheitern. Jetzt waren die Wände so voll mit Bildern, als hätte sie bewusst versucht, das Gefühl zu erzeugen, es gäbe zu wenig Platz in diesem grossen Raum. Es hätte Michael nicht überrascht, wenn noch ein paar Bilder am Boden gegen die Wand gelehnt hätten; nur Sophie selbst war nicht da. Oder zumindest sah er sie nicht und dachte, dass sie seit einiger Zeit für ihn immer unfassbarer geworden war, als ob sie langsam durchsichtig würde; wie diese Polaroidfotos, wenn sie sich an der Luft entwickelten, nur umgekehrt – dass langsam verschwindet, was einmal zu sehen war. Und dass ihre Trennung vielleicht weniger verwunderlich war, als dass sie so lange mit ihm zusammen gewesen war, dachte er und ging an einem Bild nach dem anderen vorbei, ohne länger als ein paar Sekunden davor stehen zu bleiben. Er kannte weder die Menschen auf den Bildern noch die Besucherinnen und Besucher, als hätte Sophie alles ausgewechselt, nur die Fotos waren ihm in ihrer intensiven Art vertraut geblieben.

Und als Michael sich schliesslich auf den Weg in den letzten Raum der Galerie machte, in dem Sophie sich vermutlich aufhielt, musste er durch einen kurzen Korridor und entdeckte auf den beiden Klotüren statt der üblichen Piktogramme ein Bild ihrer Mutter und eines von ihrem Vater. Michael hatte sie nicht oft gesehen, Sophie hatte sie nicht oft gesehen, aber für einen Moment vermisste er sie und fragte sich, was sie denken würden, wenn sie vor diesen Bildern hier stünden – eingeladen hatte Sophie sie sicher nicht. Dann fiel sein Blick auf eine Schuhschachtel mit Fotos, die neben einer Schale mit Münzen auf einem Tischchen vor dem Klo stand. Michael nahm einen kleinen Stapel in die Hand und schaute Bild für Bild durch, manche schienen aus dem Familienalbum ihrer Eltern geklaut zu sein, an den Ecken konnte man noch den Kleber spüren, manche zeigten Sophie (auf keinem lachte sie), manche nur Gegenstände: ein altes Radio, mehrere Vasen, ein leeres Aquarium. Und dann, Michael hielt instinktiv den Atem an, ein Bild von ihm. Plötzlich fühlte er sich beobachtet. Er blickte sich um, aber niemand beachtete ihn. Auf dem Foto sass er in dem grossen Schaukelstuhl, den Sophie von ihrer Grossmutter geerbt hatte, den Kopf schief, und schaute direkt in die Kamera. Er sah nicht gut aus auf dem Foto, die Haare wirkten fettig, man musste genau schauen, um zu erkennen, dass sie nur nass waren. Das Seltsame war, dass er auf dem Bild trotzdem weniger sich als Sophie sah. Ihren Blick. Der ihn anschaute, irgendwie schonungslos und gleichzeitig zärtlich, oder deshalb zärtlich; er hatte einmal mehr das Gefühl, sie wisse mehr über ihn als er selbst.

Bevor er Sophie kennengelernt hatte, hatte er auch gern fotografiert, aber – und das fiel ihm in diesem Moment zum ersten Mal auf – er besass kein einziges Foto von Sophie, das er selbst gemacht hatte. Nur ein paar ihrer Selbstportraits, die sie dagelassen hatte. Es konnte nicht allein daran liegen, dass sie kamerascheu war, und das im doppelten Sinn; obwohl sie Fotografin war, oder gerade deshalb, hatte sie nie viele Bilder gemacht. Und er selbst hatte befürchtet, er würde schlechte Fotos von ihr machen oder eben dass er sie nicht so anschauen, so sehen konnte, wie sie ihn hatte sehen können: so, dass man sich darauf erkannte, was ja eine Kunst war. Denn in der Regel weiss man zwar, dass man selbst auf dem Foto ist, fühlt sich aber der Person auf dem Bild fremd, im besten Fall geschmeichelt, aber nie getroffen. Sophie aber konnte das.

Als er aufschaute, weil er schon viel zu lange und öffentlich auf ein Foto von sich selbst starrte, entdeckte er hinten im Raum Sophie, wie immer in Cowboystiefeln und ungeschminkt, vielleicht als einzige Frau in der ganzen Galerie. Und Michael merkte, dass – egal was er gerade gedacht und gefühlt hatte – er sie jetzt einfach nur umarmen und küssen wollte. Und musste an den Marina-Abramović-Clip denken, in dem der Exlebenspartner der Künstlerin, den sie jahrzehntelang nicht mehr gesehen hat, sich in einer Ausstellung zu ihr an den Tisch setzt und wie sie beide zu weinen beginnen; derselbe Exlebenspartner, der jetzt, das hatte Michael erst vor wenigen Tagen in der Zeitung gelesen, gerichtlich Geld von ihr forderte. Und schaute wieder zu Sophie, die ihn noch nicht gesehen hatte, um sie herum eine Traube von Menschen; man sah, wie alle um ihre Aufmerksamkeit buhlten – die Ausstellung war ein Erfolg, das freute Michael.

Dann drehte er sich um und ging.

Er war bereits bei der Tramhaltestelle, als er realisierte, dass er noch immer das Foto von sich in der Hand hielt, in der anderen ein Glas Prosecco, und auch dann erst, dass er weinte. Nur ein wenig, aber seine Nase lief.

Nach Hause, zu Lena, wollte er jetzt nicht – auch wenn es sich jetzt tatsächlich wie ein Zuhause anfühlte –, und ihm fiel ein, dass Lorenz ihn vor wenigen Tagen noch einmal gefragt hatte: »Aber woran seid ihr denn gescheitert, Sophie und du?«, und wie er da gedacht hatte: Gescheitert? Er würde es nicht so bezeichnen. Sophie sicher nicht; es beinhaltete den Gedanken, dass man zusammenbleiben sollte und dass das ein Erfolg wäre. Das war nie Sophies Ziel gewesen, auch wenn sie – das hatte er gespürt, und es war ihm seltsamerweise ein Trost – bis zum Schluss gekämpft hatte. Aber das hatte er Lorenz nicht gesagt; er wusste nicht mehr, was er geantwortet hatte, dachte er, während er einfach weiter durch die Stadt spazierte und sich dann mit einem doppelten Whiskey in die Spätvorstellung im Riffraff setzte.

Als er nach Hause kam, war zu seiner Überraschung noch Licht in der Küche. Lena stand auf, als er eintrat, und Michael machte sich drauf gefasst, dass sie ihm eine Standpauke halten würde, auch wenn er nicht wusste, weshalb. Aber sie umarmte ihn nur und küsste ihn sogar kurz auf den Mund, wie sie es früher manchmal zur Begrüssung getan hatte. Nur jetzt etwas länger. Oder war das der Alkohol, der die Zeit verzögerte? Dann setzte er sich, und während sie ihm ein Glas Wasser holte, überlegte Michael, ob es sonst noch Anzeichen gab, dass sich etwas geändert hatte. Ihm fiel nur ein, dass Lena, seit sie bei ihm wohnte, nicht mehr versucht hatte, ihn mit irgendeiner ihrer Yoga- oder Lehrerinnenfreundinnen zu verkuppeln, worüber er froh war. Und dass sie vielleicht einfach verzweifelt oder nur sehr müde war und es nichts mit ihm zu tun hatte – und er hoffte, es würde ihre Freundschaft nicht tangieren. Und fragte sich, ob er feige war. Und ging dann einfach Zähne putzen, und Lena rief ihm nichts nach wegen dem Glas Wasser, auch nicht, als er danach direkt ins Bett ging.

Am anderen Morgen war Lena nicht wie gewohnt schon früh in die Bibliothek aufgebrochen, sondern sass mit einem Buch und einem grossen Glas frisch gepresstem Orangensaft für Michael am Küchentisch. »Und, wie war die Vernissage eigentlich? Gestern hast du nicht mehr viel gesagt.«

Michael schaute auf Lenas Lippen, die in letzter Zeit trocken aussahen, und dachte an den Kuss, fragte aber nur: »Hörst du manchmal noch was von Sophie?«

»Schon eine Weile her«, antwortete Lena und schaute ihn weiter fragend an.

»Wie geht es ihr?«, fragte er und spürte seinen Kopfschmerzen nach.

»Hast du sie gestern nicht gesehen?«

»Ich bin wieder gegangen.«

»Ich glaub, sie war sehr nervös wegen der Ausstellung.«

»Ihre Bilder sind noch besser geworden.«

»Die werde ich mir auch noch anschauen.«

»Besser als damals, als wir noch zusammen waren.«

»Du wirst auch immer besser!«

»Ich schreib ja gar nicht.«

»Das gehört doch dazu.«

Michael sagte: »Vielleicht werde ich sie heut einmal anrufen.«

»Mach das.«

»Aber ich lass sie ausschlafen. Sie hat bestimmt einen Kater.«

»Mach das.«

Er rief sie dann doch nicht an, stattdessen setzte er sich an diesem Nachmittag, nachdem Lena doch noch in die Bibliothek gegangen war, an den Ausklapptisch und schrieb zum ersten Mal seit langer Zeit wieder. Begann mit dem Traum von Isabel und dachte daran, wie Sophie nur ein einziges Mal eifersüchtig gewesen war, nämlich auf Isabel oder zumindest auf diese junge, nichtgelebte Verliebtheit.

Auch das schrieb Michael auf, ohne das Gefühl zu haben, wirklich an die eigentliche Geschichte heranzukommen – und war trotzdem froh, dass er wieder schrieb. Obwohl, ganz aufgehört hatte er nie, aber wenn er sich die Entwürfe anschaute – sie begannen mit Leichen, mit Flugzeugabstürzen, auch mal nur mit einer Trennung –, kamen sie ihm alle wie Ablenkungsmanöver von den eigentlichen Dingen vor, wie die Streite mit Sophie Ablenkungsmanöver gewesen waren; er konnte sich an keinen einzigen genau erinnern, aber das Gefühl, das er dabei immer gehabt hatte, vergass er nicht. Diese Ohnmacht, wieder in den gleichen Streit um nichts geraten zu sein, diese Ohnmacht gegenüber dem Leben, dass Veränderung gar nicht, zäh oder nur gegen einen hohen Preis zu haben war, und niemand sagte einem, ob es wirklich eine Veränderung oder nur ein kurzfristiges Täuschungsmanöver war und man bald wieder in den gleichen Bahnen seine Runden drehen würde, nur vielleicht mit leicht verändertem Personal.

Ein paar Tage später, es war inzwischen voller Frühling, das Fenster stand oft auch abends noch offen, erzählte ihm Lena von einem Stefan, der mit ihr zum Yoga ging. Den Kurs hatte sie vor zwei Jahren begonnen, rückblickend betrachtet vielleicht ein erstes Anzeichen einer Ehekrise, dachte Michael jetzt. Dass dieser Stefan ihr von Anfang an gefallen habe, aber damals sei das ja nicht wichtig gewesen.

Was denn nun mit ihm sei, fragte Michael und dachte: Das geht mir zu schnell, ich bin noch nicht bereit; und musste über sich selbst grinsen.

»Was ist daran so lustig?«

»Mir ist nur grad eingefallen, wie Lorenz mit dir zum Yoga gekommen ist«, log Michael.

»Ich hab mich mehr geschämt für ihn als er sich selbst, und gleichzeitig hab ich mich, was nicht mehr so oft vorkam, richtig verliebt gefühlt – dass er sich das antut. Sich traut!«

»Warum ist er dann nicht mehr gekommen?«

»Er geht jetzt an der Uni ins Konditionstraining – ist zeitlich besser für ihn. Bisher jedenfalls.«

»Und was ist mit diesem Stefan?«

»Ist nichts. Und ausserdem ist er zehn Jahre jünger.«

Und dann erzählte sie von einer Partnerübung, die sie kürzlich zusammen machen mussten, und wie ihre Körper sich nur genau da berührten, wo sie sollten, dass es sich aber nicht wie eine Übung, sondern wie das Berühren zweier Körper anfühlte – sie seien vielleicht nicht gerade füreinander gemacht, aber da sei eine Anziehung, so stark, dass sie beide leicht zu zittern begonnen hätten. Sie habe die Übung auch schon mit anderen Teilnehmern gemacht, aber nie dasselbe gefühlt wie mit Stefan – es sei ein bisschen wie Sex gewesen, nur eben kein Sex. Sie lachte, als sie es sagte. Und fügte hinzu, sie und Stefan hätten sich danach so angesehen, dass klar gewesen sei, nicht nur sie hatte das so empfunden. »Ich hab ihn gleich am nächsten Tag angerufen – natürlich unter irgendeinem Vorwand.« Wieder lachte sie. »So hat man das früher halt gemacht, als man das noch gemacht hat. Also ich.«

»Früher hättest du mir das aber auch gleich erzählt«, sagte Michael und wunderte sich über seinen Ton, der fast ein wenig aggressiv war.

»Früher hätte es auch anders geendet.«

»Wie denn?«

»Jetzt haben wir uns zwar verabredet, aber ich hab dann kurzfristig abgesagt. Sonst hätte ich es dir schon erzählt. Jetzt geh ich ja ins Kung-Fu!«

»Und?«

»Jetzt ruft er nicht mehr an.«

»Das ist gut«, sagte Michael. Und sie schauten sich einen Moment stumm in die Augen.

Dann sagte Lena: »Weisst du, Carlos, der war von früher. Aber Stefan, das wär was Neues. Carlos war eher ein Abschluss – Stefan ein Schuss«, dabei lachte sie nicht, sondern schüttelte den Kopf. »Lorenz und ich haben meistens sonntags miteinander geschlafen. Manchmal hatte ich keine Lust, aber wenn es mir nicht wirklich schlechtging, schlief ich mit ihm. Vielleicht ging es ihm nicht anders. Mit Carlos hingegen war das ein Spektakel, eine Inszenierung jedes Mal, und wir schliefen in Napoli mindestens zweimal täglich miteinander. Ich glaube, er wollte sich beweisen, dass er das noch kann, weil auch sein Leben ruhiger geworden war in den letzten Jahren. Aber bei Lorenz und mir war das Miteinanderschlafen nicht der Höhepunkt, sondern es fügte sich nahtlos in unser Leben ein.« Sie schaute auf, und Michael konnte ihrem Blick ansehen, dass sie, vielleicht zum ersten Mal, wirklich überlegte zurückzukehren. Und er fühlte sich plötzlich sehr alleine – vielleicht weil er in diesen Tagen Sophie ein Stück weit hatte loslassen können, während zuvor die Hoffnung oder die Verletztheit seine Einsamkeit übertönt hatten. Eine Einsamkeit, so klar und stechend, wie wenn man seine ausgekühlten Füsse in heisses Badewasser stellt.

Und Michael fragte: »Ist denn Lorenz eigentlich nicht eifersüchtig?«

»Das müsstest du besser wissen als ich.«

»Bist du denn eifersüchtig, dass ich immer mit ihm telefoniere?«

»Ich bin froh. Aber tatsächlich, Lorenz hat Eifersucht nie verstanden. Und trotzdem hat er nie Freundinnen gehabt. Früher war ich froh darüber, jetzt denk ich, dass es ihm guttun würde.«

»Wie meinst du?«

»Das Problem ist nicht nur, dass er keine Freundinnen hat, er hat auch sonst nicht wirklich Freunde. Er hat Kollegen, mit denen geht er auch gern mal ein Bier trinken. Aber sie sprechen nur über die Arbeit. – Du bist jetzt sein Freund.«

»Ich bin nicht sein Freund.«

»Du kannst dir nicht vorstellen, wie einsam man sich mit Kindern fühlen kann«, sagte Lena, stand dann plötzlich auf und drehte sich für einen Moment ab.

Dass Lorenz sie zurückwollte, daran zweifelte Lena nie – und Michael erwähnte ihr gegenüber nichts von Lorenz' Drohung, nicht ewig zu warten –, obwohl sie erst vor kurzem zu Michael gesagt hatte, dass sie ja nicht gerade schöner, Lorenz hingegen immer attraktiver werde; dass sich das Spitzbübische, das er immer schon gehabt hatte, jetzt mit der Seriosität der grauen Schläfen vermische und er Geld und eine Menge Studentinnen habe, die alles für ihn tun würden. Lena sagte, sie habe auch gemerkt, wie die anderen Mütter – sie sagte nicht Frauen – ihn anschauten.

Und als sie an diesem Abend wieder zu Michael schaute, sagte sie: »Und weisst du, wovor ich am meisten Angst habe, wenn ich zurückgehe? Man kann nur einmal ausbrechen. Ich weiss nicht mehr, wer das gesagt hat, aber davor habe ich Angst. Dass diese Entscheidung für immer ist. Nicht falsch, aber für immer.«

Immer wieder rief Lenas Mutter an, und Michael hörte Lena auf Polnisch mit ihr reden, wodurch ihm auffiel, wie viel er möglicherweise nicht von ihr wusste, auch wenn sie vielleicht gerade das Gleiche sagte, was sie zu ihm auf Deutsch auch schon gesagt hatte. Wenn sie dann aus dem Zimmer kam, sagte Lena meist etwas wie: »Sie versteht mich nicht. Sie ist meine Mutter, aber sie hat keine Ahnung.« Und wenn Michael fragte, was sie denn gewollt habe, oder vorschlug, ihre Mutter einmal hierher einzuladen, lachte Lena ihn aus oder fluchte kurz ein paar Wörter auf Polnisch.

Auch Lorenz rief noch immer jeden Abend um fünf an, und Michael hatte sogar begonnen, ihm vom Schreiben zu erzählen, obwohl für Lorenz im Grunde genommen das Schreiben genauso fremd war wie für Michael Functional Genomics, für die er noch nicht einmal eine gescheite Übersetzung fand.

Und nie variierte die Uhrzeit, bis auf ein einziges Mal, als Lorenz mitten in der Nacht aufs Festnetz anrief: »Hab ich dich geweckt?«

Was er wolle, fragte Michael zurück.

»Das wollte ich nicht. Also schon. Tut mir leid. Ich hab gedacht, vielleicht geht Lena ran.«

»Lena geht nie ran, ist ja meine Wohnung, sie hat ein Handy.«

»Hab gedacht, vielleicht in der Nacht.«

»Bist du betrunken?«

»Ich konnt nicht schlafen.«

»Wo bist du?«

»Zu Hause. Hab nur die eine Flasche Wein getrunken.«

»Geh schlafen.«

»Ich weiss nicht, was ich falsch gemacht habe. An manchen Tagen find ich Lena sogar mutig. Jetzt vermisse ich sie bloss.«

Eine Weile schwiegen beide, dann redete Lorenz einfach weiter: »Weisst du, bevor ich heute nach Hause ging, hab ich sicher eine halbe Stunde auf Rosanna eingeredet, die am Institut putzt, nur weil sie sich immer so nett nach den Bambini erkundigt. Es fehlt mir, das Teilen – als würde gerade ungeteilter Alltag in der Wiederholung verschwinden, weil er viel zu leicht vergessen wird. Lena fehlt mir. Ihre Stimme. Wie sie, wenn sie beim Erzählen die Augen oft so aufreisst, als wolle sie betonen, dass das wirklich alles stimmt, was sie gerade erzählt. Aber«, sagte er, »ich sehe sie ja immer in den Kindern. Finn lacht wie sie. Und heute Morgen habe ich gedacht, dass ich jetzt auch mal wieder ein Wochenende mit den Kindern verbringen will.«

»Rufst du deshalb an?«

»An der Uni«, fuhr Lorenz fort, »schauen sie schon komisch. Weisst du, ich hab früh Karriere gemacht, aber das Forschen ist mir immer das Liebste geblieben. Trotzdem, wer Karriere an der Uni macht, entscheidet sich damit schlussendlich gegen die Forschung. Vielleicht kann man mehr über das Objekt der Forschung nachdenken, aber im Handeln wird man zum Administrator. Ich hab mich damit abgefunden. Die Familie war für mich immer das grösste Risiko, weil unvorhersehbar, und mein grösster Wunsch. Aber mit dem Schmerz jetzt hab ich nicht gerechnet – und das Seltsame ist, obwohl ich unter der Woche so viel Zeit mit den Kindern verbringe, kann ich mich am Wochenende, wenn die Kinder bei Lena –«, kurz zögerte er, »wenn die Kinder bei euch sind, wieder ungestört dem Schreiben von wissenschaftlichen Artikeln widmen. Ich bin ein besserer Vater und ein besserer Wissenschaftler geworden, seit Lena weg ist – aber sie fehlt mir. Dabei, ich sollte doch wütend sein. Glaubst du, das kommt noch?«

»Ich weiss nicht, was kommt«, antwortete Michael.

»Weiss Lena es?«

Michael schüttelte den Kopf.

Lorenz wiederholte seine Frage.

Michael sagte: »Ich glaub, sie weiss es am allerwenigsten.«

»Sie muss sehr allein sein.«

»Ich weiss nicht.«

»Gut, bist du bei ihr«, sagte Lorenz.

Und Michael nickte wieder und sagte nichts.

»Kannst du sie wecken?«

»Meinst du, das ist eine gute Idee? Du bist betrunken.«

»Kannst du sie wecken?«

In dem Moment kam Lena in die Küche, sie schaute Michael einen Moment an und sagte dann schroff: »Gib ihn mir!«

Wahrscheinlich dachte sie an die Kinder. Michael dachte an die Kinder, während er ihr das Telefon reichte. Sie ging damit in ihr Zimmer und schloss die Tür hinter sich.

Statt wieder ins Bett zu gehen, schenkte sich Michael ein Marmeladenglas mit Eierlikör ein, den er auf dem Flughafen von Bukarest erstanden hatte, und holte eine Kekspackung aus dem Schrank.

Während er Lena noch immer wütend reden hörte, musste er daran denken, dass von den Kindern nie ein schlechtes Wort kam, das Lorenz über Lena gesagt haben sollte. Und wie vor ein paar Tagen – nachdem Lena und Michael ihre täglichen zwei Folgen *Grey's Anatomy* geschaut hatten, die Flasche Gin war gerade leer geworden – Lena zu ihm gesagt hatte: »Wir konnten schon streiten, und Lorenz hat fast immer recht; aber er versucht dabei nicht, mich zu verstehen, sondern recht zu haben. So gescheit, wie er ist, könnte er doch auch Argumente finden, weshalb er im Unrecht ist – aber das tut er nie. Es ist sein Herz. Es ist ein gutes, aber manchmal vergisst er es.« Dann musste sie selbst lachen. »Du weisst schon, was ich meine. Ich mein, ein bisschen hab ich doch recht, oder?«, und sie lachte wieder. Brach dann, wie in letzter Zeit öfter, abrupt ab und sagte: »Die Zeit mit den Kindern, es ist ja immer klar, die ist nicht ewig. Und manchmal hatte ich das Gefühl, es war eine Zeit, die man gar nicht richtig wahrnimmt, die aber fortwährend Erinnerung produziert, und das Glück würde einst im Zurückschauen liegen, im Darüber-lachen-Können. So habe ich es mir immer vorgestellt, weil einem jetzt die Zeit dafür fehlt, zwischen Kindergeburtstage-Organisieren und gesunder Ernährung, mit einem Körper, der nicht mehr zwanzig ist. Und das ist ja auch eine Erleichterung, aber er macht eben auch nicht mehr alles mit, immer öfter Rückenschmerzen und anderes. Nicht das Alter, aber das Älterwerden, das hat früh begonnen – ich glaub, auch deshalb ist das mit Carlos passiert. Seither steht die Zeit auf eine Art still – und ich weiss nicht, ob ich jetzt das Leben intensiver spüre oder gar nicht mehr. Ich weiss es wirklich nicht.«

Daran musste er denken, während er Lenas Stimme leise durch die Tür hören konnte. Und wie er nach der Trennung von Sophie auch zu jeder Tages- und Nachtzeit bei Lena angerufen hatte, aber nie aufs Festnetz; und wenn sie nicht abgenommen hatte, in seiner Verzweiflung auch mal Sophies Nummer gesucht, die er sich nie hatte merken können, und dann aber immer nur auf das Foto auf dem Handybildschirm gestarrt – Sophie hatte Profilbilder gehasst. Einmal, sehr besoffen in einer Bar, hatte er das Handy dann in die Kloschüssel geschmissen und seinen Kopf, so gut es ging, reingetaucht, um endlich aufhören zu können, an sie zu denken; der Ekel, der Schock, hatte er geglaubt, würde helfen, aber es war einfach nur nass und unangenehm. Und als er Lena einige Tage zuvor gefragt hatte, wie sie es aushielt, bis auf ein paar organisatorische SMS nicht mit Lorenz zu kommunizieren, hatte sie nur mit den Schultern gezuckt. Und als er wissen wollte, wie sie denn ihre SMS unterschreibe, mit Küssen oder wie?, sagte sie: »Gar nicht, er kennt doch meine Nummer.« – »Und er?« – »Mit Küssen, immer wieder eine andere Anzahl. Das findet er wahrscheinlich lustig, vielleicht sogar romantisch«, hatte sie genervt gesagt, aber auch ein bisschen gelächelt.

Michaels Marmeladenglas war fast schon leer, als Lena aus dem Zimmer trat, ihn ansah und den Mund öffnete, als wollte sie etwas sagen, dann aber zu weinen begann. Ihre Haare hingen ihr ins Gesicht, sie trug einen Pyjama, der ein wenig verschwitzt aussah, und Michael stand auf und nahm sie in die Arme. Lena entschuldigte sich gegen seine

Schulter murmelnd dafür, dass Lorenz ihn geweckt hatte, dann löste sie sich und setzte sich auf Michaels Stuhl. Michael ging zum Herd und machte ihr eine warme Honigmilch, Lena hatte aufgehört zu weinen, eine Weile schwiegen sie, während die Milch ganz leise zischte. Als Lena zu sprechen begann, erzählte sie nicht, was Lorenz gewollt hatte, sie sagte bloss, sie wisse nicht, wie lange sie das noch durchhalte.

»Was genau?«, fragte Michael.

»Wann ich zurückgehe«, sagte Lena und stützte ihren Kopf auf die Hände.

»Du musst nicht.«

»Bald kann ich nicht mehr anders.«

»Weshalb?«

»Ich versteh es selbst nicht. Wir sind verheiratet, ich mein, du weisst, ich wollte nie heiraten, aber jetzt fühlt es sich doch anders an. Man verschwindet nicht mehr einfach. – Vielleicht weil ich das Gefühl hab, manchmal selbst zu verschwinden.«

»Wegen den Kindern?«

»Die haben sich ja schon fast dran gewöhnt.«

»Ja«, sagte Michael.

»Weisst du, es gibt doch die Gedankenexperimente, wen rettet man bei einem Feuer, wenn man nur einen retten kann. Quasi die Frage, ob man ein Kind mehr liebt.«

»Das tust du?«

»Natürlich«, antwortete Lena, ohne mit der Wimper zu zucken, »aber das ändert täglich. Vielleicht würd ich nach Polly greifen, aber mehr weil ich das Gefühl hab, sie braucht meinen Schutz. An einem anderen Tag zuerst nach Finn. Aber ich musste mir nie Gedanken darüber machen, weil an Tagen, an denen ich Finn mehr liebe, liebt Lorenz Polly mehr und umgekehrt. Das hab ich jedenfalls geglaubt.«

»Also doch wegen den Kindern?«

»Weisst du, ich liebe Lorenz, das schon. Aber das ist wohl nicht der Grund.«

»Was denn?«

»Ich kann's nicht sagen.«

»Nein?«

Sie zuckte mit den Schultern.

Michael schenkte Lena eine Tasse voll und sagte: »Trink deine Milch.«

Sie hob die Tasse zu den Lippen, blies, trank und sagte: »Also, dann geh ich mal wieder ins Bett.«

Michael sagte: »Schlaf gut.«

»Ich hoff, er ruft nicht wieder an.«

»Ist schon okay.«

»Ist es nicht!«, sagte sie streng und schloss dann die Tür hinter sich.

Und dann, zwei Wochen später – es war ein Montagabend, als Lena zu Lorenz zurückkehrte, als hätte sie das Wochenende noch für sich haben wollen –, sagte sie: »Jetzt reicht es«, packte ihren Koffer und rief Lorenz kurz vor siebzehn Uhr an. »Ich komme zurück«, sagte sie nur und hängte auf.

Dann tranken Michael und Lena noch einen Tee zusammen. Lena wollte das so – »Gnadenfrist«, sagte sie –, sonst sprachen sie fast kein Wort.

Bevor sie aufbrachen, fragte Michael noch einmal: »Bist du dir sicher?«

Sie schaute ihn an und sagte nur: »Ich gehe zurück.«

Und so gingen sie, nicht schnell, nicht langsam. Er wusste nicht, weshalb, aber Lena beharrte darauf, dass er sie begleitete. Sie hatte am Abend zuvor bis spät in die Nacht noch mit Lorenz telefoniert. Als Michael sie gefragt hatte, worüber sie gesprochen hätten, hatte sie gesagt: »Wir haben einfach geredet.«

Ob Lorenz irgendeine Überraschung bereithielt oder die Wohnung geschmückt oder umgestellt hatte, überlegte Michael, und ob Lena erwartete, dass Michael sie aufhielt oder im Gegenteil, wenn sie einen Rückzieher machen würde, ihr gut zuredete.

Als sie vor der gläsernen Haustür ankamen, kramte Lena ihren Schlüssel hervor, den sie, so schien es, die ganze Zeit in der Handtasche mit sich herumgetragen hatte, steckte ihn dann aber wieder ein und klingelte. Im gleichen Moment kamen Finn und Polly die Treppe runtergerannt, und oben stand Lorenz, der rief: »Passt auf, passt auf!«, und dazu ein glückliches Glucksen ausstiess.

Die Kinder umarmten nicht nur Lena, sie umarmten auch Michael. Finn nahm ihm gar ihren Koffer ab und sagte, der sei gar nicht schwer, obwohl Lena in der Zwischenzeit viele Spielsachen für die Kinder gekauft hatte und er ihn kaum hochheben konnte. Stieg damit drei Treppenstufen hoch, schaute zurück zu Lena, die aber noch immer einfach dastand. Schaute dann die fünfzehn bis zwanzig Stufen zur Wohnungstür hoch, aber auch Lorenz hatte sich nicht bewegt. Dann setzte Finn den Koffer einfach wieder ab und rannte zu Lena zurück, wartete aber einen Schritt vor ihr, als hätte er vergessen, was er gerade noch vorgehabt hatte. Für einen Moment war die Selbstverständlichkeit seines Kindseins verschwunden, was ihn weniger zu erschrecken als vielmehr zu verwundern schien, dann machte er noch einen Schritt, dieses Mal auf Polly zu, die neben Lena stand, und legte ihr, viel zu vorsichtig für ein Kind, den Arm um die Schulter. Polly rief: »Mami!«, woraufhin Lena sie an die Hand nahm und zwei, drei Schritte auf die Treppe zuging, auf der ihr Lorenz entgegenkam und auf der untersten Stufe stehen blieb – im Treppenhaus hallten seine Schritte nach. Lorenz nahm Lena bei der Hand, die wiederum die andere nach Finn ausstreckte. Polly war inzwischen die Treppe hoch und voraus durch die Wohnungstür gerannt.

Bevor Lena über die Schwelle trat, schaute sie noch einmal zu Michael zurück, und Lorenz zog sie sanft hinein.

Michael ging mit dem Koffer hinterher, Lena stand im Wohnzimmer, und es sah aus, als wüsste sie für einen Moment nicht mehr, wo sie sich jeweils hingesetzt hatte, obwohl alles noch gleich aussah. Michael wollte schon gehen, niemand würde es merken, dachte er, aber bevor er sich ganz umdrehen konnte, kam Lena auf ihn zu – Lorenz sah für einen Moment verunsichert aus – und umarmte ihn. Tränen liefen ihr über die Wangen, und sie sagte: »Wir sehen uns bald, ja?!«

Draussen war ein schöner Frühsommerabend, in den Quartierstrassen spielten Kinder, ein knallrotes ferngesteuertes Auto fuhr fast gegen Michael, ein Kind kicherte, und ein Vater, oder vielleicht war es ja auch der Patenonkel, entschuldigte sich.

Zu Hause zog Michael Jacke und Pullover aus, weil er viel zu warm angezogen war für die heisse Sonne, die er noch nicht erwartet hatte, und machte die Vorhänge zu. Im kleinen Zimmer lag noch die Matratze von Lena, er stellte sie gegen die Wand, und ein paar Staubfetzen stoben davon.

Als er es ein paar Tage nach der Vernissage doch noch gewagt hatte, Sophie anzurufen, hatten sie beide kaum ein Wort rausgebracht, auch weil sie einmal mehr versucht hatten, all die vertrauten Floskeln, durch deren ständige Wiederholung sie Nähe geschaffen hatten, zu vermeiden. Das fiel ihm ein, und er fragte sich, was Lena und Lorenz an diesem Abend einander zu sagen hatten und ob sie miteinander schliefen. Ob vielleicht Lorenz sich neben Lena nicht einzuschlafen traute, weil er fürchtete, sie könnte wieder abhauen, und sie durch seine Unruhe aufwecken würde und sie dann nochmals miteinander schliefen. Aber dass wohl auch die Kinder bei ihnen schlafen wollten, nach all der Zeit. Und ob sich Lorenz und Lena jetzt überhaupt noch wünschten, dass sich etwas änderte. Oder ob es – zumindest Lena – reichte, bewiesen zu haben, dass ihnen ihr Leben nicht einfach zustiess, dass noch immer sie es war, die die Entscheidungen traf.

Und er wunderte sich, weshalb Lorenz das alles mitgemacht hatte. Warum er nicht aufgeschrien hatte, als Lena zu Michael gezogen war. Ob das alles Strategie gewesen war – auch Lorenz' Anrufe. Und ob Michael als Freund etwas anders hätte machen können oder sollen.

Das alles überlegte er sich, während er allein eine Folge *Grey's Anatomy* schaute, allein ein Glas Limoncello trank, aus der einzigen Flasche, die in seiner Hausbar noch übrig geblieben war, bis er irgendwann schlafen ging.

Er war glücklich für Lena, das schon, auch wenn er nicht ganz sicher war, ob sie selbst es auch war. Drehte sich im Bett hin und her, es war sehr still in der Wohnung, und ihm fiel Neapel wieder ein. Er verspürte eine Sehnsucht danach, als ob der Ort seiner Verlorenheit ein Gesicht, einen Ausdruck gegeben hätte. Und es war auf Capri gewesen, als Lena zu ihm gesagt hatte: »Weisst du, ich hatte gar nicht vor, mich zu trennen. Es ist mir mehr passiert. Wirklich, so wie sich andere verlieben. Ich mein, ich verurteile mich nicht deswegen, ich frage mich nur, was das über mich als Mutter aussagt.«

»Und?«, hatte Michael gefragt.

»Ich weiss es nicht. Ich weiss es wirklich nicht. Ich weiss jetzt nur, dass alles möglich ist. Manchmal beruhigt mich das sogar.«

Daran musste Michael denken; an Schlaf dagegen war nicht zu denken, und so stand er wieder auf.

Das Handy auf dem Wohnzimmertisch blinkte grün. Lorenz hatte ihm geschrieben und ihn für den nächsten Sonntag zum Mittagessen eingeladen – Michael überlegte zurückzurufen, wusste aber nicht, weshalb; und musste an seine Mutter denken, deren Braten immer zu trocken geriet und die gerade auf Madeira ihre Memoiren mit Hilfe von viel Caipirinha niederschrieb. Der nächste Sonntag kam ihm noch sehr weit weg vor. Der nächste Morgen kam ihm noch sehr weit weg vor. Die Uhr auf dem Herd zeigte 02:41, als Michael sich an den ausgeklappten Schreibtisch setzte.

Freundschaft zu erklären ist noch viel schwieriger als Liebe. Es fehlt ihr ein Anfang, der auch bei der Beziehung oft nicht klar ist, aber meist mit dem ersten Kuss eine Zeitrechnung bekommt. Damals war es Isabel gewesen, die die Idee gehabt hatte, ein Buch zu schreiben über ihre Clique; alle sollten ein Kapitel aus ihrer Perspektive und ein Kapitel aus Sicht der Person, in die sie verliebt waren, schreiben. Und Michael dachte darüber nach, wie es möglich war, dass man sich derart täuschen konnte – nicht in der Liebe, das schien naheliegend, aber was Freundschaft betraf. Warum sie alle, die damals sicher waren, zusammen im Altersheim zu landen, sich kaum mehr sahen – dann klappte er sein Schreibheft wieder zu, stand auf und liess sich in der Küche ein Glas Wasser vom Hahn einlaufen und ging damit rüber ins leere Zimmer.

Werner Rohner im Lenos Verlag

Das Ende der Schonzeit
Roman
187 Seiten, broschiert
ISBN 978 3 85787 780 3
LP 180

»In nur wenigen Sätzen zeigt Rohner, wie eine Leidenschaft aufflammt, eine Beziehung alltäglich wird und eine Liebe einschläft. Hier beweist der Autor sowohl seine grosse Menschenkenntnis als auch sein Talent dafür, Beobachtungen in wohlgewählte Worte zu fassen.«
literaturkritik.de

Schweizer Literatur im Lenos Verlag

Yvette Z'Graggen
Kurz vor dem Regen
Aus dem Französischen von Yla M. von Dach
175 Seiten, gebunden, mit Schutzumschlag
ISBN 978 3 85787 500 7

»*Kurz vor dem Regen* enthält nochmals alle Themen, die Z'Graggen wichtig waren: die Familie, die Liebe, die Unabhängigkeit der Frau, den Krieg, die Verantwortung.«
St. Galler Tagblatt

Schweizer Literatur im Lenos Verlag

Julia Kohli
Böse Delphine
Roman
190 Seiten, gebunden, mit Schutzumschlag
ISBN 978 3 85787 496 3

»Ein Zeitporträt, in dem sich die Gegenwart in lakonischer Ungeschminktheit zeigt.«
Neue Zürcher Zeitung